新潮文庫

本格小説

上巻

水村美苗著

新潮社版

7826

日本近代文学

本格小説

水村美苗

上

新潮文庫

目次

写真・装幀　堀口豊太
Photographs and Book Design by

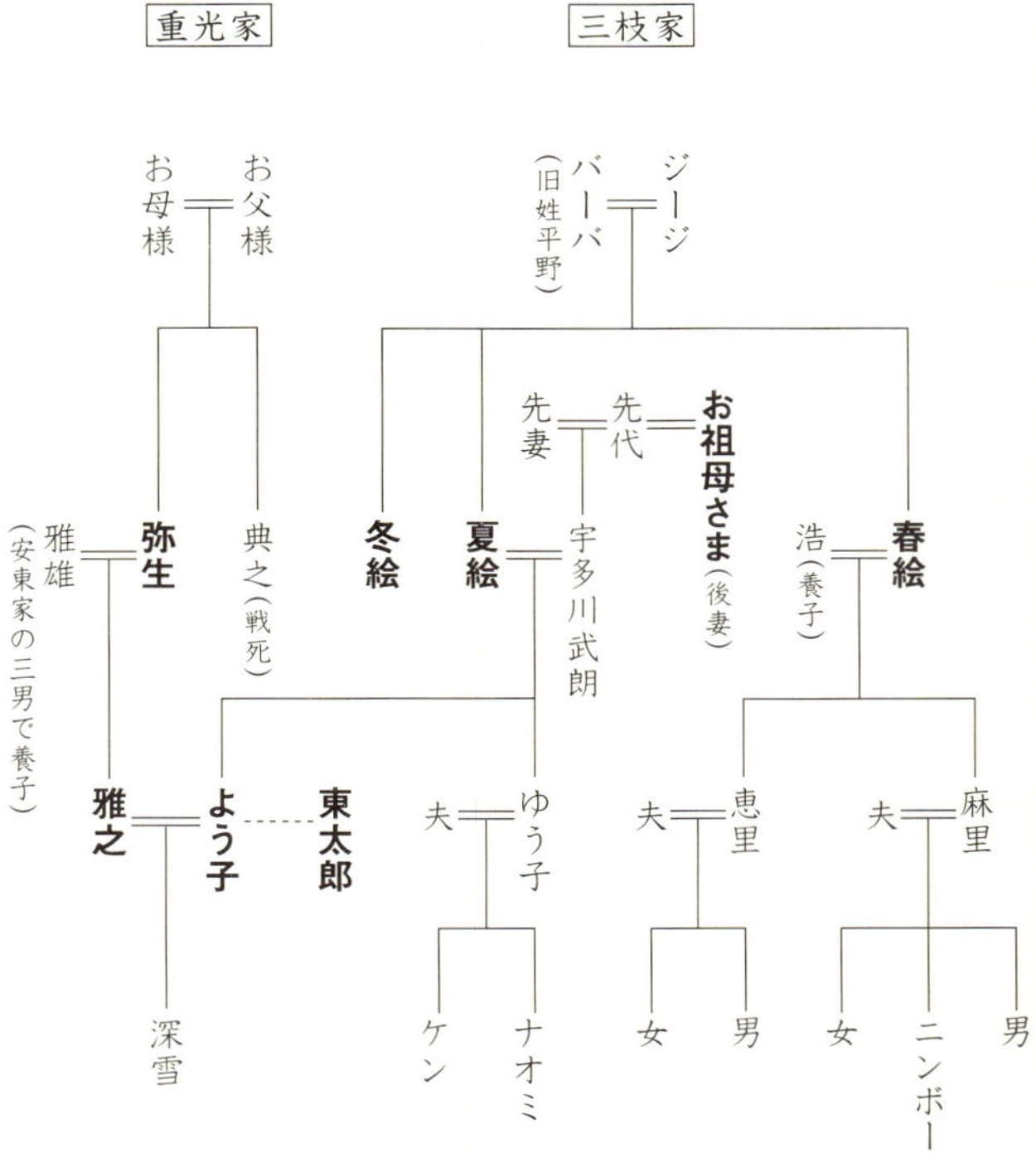

重光家
三枝家
お父様
お母様
ジージ
バーバ（旧姓平野）
先代
先妻
お祖母さま（後妻）
典之（戦死）
弥生
雅雄（安東家の三男で養子）
冬絵
夏絵
宇多川武朗
春絵
浩（養子）
東太郎
よう子
雅之
ゆう子
夫
恵里
夫
麻里
夫
深雪
ナオミ
ケン
男
女
男
ニンボー
女

序

「職業」としての小説家と「天職」としての小説家とは別物である。

出入国カード、レンタル・ビデオの会員証、クレジット・カードの申請等々――日常生活の中で私たちが書きこまねばならない書類は思いの外たくさんあり、そしてそこには「姓名」「生年月日」「住所」などとともに、「職業」という欄がもうけられている。そこへくると私はいつも戸惑いを覚える。そんなところに「小説家」などと書きこむ必要はないのかもしれない。だが、「職業」という字を眼の前に、私が今までわずか二冊の小説しか書いておらず、その印税だけでは生計がたたないことを思い起こすのである。そして下手な字で「自由業」と書きこんだりしながら、いったいこの私に自分のことを晴れて「小説家」と呼べるような日がくるのだろうか、小説を書いて食べていけるようになったらさぞや満足だろうなどと考えるのである。

だが、このような悩みは「職業」をめぐる悩みである。駅前に洗濯屋の看板を出した人が商売が成り立つかどうか悩むのと基本的には変わらない。この世で食べてゆかねばならない人間にとっては深刻な悩みだが、小説を書こうとする人間にとってはもっとも深刻な悩みではない。もっとも深刻な悩みは「天職」をめぐる悩みである。

たとえばこれから十年後、私がたくさんの小説を書き、それで立派に生計がたつようになったとする。そんなときがこようとは思わないが、そうなったとする。そうしたら満足がゆくかというと、それでも私は自分が小説家であるかどうかという問いからは自由にはならないように思う。それは小説家といえども芸術家であり、芸術家というものは、芸術家として食べてゆけるかという以前に、自分が芸術家として生まれてきたか——自分が運命の星のもとに芸術家として世に送り出されてきたのかどうかを、問題にせざるをえないような存在だからである。そしてその根底にあるのは、何か眼に見えない力、人智を越えた力、宇宙を制御する神秘的な力によって、自分が芸術家として生まれる必然があったと信じたいという、誇大妄想《もうそう》狂的な思いである。しかも小説家はことに強くそのような思いをもつ。音楽家や舞踊家や画家になるには、明らかな天賦《てんぷ》の才と長い厳しい鍛錬と、この二つのものを絶対に必要とする。それに比べて小説家になるのは実に簡単である。文章など誰にでも書けるものであり、誰でも一夜にして小説家になれる。甲が小説家であり、乙が小説家ではないということは限りなく恣意《しい》的なことでしかない。だからこそ、天からの声がひそかに耳元に鳴り響き、お前は小説家になるために生まれてきたのだ、それが天の意志であり天の摂理である、と告げてほしいと人一倍思うのである。

そんな私に一昨年奇跡が訪れた。

カリフォルニア州の北部にあるパロ・アルトという町に滞在していたときのことで、私は三作目の小説を書いている最中であった。書いている最中と言っても、確信をもてずにのろのろと書き進めていたのである。そこへ思いもよらぬ「小説のような話」が不意に天から贈られてきた。それもこの私を名指しして贈られてきたのである。

それは昔むかし私が、というより私たち一家がニューヨークで知っていたある男の話であった。ふつうの男ではない。日本から無一文でやってきてアメリカン・ドリームを絵に描いたような出世をとげ富を成し、古くからニューヨークにいる日本人の間ではその人生がほとんど伝説となっていた男である。ところがその男には人の知らないもう一つの人生が日本にあった。戦後という貧しい時代の刻印がありありと押された、まるで小説のような人生である。そしてその話は本来ならばそのままうたかたの世に消えるべきものでしかなかった。それがあるとき一人の若者が図らずもその話を日本で聞き合わせ、はるばる太平洋を越え、大事な賜り物をかかげるようにしてパロ・アルトにいた私の許《もと》に届けてくれたのである。もちろん当の若者にはそんなつもりはなかったであろう。自分の都合でアメリカに渡り、自分の都合で私に会いにきて、自分のしたい話をして帰って行ったというだけである。だが私から見ればあたかも天が彼を私のもとに遣わしてくれたように思えた。

カリフォルニアの北部を数十年ぶりに襲ったという大雨に閉じこめられた夜中のことであった。一晩中自然の威力になぶられた神経の興奮もそこにはあったにちがいない。その話を聞き終わったとき私は一種独特の衝撃を受けた。私の知っていた男の人生にそのような「小説のような話」があったとは——そして、世の因果がめぐりめぐり、よりによってこの私がその「小説のような話」を聞くに至ったとは……。すべては偶然が重なってのことであったが、まさにそれゆえに、お前は小説家として生まれてきたのだ、と天が私に啓示を与えてくれたような気がした。

私は天に感謝した。

もちろんほんとうの問題はそのときから始まった。それは「天職」をめぐる問題とはまったく別の次元の問題で、小説そのものにかかわる問題であった。さらに詳しくいえば、日本語で書かれた近代小説というものそのものにかかわる問題であった。結局私はそのとき与えられた「小説のような話」をもとに小説を書き進めたが、それは、のちに述べるように、天の啓示を受けたという昂揚感《こうようかん》のなかで書き進めたのではなく、書くべきではないものを書いているという後ろめたさや、おそらくうまくはいくまいという敗北感を抱えながらのことだったのである。だが、私はしばらくするうちにそれでも構わないと思えるようになった。小説が形をとるにつれ、私のようなものが何を書き残そうと、悠久の時を生きる文学の大海のなかではどうでもいいことでしかないという、自分を離れた気持が生まれてきたからである。このようなものを読んで下さる読者がいれば幸せに思うだけである。

本格小説の始まる前の長い長い話

ロングアイランドで

あれは私がまだアメリカのハイスクールに通っていたときのことで、のちの記憶からたどれば、そのとき私は十一年生――日本でいう高校二年生だったはずである。二歳上の姉の奈苗《ななえ》はすでにボストンの音楽学校にあがっており、ニューヨーク郊外のロングアイランドにある一軒家には、父と母と私の三人が残っていた。日本の会社の駐在員であった父と共に家族ぐるみ日本を離れてからもう四、五年の歳月が流れていたが、情けないことに、私はいつまで経《た》ってもアメリカにも英語にも馴染《なじ》めず、夏が来れば太陽が芝生をぢりぢりと灼《や》き焦《こ》がし、冬が来れば吹雪《ふぶ》く雪にまつげまで凍りつくニューヨークの四季の厳しさだけは肌に感じながらも、自分がアメリカに居るという現実感もないままの日々を送っていた。

思えばあのころの私には三つの世界があった。

一つはアメリカ人と一緒のハイスクールの世界である。これは私がたんに物理的に出入りしているというだけの世界であった。午前八時過ぎになると、季節によってノースリーブのワンピースに素足だったり、フードつきのコートにアザラシの毛のブーツだったりする私の小さい身体《からだ》が、星条旗を掲げた煉瓦《れんが》づくりのハイスクールの玄関の中に入る。そして午後三時過ぎになると同じ格好で出てくる。ほとんどそれだけのことである。日本では想像もできなかった環境に突然放り込まれ、思春期にあった人間固有の頑《かたく》なさで、周囲に受け入れられようと努める前に自分で心を閉ざし、そのまま時が流れてしまったのであった。

二つ目は反対に私の頭の中だけにある世界で、こちらはアメリカに居るという現実感が希薄であればあるほど豊饒《ほうじよう》であった。姉の奈苗が音楽学校にあがったのを機に母もマンハッタンにオフィスを構える日本企業で働き始め、ハイスクールから戻れば家は屋根裏から地下室まで私一人の天下となったのでなおさらであった。私は客間のソファの片隅に坐《すわ》り、卵色の絹の笠《かさ》を載せた薩摩《さつま》焼のランプ——それは万事日本趣味になっていた私が母にせがんでマンハッタンの「高島屋」で売っていた壺《つぼ》をランプに仕立ててもらってソファの左右に置いたものだが、そのランプを点《つ》け、日本から連れてきたデラという肥《ふと》ったコリー犬を足下に従え、日がとっぷりと暮れるまで両親が娘たちのためにと荷物に入れた古い日本の小説を読み耽《ふけ》る。いつのまにか私の頭の中はセピア色をした日本語で溢《あふ》れ、私は自分が生きたこともない日本を全身で恋い、もう存在しないその日本に帰る日を昼夜夢見ながら暮らすようになっていた。もちろん私の頭にほかのものが影を落とさなかったわけではない。例えばそこにはいつ誰が買ったとも判《わか》らない、ページの端が茶に変色した文庫本の翻訳小説もあった。駅前にある二軒の閑散とした映画館で上映している、英語が充分に理解できないのでぼんやりとしかわからない映画もあった。まれに母の運転する車に乗せられ、精一杯お洒落《しゃれ》をしてメトロポリタン・オペラハウスへと観《み》に行くバレエやオペラもあった。父が日本から買って帰った懐《なつ》メロのLP盤のレコードもあれば、日本から人が次々におみやげにともってきてくれる当時の日本の流行歌のドーナツ盤のレコードさえもあった。そして私は両親が家にいる週末は自分の小さな部屋に閉じこもり、一人で際限なく鏡を覗《のぞ》きこんだりしながらその世界に遊んだ。人生が与えうるすべての美しいこと、面白いこと、劇的なことが、私の未来につまっているような気がする。それは一言で言えば思春期の人間の内面世界というようなもの――「芸術」及び「芸術」に準ずるさまざまな媒介物によってつくり上げられた、思春期の人間の内面生活というようなものであっただろうが、私の頭の中にある世界は異郷に在るが故《ゆえ》にどこまでも望郷の念に染め上げられ、同世代の友人がいないが故に滑稽《こっけい》なほど時代錯誤的であり、また孤独であるが故にたいそう深いものであった。私はもって生まれた性格よりもよほど内向的な人間となって、その世界に没していた。

　もし私にこの二つの世界だけしかなかったら私は精神の均衡を欠いていたであろう。ところが幸か不幸か私には三つ目の世界があった。私が父や母と共有する世界で、主に日本人の大人たち、とりわけ父が勤める会社に関係した、日本人の大人たちが住む世界である。父の付属物でしかない私に対して彼らは例外なく寛容であったし、それに何と言ってもそこでは有り難いことに私の大好きな日本語が通じる。だがそれは、私にとってその世界が自分の一部だとは信じられない、平俗な世界でもあった。なにしろ「本社」「チョンガー」「出張」「サービス部門」「所長」「現地採用」などという、サラリーマンの娘として耳慣れてはいても、文学臭の強い小説ばかり読んでいる文学少女の心が親しむ気にはとてもなれない種類の言葉――まさにサラリーマン小説に出てくるような種類の言葉で溢れ返っている。あれはそもそも父からしてサラリーマンでありながらサラリーマンであるのを呪詛《じゅそ》しており、その父の想《おも》いがそのまま姉や私に浸透していたということもあったのかもしれない。金持の多いクラスメートに比べて左程は見劣りがしない服、三度三度のそれなりに贅沢《ぜいたく》な食事、アメリカの中では平均的でも東京で住んでいた家の優に倍はある家――と、すなわち衣食住のすべてをその世界から与えられていたにも拘《かか》わらず、私はその世界を意識することもなく見下していたのである。私はその世界ではたんなるおしゃべりな娘であり、幸せそうな顔さえしていたかもしれない。だがそれはあまりに卑近で、平俗で、凡庸な世界であった。


東《あずま》太郎の名はその三つ目の世界に出てきたのである。

ある晩、ブレックファスト・ルームと呼ばれる台所の脇《わき》の小さな部屋で家族三人が夕食を囲んでいると、その名が父の口から出てきた。そのときのことが記憶に残ったのは父が使った「お抱え運転手」という耳慣れぬ言葉のせいである。東太郎の名は父の知人のアメリカ人に雇われた「お抱え運転手」として話題にのぼったのである。

不思議な言葉に誘われるようにして顔をあげれば、見慣れた父の顔が見慣れたブレックファスト・ルームの壁紙を背景にあるだけである。

――お抱え運転手？

母も奇妙に思ったとみえ、その言葉をくり返して父の方を見た。

――ああ、アットウッドが自分で雇ったんだ。もうやっこさんの家に住みこんでるんだって。

そう言って父は食事が終わったしるしに自分の皿を少し前に押した。空いた空間に「ニューヨーク・タイムズ」を広げたり、またはまだティーネージャーの娘でしかない私にはその効能を把握する気も起こらない茶色や透明の薬の瓶を並べて、消化剤やら栄養剤やらをのんだりするのである。

私の心は「お抱え運転手」という言葉にひっかかったままであった。

太平洋に面したカリフォルニアとちがい、大西洋に面したニューヨークでは昔から極東からの移民が少ない。そのニューヨークで駐在員の娘として育っていた私は、日本人といえば黒い背広に律儀《りちぎ》にネクタイをしめ、黒い髪に艶《つや》やかに櫛目《くしめ》を見せた駐在員しか思い浮かばず、ほかにはそのような駐在員相手に商売をする、日本料理屋の寿《す》司《し》職人やピアノ・バーのホステスなどがかろうじて思い浮ぶだけであった。「お抱え運転手」などというのは聞いたことがなかった。しかもその男はこちらの日本の会社で要人の送り迎えに雇われたという「お抱え運転手」ではない。アメリカ人の家に住みこんだ「お抱え運転手」だという。

——へえ、豪勢ね、アットウッドも。

万事西洋趣味のわりには、お茶漬と漬物で終えないと食事をした気がしないという母が、茶碗《ちゃわん》に番茶を注ぎながら言った。

知ってる人に頼まれて雇うことにしたらしいね、と父が応《こた》えた。

——そうしたら、好意で雇ってあげたということですか?

母は懐疑的な声であった。

——いやあ、アットウッドなんて、そんな義侠心《ぎきょうしん》のある男じゃないよ。実際に役に立つと思ったんだろう。

——まあ、そうでしょうねえ。お金持ってそんなもんでしょうからねえ。

母が今度はうなずきながら言うと、父は節税対策も兼ねているに違いないと続けた。

——最近やっこさんの会社は儲《もう》かってるからね。帳簿の上では高給で雇ったことになってんじゃないだろうか。

——まあまあ、高給取りの運転手ですか?

——いや、書類上では適当に日本関係の仕事のマネジャーとか何とかってことにしてさ。そうとでもしないと運転手じゃビザも下りないからね。特殊技能じゃないから。

アメリカで誰でもその名を知る放送会社の重役を務めるアットウッドだが、その彼が自分でも小さな会社をもっており、そこが雇用主ということで東太郎に労働ビザが下りているものと見える。

どんな人なの？　と母につられて自分も茶碗に残ったご飯に番茶を注ぎながら私が割りこんだ。

——どんな人って？

——その運転手さん。

——さあ、パパは会ったことがないからどんな人だか知らないな。

——こっちに長い人？

カリフォルニアか南アメリカから長年の流浪《るろう》の末に着の身着の儘《まま》でニューヨークに流れついた、顔に深い日焼け皺《じわ》の刻みこまれた男を私は頭に描いていた。

——いいや、日本から来たばかりの男らしいよ。

——そうしたらふつうの日本人なの？

——うん。そうだと思うよ。

——ふつうの日本人がどうしてわざわざ「お抱え運転手」になるためにアメリカに来るの？

——どうしてって……

父はどう説明したものかと迷った。

そりゃ美苗《みなえ》、話が逆ですよ、と母が引き取った。

——誰もわざわざ「お抱え運転手」になるためにアメリカに来たりしませんよ。アメリカに来るのに他に方法がないから「お抱え運転手」になってでも来るんですよ。

——ふうん。

私は憮然《ぶぜん》とした。

望郷の念の中に育つうちに愛国少女と化していた私は、当時、中国人に代表される東洋人一般のこの国での描かれ方に少なからず屈辱を覚えていた。あのころは映画を観てもテレビを観ても東洋人といえば、コック、庭師、女中など、いわゆる住みこみの使用人といった役どころで登場するだけで、彼らはわけのわからぬ笑みを浮かべて「アーッ、ソー」を連発しながらぺこぺこと頭を下げる。その姿を見る度に血が逆流するようであった。西海岸の移民の歴史をたどれば、東洋人が住みこみの使用人といった役どころで登場すること自体はひどく現実を離れたものではなかったのかもしれないが、日本の経済成長に支えられ、東海岸という逆の玄関から緑の芝生の敷き詰められた郊外の一軒家にすんなりと納まった私には、それがいわれのない偏見だとしか思えなかった。我が祖国日本のようにネオンの煌《きら》めく銀座もあれば世界一速い新幹線もある、要するに愛国少女の私にすればアメリカにひけをとらない結構づくめの国からきて、わざわざ東洋人に対する偏見を強めるような仕事につくとは——と、憮然としたのである。

母はお茶漬を流しこみながら言った。

——あんたはねえ、世の中を知らないくせに、いつも自分の尺度で物事を測るんだから。

私は不満を露《あら》わにしたまま黙った。だがいづれにせよあまりに自分に関係のない話であった。父がテレビを観るために二階の寝室にひきあげ、母と二人で夕食の後片づけに流しの前に立ったころにはもうその話は念頭になく、あの子はあんなにミニにして脚を出しちゃって、あれで本人はお得意かもしれないけど、あれじゃあまともな日本の男の人はねえ、と音楽学校で寮生活を送っている姉の奈苗の先き行きを憂《うれ》う母の、いつもの愚痴の相手をした。

父から聞いた「お抱え運転手」の話を忘れかけたころである。夜、家の外で車のとまる音がするので、寝室のヴェニーシャン・ブラインドに人差し指で隙間《すきま》をつくって下をのぞけば、長い大きな光る車が芝生に横づけになり、父のためにドアをあける細長い姿があった。街灯に照らされて、つばのある運転手の帽子をかぶっているのが見える。顔は見えないまま、長い大きな車はすぐに消えた。

その細長い姿が東太郎《あずま》であった。

二階から跳んで降りてきた私の顔を見て父が言った。

——アットウッドと一緒だった。例の東っていうのが送ってくれたよ。

アットウッドは同じロングアイランド島の少し先に住んでいるので、マンハッタンでの会食のあと帰りがけに父を送ってくれたものとみえる。

——パパ、あれ、リムジンだったんじゃない？

私は外套《がいとう》をクローゼットにしまっている父に向かって興奮して訊《き》いた。

——ああ。

中には無線電話もあればウィスキーやジンなどの酒類もあったと、すでに食事のときからお酒が回っているらしい父は得意げに娘に報告したが、やはり大人だけあってリムジンにはそう関心がないらしく、私があとを追ってぴょんぴょんと階段をあがると、あれは、実に頭のよさそうな男だね、とネクタイをはずしながら東太郎について母に報告し始めたところだった。頭の悪い男ほど始末に終えないものはない、というのが父の口癖だったから、それは最上級のほめ言葉であった。

しばらくして「お抱え運転手」の話をまた忘れかけたころ、父が再び東太郎に送られて帰ってきた。どこかに出張するというアットウッドとはラ・ガーディア空港で別れ、そのまま送ってもらってきたらしい。今度はアットウッド抜きなので日本人同士のよしみであろう、父は東太郎を家の中に招き入れた。

紺色の制服を着た東太郎は硬直した姿勢で客間のソファに座り、お酒は呑《の》みません、と私が漆塗りの盆にのせて運んだバドワイザーには手をつけず、なるほど、運転手だからそりゃ当然だね、だが偉いね、とこちらは早速バドワイザーを喉《のど》に流しこみ、一瞬のうちに首すじから赤く染まってゆく父が嬉《うれ》しそうに言うのにも、一線を引いた、良くいえば遠慮ぶかい、悪くいえば用心ぶかい対応であった。

想像もしなかった若い立派な男を目の前にし、若い娘であった私は動揺した。赤く染まったまんまるの顔に眼鏡をかけ、ビールと自分の話とにすっかり酔《よ》ってだらしなく笑っている父とは天地の懸隔がある。だが彼の方は私の存在を眼の角で認《みと》めただけの挨拶《あいさつ》で、私は首をすくめんばかりにして両手で盆を胸に抱えて台所にとって返すと、ビールの代わりのお茶を出してから再び台所にひっこんだ。彼は私に愛想がなかっただけではなく、母にもまったく愛想がなかったものとみえる。客によっては父をそっちのけに独占し、低い声で話しこんだり高い声で嬌声《きょうせい》をあげたりすることも珍しくないのに、その夜はそんなもてなし上手の母も型通りの挨拶をしただけですぐに私のあとを追って台所に引っこんできた。そしてブレックファスト・ルームで茶を汲《く》み替えながら私を相手にあたりさわりのない話をした。こうして台所の奥に控えていても気になる客と気にならない客がいる。気になる客だと自分たちの話には身が入らず、あたりさわりのない話になった。

——陰気そうな人ね。

母が小声で言った。そこへ父が入ってくると、ビールの匂《にお》いをさせながら機嫌のいいとき特有の声で訊いた。

——ママ、昔ママが聞いていたリンガフォンのテープはどこにある？

大きなリールに巻かれた初期のテープである。

——あら、あれはもうどっかにしまっちゃったわ。

——すぐに出るかい？

——出ると思いますよ。

湯呑みを下に置くと母は少し面倒くさそうに訊いた。

——出しますか？

——ああ、出してちょうだい。

しばらくして二階から降りてきた母は、客間に寄ってから台所に戻ってきた。

——パパはすぐいい顔をしたがるんだから。

何巻もあるリンガフォンのテープはアメリカに着いたとき英語の練習にと母のために買ったのだが、ディス、プリーズ、オー、グレイト、サンキューと片言の英語で日常の用が足りるのがわかってからは聞くこともなくなっていたもので、それが東太郎の手に渡ったらしい。

——あれ、高かったんじゃない。

私は未練がましく訊いた。そのくせアメリカとは折り合いが悪いので自分から進んで英語を学ぼうなどという殊勝な気はなく、手を触れたこともなかった。

そうよ、高かったはずですよ、でもまあ、役に立ってくれればしまっとくよりはいいから、と母はエプロンを締め直していつもの気前の良さを取り戻すと、お酒をお呑みにならないいんならグレープフルーツでも切りましょうかね、と腰を屈《かが》めて冷蔵庫をのぞいた。

節ちゃんの柳腰と言われてみんなに羨《うらや》ましがられていたのよ、と自慢する腰だが、アメリカに育つうちに日本女性のあまりに微妙な体形の差に鈍感になってしまった娘にはよくわからない自慢であった。

東太郎は一時間ほどいた。デラがわんわんと吠《ほ》える声がし、あ、お客さまのお帰りと、母と私とであたふたと台所を出ればもうその姿を玄関ホールに見せていた。運転手の帽子を少しぎこちなさそうに手にしている。肌が日本人にしては茶色がかっており、その茶色がかった肌が油でも塗ったようにつややかに光っていた。

——まあ、若いんだから勉強になるでしょう。

——ええ。

私はリンガフォンのテープのことだと思ったが、そうではないのが続きの会話でわかった。

——アメリカの金持をそんなに近くで見るのは、それなりに面白いもんだよ。

東太郎は父の意を迎えるような笑い方をした。その笑い方には何か私を居心地悪くさせるものがあり、この男には心を許してはいけないのではないかと、父が男を気に入っているらしいのが少し不安だった。父は続けた。

——なにしろしばらくはどうしようもないね。ビザの問題があるから。

——ええ。

——そうして、英語だけはなるべく早く身につけるんだね。そんなもん暗記するくらいの気でいなきゃいけない。

男の抱えているリンガフォンのテープを顎《あご》でさした。

――ええ。

東太郎は今は神妙な顔で応《こた》えた。そして帽子を被《かぶ》ると、それでは失礼します、とお辞儀をして消えた。

やがて玄関の扉の左右を飾る細い縦長の窓から、ヘッドライトを点《つ》けたリムジンが遠ざかるのが見えた。闇《やみ》に浮いたまま動いていくような静けさであった。

客間に残った食器を盆にのせて下げてくると、父が母を相手に東太郎の話を始めたところらしく、東くんというのは日本じゃ高校も出てないんだそうだ、と言うのが耳に入った。

私は、えええ、と驚いた声を出しながら台所に足を踏み入れた。

なんでも両親を早くに亡《な》くしたんだって、と父は続けた。父は少し興奮していた。父も両親を早くに亡くして苦労をしているので自分の身を重ねていたのかもしれない。

――伯父さんに育てられたとかで、ずいぶんと苦労したらしいね。

へええ、と母が応えるのに重ねて、盆の上のものを流しに置きながら私が訊いた。

――今いくつぐらいなのかしら。

——二十歳ちょっとじゃあないかね。

——ええっ、ずいぶんと若いのね。

私はまた驚いた。アメリカで自分の歳《とし》にそんなに近い日本の男の人というのはまだ見たことがなかった。男がそこまで自分の歳に近いのを想像もしなかったのは、働いていると聞いて、最初から自分とはちがう「大人」の部類に入れていただけではない。あの硬い表情からは若さを感じさせるようなくったくのなさがまったく欠けていたからである。

——うん。高校も出ないで働き始めりゃそりゃ若いさ。

今どき珍しいわねえ、と母が言った。

——ああ、僕もちょっと驚いたよ。でも考えてみれば会社にも「中学出」が少しはいるからね。

そうして父は指を折って一人、二人と数え始めた。

——へえ、まだいるんですね。

——みんなそのあと夜間高校に行ったらしいけどね。夜間大学まで行ってる人もいるよ。

なるほどねえ、と母が感心した声を出した。

私は腰をかけて父に訊いた。

――それで東さんは？

――うん？

――夜間高校は？

――いや、なんとも言ってなかったな。

――行かなかったのかしら。

――行かなかったというより、行けなかったんだろうね。

――ふうん。

私はそう応えてからまた自分に納得させるためにくり返した。

――ふうん。

当時は日本でも大学に進む人がまだ少なかった時代である。だがアメリカにきて初めてそのような現実に眼が開いたのは、たんに私が成長したからだけではない。転々と職を変えたあげくに貿易会社を興して失敗した父を拾い上げ、有り難いことにその英語の能力を買ってくれ、所長という肩書きをつけてニューヨークに送り出してくれたのが、当時のエリート企業の最たる商社などからは一段も二段も低く見られていた、メーカーだったからである。光学器械のメーカーでそのころは小型カメラを作るので知られていた。商社から戦力としてアメリカに送られてくる駐在員のほとんどは大学を出ている。ところが父が職を得たメーカーから戦力として送られてくる駐在員のほとんどは製品の修理に携わる人たちで、彼らはもちろん大学を出ていなかったし、そのうちの何人かは高校さえ出ていなかった。大学に行かなくて当たり前の時代であったとはいえ、その中には大学に行きたかったのに、「家庭の事情」というもので行けなかった人も当然いる。しかもアメリカでは極端な小世帯である。必然的に家族ぐるみの付き合いとなり、私はあのまま日本で育ったよりも早くにそういう人たちの存在を意識するようになった。また子供だからというので彼らも心を開きやすかったのかもしれない、そのような人たちの心の屈折――悔しさや諦念《ていねん》、焦燥や気負いなども少しは知るようになった。

だが東太郎は私にあまりに歳が近すぎた。

おぼろげに記憶に浮かぶのは、まだ日本にいたころ、家に転がっていた週刊誌で見た一葉の白黒のグラビア写真である。子供は大人の雑誌を読むものではないとされ、両親の留守にソファ――といっても進駐軍の払い下げの人造革張という代物《しろもの》だが、そのソファに坐《すわ》って後ろめたい思いでこっそりとページを繰っていると、白黒のグラビア写真に行き当たった。詰襟やセーラー服の少年少女たちが暗いプラットフォームに緊張しきった平たい顔をずらりと並べて立っている。中学校を卒業したばかりのかれらが集団就職をしに上野駅に着いたときの写真で、「金の卵」という大きな文字が隣りにあった。少年は皆坊主頭《ぼうずあたま》で少女はおかっぱ頭か左右に三つ編を分けたお下げ髪で、どこかで読んだ雪深い国の陰湿な貧しさと貧しさゆえの健気《けなげ》さが味噌《みそ》や醤油《しょうゆ》や漬物樽《だる》や竈《かまど》や薪《まき》や藁《わら》の匂いとともに匂ってくるような気がした。自分とそう歳の変わらないのに打たれたせいか、その写真は当時小学生だった私の心に深く刻まれた。だがそこで見た坊主頭の少年たちと、今日会った制服姿の東太郎とは、私の心の中でまったくつながらなかった。

私は言った。

——貧乏だったのかしら？

——そりゃ、貧乏だったんだろう。

当然だという返事である。

でも、ずいぶんとまともな日本語を話すじゃありませんか、と今度は母が言った。

——うん。まともだね。

——どうやってアメリカに来られたの？

私は真剣であった。夏休みにどんなに日本に帰りたくとも飛行機代を考えるととも親に言い出せなかった時代である。父はたまに出張で帰国したが、ほかの駐在員が一時帰国することはほとんどなかった。ましてや家族を帰すなどということはありえなかった。お金のない人間がどうやってアメリカに来られたのか、身勝手なもので私にとってはそれが最も大きな関心事であった。

——アットウッドとは最初から話がついていて、それでビザが下りたらしい。

父はビザの問題が頭にあるので娘の真剣な問いを理解しない。

——飛行機代も出してもらったのかしら。

——いや、そんなもんは自分で出したんだろう。

そう応《こた》えてから、父は思い出して続けた。

——ああそういえば、船で来たっていうようなことを言ってたね。

——船で？

古い小説ばかり読んでいた私の頭にとっさに横光利一の『旅愁』や有島武郎《たけお》の『或《あ》る女』に出てくる船旅の場面が浮かぶ。とりわけよく読んだのは『或る女』で、早く大人になり、あの葉子——この名は右横にルビが「えふこ」とふっていないとつまらないのだが——あの葉子のような美しい女の人になり一人で船旅をし、綺麗《きれい》な着物を纏《まと》ってふいに食堂に姿を現して皆の注目を集め、ことあるごとに「好《よ》う御座んすわ」

などと言いながら世の偽善に奔放に立ち向かい、怖くて誰も近寄らない船底に勇敢に降りて水夫の看病をしたりもしようと夢見ていたのであった。

もちろん一等船室での船旅である。

父は応えた。

——ああ、貨物船でね。

——えっ？　貨物船？

貨物船に乗客がいるとは知らなかったので私は眼を丸くした。そうか、人間は貨物船にも乗るのか。

——うん。南を回って来たらしい。

私の想像力は貨物船という言葉を前に空白になった。貨物船の出てくる小説は知らなかった。

——でも、貨物船だってそんなに安くはないんでしょう？

——まあ、日本に住んでる人間にとっては安くはないだろうね。

——そうしたら貧乏だったら来られないじゃない。

——人間、どうしてもアメリカに来たかったら、そんな程度のお金はどうにかするもんさ。日本でも働いてたんだし。

ふうん、と私は半分ぐらいしか納得しなかった。

アットウッドという男は、僕なんかにはいいけれど、あれは、やっぱり日本人を馬《ば》鹿《か》にしているね、と父は続けた。

週日運転手として使われるのは当然として、正式には休みである週末も、自分の車がない東太郎がどこにも出かけられないのをいいことに、あれやこれやと家の中の雑用を手伝わせ、さらに広い庭の芝刈りなどまでやらせているとのことであった。運転手というよりも、昔の下男のように丸抱えに雇われたようなものである。

——アットウッドに若い女がいるだろう。

私は聞耳を立てたが母は知っていたらしい。ええ、と楊枝《ようじ》をつかいながら、平気で相槌《あいづち》を打っている。

——奥さんに内緒でね、あの女も乗せたりすることがあるらしいんだ。

——まあ、まあ。

——東君からミス・ロジャーズって何をしている人ですかって訊《き》かれて困っちゃったよ。

母は少し皮肉を見せて笑った。

——それになにしろ、これはアットウッド自身から聞いたんだけど、この間は、休みで家に帰っていたドラ息子とそのガールフレンドなんかも乗せたりしたそうだ。女がいて、酒があって、それをあの若い男が運転するんだから、たまったもんじゃないだろう。

たまったもんじゃないだろう、という父の表現が東太郎という男を見たばかりのせいか、思春期のただ中にいる私の耳になまなましく響く。

――だって息子っていったって、もう独立してるんじゃないんですか。

――いや、下の息子の方さ。あっちはまだ大学だそうだ。

――ああ、そういえば下にもう一人いたわね。みっともない、そばかすだらけの子。

母は記憶にあるアットウッドの家族構成を思い出すような目つきになったあと、つけ加えた。

――色々あるでしょうけど、でもまあ、あんな素敵な家に住めるだけでも、いい経験なんじゃあないかしら。

――それは、僕もそう思うんだよ。

――誰にでもできるっていう経験じゃありませんからね。

――僕もそう言ったんだ。

夫婦は珍しく意気投合して話していた。

アットウッドの家にはアメリカに着いて一ト月も経《た》たないうちに一家で夕食に招かれたことがあった。その日は、「アメリカ人のお宅に招《よ》ばれたときのために」と母が日本で用意した着物を姉と二人で生まれて初めて着せてもらい、慣れない絹の匂《にお》いや肌触りに出発前から興奮していた記憶がある。私の興奮はアットウッド家に着いてからはさらに大きくなった。子供のころによその家を訪ねるのは、見知らぬ国を訪れるような驚きに満ちた経験だが、あのアットウッドの家を訪ねたときは、実際に見知らぬ国でよその家を訪ねたのだから、なおさらであった。しかもあのとき私は生まれて初めてアメリカの金持の文化というものに触れたのであった。

まずはガレージに驚かされた。アットウッドの運転で着いて門を入ると、正面に白い大きなコロニアル・スタイルの家があり、その左手に同じ造りの白いコロニアル・スタイルの建物が家来のように低く横長に控えている。それがガレージであった。私たち一家もやはり白いコロニアル・スタイルの家に住んでいたが、家来のように控えたアットウッド家のガレージの方がよほど大きかった。中に入るとなんと車が四、五台並んでおり、しかもそのほとんどは昔の映画で見るような馬車の名残りを留めた曲線の多い古い車である。どの車も磨きたてられ、真鍮《しんちゅう》の部分は鈍い金色に光っている。

当時の私には車を何台ももつことの意味がわからなかった。古い車を何台も磨きたててもつことの意味に至っては、なおさらわからなかった。なんだか気の遠くなるような無駄だと眼を瞠《みは》った。

家の中の方は、あれは今思えばあのような質実剛健なたたずまいがピューリタンの伝統の強いアメリカでは趣味がよいとされていたのであろう。贅《ぜい》をつくしたというよりも、どこにでもあるような家具があたりまえに置かれた部屋が幾部屋も続いていた。それでも驚くことは多かった。客間も一つではなかったし、図書室もあったし、長男が趣味で撮る8ミリ映画のための独立した広い映写室というものもあった。中でも肝をつぶしたのは、一面に古いライフル銃を陳列した一室である。ドアを開ければ正面の壁に掲げられた星条旗が眼に入り、同時に、そこいら中にライフル銃が飾られているのに気がついた。あたかも博物館の一室のように、壁にも、机の上にも、ガラスケースの中にも、ありとあらゆるところにさまざまな形の銃が陳列されている。今思えば骨董品《こっとうひん》のライフル銃であったが、当時の私にしてみれば、生まれて初めて見る本物の銃であった。しかもそれが手に届くところにある。急に命が惜しくなった私は震えあがった。緊張してよろけて転んだりしたらどうなるかわかったものではないと、弾《た》丸《ま》が入っているはずがないのには考えも及ばず、ひたすら早くその部屋を出たかった。

古い車をぴかぴかに磨いて集める趣味も不可解であったが、古い銃を集めるという趣味はもっと不可解で、凶暴な男にも見えないアットウッドの私たちを案内する広い背中がそのとき突然怖ろしいものに見えたりした。

のちに徐々に理解していったが、アットウッド家は旧世界から一番古くに新大陸に渡ってきたというWASP——アングロサクソン系プロテスタント教徒の白人——の中でもことに古参者だという誇りをもっていた家族であった。なにしろアットウッド自身の先祖もすでに二百年ほど前にアメリカに渡ってきていれば、彼の奥さんはDaughters of the American Revolutionとよばれる、独立戦争で戦った人たちの子孫だけしか入ることができないアメリカで最も由緒《ゆいしょ》ある婦人会に属しており、古参者が尊ばれるアメリカ社会ではこの一家全体は貴族とでもいうべき存在だったのである。ライフル銃の歴史に身を重ねて自分たち一家の歴史を誇るのも、独立戦争に参加して戦ったという自負があってのことであった。そしてその自負に、南北戦争、第一次世界大戦、第二次世界大戦と、そのあとアメリカが戦った輝かしい戦争に次々と参加したという自負がさらに加わった。ガラスケースの中には銃と一緒にリボンのついた勲章があちこちに陳列されていたのも、あとからうなずけた。

東《あずま》太郎はあの家の敷地のどこに寝泊まりしているのだろうか。屋根裏部屋だろうか。

それともつい最近駅前の映画館でリバイバルで見た『麗《うるわ》しのサブリナ』の運転手のように、あの大きなガレージの上だろうか。どこであろうと私の家のどの部屋よりも広い一室、少なくとも趣味のいい一室を与えられているのは確実ではないだろうか。東太郎が眩《まぶ》しいような立派な男だったのをまのあたりにしてから「お抱え運転手」と聞いて憮然《ぶぜん》としたのも忘れ、私は彼の日常にどこか浪漫《ロマン》の香を見出《みい》だそうとしていた。「お抱え運転手」という表現も「本社」や「チョンガー」や「出張」などという卑近な言葉の群を離れ、私の頭の中に広がる香り高い世界に移行したような気さえする。

——ラーメンの希望者！

母は椅子《いす》の背中にかけたエプロンに手をのばしながら立ち上がった。

はーい、と父が小学生のように手を挙げる。

——美苗《みなえ》は？

あたしはほんの一口だけ、と私は応えた。

夜食のラーメンは母が一番積極的に食べたがるので幸いあまり手伝わされない。

エプロンの紐《ひも》を締めている母に向かって父は言った。

——なにしろアメリカ人は何か仕事になりそうだとちやほやするけど、腹の底では日本人を馬鹿にしているからね、それを承知してやるより仕方ないね。

　ハイスクールでそれなりに口惜《くや》しい思いをしている私は父の言葉にうん、うん、とうなずいた。

——でもアットウッドはゴールドバーグほどはひどくないでしょう。あなた、曾根《そね》さんのお母様からお礼状が来ましたよ。

　黒い柄のついたアルミの鍋《なべ》に水道の水を入れている母がふと思い出したらしく、父に報告した。

——へえ、そう。

　こちらも父に興味のない話題ではない。

——丁寧だね。

——だって、ずいぶんとお世話しましたからね。

——そうだよね。

——合わないわよねえ、お世話をするのは親の方で、お礼は娘の方にいっちゃうんだから。

　母は曾根さんのお嬢さんがお礼にと置いていった振袖《ふりそで》のことを指して言った。

——美苗、悪いけど、あの手紙、ママの鏡の前にあるから、とってきてちょうだい。

航空便の封筒を手に二階から戻ってきて父に渡すと、ラーメンをかきまぜていた母が首の向きを変えて眼の角《すみ》で父が手紙を封筒から出すのを認めながら言った。

――どう、すごい達筆でしょう。

――いやはや、これじゃ読めないよ。

和紙に墨の字が嫋々《じょうじょう》と流れる便箋《びんせん》の束を父は惜しげもなくすぐにテーブルに置いた。いにしえの平安京以来のこの奥ゆかしい日本文化をどうしてかくも粗末にする親をもってしまったのだろうと、娘の私は内心不満である。

でも、「千両」を送って下さったって、そんなとこだけちゃんと読めるから不思議なものよ、ほほほ、と昔から「入船堂」の「千両」という煎餅《せんべい》が好物の母が笑うと、はははは、と父が続き、その晩は二人は仲がよかった。

母がゴールドバーグの名を出したのは、つい数週間まえに、「ゴールドバーグ家女中騒動」とでもいうべき事件があったからである。

ある週末、曾根と名のる女の人から家に電話がかかってきて、訳のわからぬ会話が母としばらく交わされるうちに、それがゴールドバーグというアメリカ人を通じて父が知っていた、曾根さんという人のお嬢さんであることが判明した。一週間前からアメリカに遊びに来ていて今はゴールドバーグの家に泊まっているが、実は一刻も早くどこかホテルに移りたい、でもどうやって探したらいいのかわからずに困っている、といった類《たぐ》いのことが早口で述べられ、事情はのみこめないまま受話器からは何しろゴールドバーグの家を出たいという思いだけがひしひしと伝ってくるのを感じた母は、電話では何ですからまずはお迎えにあがりますと、私を連れてゴールドバーグ家に車で向かったのであった。家という言葉よりも、館《やかた》、屋敷、邸宅などという言葉がふさわしい宏壮《こうそう》な建物であった。すでに大きなスーツケースが二つ玄関の外に並んでおり、私たちの車の音を聞いて出てきたミセス・ゴールドバーグは母とことさらにこやかに握手を交わしたが、後ろに立った上等そうなスーツ姿の二十代半ばに見える日本のお嬢さんは硬直した表情でほとんど口をきかず、別れの挨拶《あいさつ》もその硬直した表情をさらに硬直させただけで車に乗りこんだ。そして車が出発するや否《いな》や、水村のおばハマ、水村のおばハマ、と親しい叔母か何かのように母の名を連呼しながら、この一週間自分の身にふりかかった災難について話し始めたのである。

ゴールドバーグと長い間商売上の付き合いがあった彼女の父親が亡《な》くなったのは、一年ほどまえのことである。ゴールドバーグが奥さんを連れて日本に商用で来るたびに、東京では「ミカド」へ、京都では「一力」へと招待し、ゴールドバーグの方でもどうぞお嬢さんをアメリカによこして下さいなどと言っているうちに亡くなったのだから、そのあと商売上の付き合いが他の人の手に渡ったとはいえ、娘の自分がアメリカに行けば諸手《もろて》をあげて歓待してもらえるだろうと考えて曾根さんのお嬢さんは日本を発《た》ったのである。すると信じ難いことに、ミセス・ゴールドバーグが空港まで迎えに来てくれたのはいいが、家に着いてからはまったくの女中扱いで、掃除洗濯アイロン掛けと家の雑用を手伝わされたうえ、なんと食事も台所でほかの使用人と一緒の食卓で食べさせられ、出入りも表玄関からではなく裏口からしろと言われる。これは、と驚いたが逃げ出そうにも右も左もわからないし車もない。もちろん英語もできない。思いあぐんだすえ、念のためにと控えてきた私の家の電話番号に電話をかけたという。日本では呉服屋や宝石商が出入りする家に育ったという彼女がここ数日間に受けた衝撃は相当なもので、車に乗っている間も、家に着き皆で食事をとっている間も、同情の合いの手を入れるのがやっとなほどの早口で沸き上がる驚愕《きようがく》と憤怒《ふんぬ》とを訴え続けた。ホテルなどにお入りになることはない、幸い上の娘の部屋が空いていますから出発の日までどうぞお泊まり下さいと母が言い出し、彼女はそれから十日ほど私の家に滞在して日本に帰った。その間もその憑《つ》かれたような早口はやむことはなかった。そして出発のとき、御礼にと、私の家では買うことなど想像もつかぬ高価な振袖を襦袢《じゆばん》から帯までそろえて一式置いていった。

東欧系ユダヤ人のゴールドバーグは、移民船でニューヨーク港に着き、地下鉄のベンチに寝ころんで暁を待つという極貧の生活を送ったあと一代で財をなした成金で、アットウッドとはことごとく対照的な金持であった。何を扱っていたのか日本との取引が多く、「ゴールドバーグ御殿」と彼を知る日本人の間で名づけられた家もアットウッドの家とは対照的な成金趣味の家で、玄関の扉を開ければこけおどしに天井を高くした玄関ホールには深紅の絨毯《じゅうたん》がしきつめられ、そこから昔の銀幕の女優でも現われそうな広い階段が曲線を描いて上に続いている。極めつきはゴールドバーグという名にちなんだという金で出来た水栓《すいせん》金具である。ミセス・ゴールドバーグは「お里が知れる」と噂《うわさ》される、燃えるような赤い髪をうず高く盛り上げた、化粧の濃いラテン・アメリカ系のユダヤ人で、日本人が招かれるとその彼女がスペイン語訛《なま》りの強い英語でLet me give you a tour of the house——家の中をご案内しましょうと言う。数々の部屋に案内され、最後に夫婦の寝室に行き着き、ベッドの枕元《まくらもと》の壁を臆面《おくめん》もなく大きく飾る彼女の裸体画に驚かされたその衝撃から立ち直る暇もなく、奥のバスルームへと案内されると、ミセス・ゴールドバーグが得意満面で指をさすのが、洗面台や浴槽のあちこちにこれ見よがしに取りつけられた、金でできた水栓金具であった。私たちの名にちなんで金でできています、十八金ですと言う。真赤に彩《いろど》られた唇がことさらぬらぬらと光り、案内された日本人はみな毒気にあてられた。

ハイスクール、大学、大学院とユダヤ人に囲まれるようにしてアメリカでの人生を送り、数少ない知人のほとんどがユダヤ人であるという私だが、ゴールドバーグ夫妻のように昔ながらのユダヤ人の戯画を地でいくような人たちをほかに知らない。

これが沖縄の紅型《びんがた》染っていうのよ、と曾根さんのお嬢さんの置いていった振袖を畳み直しながら母は、豪華なもの、美しいものを前にしたとき特有の昂揚《こうよう》で眼を輝かせた。ゆったりとした身体《からだ》つきのお嬢さんだったので、その振袖は当時の私の腰におもしろいほどぐるぐると巻き付いた。私はそれからその色鮮やかな振袖を見るたびにあの突然我家に現れた日本のお嬢さんのことを思った。振袖に加えて帯と長襦袢に帯締めと帯揚げ、それに伊達《だて》巻《ま》き、腰紐《こしひも》、肌着、足袋、さらに草履とハンドバッグと、三週間足らずのアメリカ旅行にこれだけの大仰な荷物を大きなスーツケースに入れてもってきたのも、その振袖を身にまとって豪邸でのパーティにでも出る図を夢見てのことと想像され、彼女が気の毒になると同時に、日本に住む日本人には思いも及ばないようなアメリカ人のもつ日本人観というものについて考えずにはいられなかった。一時代まえに西洋に漫遊した特権階級の日本人——爵位《しゃくい》がついたり財閥の御曹司《おんぞうし》であったりした日本人がどのような扱いを受けたのかは知らないが、戦後のあの時代、ごくふつうのアメリカ人にとってごくふつうの日本人などは、自分と同じ人間には見えなかったのではないか。東太郎《あずま》も曾根さんのお嬢さんも日本人、そしてそれ以前に東洋人であるということにおいてはどこにもちがいはなかった。東洋人と白人との結婚がタブー視されていた時代はそう昔のものではなかった。

それでいて曾根さんのお嬢さんがお嬢さんであることには変わりはなかったのも事実である。

父も母もその場におらず、娘同士の会話になると、彼女は歳下《としした》の私を前に目下《もつか》の一番の関心ごとであるらしい将来の結婚について語った。

恋愛結婚をしたいけど、やっぱり明治の時代から親が大学を出てるっていうようなお家じゃないと、ほら、どうしても合わないっていうところが出てくると思わない？だから最終的にはお見合い結婚するしかないと思うわ。

それは日本の戦後民主主義教育にどっぷりと浸かったままアメリカに来た私は耳にしたこともない類いの言葉で、深い驚きと自分でも説明のつかない感銘をともなって心に残った。

日本人だからって女中扱いするなんて信じられないけど、それにしてもあのお嬢さんの怒りはすごかったわね、とそれぞれの前にラーメンを置きながら母が結論づけた。私の分は小さなお椀《わん》に入っている。

——たしかにアットウッドはあんなにはひどくないね。

——成り上がりじゃないですからね。

——そう。もともと坊ちゃんだからね。

それでも、東太郎が父に近づき過ぎるのを用心しているそうである。日本人同士の間で情報が流れると、東太郎が給料の値上げやら雇用条件の改善を要求するようになるのではないかと心配しているらしい。

——東君もいつかは飛び出したいんだろうが、ビザの問題があるからね。

——そう。

——勝手に飛び出すわけにもいかない。

——そりゃあそうですよね。

——まあ、いづれなんとかなるだろう。能力はありそうな男だからね。

そう父は言ったあと自問自答するように続けた。

——ただ、中学校しか出ていないんじゃふつうの日本の会社はなかなか雇わないんじゃないかな。

それを結論に父も眼の前のラーメンに熱心に向かった。

だが当時の私たちに判《わか》りようもなかったのは、いかに東太郎がアットウッドの家での扱いを不当に思うようなところから遠くに生きていたかということである。同じ日本人といっても、東太郎と曾根さんのお嬢さんとではアメリカから期待するものが天と地ほどもちがっていた。それが東太郎の強さであった。そしてその強さは日本に泣いたり怒ったりして戻る場所のない強さでもあった。

実際そうして考えて行くと東太郎のアメリカでのあの出発は幸運なものだったとさえいえよう。新天地を求めてアメリカに渡ってくる人の中にはふつうのアメリカ人の日常を垣間見《かいまみ》ることもなく、太陽の当たらない井戸底を這《は》うように社会の底辺でうごめいて一生を終わる人も少なくない。それが金持の「お抱え運転手」として雇われた東太郎は——しかもゴールドバーグのような金持ではなく、アットウッドのような金持に雇われた東太郎は、結果としてアメリカ社会の中枢《ちゅうすう》にある人たちと日常を共にすることになったのである。彼らの話し方、身のこなし方、日々の暮らし方、そしてその偏見も含むものの考え方などをまのあたりにすることによって、あたかもプレップ・スクールとよばれる上層階級の子弟のための全寮制の学校に一時なりとも在籍したかのような有形無形の知識を得ることができたはずである。また社会の底辺にうごめいていては得ようもないアメリカ社会の鳥瞰図《ちょうかんず》を得ることもできたはずである。それらの「教養」とでもいうべきものがのちの彼の出世に一役買ったであろうことは疑いなかった。

もちろんアットウッドはいわゆる大金持というのではなかった。あれからアメリカの経済はその没落が取りざたされたあと奇跡的に盛り返し、長期にわたって空前の好景気を記録し続けるうちにたんなる金持とは桁《けた》のちがう大金持が芋の子のように誕生するようになり、東太郎もその気運に乗って上昇してアットウッドとは桁ちがいの大金持になったのである。これはその前の、アメリカといえどもまだそんなには大金持がいなかった時代の話であった。

それから一、二ヶ月後のことである。父はまたリムジンで送られてきたが今度はアットウッドが一緒だったものとみえ、東太郎は家に上がらなかった。母と二人でお帰りなさいの挨拶に玄関に出て、とって返してブレックファスト・ルームでおしゃべりを続けようとすると、帽子も取らずに外套《がいとう》を着たままの父が台所に入ってきて、母と私の前に茶色の紙袋をどさりと置いた。おみやげにも見えないその袋の口を開けて中を不審に思いながら覗《のぞ》きこめば先日東太郎に渡したリンガフォンのテープである。

私はテープの入った薄い箱を次々とテーブルの上に空けた。

——どうしたの？

母と二人で父の顔を見た。

——いやあ、全部暗記したんだって。

帽子を取り、外套のボタンをはずしながら自分のことのように得意そうに父が応《こた》える。

——ええっ。

——テキストも写したそうで、ほかの人がまた使えるだろうから返すって。パパも驚いたね。

今度は母と私が二人で顔を見合わせた。

こんなものをほんとうに暗記したのだろうか。

私はテーブルの上に積み上げられた薄い箱の山を見ながら一瞬怪しんだが、東太郎の姿を思い浮かべるとなぜかほんとうのような気がする。

——実に勉強家だね。

父自身も若いころはたいへんな勉強家で、絣《かすり》の着物の懐《ふところ》からよく本が飛び出し、それを拾おうとして身をこごめれば、本がさらに何冊も飛び出すといった風だったそうで、状況が許せば学者にでもなっていた方がよほど幸せだった人間であったが、その名残りであろう、とにかく勉強家が好きであった。奈苗《ななえ》と私が勉強をするのはあまり期待しなかったが、それは私たち二人の娘が母の享楽《きょうらく》的な血と文化を受け継いだのを感じて諦《あきら》めていたのと、何といっても昔の人間なので、女には多くを期待しなかったのとその両方にちがいない。男は勉強をすべきだという確信をもっていた。勉強家だね、というのは、頭がよさそうな男だね、というのと同じに最上級の誉《ほ》めことばであった。

父は二階で着替えて戻ってくると話を続けた。

寝室が離れているので、アットウッドから借りた古いテープレコーダーで明方まで聞いて順繰りに暗記したという。運転手で昼間に仮眠をとれたからこそ可能なことであった。父が感心すると、アメリカに着いてすぐ運転免許の筆記試験のために勉強したときの方がよほど大変だったと応えたそうである。

——落ちたらアットウッドに追い返されるんじゃないかと思って、あのマニュアルで必死で英語を学んだそうだよ。辞書で全部の言葉を引いてね。

そのとき私は丁度ハイスクールで運転免許を取得するための授業を取っており、やはり筆記試験のための勉強をしている最中であった。当時の私の英語で隅から隅までほぼ全部理解できるという珍しい教科書で、理解できるのはありがたかったが、四ツ角の何フィート前に方向指示器を出すとか、スクールバスの後ろについてしまったときにどうするなどと書いてある、何とも散文的なものである。今思えばアメリカに渡ってきた人間がまずは運転免許を取得するところから英語を学ぶというのは、これ以上あたりまえのことはないほどあたりまえのことであったが、知らずして文学至上主義者であった当時の私にとって、英語を学ぶというのは、辞書を引き引き英文学の古典とされるものを読むのを意味した。私自身は英語に拒絶反応をおこしていたのでそのようにして英語を学ぶということもなかったが、頭の中でそう信じていたのである。辞書を引き引き運転免許のマニュアルを読むところから英語に入るなどというのは、何だか滑稽《こっけい》だと思った。

父の言い方はもっと同情的であった。

——なにしろ英語を正規に勉強したことがないもんだから、どこから手をつけたらいいのかわかんないらしいんだね。パパが昔に使った教科書を貸そうと思うんだ。

——そんなの古過ぎない？

あまり擦り切れた本を渡すのは悪いようなみっともないような気がして私は言った。

——英語は昔も今も変わんないよ。

さらに数ヶ月後である。

東太郎は突然父の勤めている会社のカメラの修理工になった。いつどこでそのような交渉が進められていたのか娘の私に説明があるはずもなく私はひどく驚いたが、当時はまだ会社も小さく、父も所長で自由が利《き》き、強引に本社の了解をとったのではないか。今から思えば、東太郎の労働ビザもそのときから父の会社が雇用主となって申請するようになったのであろう。

——それでアットウッドはよかったんですか？

その話が話題になったとき母が父に尋ねた。

——ああ、あの例の女の存在がね、奥さんにわかっちゃってね。東君が始終女を車に乗せていたのもわかっちゃって、どうも奥さんとまずくなったらしい。そんなことを知っていた他人が家の中にいたってことでね。

アットウッドとしてもこうなったら契約違反だ何だかんだと文句を言わずに大人しく東太郎が出て行ってくれた方がありがたかったらしく、奥さんに内緒で餞別《せんべつ》にと中古車の黄色いコルベアをプレゼントしてくれたという。

——まあまあ、勝手なもんですね。

母は鼻先で男の身勝手を笑った。

——それに、あんなところにずっといたって、アットウッドのような男が将来のことまで考えてくれる訳もないしね。

——そりゃ何てったって日本人は日本の会社に勤めるのが一番ですよ。

父が機嫌がいいので母も自然に父に花をもたせる受け応えをしている。

——最初は手とり足とりだろうが、じきに簡単な修理なら覚えるよ。

私はといえばあの東太郎が「お抱え運転手」から父の会社の人間などになってしまったのに、裏切られたような気がしていた。「お抱え運転手」という人生には少なくとも未知のものを秘めた可能性がある、だが父の勤める会社でカメラの修理に携わる人生などには、裏返しにしても逆さまにしても、煮ても焼いても、もう未知のもの、心を掻《か》き立てるものは、何ひとつないではないか——と、そう当時の私は思った。最初に「お抱え運転手」と聞いて憮然《ぶぜん》とし、今度は白いまぶしい蛍光灯のもとで小さなネジ回しを回す東太郎の姿を想像し、再び憮然としたのである。だが父の方では彼に恩恵を施したつもりでいたのにちがいなかった。

一ドルが三百六十円、日本のGNPがアメリカの六分の一という時代で、恵まれた家に生まれなければ自分のお金ではアメリカの土を踏むことはなかった時代である。

日本から製品の修理のために送られてくる人たちは「選ばれた者」という真の意味においてのエリートであった。一人一人の働きが重要なので、勤勉で修理の腕が良くなければならないのは勿論《もちろん》のこと、英語が片言は出来なければならないし、小人数の世帯で人間関係の均衡を保てる神経のこまやかさ、それに加えて親が死のうが家が焼けようが、何年も日本に帰らずに外国で暮らしていけるだけの神経の太さも合わせもっていなければならない。中学を出て工員として働いたあとに送られた人も、高校を出て品質管理などの職に就いたあとに送られた人も、実際あのころ私たち一家の前に次々と現れたのは「選ばれた者」という印象を与える人たちが多かった。「修理工」ではなく「テクニシャン」と称される所以《ゆえん》もそこにあった。そこへ、カメラの売れゆきが伸びて人手が足りなくなりつつあったとはいえ、どこの馬の骨だかわからぬ男を突然現地で雇おうというのである。日本から送られてくる人間の半額近いものに給料を抑えられ、しかも英語の心配もアメリカへの順応性の心配もせずにすむと、東太郎を雇うことの了解を得るために父は会社側の利点を数え挙げたにちがいない。しかしあの時点では父が東太郎の方に恩恵を施したつもりになっていても不思議はなかった。

もちろん得をしたのは会社の方であった。

頭は鋭敏でも身体《からだ》は鈍重だという人間がよくいるが、東太郎はそのような類《たぐ》いの人間とちがい、頭の呑《の》みこみの速さと指先の器用さとが分かちがたく連動していたものとみえる。当時は日本で工場に入ればレンズ磨きだけで半年は先輩にしごかれたと聞いて恐れ入った覚えがあるが、このアメリカではそんな悠長なことは言っておられず、次々と仕事を与えられたのも幸いしたのだろう。当分は半人前の働きしか期待されていなかったところに、一年するかしないかのうちにほぼ一人前に修理をこなせるようになったという。しかもそこには東太郎の過去が関わっていたのかもしれないとも聞いた。

ある日父が母に言っていた。

——あの男は何も言わないが、以前何かメカニックのようなことをしてたんじゃないかって、周りの連中が言ってる。まったくの素人《しろうと》にしちゃあ、いくらなんでも呑みこみがよすぎるそうだよ。

——じゃあ、なぜ何も言わないんでしょう。

——さあ、厭《いや》なんだろう。

——メカニックをしていたということがですか？

——さあどうだろう。日本でのことが全部厭なんじゃないかな。

しかし何よりも皆が眼を瞠《みは》ったのは東太郎《あずま》の英語である。英語というより、英語にかける情熱である。他の駐在員よりも若くして渡米し、アメリカ人の家で一年近く寝泊まりしていたのだから、英語が人より少しはできてあたりまえであったが、父の期待すら上回ったのは、彼の他人など存在しないが如《ごと》くの、人目も憚《はばか》らぬ精進ぶりであった。日本の会社に勤めるようになり朝から晩まで日本語で済むようになったのにも拘《かか》わらず、修理中も片耳はいつもイヤフォンでラジオを聴き、何やら英語の単語らしきものを口の中でくり返す。昼休みには夜学で出された宿題に向かう。移民を含む、英語の読み書きが不自由な大人のために開かれた夜学に通うのは父が皆に奨励し、そのために仕事を早く終えるのは大目に見られていたのだが、会社の中でももっとも下《した》っ端《ぱ》でもっとも英語を使う機会のないはずの東太郎がもっとも熱心にその夜学に通ったのであった。日常生活をこなせるという以上に何も期待されていなかったのに、英語を使う役目はいつしか自然と彼に巡ってくるようになり、月日が経《た》つうちに電話のやりとりだけでなく、手紙のやりとりさえも、今までのように少し複雑な英語が必要になるたびに上の人間が駆り出されることもなくなり、東太郎に任されるようになったということであった。

折り折り父のところに自分の書いた文章を直してもらいにいったりもしていたらしい。

——意味をなす英語を書くようになってきたよ。たいへんな勉強家だね。日本で輸出課なんかでふんぞり返っている連中は爪《つめ》の垢《あか》でも煎《せん》じて呑んだらいい。

父は感心したが、私は内心反発した。英語に背を向け、日本語で小説ばかり読んでいる私も叱《しか》られているような気がしたからである。だが幸い父は自分の娘を彼のような男と比べる気はないらしく、男に感心するだけであった。

——奈苗が何か英語の単語帳のようなものをもってたね。

父は続けて私に訊《き》いた。

——うん。Vocabulary cards.

——そうそう。あれはどうした？　ボストンにもってっちゃったのかい。

——ううん。奈苗ちゃんの部屋に置いてあるのを見た。

奈苗の部屋は三階の屋根裏にある。

——それじゃ下にもって降りておいてちょうだいよ。東君にあげようと思うんだ。

姉の奈苗が昔からハンカチ一枚に至るまで自分の思い出の品に執着するのを知っている私は、小さいころから日に幾度となくお目にかかった彼女のふくれ面《つら》を思い浮かべた。


――だってパパ、あんなもん新しい方が東さんも嬉《うれ》しいんじゃあない？

――いやあ、余計な金を使わせたら気の毒だよ。

そうして母に向かって言った。

――あの男はのびるね。

父は満足気にさらにつけ加えた。

――会社は大儲《おおもう》けしたね。


東太郎はもちろん人づきあいはいい方ではなかった。

――東さんてずいぶん変わってますよ。

茶色がかった髪を短く切り、さばさばした口調で東太郎にかんする情報を私たちに与えてくれるのは、ミセス・コーヘンという、父の秘書をしながら経理も担当している日本人の女の人であった。

ミセス・コーヘンは一言で言えば心の襞《ひだ》の少ない人、あるいは、「内面のない人」とでも言うべき人であろうか。だが当時の私がそれをはっきりと意識していたわけではない。大人になって、人をそういう言葉で理解しても構わないと思えるようになり、そのような人がいい人でありうることとも、そもそものような人が人類には沢山いることも知った上ではっきりとそう意識するようになったが、当時の私は彼女といると何かまったく通じない人といることの不条理を肌で感じるだけで、それを自分で言葉に表すことができずに、どこか居心地が悪かった。頭の回転はよく、性格も悪くなく、話を聞いていても面白いので、こちらがそう感じているのが失礼な気がしたのである。

人間関係というのはしばしば非対称なもので、ミセス・コーヘンの方は誰を前にしてもそのような居心地の悪さをあまり感じなかったのではないか。上京して英文タイピストをしていたときに知り合った親日家のユダヤ系アメリカ人のビジネスマンと結婚して渡米したそうで、彼女にしてみれば、私たち一家が日本との距離が広がりつつある家族だというだけで話しやすかったのであろう。家が車で比較的近いところにあったせいもあり、週末の午後など、こんにちわあ、デイヴが今息子たちをスケートに連れてったとこなの、などといいながらひょっくりと顔を出し、ソファに坐《すわ》って、そこだけお洒落《しゃれ》に紅《あか》く塗った爪の先に煙草《たばこ》を燻《くゆ》らしながら、父を相手に小一時間ほど会社では話せないようなことを話した。

父と彼女とがどれぐらい通じていたかは判《わか》らないが、二人は話題に事欠かなかった。

――そういうのが日本人の悪いところだわ。

――ああ、こっちの事情を全然知らないもんだからね。困ったもんだよ。
――ほんとうに、水村さんのおっしゃる通りですよ。

本社との関係などを父がこぼすと必ず父の側に立ってくれるので、父は気炎をあげやすかったのであろう。ああいう情緒のないのは女としては絶対にパパの好みではないわよ、と母は陰で断言したが、父は彼女がくるとそれなりにご機嫌がよかった。煙草を天井に吹き上げながらはっきりとした物言いをし、あれでほんとうに東北の網元のお嬢さんだったのかしら、とやはり母が言う、いかにも働く女といった活動的な印象を与える人であった。一人で株を動かしたりしていてそちらでもかなり儲けているらしい。実際、ご主人の収入が足りないというよりも、彼女自身働くのが好きで勤めていたのにちがいない。それになんだかんだと日本の悪口を言いながらも日本との繫《つな》がりも保っていたかったであろうし、日本語も使いたかったであろう。当時はまだ二人の息子が小さかったので、朝から黒人のメイドにきてもらっての恵まれた勤めぶりであった。

私はお茶を出したり、お煎餅《せんべい》を出したり、マンダリンと呼ばれるオレンジとの合いの子のようなアメリカのみかんを出したりしながら、学校に友人のいない娘の哀《かな》しさで、大人たちの話に興味津々《きようみしんしん》と耳を傾けた。中でも変人だとされる東太郎の噂話《うわさばなし》を聞くのはおもしろかった。

――勝手に間借りしちゃいましたでしょう。

彼女は少し痛快そうに言った。

日本が貧しかったあの時代、所長や支店長の肩書きをもつ駐在員は会社の「顔」として特別待遇を受けていたのに対し、ふつうの駐在員、ことに家族手当のつかない単身赴任者や独身者は、日本の貧しさを反映した給料しか支給されておらず、物価高のニューヨークでは二、三人で同居することも珍しくなかった。とりわけ赴任したばかりは車もなければ心細くもあったので、誰かのアパートに転がりこむのが慣習のようになっていた。東太郎が父の会社に移ってきたとき、「現地採用」の彼の給料の低さは周知の事実なうえ、たまたま同居相手を探していた男が一人いたので、その男と同居するだろうと皆が思ったとしても当然であった。ところが彼は下宿屋を営むアメリカ人の老女から、地下にある一番安い部屋を、一人で勝手にさっさと借りてしまったのである。皆の住むところから離れた、私の家に比較的近い一軒家の下宿屋で、アットウッドからプレゼントされたコルベアがあって初めて可能なことであった。

――それが、その下宿屋のおばあちゃんていうのが、ものすごくおしゃべりなおばあちゃんなんですよ。

ミセス・コーヘンは父に説明した。

親に連れられてアイルランドから移民してきて、小さいころマンハッタンの料理屋の裏で一日中寒風の中に立ちん坊で牡蠣《かき》の殻剝《からむ》きをするところから始めたという老女で、電話をかけるとまずはハローと地獄の底から湧《わ》き上がるような嗄《しゃが》れ声で彼女が応《こた》えるので、ふつうの日本人は電話をかける気にもならないという。

——でも東さんはそっちの方がいいらしいんですね、つきあいが少なくなって。なにしろ夜学に熱心なのも、その分だけ夜のつきあいが少なくて済むっていうことがあるみたいですよ。

——なるほど。

自分もつきあいの悪い父は嬉しそうに相槌《あいづち》を打った。

——週末はたまにゴルフをつきあっていたらしいんですが、あれはあとのつきあいを毎回断わらなくちゃならないのが面倒だったらしいんですよ。彼は呑まないし。

——そうだねえ、あの男は呑まないねえ。あれは呑めないのかねえ。

もう運転手はやめたのに東太郎が呑まないのを父は不思議に思っていたらしかった。

——さあ、どうでしょう。

——なにしろ、珍しいことだね。

――ええ、それでゴルフは諦《あきら》めようとしていたらしいんですが……。

――ゴルフなんかどうでもいいよ。

サラリーマンであることを呪詛《じゅそ》している父はゴルフも呪詛していたのである。ミセス・コーヘンはそんな父の反応を堂々と無視して続けた。

――でもね、先日デイヴと私とで打ちに行くからよかったらって誘ったら喜んできましたよ。

――へええ。

――お金もないのにね、ゴルフは熱心なんですよ。しかも英語と同じでゴルフの上達もすごく速いんですよ。

――なぜあんなもんに熱中するのかねえ。

ミセス・コーヘンはまた父の反応を無視した。

――抜群の運動神経なんじゃないかしら。

ミセス・コーヘンは当時東太郎の一番の同情者であった。東太郎の方でも、アメリカ人と結婚した彼女が日本人の中でどこかよそ者として扱われているのが気楽だったものとみえ、彼女とはまだ一番近かったようである。ミセス・コーヘンが心の襞の少ない人間であることも、彼のように自分の心を詮索《せんさく》されたくない人間にとっては、気楽だったのかもしれない。二人はのちまで交流があったようで、東太郎が私たちの前から姿を消したあともその噂が入ってきたのは、主にミセス・コーヘンのおかげであった。

——東くんてそうとう変人だよ。

父も母もいないところで私に向かってそんな話し方をするのは、ヤジさんキタさんで通っている、いつも二人で一緒に行動する二十代半ばのカメラ部門の人で、本名を矢島さんと北野さんといった。揃《そろ》って独身である。なにしろパパなんかいたって、ウチは男手がないのと同じだから、と言い、それを理由に、男の人にものを頼むのが趣味ではないかと思われるほど嬉々《きき》とした声で、ねえ、来て下さる、と母が頼めば、あぁ、いいですよ、奥さん、と早速裏庭の林檎《りんご》の枝を切ったり天井のペンキを塗り直したりしにきてくれる。家に若い娘がいるのを承知の上での母の頼みでもあり、私も男の人が私を若い娘と意識して扱ってくれる晴れがましさに、鏡の前でああでもないこうでもないと服を選び髪の毛をいじくり回してから彼らを迎えた。だが、母の白羽の矢が立つだけあって、二人揃って人がよすぎておもしろみに乏しく、サラリーマンの週末の制服であるらしいポロシャツを着て撫《な》で肩も露《あら》わに二人並んで現れると、私の眼にはどう見てもどんぐりが二つ並んだようにしか見えなかった。ご面相の方もどんぐりが二つ並んだ程度の出来映えであった。その二人が東太郎が仕事中に片耳でラジオを聴いていることなどを教えてくれるのである。

——しかもいつもポケットにいっぱい、英語の単語がのってる小さなカードをつめこんでんのさ。

奈苗の単語カードのことらしい。

——あんなに勉強熱心なのがいるとみんなで白けちゃってね、仕事中冗談も出てこないよ。

——それでいて僕たちの冗談はちゃんと聞いてるんだよね。

——そうそう、ちゃんと笑ってる。

彼らの悪口は大体その程度でとまった。

——アイツは気ちがいだよ、奥さん。

母を相手に家中に聞こえる大声で話すのは入江さんといって、こちらは三十歳ぐらいの「ニューヨーク・チョンガー」、すなわち妻を日本に残した一時的な独身で、顕微鏡部門の人であった。会社に飼い慣らされていない野趣の残る顔をしていて、その顔に見合った乱暴な物の言い方をするのが男っぽくて好ましかったのかもしれない、母は彼が来ると浮き浮きと愛想がよかった。私も彼が来ると何となく離れがたい思いで客間をうろうろした。穏和なヤジさんキタさんにはない魅力が私の眼から見てもあったものとみえる。入江さんは父の姿が消えると饒舌《じょうぜつ》になった。

——あれで日本人かねえ。なにしろ米を喰わずに、ヨーグルトばっかり喰ってんだってさ。奥さん、ヨーグルトだよお。

入江さんはソファに坐って缶からじかにバドワイザーを呑《の》んでいる。

どうしてそんなこと知ってるの、入江さん、あなた、彼の下宿に行ってみたの？と絨毯《じゅうたん》の上に畳の上に坐るようにぺたりと坐った母が、コーヒーテーブルを卓袱台《ちゃぶだい》に見立てて両手の指を絡《から》み合わせながら訊いた。

——いやあ、若いもんが一度みんなで週末に襲ったのよ。どんなとこに住んでんだろうってんで。

——へええ。

——そうしたら例のババアの台所を使わしてもらってるらしいんだけど、冷蔵庫の中の彼の棚っていうのがあって、ヨーグルトがずらっと並んでるだけなんだって。端から端までよ。

——へええ。

母は眼を丸くした。

——しかもさあ、奥さん、肉が喰いたくなったらアイツはどうすると思う？

——さあ。

母は少し笑いながら首をひねった。

——ほらホットドッグにするフランクがあるでしょう。あれをね、一本づつ袋から取り出して、蛇口の下にもってって、お湯を出して温めて喰うんだって。フライパンを使わなくて済むからって。

やっだあ、と側《そば》で聞いていた私が思わず黄色く叫んだ。

——だろう？　やっだあ、だろう？

入江さんは私の方を向くと、手に握ったソーセージを蛇口の下でぐるぐると回す手つきを真似《まね》した。

ひいええ、と今度は母が顔をしかめた。そして馬鹿《ばか》にしたとも感心したともつかない口吻《くちぶり》で訊《き》いた。

——いったいどうして、そんなにまずいもんばかり食べてんのよ。

——金が惜しいってのもあるんだろうけど、それよりも時間が惜しいらしいんですよ。

——時間が？

——ああ。英語を勉強したいんじゃないんですか。

——ふうん。

ふうん、と私があとに続くと母がつけ加えた。

——でも、ちょっと極端だわね。

会社での昼食は皆と同じにサンドウィッチのようなものを出前で取っているので、家でそこまで極端な食生活を送っているのは誰も知らなかったのだと入江さんは言った。

——何しろ何を考えているんだか、さっぱりわからん。オレはああいうのは嫌いだね、奥さん。

そして私に言った。

——美苗《みなえ》ちゃん、あんなんに惚《ほ》れちゃ駄目だよ。

私はわざとそっぽを向いた。

父の会社に移ったばかりの東太郎は会社の人たちにつれられて立て続けに二、三度家に来たが、そのときのことは、とっつきにくい顔をして皆の中に混じっていたという記憶が朧《おぼ》ろにあるだけである。子供の面影を残したころから知っている人が多かったせいで、会社の人たちは私たち姉妹を「ちゃん」づけで呼んでおり、皆が美苗ちゃん、美苗ちゃんと私のことを呼んでいたのにつられたのであろうか、あるとき東太郎に「美苗ちゃん、すみませんが僕はお茶を下さい」と言われた。呑めない人にまたビールを出してしまったという間の悪さよりも、思いもよらぬ口から思いもよらぬ言葉が出たということの方に驚かされ、それだけが印象に残った。

そんな東太郎《あずま》と初めて二人きりで口をきいたのは、例年のクリスマス・パーティが家で開かれ、本社から派遣された独身や単身赴任の人たちに混じって、「現地採用」の東太郎も招かれたときのことであった。私のハイスクール最後の年のクリスマスで、音楽学校の二年生になっていた姉の奈苗《ななえ》もそのときのボーイフレンドを連れてボストンから帰省していた。食堂の端から端まで大きく伸ばしたテーブルの上に家中の食器が繰り出し、母が「やっぱり小倉屋のとろろ昆布《こんぶ》はちがうわねえ」と言いながら作る我流の平目の「昆布巻《こぶま》き」を始めとして、鶏《とり》の唐揚げやら、ローストビーフやら、林檎サラダやらが和洋折衷で雑多に並び、背後には父の好きなクライスラーのブラームスやビング・クロスビーの「ホワイト・クリスマス」が必ず一度は聴こえてくるというういつものディナーが終われば、皆で隣りの客間に移って奈苗のピアノを聴く段となる。すると私は母と一緒に台所にひっこんでの後片づけとなる。家で私ばかり手伝わされるのは慣れていたし、また小さいころから聴き飽きた奈苗のピアノなど今一度神妙に坐《すわ》って聴かされるのはこちらの方から願い下げたく、母と一緒に台所に立つのに文句はなかった。

お皿を下げていると母の声がふいに鳴り響いた。

——あ、東さん。

東太郎はみなに一歩遅れて立ち上がったところであった。母はその上背のある姿を見上げていた。

——ちょっとお願いがあるんですけど。

——はあ。

母特有の光の強い黒い眼をキラキラさせながら言った。

——この子の部屋の、天井の電球を替えていただけますかしら。

確かにここ数日来、私の寝室の天井の電球は切れたままであった。新しい電球に替えるには小さな脚立を地下室から二階にまで上げなくてはならず、父は肉体労働といえばそんな程度のことでもまったくの役立たずで、母も私も面倒でそのままにしておいたのを、母が東太郎の背の高いのを見て思いついたのにちがいなかった。東太郎なら寝室にある椅子《いす》の上に立っただけで電球を替えられる。

だが、そのとき私の頭に浮かんだのは、姉が連れてきている音楽学校のボーイフレンドもたいそう背の高い男だという事実であった。日本人ではあるが、北欧人の血が四分の一入っているという珍しい若者で、恰幅《かっぷく》もよければ、上背も東太郎よりあるぐらいである。すでに数日この家で三食つきで悠然と寝泊まりしていたのだから彼に頼めばいいと私は思うのだが、祖父がかつての総理大臣、父親は著名な芸術家であるという、係累《けいるい》といい育ちといい、日本でなら我家ごときに足を踏み入れることはありえないやんごとない若者で、母には遠慮があったと思われる。

はい、と低く応《こた》えるその応えから私は何かを感じた。それはかすかな躊躇《ちゅうちょ》——さらには反発のように思われた。同時に、以前、父の前で父の意を迎えるように笑っていた笑いが脈絡もなく脳裏をよぎり、やはり心を許すべき人ではないのだ、という思いが胸に湧《わ》く。いつもの癖で、東太郎のようによく知らない男の人にまで簡単にものを頼む母も母だが、東太郎の方にも少しも鷹揚《おうよう》なところがないらしいのに、こちらの心が尖《とが》ってくるのが感じられる。

無精せずに自分で先に替えておけばよかった。少なくとも食事の前にヤジさんキタさんに頼めばよかった。あの二人なら快く引き受けてくれたにちがいない。そう思うとそのまま客間に顔を出し、二人に目配せして、お願いがあるの、と出てきてもらおうかとも思うが、どんぐりさんの彼らはいづれも東太郎のようには背が高くないので、まずは地下室から脚立を上げてもらわなくてはならない。奈苗のボーイフレンドに頼まなかったというのを別にすれば、母が東太郎に頼んだのは理にかなっていた。

階段を上がって東太郎を自分の寝室に案内しながら、私は彼の先ほどのかすかな反応に心を尖らせ続けていた。申し訳ないという思いはどこかにありつつも、父があれだけよくしているのだからこれしきのことは気持よく手伝ってくれてもいいのに、と黒いものが胸のうちにふつふつと湧きあがってくる。

寝室はいかにも若い娘のものらしい部屋であった。花模様の壁紙が四方にはりめぐらされ、一方の壁には白い造りつけの本棚と机、もう一方の壁には白いドレッサーと鏡、さらにもう一方の壁には四隅に白い柱の立った天蓋《てんがい》つきのベッドが置かれている。透けたレースのフリルがたっぷりついた天蓋は、揃いのベッド・スプレッドと共に、ああ、あたしも娘のころこんなベッドに寝たかったと、ため息まじりの母が、アメリカに来て初めて手に入れた電動ミシンで縫ったものである。

男の乗った椅子のそばに緊張して立った私は、少なくとも娘の私は彼の労働を当然のものとはしていないことを全身で示そうとした。それは彼が外すごとに、ガラスの笠《かさ》の金具、ガラスの笠、古い電球と順繰りに受けとり、今度は逆の順に、新しい電球、ガラスの笠、ガラスの笠の金具を手渡すという五歳の子供でもできるような役目を、物々しいほど神妙に遂行するということである。だが内心に棘《とげ》を含みながら手伝い始めたのに、男が単純な作業を無言で行い、ティッシューを一枚下さいと、ガラスの笠の中にへばりついた虫の死骸《しがい》を拭《ふ》き取ったりするのを見るうちに、申し訳ないという思いがまた強くなっていった。東太郎は黒っぽい背広の上着を着たままだったが、その指は指で仕事をするのに慣れている人間特有の素早さで、ガラスの笠をはめ、金具をくるくるとつまんで回した。

ふと何か眼にひっかかるものがあった。

——左利《き》き……。

小さな声がもれていた。

——ええ。

彼は下を見てかすかに笑った。不意をつく、曇りのない笑いであった。驚いた私は安堵《あんど》するよりも混乱したが、それでも心が荷を降ろしたように軽くなった。

悪い人じゃあないかもしれない、と思う。

私が下でスイッチを入れ、二人で電球のつくのを確かめると彼は椅子から降りた。

まだ大人のように口の立たない私は、ただ、どうもありがとうございましたと、口ごもりながらお辞儀をした。そのときである。東太郎は、眼の前の、机と一体化して天井までのびている造りつけの本棚を指した。

――日本からもってきたんですか。

――ええ。

日本からわざわざ船便で運んだので捨てられずにいたが、もう手に取ることもなくなっていた「少女世界文学全集」を指している。少女用に少し簡単に書かれているうえに、入っているのが西洋文学の翻訳ばかりなので、当時ひたすら日本に対する望郷の念の中に生きていた私には読む気がおこらなかったのである。わざわざ「少女世界文学全集」と名をつけられただけあって、白地にピンクの花模様が描かれた甘ったるい帙《ちつ》に入っている。

――僕これを昔読みましたよ。

私が眼を瞠《みは》ると、またかすかに笑った。またはっとするような曇りのない笑いであった。そうしてついと左手を本棚にのばして本の角に触れると、ふいにまたその左手をひっこめた。指先が埃《ほこり》で汚れているので遠慮したらしい。

――どうぞ。

どうせ何年も埃を被《かぶ》った本であった。

――でも……。

――どうぞ。

私は一枚ティッシューを手渡した。

男はティッシューで指先を拭きそのティッシューをズボンのポケットに入れてから、本棚にまた左手をのばし、さきほどその角に触れた本を手にとった。そして帙から本を取り出すと指でページを繰り始めた。数分前にはガラスの笠の金具をくるくると器用に回していた指である。私は男の人の長い骨ばった指が「少女世界文学全集」のや黄ばんだページを繰るのを不思議な思いで見ていた。東太郎はふいに心がこの場から消えてしまったような表情を見せて、黙ってページを繰っている。階下からはパラパラと拍手の音があったあと、わずかな空白があり、やがて奈苗の十八番《おはこ》のショパンの「木枯らしのエチュード」が始まった。だが東太郎の耳には何も聞こえてこないようであった。黙ってページを繰り続けている。私自身子供のころにくり返し読んだ本なので、彼がページを繰るにつれて記憶にある挿絵《さしえ》が順繰りに浮かび、挿絵が順繰りに浮かべば物語もおのずから思い出される。しばらく時がたった。東太郎にとっては忘我の時間だったであろうが、私にとっては見知らぬ男の人と二人で眼の前にない世界を共有した時間であった。

皆から離れ、こうして一人で本でも読んでいる方がよほど好ましいのだろうと私は思う。だがレースの天蓋つきのベッドが鎮座するこの自分の寝室を、よかったらここで本を読んでいて下さいと若い男に明け渡す勇気はなく、男が夢から覚めたように顔をあげたとき、よかったらその本をもっていって下さい、と言うのがせいぜいであった。東太郎は再びかすかに笑うと、本を白とピンクの帙に戻し、その白とピンクの帙を本棚に戻した。

私は訊《き》いた。

——妹さんでもいらしたんですか。

——いいや。

東太郎は一度黙ったあとに続けた。

——僕の家にあったんじゃありません。

私は不審そうな顔をしていたかもしれない。彼はその私の顔を少しおもしろそうに見ながら続けた。

——こんな本があるような家じゃありませんでした。

そうしてなおも私の顔をのぞきこんで、つけ加えた。

——こんな本どころか、どんな本もあるような家じゃありませんでした。

私が応えようがないので黙っていると、用心深いのだろうか、彼はこれだけでも私のような人間と深入りしすぎたと感じたらしく、ふいに口を閉じると硬い顔に戻って、手を洗いたいと言った。

バスルームは寝室を出てすぐ左手にあった。

黒っぽい背広姿が私のまえを通ってバスルームへ行くとき、一瞬マンダリンみかんのような甘酸《あまず》っぱい匂《にお》いが鼻をついた。あるかなしかの微《かす》かな匂いで、アメリカ人の、鼻の奥を刺すような刺激の強い匂いではないが、かといって日本人には珍しいことであった。不愉快ではないその匂いに私は一人で羞恥心《しゅうちしん》を覚え、羞恥心を覚えたことにまた羞恥心を覚えた。

台所に戻ると流しに立った母が振り向いた。

——遅かったわねえ。ちゃんとお礼言った？

——うん。

母は水滴のついた食器の山を指した。

——早く拭いてちょうだい。

ややあって客間に新しいお茶を淹《い》れに行けば、東太郎は隅のクリスマス・ツリーの陰に隠れるようにして奈苗のピアノを聴いていた。点滅する赤や青や緑の豆電球に不気味に照らされた顔は無表情である以前に不機嫌そうに見え、さきほどの無防備な笑いが眼の裏に残っている私は落ちつかないものを感じた。ほかの人の眼にあの不機嫌そうな顔が眼につくかどうかが人ごとながら気になった。

パーティもお開きになり、父が二階の寝室に上がったところでブレックファスト・ルームの丸いテーブルを囲んで東太郎の話題が出たのは、奈苗が今日初対面だったからである。

——ねえねえ、あれが「お抱え運転手」してた人？

奈苗はおぼえたばかりの煙草《たばこ》を自慢の細長い指にはさんで火をつけると私に訊いた。

——そう。

——He's quite good-looking.

アメリカ人に混じって寄宿舎生活を送っていたせいで、この頃から奈苗は急速に英語を日本語に混ぜて使うようになっていた。

——でしょう。

——Yep. And sexy, too, I thought.

ふうっと天井に煙をはくと、ほほ、失礼、excuse me, dahling, but you know

what I mean と、ボーイフレンドの方に向かってわざと婉然《えんぜん》と笑ってから、彼女は続けた。

——でも、どこか気になる人ね。

——そお？

——なんていったらいいのかなあ。色々聞いているせいもあるんでしょうけど、どこか、品がないとこがあるように思う。

自分はこんなに眼の上にアイシャドウだのアイライナーだのを塗りたくって、おまけに眉毛《まゆげ》をつんつんに抜いてしまってよく言うわ、と思いながら私は、ふうん、とだけ短く応えた。

——うん、どこか。よっちゃん、どう思う？

奈苗はまたボーイフレンドの方に眼をやった。

——僕はわかんないなあ。

ボーイフレンドの方はまともに応じる気はないようである。

たしかにこのやんごとない若者がそんなことを云々《うんぬん》したら僭越《せんえつ》にしか聞こえないであろう。ふだんはぼおっとしている彼が、彼のような人間が何を言って良いか悪いかという彼なりの「分」を、無意識にせよわきまえているのに私は内心感心した。奈苗は続けた。

——なんだか、暗くて。

——暗いのはたんなる性格じゃないの。

——ううん。そういうんじゃなくって、不満そうに見える暗さ。なんだかぎらぎらした暗さ。

　やはりあの不機嫌そうな顔は人の眼についたのであった。奈苗の言っていることは的を射ていると思ったが、私はその場の成り行きでまだ抵抗した。

——そうかしら。

　野心家なんじゃない、と廊下の奥のトイレから出てきた母が口をはさんだ。そうして自分の椅子《いす》に坐《すわ》ってからつけ加えた。

——パパは気に入っているみたいだけど。

　奈苗は皆を見回して半分冗談を言うように言った。

——そろそろあたしの vocabulary cards も暗記しちゃったころなんじゃないだろうか。でも、ねえ、なぜあんなもんをあげちゃうの？　あんなん、買ったって、安いもんじゃない。

　後半は少しふくれた声である。単語カードにかんしては私が奈苗に電話で報告しておいたのであった。

母は取り合わずに奈苗の指先の煙草を見ながら言った。

――あんた、いつかやめられなくなりますよ。

私は野心家という母の言葉を胸の中で反芻《はんすう》していた。


年が明け、春になり、やがて初夏になった。

冬が長くて寒いニューヨークでは初夏に入るといち早く太陽の恵みに浴そうと週末のピクニックが盛んになる。私たち一家も町中の街路樹や芝生に緑がいっせいに萌《も》えるころになると会社の日本の人たちに声をかけ、食材と炭、それにアイスボックスに入ったビールを車のトランクに満載して、海に面した町営の公園へと繰り出すのを常としていた。家に人を招くのとちがって人数の制限がなく、所帯持やその奥さんたちも初夏の太陽のもとに集った。

駐車場を入ると、町の住人かどうかを確かめる守衛さんが常駐する門があり、そこから海の反対方向の少し小高くなった方へ行ったところがピクニック場となっている。バーベキュー用の煉瓦《れんが》づくりの竈《かまど》が並んでおり、手前には丸太を荒削りにして組んだテーブルとベンチがついている。母を手伝う私は、そのテーブルの上に大きな紙のテーブルクロスを敷き、紙ナプキン、紙皿、紙コップ、さらにプラスティックのナイフ・フォークと割箸《わりばし》を並べながら、暖かい日射《ひざ》しのもとに身体《からだ》をこまめに動かす喜びを味わっていた。そしてそこにはヤジさんやキタさんたちに混じって東太郎の姿があった。今から思えば彼があのような暇つぶしにつきあっていたのが嘘《うそ》のようだが、当時はまだ彼のような男でも父への遠慮があったのと、会社での自分の立場が弱かったのと、その両方ではなかったか。

テーブルセットを終えた私は、竈の中央に陣取って腰を屈《かが》めて蛤《はまぐり》を焼いているミセス・コーヘンのそばに立った。彼女の家族も招いたのだが、どちらかの息子が花粉症をこじれさせてしまったということで、ご主人ももう一人の息子も現れなかった。日本の人たちは週末にまで英語を使わされずに済んだのでほっとしているようであった。

蛤の汁が香ばしく匂う。

――ああ、いい匂い。

――美苗《みなえ》ちゃん、ご機嫌ね。

――そう。いいお天気だし、もうじき大嫌いなハイスクールも卒業するし。

そうしたら大学だし、と言おうとして私は留まった。その瞬間、東太郎《あずま》が私たちの後ろに立っているのを背中に感じたからである。

ミセス・コーヘンは紙の小皿に蛤を入れると、レモンを一切れ足して、水村さん、水村さん、と父を呼んだ。

——さあ、もうどんどん食べていかないと。

バーベキュー特有の立ったり坐ったりの忙しい食事が終わり、ごみの始末もついたところで、一大行事が終わったという体で皆でぞろぞろと海辺の方へ歩いて行った。

広大なアメリカ合衆国だが海に面した土地の面積は島国の日本とそう変わらず、しかもそのような土地はしばしば金持が私有化したプライベート・ビーチとなっている。ことに私たち一家が住んでいたロングアイランド島の北部の海辺はかつてはゴールド・コーストと呼ばれ、アメリカの歴史に残る大富豪たちが別荘を築くため何十エーカー何百エーカーという規模の土地を競って求めたので知られたところである。彼らはその土地にチューダー、ジョージアン、ゴチックと様々な様式の贅《ぜい》をつくした館《やかた》——果てはヨーロッパ各地の城を移築するまでの贅をつくした館を建てた。そして数多くの使用人たちを家族ごと敷地内に住まわせ、夏になればマンハッタン島から人を招き自分の庭とそのまま地続きの海辺できらびやかなパーティを毎週末開いたのである。やがて鉄道が敷かれ橋が架けられるうちにマンハッタン島への便利さが災いして急速に不動産の乱開発が進み、土地は分割され、以前は一千軒もあったというそのような館も次々と壊され、今や中産階級の家が建ち並ぶ典型的な郊外となってしまった。それでも海岸沿いの土地は当然のこととして今なお大小の金持に占領されていた。一般市民は週末を利用してパブリック・ビーチやパブリック・パーク——すなわち、パブリック＝「公」と名のついたところまで繰り出してきて初めて海の情景に触れるしかなかったのである。私たち一家も比較的海岸の近くに住んでいたにもかかわらず、この公園にくる時しか、桟橋やカモメや水平線、それに白い帆を張ったヨットなどという典型的な海の情景を眼にすることはなかった。

私は皆と離れて一人桟橋に向かって歩いた。

これから先に自分の人生のすべてがあると信じていられた年齢であった。日本の人にかこまれ、日本語で話していられるというだけでハイスクールの建物の中に閉じこめられているときとは別人になったような生き生きとした心地がしたが、皆の中に溶けこみたいとは思わなかった。私からすれば彼らはもう人生の道筋のついた大人であり、しかも「本社」「チョンガー」「出張」などという言葉の世界に充足している大人であった。それに引き替えまだ人生の道筋がついていない分、私には無限の可能性が開かれているように思えた。彼らの存在の恵みを初夏の太陽の恵みのように浴びながらも、一人きりになりたかった。

桟橋に着いてみれば先客がいて東太郎が先の方で欄干によりかかって海を見ている。私はまっすぐ進むべきか引き返すべきか躊躇《ちゅうちょ》した。東太郎とは一番歳は近いのに、一番気詰まりであった。一番親しい口を利《き》いてもおかしくないのに、一番丁寧な応対を余儀なくされた。去年のクリスマスに電球を替えてくれたときの、あの眼に見えない世界を共有した瞬間の記憶はもうすっかり心から遠のいてしまっていた。

鷗《かもめ》の啼《な》き声にでも誘われたのか、東太郎がふと顔を上げた。そして私の姿を認めた。私は小さく会釈《えしゃく》をすると、慣れないショーツ姿なのを意識しながらぎこちなく歩を運び、男から三メートルほど離れたところで停まって同じように欄干によりかかって海に向かった。

すると東太郎の方から私の方を向いて口をきいた。

——今日は海を見に行くっていうんで、大西洋を見られると思っていたんです。離れているので少し声を上げている。

——これは大西洋じゃないんですか？

私は驚いて男の顔を眺めた。

——だって、ここは入江になっているだけで、向こう岸はまだアメリカでしょう。南の方の海岸に出ないと、大西洋は見られない。

うかつな私は毎年こうして望んでいる青い海が大西洋だと信じていたのである。向こう側にイギリスがあると信じていたのである。私も声を上げて返事した。

——どこまでもアメリカから逃げられないんですね。

東太郎は私の反応にかすかに白い歯を見せた。私たちはしばらく桟橋に並んだままで、午後の太陽を受け、あたかも天がガラスの扇を伏せたように豪華にちらちらと光る水平線を眺めていた。鷗がうるさく啼きながら頭上を飛び、遠くには白い帆が駆けた。絵のような光景であった。

水平線の遥《はる》か彼方《かなた》にもまだアメリカが広がっているのか。

——これが太平洋だったら向こうに日本があるって思えるのに。

私がまた大声を出した。幸いあたりには人影がない。東太郎はすぐには応《こた》えなかったが、やがて水平線から眼を逸《そ》らさずに訊《き》いた。

——日本に帰りたいと思いますか？

——ええ。

毎回声をあげるのも妙だと思った私は男の方に数歩寄って今度は一メートルぐらい

だけ離れて立った。男が横顔を見せたままなので、私は自分のふだんの想《おも》いを強調する必要を感じた。

――そりゃあ、帰りたいわ。

男はまだ横顔を見せたままである。

たとえアメリカに来ることが夢だったとしても、たとえどんなに日本での経験が厭《いや》なものであったとしても、人には郷愁というものがあるのではないだろうか。

東さんは帰りたくないんですか、と私は訊いた。彼が早くに両親を亡《な》くして伯父さんに育てられたという、以前父から聞いた話が記憶に蘇《よみがえ》る。すると彼がそのままの姿勢で言った。

――僕は帰ってもしょうがない。

聞きとれないほどの低い声であった。その声を聞いて私は自分が何か途方もなく悪いことを訊いてしまったような気にさせられた。申し訳ないと思う以前に、どんな生い立ちをしたのかは知らないが、東太郎のような男が相手では何を言おうと結果的には途方もなく悪いことを言ってしまったような気にさせられるにちがいないと、男と私の間にある溝《みぞ》を改めて意識した。

私が黙っていると男は今の口調を少し和らげるようにして言った。

——帰ってもしょうがないから、帰りたいと思わないんです。

私の方を初めて見た。思いの外穏やかな顔をしている。

私たちはそのましばらく黙って水平線を眺めていた。風のない日で平和としか言いようのない光景であった。遠くに微《かす》かに雲がかかっているのは、小さい頃いわし雲といっていた雲に似ているが、あれは日本では秋の雲だったのではないだろうか。ややあって私が今度は口を利いた。

——船でいらっしゃったって聞きましたが。

——ええ、貨物船で来ました。

船をわざわざ貨物船と言い換えたのは彼の誇りの高さなのだろうか。だが彼の表情は相変わらず穏やかだった。

——私は遊覧船しか乗ったことがないので、船旅ってどんなもんだろうって思って……。

——船旅……

船旅という言葉が奇妙に聞こえたのか、東太郎は口の中でくり返してから言った。

——そりゃ飛行機の方がいいだろうけど、でも……。

——でも？

——僕は船が思っていたより速いんで、それで驚きました。舳先《へさき》に立って海を見ていると目眩《めまい》がするほどでした。霧の濃い夜なんか光で照らしてたって何んにも見えないのに、すごいスピードで進む。

そこで言葉を区切ってからさらに言った。

——豪雨の中だって進む。

私は東太郎の口からこんなに沢山の言葉が一度に出てきたのに内心驚いた。男はしばらく無言でいたがやがてまた口を開いた。

——こわいぐらいだった。

さらに低い声であった。霧の濃い夜の果てから響いてくるような声であった。あたかも私が消えてしまって、自分の追憶と話しているようである。彼は早口で続けた。

——何かにぶつかって難破しないのが奇跡のようだった。これで難破しなければやっぱり生きろっていうことだと、そんな風に思った。

そこまで言うと、我に返ったように私を見た。

——もちろん今の船はそう簡単に難破しませんが、そのときは、そんな風に思ったんです。

東太郎の眼は私の眼を凝視していた。そのとき私は忽然《こつぜん》と理解した。東太郎もまだ自分を「大人」の部類に入れていなかったのであった。それで私のような者と話しやすかったのであった。思えばこの男も異国の空に自分と同い年ぐらいの日本人に会うこともなく生きていた。思いがけず男と同一線上に立たされた私はしばらく言葉を失った。

彼はそんな私の思惑に気がつく筈《はず》はなかった。

――絵の学校に行くんだそうですね。

――ええ。

――絵描きになるんですか？

私が口を開く前に含み笑いをして続ける。

――ベレー帽かなんか被《かぶ》って。

私は小さく吹き出した。男の口から時代がかったイメージが飛び出してきたのもおかしかったが、それよりも彼のような人間が冗談を言おうとしたことの方がもっとおかしかった。

私は笑いながら首を振った。

――英語ができないんで、ふつうの大学には行く気がしないだけなんです。

それに、絵を描くのは好きだが勉強をするのは好きではないと続けようとして私は危うく留まった。そんなことは東太郎の前で言うべきではないという気がしたからであった。緩んだ口元を締めた私はその代わりに言った。

——東さんが勉強家なのに父はいつも感心しています。

東太郎は私の顔から眼をそらすと、なぜか硬い表情を見せて何も応えなかった。お父さんにはいつもよくしてもらっています、というような言葉でも私自身知らず知らずのうちに、期待していたのであろうか。男が何も言わないので私は少し裏切られたような気がした。二人はまたしばらくの間黙って相変わらずちらちらと光る水平線に眼をやっていた。

野心家なんじゃない、という母の言葉が思い起こされる。たしかにこうして隣りに立っているだけで気圧《けお》されるようなものを感じるのは、それが男の野心というものなのかもしれない。だがこの男にいったいどういう未来がありうるというのだろうか。少なくとも私にとっての未来とは三ヶ月後の秋には確実にやって来る何かであった。それは見知らぬ町、見知らぬ学校、見知らぬ人々という、私の眼には新しいものづくめの装《よそお》いを纏《まと》ってやって来て、そこでは私自身が何か新しいもの、より優れたもの、より高きものへと変身を遂げる筈であった。だがこの男の三ヶ月後にあるものはあのおしゃべりな老婆《ろうば》のいる家の地下室、塗料がところどころ剝《は》げた黄色いコルベア、蛍光灯の白く光る修理部屋、会社の連中の見飽きた顔——そんなものでしかないのではないか。それが三ヶ月後ではなく、三年後なら少しはちがってくるというのであろうか……。そんな風に考えていくと今しがた裏切られたような気がしたのも忘れ、男に対する申し訳のなさが胸に湧《わ》いてくる。

青い海は遠く光っていた。

ややあって、男がすぐ近くの海に視線を落として言った。

——鷗が死んでる。

そういえば白いものが浮いているのが見える。

のぞきこもうとすると男は肩でさえぎるようにして陸の方に眼をやりながら、戻りましょうか、と私をうながした。その視線を追えば、黒い頭をした日本人たちがまたぞろぞろとピクニック場の方に戻るところであった。


予約しておいた芝生のフィールドで男の人たちがバットやグローブを手に野球を始めたころ、私はふたたび日本の人たちを離れた。奥さんたちは甲高い声でおしゃべりをしながら野球を観《み》ていたし、父と母は日陰にある丸太のテーブルをかこんでミセス・コーヘンを相手に何やら熱心に話しこんでいる。私がその場から消えてしまっても気にする人は誰もいなかった。

公園の中には細い小川が流れている。

小川に沿って行きたいところまで行ってとって返せば迷わず元に戻ってこられるので、方向音痴の人間にとっては格好の散歩道であった。生まれたときから車生活を送っているアメリカ人は散歩というものをあまり好まなかったし、また当時はまだジョッギングも流行《はや》っていなかったので幸い人影もない。私はしばらく小川に沿って行ったあと、皆と離れすぎたような気がしたところで、くるりととって返した。そして元の場所の近くまで戻ってきてから小川を脇《わき》に逸れた。あたりは紫陽花《あじさい》の木が沢山植わって大輪があちこちにたわわに咲いている。私は中でも大きな茂みを選んでその裏に入ると、深緑の葉が幾重にも交差する陰に隠れるようにして、そっと仰向けになった。

ニューヨークの郊外といえばアスファルトと芝生に覆《おお》い尽くされ、土の匂《にお》いを嗅《か》ぐこともない。それがさすがに公園の中でこうして仰向けになれば、初夏の陽にゆっくりと暖められ、黒々と息を吹き返した豊かな土が、青い草の蒸れる匂いとともに鼻を突く。耳を澄ませば小さな虫が飛ぶ翅《はね》の音さえ聞こえてくる。夏休みに油蟬《あぶらぜみ》の音を耳にしながら奈苗《ななえ》と泥団子をこねて遊んだ東京の家の庭が思い起こされ、懐《なつ》かしいというよりも、妙に満ち足りた気分がした。寝転がって眼を閉じていると、夏という季節が感じられるだけで、自分がどこにいるのか判《わか》らなくなる。

昼も夜もない、アメリカも日本もない、自分すらいないような時が経《た》った。

ふと何かに促されるように顔をあげると眼の前に大輪の紫陽花の花がうつむくように垂れ、その向こうの深緑の葉を透して小川のほとりにしゃがんだ白い上半身が見えた。東太郎《あずま》であった。皆のようなポロシャツではなく、ふつうの白い綿のワイシャツを着ているので判りやすかった。水面を見ながら少年のようにじっと膝《ひざ》を抱えこんでいる。

ここにも一人になりたい人がいる……。

もし秋からボストンの美術学校に上がるという具体的な未来がなければ、あの瞬間の感傷に煽《あお》られ東太郎に恋をしたかもしれない。もしそんなことになっていたらどんなに男にとって迷惑だったであろうかと今になって思うが、幸い当時の私の心は未来へとしか開かれていなかった。もっとものを知らねばならない、広い世界と交わらねばならない、ボストンという留学生に溢《あふ》れた大学町に行けば、人生や芸術や国家について、まっすぐの黒髪をかきあげながら滔々《とうとう》と日本語で語ってくれる日本人の青年がいて、小説に書かれたような恋がそこにはあるにちがいない——と、そこまではっきりと考えた訳ではないが、古い小説を相手に育ったが故《ゆえ》に大時代的な夢を男の人の上に描いていたのか、またはあたりまえの娘であったが故に男の人から自分以上の教養を求めただけなのか、いづれにせよ私の恋の相手が私が読めないような本をたくさん読んだ人であるというのは意識に乗せるまでもない大前提であった。そしてその大前提がある限り、今は本とは無縁の人生を送っているであろう東太郎は、私にとってどこか影のような存在でしかありえなかった。

人の声が聞こえたと思うとさっと東太郎が立ち上がった。私は彼の姿が完全に消えてからそのあとを追った。

そして秋になり私はボストンに行った。

そこでは実際にちがう世界が開けた。古い煉瓦作りのアパートはゴキブリだらけで、裏階段につながる扉を開ければ、地下室に溜《た》まったゴミの匂いがむっと鼻をついて三階まで立ちのぼってきた。食事はマクドナルドでビッグマックを食べたり、ツナやポークの缶詰を開けたりして済ます日が多くなった。すぐ角のコイン・ランドリーまで足をのばすのが面倒で洗濯も山と溜めるようになった。アパートの壁には革命を促す赤い拳《こぶし》が描かれた大きなポスターが貼《は》られ、私のような者でさえも遅ればせながら時流に乗って髪を背中まで長くのばし、ブルージーンズをはくようになった。ビールを缶からそのまま飲んだり、マリファナを勧められれば唇をすぼめて一人前に吸ったりするようにもなった。いつの時代にもある、いわゆる学生生活が異国人である私にもやってきた。それは古い小説ばかりに親しんでいた私が期待していた世界とは似ても似つかぬ世界であったが、少なくとも当時の私の好奇心には充分に応《こた》える世界であった。そしてその中でまごまごするうちに自然に私自身の地平線が広がって行ったものとみえる。

それは十一月の感謝祭の休みにロングアイランドの家に戻ってきたときに漠然と判ったことであった。たった二、三ヶ月家を離れていただけなのに、何だかひどく退屈な世界に戻ってきた印象があった。そしてその印象は一ヶ月ほどあと、大晦日《おおみそか》近くに開かれた、父の会社のニュー・イヤーズ・パーティに顔を出したときにさらに深まった。

アメリカでいうニュー・イヤーズ・パーティとは、家族を中心とした禁欲的なクリスマスのお祭りとはうって変わった、酒瓶を次々と空けての、夜を徹しての、男女入り乱れての、享楽《きようらく》的なお祭りである。世帯が大きくなったせいであろう、父の会社もその年からは近郊のホテルの宴会場を借り、アメリカ人の従業員とその家族もまじえて万事アメリカ流にそのニュー・イヤーズ・パーティとやらを開いてみようということになったのであった。自分も外に出て働いており、例年の家でのクリスマス・ディナーを小規模にしていこうとしていた母にとっても、そのようなパーティが開かれるのは好都合であったにちがいない。

すでに音楽学校三年生になっていた奈苗は去年のやんごとない若者とはまた別の、今度はどこか俗な匂いのするボーイフレンドを連れて帰省しており、悪いけど、あたしたちはちょっとぉ、と当日は午後から二人で勝手にマンハッタンへ遊びに行ってしまった。だが私は父母に連れられて出席するのを楽しみにしていた。ニュー・イヤーズ・パーティといえばお酒だけでなく踊りもつきものである。踊るのは好きだが英語の世界の中に入って踊るとぎこちなくなってしまう私は、日本人と日本語を話しながら踊ってみたかった。慣れ親しんだ会社の人たちの顔も久しぶりに見てみたかった。

それが宴会場に足を踏み入れるや否《いな》や、何か場違いの所に来たという印象があった。あれは学生生活に浸《つ》かっていた人間がふつうの社会に戻ったとたんに感じる戸惑いだったのにちがいない。郊外のホテル特有の煌々《こうこう》とした天井からの明かりに照らされた光景は予想以上に味気ないものであった。アメリカでは年が明けるまで飾っておく、金銀のモールをつけたクリスマス・ツリーも白々しい表情を見せていた。アメリカ人の秘書の女の人たちが作ったお定《き》まりの Happy New Year! と壁に大きく貼られた紙

——それは赤や青や黄の風船に囲まれた華やかなものではあったが、その Happy New Year! と壁に大きく貼られた紙も、これから来る時が何か新しいものを約束するというよりも、何も新しいものを約束しない証《あか》しのようにしか見えなかった。中に泳いでいる人たちも着飾っている分だけ余計時代遅れにも悪趣味にも見えた。享楽を演出するものすべてが享楽の不可能を物語っているようであった。

　しかもそれだけではなかった。アメリカ人を家族ぐるみ招き、万事アメリカ流にやろうという日本の駐在員たちの健気《けなげ》な決意のせいで、あのころのアメリカにおけるアジア人社会の、遠くから胡弓《こきゅう》のすすり泣く音でも聞こえてくるような哀愁を帯びた物悲しさ——あたりに醤油《しょうゆ》の匂いがうっすらと漂うようなうらぶれた物悲しさがかえって浮かび上がっている。日本からの駐在員がまったく日本風にし、これは、これは、などと言いながら黒い背広姿を二つに折ってお辞儀を重ね、互いに名刺を忙しそうに交換しているときなど、彼らはたんにアメリカにいる日本人でしかなかった。それがアメリカ風にしようとするや否や、彼らのアメリカ人にはあらざるすべて——その姿、顔かたち、表情、所作、言葉……果ては薄い胸と細い喉《のど》から絞り出す、深みのない声に至るまでのすべてが、まさに彼らがアメリカ人にはあらざるという事実を声高に主張し始め、彼らの努力をどこかしら滑稽《こっけい》で悲愴《ひそう》なものにしてしまっていた。

お皿やコップを手にした人の波があちこちに動き、英語が聞こえ、日本語が聞こえ、笑い声が聞こえ、そのうちに大きな身体《からだ》を揺すってアメリカ人が賑《にぎ》やかに踊り出し、やがてぽつぽつと恥ずかしげに日本人も踊り出した。若い人の間ではとうにロック全盛の時代が訪れていたにもかかわらず、男女で組んで踊る一時代前の踊りをアメリカ人も日本人も踊っている。踊れない人は見よう見まねで身体を動かしている。そうして夜は少しづつ更《ふ》けていった。

私は見よう見まねの組ではあったがよく踊った。あれは煌々と照らされたこの光景を味気なく思ったその心を一掃するためか、それとも享楽の不可能を再確認するためであろうか、ジャイヴやチャチャチャなどの速い曲がかかるたびに私はヤジさん、キタさん、それに最近赴任したばかりの、前髪をグリースで固めているのでエルヴィスという渾名《あだな》のついた、ハンサムなのと踊りが上手《うま》いのとで評判の人の腕をとって引っぱり出した。そして喉が渇くと、コカコーラとアルコール分の強いフルーツパンチとを交互に呑《の》み、酔いで少しぼおっとしながらさらに踊り続けた。

どれぐらい時が経ったのだろう。

This will be the last fast dance, everybody!

最後の速いダンス！

司会をしているアメリカ人の中年の女の人が、どこか幼稚園の先生を思わせる声でマイクに向かって言った。秘書の一人であった。私はちょうど休んでいたところだったが、もう最後だと聞いて時が速くに経ったことに驚いた。

――あたし、東さんと踊ってみようかしら。

斜めまえに坐《すわ》っていたヤジさんキタさんが一瞬顔を見合わせた。私は私で、そう口にしたとたん、一晩中東太郎の存在が棘《とげ》のように気になっていたのが今さらのように意識にのぼった。ボストンに行ってから東太郎のことなど思い出す暇もなく過ごしてきたのに、その晩簡単な挨拶《あいさつ》を交わしたあと視線がともすると男のいる方に流れていってしまい、妙に落ち着かなかったのである。男は孤独をさらに深めた顔をしていた。焦燥感がまざまざと出ている顔でもある。目立たないようにして奥まったテーブルに坐っているが、その目立たないようにしているのがかえってあざとく人眼を惹《ひ》くようであった。奈苗の言っていたぎらぎらしたものが彼をとりまく空気に充満していた。

――彼、一度も踊ってないでしょう。

私の視線を追ってヤジさんキタさんも一人で隅に不動に坐っている東太郎を見た。

アイツ、ほんとうは結構うまいんだよ、とキタさんが言った。

私は眼を見開いた。

――僕たち、一度見たことがある。

――ほんとに？

――うん。

――じゃなぜ踊んないの？

――うーん。

二人は躊躇《ちゅうちょ》すると、また互いの顔を見た。躊躇したのは理由があってのことだったのがすぐ後で判ったが、そのときの私は気にとめなかった。

The last fast dance!

マイクからの声が再び響いた。

今度かかる曲が最後のテンポの速い曲である。このあとに正真正銘の最後の曲がかかるが、それは静かな曲で、照明が暗くなった中、夫婦や恋人同士が頬をよせあい身体をすりあわせて踊ることに決まっている。その最後の曲に東太郎を誘う大胆さはなかった。

――あたし、誘ってみる。

気負って宣言するとヤジさんキタさんに背を向けた。そうして高いヒールを履いた足で部屋を小走りに横切り、不機嫌そうな顔を見せている東太郎の前に立つと、踊りましょうと誘った。

——僕は踊れない。

東太郎は硬い表情を見せた。踊れないんじゃなくて、踊りたくないのでしょう、と言おうと思ったが、親しくもない男にそんなことを言えるような歳《とし》ではなかった。私は芸なくくり返した。

——踊りましょう。

東太郎の眸《ひとみ》は私の眸を射た。冷たい眼つきであった。

——踊りましょう。

頬が燃えるのを感じながら私は言い募った。そのとき音楽が大きくかかった。

——最後の踊りですから、踊りましょう。

私は少し声を上げた。彼から見れば、父の権威を借りて強制しているのと同じであっただろう。

あのとき自分がなぜそんなに執拗《しつよう》だったのか今考えてもよく判らない。酔いに煽《あお》られてさまざまな感情が混然と胸の中を往来していたにちがいなかった。そこにはまず若い娘特有の自惚《うぬぼ》れがあった。若い男が自分と踊りたくない筈《はず》はないという自惚れである。それでいてその自惚れ自体に若い娘らしい優しさがなかったわけではない。人中にあって男が一人焦燥感を内向させ淋しく孤立しているのが、思わず魂があくがれ立つように哀れに思え、何とか世の中との繋《つな》がりを回復できるように仕向けられれば、とそんな風に考えたのである。だが東太郎が私の申し出を拒絶し続けるうちに、私の心にはまったく別のものが生まれてきた。それを何と名づけるべきであろうか。それは拒絶された怒りであり、その怒りは、逆に相手を傷つけたい、虐《いじ》めたい、貶《おとし》めたいという、邪悪なものに瞬間のうちに転じた。

　私は息を止めて傲然《ごうぜん》と彼の顔を見据えた。

　おまえは私と同じ若さでありながらこの未来のないみじめで卑小な日常に閉じこめられ、小さく、低く、暗く、怨念《おんねん》に埋没している。それにひきかえこの私がいかに朗らかに、いかに天高く飛翔《ひしょう》しているか。おまえと私と何と遠く距《へだ》たっていることか。そしてこれからいよいよ何と遠く距たっていくことか……

　確かなのは東太郎が私のサディズムを一瞬のうちに感じとったということである。あれは梃子《てこ》でも動かないという風に坐っていた彼はつと立ち上がると私を促した。あれはスイングというのか、それともジターバッグ、日本語でいうジルバなのか、私の身体はふいに彼の腕の力で恐ろしいほどくるくると回り始めた。何かを堪《こら》えているのが硬くこわばった身体全体から私を罰するように伝わって来る。私は恐ろしさと驚きとで息もつけなかった。ふと甘酸《あまず》っぱい匂《にお》いが鼻先を掠《かす》める。天井の電球を替えてくれた東太郎が私の部屋を出るときに嗅《か》いだ匂いであった。自分の執拗だったのを謝るべきかどうかが頭の中でぐるぐるめぐるうちにふいに曲が終わり、腕を解かれた私は支えを失った人形のようにふらつく足取りで部屋の隅に退いた。もとの席に戻る気にはならなかった。

東太郎は部屋の反対側でネクタイをゆるめて坐った。

そのときである。白いゴム鞠《まり》のようなものが彼をめがけて飛んで来るのが見えたのは、シンディというイタリア系アメリカ人の秘書であった。独身なのと、やたらに胸が大きいのとで、父のいないところで日本の男の人たちが喜んで話題にのせる女である。アメリカ人なのに私と同じぐらいしか背がないのも、茶色い髪の毛を眩《まばゆ》い金髪に脱色しているのも、彼らにとっては魅力であったと思う。そのシンディが東太郎をめがけて飛んで来たと思うと、銀色のぴったりとしたドレスに包まれた大きな胸を押しつけるようにして彼にすがりつき、フロアーを顎《あご》で指す。私の方も顎で指す。東太郎はうつむき加減でじっと下唇を咬《か》みしめていた。

そのとき私はまだ東太郎とシンディの噂《うわさ》を聞いていなかったが、眼の前の光景を見れば噂を聞くまでもなかった。シンディが両手で東太郎の片腕をひっぱっている。力を入れたその両手が遠目にくびれてなまめかしく見え、その瞬間さっきのヤジさんキタさんの躊躇が判然とした。当時駐在員が現地の女と関係をもつのは御法度《ごはっと》に近く、「現地採用」の東太郎にはより大きな自由があったとはいえ、日本の会社にいる限りそのような女との関係が表面化するのは望ましいことではなかった。そろって気の良いヤジさんとキタさんは、会社の上の連中を前にシンディとのことが明るみに出るのを、東太郎のために気の毒に思っていたのにちがいなかった。

ふいに会場が暗くなった。その暗くなった会場でシンディの哀願するような脅すような声が露骨に大きくなっていく。やがて「ブルームーン」がかかり、曲の間を縫ってシンディの声がいよいよ露骨に大きくなる——少なくとも私の耳にはそう聞こえる。わんわんと井戸底から昇ってあたりに響くようで、耳を塞《ふさ》ぎ、眼も塞ぎたい思いであった。

そのときである。東太郎は再び決然と立ち上がった。腕をすっとのばして女の白い肘《ひじ》をとると、あっというまに女を背広の肩の中に抱えこんだ。

娘のころの私は男の外観——男の容姿の美醜や性的魅力の有無などというものにひどく鈍感であった。女の外観は気になり、自分も美しくありたい、魅力的でありたい、とせつせつと願ったが、男というものは、それこそその精神しか見えなかった。精神というのは志の高さである。何をもって志の高さというのか自分でも判然としなかったが、遥《はる》か彼方《かなた》に茫漠《ぼうばく》とあるものを大きく雄々しく望む心である。

そんな娘であった私が眼の前の光景から眼が離せなかった。男はフロアーの中程まで女を抱えていくと、大きく覆《おお》い被《かぶ》さるようにして女の背に両腕を回し、音楽に合わせて女をゆっくりと動かし始めた。暗くなった光のもとで眼に入るのは、柔らかい女を押しつぶさないよう制御しているのがかえって残酷に見えるその両腕である。また背広の角で強調された鋭い肩と、肩の上の首の硬い筋肉である。さらにその上のひきしまった頬である。そしてそのひきしまった頬が燃えるような怒りを伝えていた。何に怒っているのであろうか。もちろん私にではない。腕の中にいる女に対してでもない。自分の内からもうどうしようもなく大きく溢《あふ》れ出るものに怒っているのだとしか思えなかった。剝《む》き出しになった女の白い首筋を斜めから見下ろしているが、その眼は女を越した何ものかを遠く見つめていた。

私と踊っていたとき男がいかに溢れ出るものを押さえこんでいたか。そして今はいかにそれを出し切ってしまっているか。溢れ出るものを押さえこんでいた反動であろうか……暗いところへ堕《お》ち、身の破滅につながるのがわかっているのに、もうそれでも構わないといった、この世を離れ、生を離れた思い——死への凶々《まがまが》しい欲情にそのままで全身を委《ゆだ》ねてしまったかに見えた。そしてその凶々しい欲情ゆえに闇《やみ》の中でかえって一人だけ照らし出されているようであった。ほかの人たちも私と同じように男から眼を離せないのではないかと、私はそれが怖かった。

曲が終わると天井の照明が再び明るくなった。東太郎は女をアメリカ人の秘書が固まっている場所まで連れて行くとそのままくるりと背中を見せた。女は放心したように椅子《いす》に坐りこみ、もう眼で男を追いかけようともしなかった。

あたりを見回せば、会場はぎらぎらと眩《まぶ》しい照明のもとに、おもちゃ箱をひっくりかえしたような遊び疲れた表情を見せていた。父はミセス・コーヘンと、母は入江さんと、それぞれ別のテーブルで話しこんでいて、私の眼が吸いつけられていた凶々しいものに気づいた様子はなかった。やがて人々はばらばらに別れの挨拶を交わし始めた。

その晩私は夢を見た。

思えばニュー・イヤーズ・パーティがあったあのころは、東太郎《あずま》のアメリカでの人生の中で、彼の心と生活とがもっとも荒《すさ》んでいた時期に当たっていたのではないだろうか。同じことのくり返しの毎日は彼の内なる力の行きどころのない毎日であったであろう。そしてそれは何の未来にもつながりそうもない毎日でもあったにちがいない。

　ところがそれからまもなく、のちの彼の運命を左右する動きが会社であった。それは最初は目立たない形で始まった。小型カメラの修理をしていた東太郎が、手が足りないからと、胃カメラの修理に駆り出されるようになったのである。あれはニュー・イヤーズ・パーティのあとの復活祭の休みか、それとも夏休みに入ってからであろうか、帰省すると例のブレックファスト・ルームでの会話の中で東太郎の名がいつのまにか胃カメラの修理工としてのぼるようになっていた。「ブルームーン」を踊るあの姿は私自身の後ろめたい秘め事のように心に跡を残していたが、ボストンで毎日慣れない現実に直面していたせいか、へええ、という程度の驚きしかなかった。ところが会社でのその目立たない動きというのがのちに東太郎にとって計り知れないほどの意味をもつようになったのである。あの東太郎のことである。どんな状況に置かれようと自分の運命をそれなりに切り開いて行ったであろうが、それにしても、あの動きは彼の運の強さの一つであった。そしてそれは今から考えれば、胃カメラという製品の特殊性と深くかかわっていた。

　子供というものは概して天動説のように自己中心的な世界観の中に生きているもので、私は長い間自分が親につれられてアメリカに渡ったのを極めて個人的な運命——

歴史の流れとは無関係な、極めて個人的な運命として捉えていた。もちろん事実はその反対であった。私たち一家が渡米したのは歴史の流れと無関係などころか、歴史の歯車に乗り、日本経済の高度成長の大波に乗ってのことでしかなかったのである。実際今になってみれば、このお蒲団《ふとん》は京都へ、この食器は捨てていって、ああ、それから水村のおじいちゃんの日記は悪いからもってった方がいいのかしら、と着物姿の母がたすき掛けで東京の家を畳んでいる図や、元気でね、元気でね、と親戚《しんせき》に送られて羽田を発《た》つ図など、すべて「日本の高度成長」と題された白黒のニュース映画の出だしのひとこまのようにしか思えない。事実父が小型カメラのメーカーに拾われてアメリカに派遣されたのは、まさにトランジスターラジオに続いて小型カメラが日本からの花形輸出品として脚光を浴びていた時代であった。やがてそのような花形輸出品はテレビ、オートバイ、ビデオ、車、ビデオ・ゲームと時代を経るごとにどんどんと移り変わっていくことになるのだが、それは以前の花形輸出品が新しいものにとって代わられたのではなく、アメリカに出回る日本製品が多様になっていったのであり、父を拾ってくれた会社も小型カメラだけに頼らず輸出品の多様化をはかろうとしたのであろう。そこで力を入れたのが、世界に先がけて開発したのを誇る胃カメラであった。

胃カメラの登場は、アメリカに来て一、二年後、当時はまだジュニア・ハイスクールとよばれる中学に通っていた私にとって、まずは新しい「テクニシャン」の登場とともに意識された。修理の腕もよければ胃カメラのフィルムの現像もでき、英語もふつうの大学出よりもよほど堪能《たんのう》だという、小野さんという眼鏡をかけた顔が、会社の中に一つ増えた。同時に、「先生」と敬称をつけてよばれ、大人の女の人特有の流暢《りゅうちょう》な敬語で母が接するお医者さまたちの姿をたまに家で見かけるようになった。病院でのデモンストレーションのためにすでに胃カメラの扱いに熟練した医師たちが日本から招かれたのだと次第にのみこめた。さらにそれまでは聞いたことのない「セールスマン」という言葉を耳にするようにもなった。小型カメラや顕微鏡が商社を仲介した間接販売という形をとっていたのに対し、胃カメラは一人一人のアメリカ人のセールスマンと歩合制の契約を結び、直接販売という形をとった結果だというのも追って理解するようになった。アメリカでは日本での販売価格よりよほど高額に価格が設定されたそうで、一台あたり二、三千ドルという、当時なら新車の一台も買える値段――子供だった私にとっては天文学的な値段で、それを聞いて仰天した覚えがある。セールスマンの歩合は十パーセントと設定され、独身の駐在員の月給が四、五百ドル、「現地採用」なら三百ドルいかなかったあの時代、数台売ればアメリカ人の家族持ちのセールスマンでも充分に食べて行ける値段であった。

その胃カメラの修理に「現地採用」の東太郎が回されたのであった。胃カメラは精密機械であるとともに人命にかかわる医療器械でもある。胃カメラを売るには修理が迅速であるという評判は欠かせないものであり、売り上げが伸びるにしたがい修理に新たな人手が必要になったものとみえる。もし東太郎がその場にいなかったら日本から二人目の胃カメラの「テクニシャン」が送りこまれたのであろう。たまたま「現地採用」の東太郎がそこにいたので、彼がその場しのぎに使われたのであった。すでにやはりその場しのぎにマンハッタンで「芸術写真」を撮っている日本人の写真家が、胃カメラのフィルムの現像担当として現地で雇われていた。

そうこうするうちに、次に帰省すると今度は東太郎の名が「出張」や「デモンストレーション」などという言葉とともに父の口から出てくるようになっていた。私はそのときも微《かす》かな驚きを覚えただけでそれらの言葉を聞き流した。ボストンに根を下ろすにつれ父の会社の話はいよいよ遠く、なぜ胃カメラの修理をする人間が「出張」や「デモンストレーション」などと関係があるのか問い質《ただ》すほどの興味は湧《わ》かなかった。東太郎の名がそのような言葉とともに出てくるようになった背景を朧《おぼろげ》気ながらも把握したのは、それから大分時が経ってからであった。その事実がのちの彼の人生でどのような意味をもちえたかを把握したのは、さらに長い時が経ってからであった。

　そもそも東太郎が胃カメラの修理に駆り出されるようになった時機というものが、まずは東太郎に幸いしたのである。それは丁度日本から招かれた医師たちが相次いで帰国し、代わりに「テクニシャン」の小野さんが修理の合間に病院にデモンストレーションへと出向くようになったころと一致していた。医師たちが帰国してしまえば詳しい製品知識をもつのは小野さんしかおらず、会社も先々医師の代わりを務められる人材をと英語に堪能な小野さんを送りこんだのであろう。医師たちが帰国したあとしばらくは、小野さんも意気揚々と病院に出向いていったにちがいない。ところが病院にデモンストレーションに出かけるというのは実は大変な仕事である。医師とちがって会社の人間が鞄持《かばんもち》にお供することもないからなおさらであった。たとえばそれは単に近郊の病院を訪ねるというだけではなく、飛行機を乗り継ぎ、レンタカーを借りて地図を頼りに要請のあった病院を探し出すということである。また、興味津々《きょうみしんしん》と見つめるアメリカ人の医師たちを前に、当時は今の何倍もの太さがあったという胃カメラをいとも楽々と呑《の》みこませるということである。そしてさらにはその医師たちの早口の質問を前に、製品の説明と宣伝とを何とか英語で繰り広げるということでもある。そのうちに小野さんもだんだんと疲れてくる。そして小野さんが疲れてくるにつれ、すでにそのころは充分な製品知識を得た東太郎が小野さんに代わって病院に出かける機会が増えていく。それが東太郎にとっての大きな転機となったのである。実際小野さんのように定年まで職が保証されている人間、それと同時にいくら会社に貢献しようと大学を出ておらず、出世の限界も見えている人間にとって、是が非でもがんばらねばならないという状況ではなかった。小野さんに代われるだけの能力が東太郎になければ別だったであろうが、東太郎には十分すぎるほどの能力があった。かくして東太郎は胃カメラの修理工として働きつつ、「出張」や「デモンストレーション」などという言葉につながる働き手となっていったのであった。

胃カメラの部門の仕事が正式に東太郎のものだと認められたのは、日本の本社が東太郎に代わる人材として送りこんできたのが、胃カメラ部門の人間ではなく、ふつうのカメラ部門の人間だったときである。

「本社がとうとう東君を胃カメラの人間として認めたよ」

父がそう得意そうに報告したのを覚えている。

あの父にどの程度の権限があったのかは知らないが、想像するに、本社の方では東太郎の存在をそこまで正式に認めるのに最初は抵抗があったのではないか。万事ことの始めというのはのちの基礎を作る要《かなめ》となる時期である。アメリカで胃カメラの市場を確立するにあたって、セールスマンにアメリカ人を雇うのはやむをえないとしても、残る人材はなるべく会社の子飼いの人間で固めたいというのが本社のそもそもの思惑ではなかっただろうか。日本の企業がアメリカに工場を作り、現地のアメリカ人をそのままマネジャーに据えたりするようになるのはまだ当分先のことで、本社採用の人間に非《あら》ずんば人間に非ずと、本社採用の人間のみが裃《かみしも》を着て威張っているような物々しい雰囲気がどの会社をも支配していた時代である。東太郎という男がいくら頭が切れようと、英語ができようと、子飼いの人間に寄せられるような信頼を寄せるわけにはいかなかったであろう。そういう風に考えていくと、父が本社を説得するのに一役買ったのではないかと想像しても、そんなに的外れではないように思うのである。

本社のお墨付きがあって以来、日本人の口から出る「東君」という名が微妙に対等に近い響きをもつようになった。だがのちの東太郎にとってのより重要な変化は別のところにあった。それはアメリカ社会との関わり方で、一東洋人でしかなかった男が、胃カメラを通して、世に誇れる世界商品の売り手としてアメリカ社会と直接関わりをもつようになったのである。異文化の人間同士にとってモノの売買を媒介とするほど深い絆《きずな》を結ぶのに適した方法がないことは歴史が教えてくれる。病院をめぐり、数々のアメリカの医者を相手に胃カメラを売りこむうちに、東太郎は次第次第にアメリカ社会の中枢《ちゅうすう》にある人たちと一個の人間として関係をもつに至ったのであった。

しかもそこには東太郎に有利な誤解が生じていた。アメリカ人の医者たちの何人かが東太郎のことをいつのまにか、ドクター・アズマと呼ぶようになっていたのである。

——そりゃあいい。ドクター・アズマで通したらいいじゃないか。アメリカ人は日本人を馬鹿《ばか》にするからね、日本で医学部を出たことにすればいい。

のちに人から聞いたのだが、父はそう言って東太郎がドクター・アズマと呼ばれるのを興《きょう》がったという。そしてアメリカ人の医者を前にその誤解を解くどころか、その誤解をわざと持続させる方向にもっていったという。

——その方が相手も信用するからね。

東太郎のためを思ってのことだけではなく、そこに父の悪戯心《いたずらごころ》があったことを、私はその話を聞いた瞬間に理解した。会社の男の人の中では一番低い地位にあり、「会議」と称するものからはことあるごとに閉め出され、本社から要人が出張で来ればその存在を石ころのように無視されていた東太郎を、会社の為という名目でもって対外的にもっとも高い学歴の持主にしたてあげ、一人で腹の中で快哉《かいさい》を叫んでいたのにちがいなかった。今思えば学歴詐称《さしょう》罪のようなものに問われたりすることを危惧《きぐ》しなかったのが不思議といえば不思議だが、東太郎がじかに患者の身体《からだ》に触れることもないので問題はないと思っていたのかもしれない。いづれにせよこの誤解の持続が東太郎がアメリカ社会に喰いこむのに実質的に役立ったことは疑いない。

東太郎にまつわるこのような話を、私自身は、帰省の度に断片的に聞いただけである。当時はまだ彼もたまに会社の人たちと一緒に家にくることがあり、私と会う機会も稀《まれ》にはあったが、記憶に残る会話も場面もない。そうこうするうちに、私の家全体が父の会社から距離をもたざるをえない事態が起こった。年々大きくなっていった会社がついに東京の本社から独立して米国本店と名を改め、それを機会に本社から子飼いの人間が社長として就任し、父は降格されて副社長という肩書きで留まることになったのである。会社勤めには不向きで、人の下にいるのにはもちろん、人の上に立つのにも徹頭徹尾不適任な父が最高責任者でなくなったのは会社のためには喜ばしいことであったが、父は父なりにおもしろくなかったのにちがいない。回りの人たちが色々と手を差しのべてくれたにもかかわらず、父は会社の運命にはすっかり傍観者然とした態度をとるようになっていた。母が自分の職場の人間関係に身を入れ、父の会社の人たちと家族ぐるみで親しむような機会もなくなっていたのがそれに拍車をかけた。以来父は持病の糖尿病が悪化して引退を余儀なくされるまでの長い歳月を、今の言葉でいう窓際《まどぎわ》族のように過ごすようになった。だが東太郎とのことだけを考えれば、それはかえって幸運なことだったかもしれない。

東太郎のめざましい出世の始まりは父が一歩身を引いたのとほとんど時を一にしていた。病院をめぐって胃カメラのデモンストレーションをするのはそのままセールスにつながる。しばらくするうちに東太郎は並のアメリカ人のセールスマンよりも多くの胃カメラを売るようになっていた。そしてある日、新しく就任した社長と談判し、会社をやめ、歩合制のセールスマンの一人としてアメリカ人と同じように働きたいと言い出したのであった。セールスマンより会社を儲《もう》けさせているのに彼らの収入とは比べものにならない低い給料で働いているのだから、そう言い出しても当然といえば当然であった。だがそれは日本から送られてきた駐在員ならとても言い出さないことでもあった。新しく就任した社長は驚いたであろう。腹も立てたかもしれない。だが最終的に譲歩したのは、時が丁度胃カメラの売れ行きが急成長し始めた時期と一致しており、東太郎のような男がセールスマンとして本腰を入れればいかにその数字をさらに伸ばせるかが想像がついたせいであろう。のみならず、日本の会社特有の温情主義で、学歴もなければ「現地採用」でしかない東太郎がそのまま会社にいても何の将来もないのさえ考慮に入れてあげたのかもしれない。そのころはすでに胃カメラの

「テクニシャン」がもう一人日本から送られてきていたが、本社との交渉があり、東太郎の代わりとなる人材がさらにもう一人送られてきた。東太郎は会社をやめると同時にグリーン・カードとよばれる永久居住権をアメリカの移民局に申請した。

——東さんはやるわねえ。

ミセス・コーヘンは少し皮肉を交えて感心した。

ヤジさんキタさんを始めとして、以前家族で親しんでいた人たちは異国での企業戦士としての戦いを終えて日本に帰ってしまっており、もう我家を訪れる人はほとんどいなかった。また私自身家を出て久しかった。自分の絵の才能のなさを見極めて早々とボストンの美術学校はやめヨーロッパに語学留学させてもらったりしたが、そのあとも親元には戻らず、ニューヨークを離れたところで果てしない学生生活を送っていたからである。そんな中で、その辺が東北の網元の娘である所以《ゆえん》だろうか、ミセス・コーヘンは妙に義理堅いところがあって新年の挨拶《あいさつ》には必ず我家を訪れた。そしてクリスマスからお正月にかけては毎年家に戻っていた私と少なくとも年に一度は年中行事のように顔を合わせ続けていた。当時は東太郎もまだたまにはコーヘン夫妻とゴルフを打ちに行くことがあったとみえ、彼からじかに話を聞くこともあるようだった。

東太郎があの白いゴム鞠《まり》のようなシンディとはもうとっくに別れてしまったことや、

老婆《ろうば》の家の地下室を出てまともなアパートに移ったことなどを知ったのも、ミセス・コーヘンの口からである。塗料の剝《は》げた黄色いコルベアも真新しいぴかぴかの赤いマスタングに替わったという。

もちろんセールスマンとして成功していた。

――なにしろ、一番なんですって。

セールスマンとして働き始めるや否《いな》や東太郎は一番の成績をあげたということである。そもそも東太郎の担当地域はニューヨーク州とその近辺という最も病院の多い地域であった。並のセールスマンとは比較にならない詳しい製品知識をもっているところに、その最も儲かる地域で、四六時中休みもとらずに働いたのである。なにしろ朝四時起きして深夜トラックと共にハイウェイを走って病院に馳《は》せ参じるような毎日だったという。そのうえ少しでも暇があれば図書館で勉強し、胃に関してはその辺の権威に負けないだけの知識をもつにも至った。胃カメラがそのような熱意が報われるだけの優れた商品であったのも幸いした。

「飼い犬に手を咬《か》まれる」という表現があるが、それからの東太郎《あずま》の動きは会社から見ればそのようなものだったのかもしれない。じきに東太郎の成績はたんに一番というだけでなく、他のセールスマンを大きく引き離しての一番となった。彼はいつのまにか高級住宅地のアパートに住むようになっていた。「ベンツを乗り回す」ようにもなっていた。実力主義のアメリカではセールスマンが高級住宅地に住んだり高級車を乗り回したりするのはそのまま信用につながり、それは贅沢《ぜいたく》である以前に商売の一環だと言えなくもない。同じことをアメリカ人のセールスマンがしても皆は羨《うらや》ましいと思っただけであろう。だが東太郎はアメリカ人ではなかった。日本人であった。しかも数年間はみなと同じ釜《かま》の飯を喰った同胞でもあった。それがいつのまにか、七万ドルとも十万ドルとも大げさに噂《うわさ》されたが、要するに当時の社長の年収を優に越す収入を一ヶ月で得るようになっていたのである。東太郎の受け取る歩合を少なくすべきだという声が会社のどこからか上がった。それを日本人のやっかみと呼ぶべきか、日本人のもつ公平感と呼ぶべきかは見方によるであろう。日本の社会の外からみれば不当に見えることも、中から見れば必ずしもそうではないということはよくあるからである。やっかみからにせよ、公平感からにせよ、ある年、契約を更新する時がきたとき、会社は今まで十パーセントだった歩合を突然に引き下げ、八パーセントという数字を彼に示した。

その話を聞いたときは会社の暴挙に驚いたが、のちに聞いたところによれば、事情はもう少し複雑であったらしい。ことのおおもとは、胃カメラが会社が予測していたよりもはるかによく売れる製品だったことにあり、実は会社としては前々からセールスマン全員の歩合を下げたいと考えていたらしいのである。それで、東太郎に対する不満が日本人の間で鬱積《うっせき》するようになったところで、それを梃子《てこ》に使い、日本人であり、うちうちの人間でもあった東太郎の歩合をまずは落とそうということになったのであった。東太郎の歩合を落とせば、契約更新時に他のアメリカ人のセールスマンの歩合も自動的に落とせるはずであった。

会社が東太郎にどのように説明をしたのかは知らない。東太郎は表情を変えずにサインしたそうである。そしてさらに精力的に働き、神業だと噂されたが、前年と同じぐらいの収入を得たという。やがてまた契約を更新する時が来た。会社は今度は六パーセントという歩合を示した。会社としては、たとえ六パーセントでも途方もない稼ぎになるのだから、会社が情けをかけて拾ってやった東太郎が文句を言う筋合いはないと考えたのかもしれない。数日考えさせてくれと言って引きあげた東太郎が三日目に現れたとき、契約書はサインされないままにつき返された。

東太郎は会社と縁を切っただけではなかった。すぐに皆の知るところとなったが、こともあろうに、似たような医療器械を扱うアメリカのライバル会社と契約を結び、今までに得た知識や築いた人間関係を総動員してそこの製品を売るようになったのである。会社は見事に裏切られたのであった。東太郎の方はすでに弁護士を雇い、知人の医者たちに推薦状を書いてもらって永久居住権を取得していたので、何をしようと自由であった。会社は他のセールスマンの歩合を十パーセントに戻して東太郎に報復した。

帰省すると「ユダヤ人も顔負け」という、自称リベラルな人間にはあるまじき表現が父の口から出てきたりするようになった。会社に入れるのに一役買い、東太郎に恩恵を施し、さらに会社にも恩恵を施したつもりでいた父も裏切られた気がしたのであろう。だが、そこに真の衝撃はなかったように私が思うのは、そもそも今回のことが起こる前から父は東太郎に距離を感じていたらしく、久しく食卓の話題にのせることもなくなっていたからである。英語を学ぶのに二宮金次郎よろしく精進していた東太郎とちがい、セールスマンとして「ベンツを乗り回す」東太郎は、父のような人間にとって、好意をもつことも理解することも難しい何者かに、すでに転じていたのではないだろうか。そしてその「ベンツを乗り回す」男が彼の人生で何をしようとそれほど堪《こた》えなかったのではないだろうか。それよりも、今回のことで、やはり並の男ではないという、自分のかつての思い入れが思いもよらぬ形で証明されたという感慨さえもったかもしれない。「あの男もアメリカにほんとうに根をおろしたね」といった類《たぐ》いの言葉が父の口から洩《も》れることもあった。

実際東太郎に複雑な思いを抱いたのは父だけではなかった。日本に戻って結婚したヤジさんが引き続きロスアンジェルスに派遣されたあとクリスマス休みに家族連れでニューヨークを訪れ、ついでに私の家にも挨拶に寄った。昔話に花が咲き、その昔話がいつのまにか東太郎の話に移った。

奥さんよりよほど面倒見がいいヤジさんは、赤ん坊を膝《ひざ》に乗せてあやしながら、父に言った。

――東くんは大したもんですよ。

いつもの性格の穏和過ぎるヤジさんの言だと思って聞き流していると彼は続けた。

――みんなもそう言っていますよ。

あのころ一緒に仕事をしていた古い駐在員たちは東太郎を非難する人ばかりではないという。

――入江さんは？

私は思わず横から口を出して訊《き》いた。母と私を前に、オレはああいうのは嫌いだね、と言い放った口調は記憶に残っていた。

——入江さんなんか、会社が悪いって言っているぐらいなんだよ。

ヤジさんは私に向かって笑いながら応《こた》えた。ヤジさんにそっくりの膝の上の赤ん坊も身体を揺すって笑った。

私はこういう人たちの反応にアメリカで長年過ごした日本の駐在員たちの微妙な心を見た。移民の国アメリカに長年暮らすということは、自分がもし祖国を切り捨てられたらとの思いが、ある日、ふと胸をよぎらないとも限らないということであった。日本に戻ったあと会社での自分の将来が見えていればなおさらである。

だが当然のこととして東太郎の裏切りはふつうの日本人の間で排斥の対象となった。彼が「アメリカに寝返った」話はまたたく間に巷《ちまた》に広がり、父の会社の人たちの間に限らず、ニューヨークの日本の駐在員一般の間で広く排斥の対象となったのである。東太郎という名は人々の間で即、嫌悪感《けんおかん》や猜疑心《さいぎしん》を呼び覚ますようになった。もちろんその根底には妬《ねた》みもあった。

そのころである。妙な噂が飛び交うようになった。東太郎は日本人ではない、中国人である、いや韓国人だ、いや、安南人の血が入っているそうだ、どうりで日本の会社を裏切って平気な筈《はず》だ、なにしろ日本で世話になった家の娘をかどわかして捨てたそうだ等々の、どこか妙に愛国的な匂《にお》いのする噂で、噂というよりも誹謗《ひぼう》中傷に近いものであった。あそこまで成功すればそろそろ故郷に錦《にしき》を飾ろうというのが人情なのに、日本に一度も帰ろうとしないのも、その誹謗中傷を日本人の間に広めるのに役立った。

私はといえば長年会わないうちに記憶にある東太郎はすっかり心から遠のいてしまっていた。わずかしか口をきいたことがないのに、私の知っている東太郎はどこか懐《なつ》かしいところのある人であった。それが今は聞く話聞く話、別人の姿しか思い浮かばなかった。彼が裏切り者であるのは構わない。凶状持ちが浪漫的《ロマンティック》でありうるように裏切り者は浪漫的でありうる。だが彼は滑稽《こっけい》なことに成金であった。「ベンツを乗り回す」という東太郎は、ゴルフ焼けをした胸に太い金の鎖をぶら下げてでもいるようなやくざな男となって私の想像に現れた。サラリーマンの世界が平俗であったとしたら、成金のそれは平俗を通り越して俗悪であった。忘我の面もちで「少女世界文学全集」のページを繰っていた姿、暗い眸《ひとみ》で青い海に向かっていた姿、頬の筋肉を硬くして「ブルームーン」を踊っていた姿――それらの姿は今となっては記憶の悪戯《いたずら》のようにしか思えなかった。ただ、幸いそのようなことに感傷を覚えるには、すべてが私から遠く離れ過ぎたところで起こっていた。

そうこうするうちに東太郎の人生はさらに発展していったらしい。じきにセールスマンをやめ、セールスマンをしていたころに親しくなったユダヤ系のアメリカ人と組み、医療器械そのものを開発する商売を始めたという話を聞いた。以前から住んでいた高級住宅地に、アメリカではコンドミニアムと呼ばれるアパートを買ったことも、それが一番階上にある広いテラスつきの贅沢なペントハウスであることも聞いた。女医とつきあっているという話を聞くうちに、今度は女弁護士とつきあっているという話も聞いた。女の趣味につき合っていたのか、連れ立ってメトロポリタン・オペラハウスに出没するのを見かけたという人もいた。あれだけ上背のある男だから白人白人した女ともつきあいやすいだろうと漠然と思った記憶がある。

それからさらに数年の歳月が経《た》ち、その間に物事はいっそう大きく変化した。折々東太郎の話は聞いたが、彼はすでに私にとって無関係なところで人生を営む人でしかなかった。もちろん会うことはなかった。そして、あちこちで耳に入る彼の成功とあたかも反比例するかのように、私たち一家の運命はおもしろいほど下降の道をたどった。父の持病の糖尿病が悪化するにつれ、母は職場で知り合った日本の駐在員との関係に深入りするようになり、父が引退を余儀なくされたあとは家には寝に帰るだけになった。一日中父がごろんと仰向けになった家の中は天井の隅に蜘蛛《くも》の巣が張っていった。周囲の人が私たち姉妹の未来に描き、また私たち姉妹も当然としていた「まともな結婚」というものは、いつまでたっても二人を訪れず、先があっていいわね、と言われていた若さも無駄に使ううちにいつしか忽然《こつぜん》と消えてしまった。奈苗《ななえ》は親がさんざんお金をかけたピアノをやめ、彫刻家の卵としてマンハッタンで不規則なアルバイトで食べるようになっていた。男の影がまばらになると同時に、男の代わりであろうか、babies と彼女が猫撫《ねこな》で声で呼ぶ、二匹の兄妹の猫が登場した。私は私で延々と学生生活を続けたあげくついに大学院にまで行くことになったが、学業で身を立てようという気があってのことではなく、日本に帰って日本語で小説を書きたいという思いを募らせながらも日本に帰る決心がつかず、先の見えない大学院生生活を鬱々《うつうつ》と送っていただけであった。やがて父の眼は手術をくり返したあげくほとんど見えなくなった。母はそんな父をホームに入れ、ロングアイランドの家をさっさと売りに出し、自分の人生とやらを求めて恋人の駐在員の男——母さえいなければ波風立たぬまま一生を終えられたであろう単純至極な男と、手と手を取り合い、男の新たな派遣先へと去っていってしまった。私たち姉妹は帰る家もなくなれば、何かといえば当てにしていた親の懐《ふところ》もなくなったまま、ホームに入った父とともにアメリカに残された。

時代の方も予想もしない勢いで変わってしまった。私たち一家があとにした日本は確か貧しい国であったのに、それがいつのまにか豊かな国だと謳《うた》われるようになり、日本人といえば集団で空港に着き、集団で札びらを切って高級ブティークを襲う人たちだというイメージがアメリカの中で定着していった。接待費で一晩に何百ドルも使うという日本人の駐在員が、肩で風を切ってマンハッタンを闊歩《かっぽ》するようになった。東洋人とみれば住みこみの使用人だと決めつけるアメリカ人が全米から一掃されたとは思わないが、そのような人は救いがたく時代遅れの人でしかなくなった。アメリカの豊かさは容易には見えなくなり、豊かさを求めてアメリカに渡る日本人もいなくなった。だが日本経済の発展に押されて、派遣されるのをさして望まないままアメリカに派遣されるサラリーマンはいよいよ増えていった。

そんな時代に入ってからのことであった。久しぶりに奈苗とマンハッタンで一日過ごし、夜ミッドタウンの寿司《すし》屋に入り、寿司職人の「らっしゃい」との掛け声に誘われて眼を遣《や》れば、東太郎の横顔がカウンターにあった。黒っぽい背広姿である。同じように黒っぽい背広姿のアメリカ人の男と一緒で、愉快そうに笑いながら話していた。「ブルームーン」を踊る姿を見てから十年以上たっていた。あのときのよどんだ澱《おり》のようなものはまったく影をひそめ、黄金の光が空からすうっと降り、そのままそこに宿ったような輝く姿であった。今思えばあのころはすでに日本に戻り女と逢《あ》ったあとだったのだが、私はもちろんそのようなことは知らず、ただその黄金の光が宿ったような眩《まぶ》しさに、眼も身体《からだ》もひきよせられるのを感じただけであった。同時に私は痛いほどの引け目を感じた。自分が東太郎にこのような形の引け目を感じるようになるとは想像もしなかったので、余計に痛いほどの引け目を感じたのだと思う。

私たち姉妹にはもう何も残されていないような気がした。未来すら残されていないような気がした。それにひきかえ東太郎《あずま》はすべてをもっているように思えた。金持になったと聞いているのに、奈苗と私が入れる程度の寿司屋で食べているのが不思議といえば不思議だったが、思えばあのころからすでに日本の駐在員が利用する上等な寿司屋に入るのはわずらわしくなっていたのかもしれない。父の会社を飛び出してから何年もたつうちに誹謗中傷もいつしか下火になり、ニューヨークの日本人社会のなかで稀有《けう》な成功者として少しづつ知られてきたころであった。

席につき、東太郎がそこにいるのを奈苗に言おうとした時である。男の方も気がついたらしく、立って私たちの方に歩いてきた。弾むような笑みを見せている。昔、私の部屋の電球を替えてくれた時に見せた、無防備な笑みでもあった。全体に少し肉がついた印象があったが、それは痩《や》せ過ぎてはいないという程度のことでしかなかった。噂《うわさ》を通じて想像していた東太郎は一瞬のうちに消え、娘のころの記憶どおりの姿が眼の前にあった。あたかもこの十数年間は夢でしかなかったようであった。

——美苗《みなえ》ちゃん。

私に向かって言った。奈苗とはほとんど会ったことがなかったのである。私はびくっとした。なぜ「美苗ちゃん」なんだろう。あれからも折々ミセス・コーヘンから私たち一家の話を聞いていたからだとあとになって思い当たったが、そのときは不意をうたれて首から上が熱くなった。

腰を浮かせて挨拶《あいさつ》に立とうとする私を東太郎は手の動きでさえぎって言った。

——お久しぶりです。

——ほんとうに、お久しぶりです。

——水村さんはどうですか。

——ええ、まあ、どうにかやっています。

父がホームに入っていること、活字なしでは生きてゆけない人間だったのにもう本の感触さえ忘れてしまっているであろうこと——そんなことをすでにここまで遠くなってしまった人間に言ってどうなるものでもなかった。すると彼の方が言った。

――何か入院なさっていたというのを聞きましたが。

何気ない声を出しているが、眼が私の表情の動きを捉《とら》えようとしている。

私はありがたいと思った。父の話をどこかで聞いて心にかけていてくれたのがありがたかった。だが幸運の光に包まれたようなこの男の前で父を話題にするのは憚《はばか》られた。幸運の光を汚《けが》すような気おくれがあり、またそれ以上に、この時間も仰向けになって見えない眼を開けてベッドの上に寝転がっているであろう父が気の毒であった。

――まあ、出たり入ったりです。

男は私の反応を見てそれ以上深入りするのを留まった。

――すっかりごぶさたしていますが……。

――今やたいへんなお金持でらっしゃるんですってね。

娘のころなら言えなかったような言葉が口をついて出た。彼は首を振った。またそこに笑顔があった。

――そんなことはありません。でもせっかくお目にかかったんですから、どうぞ好きなものを注文して下さい。

今度は私が首を振った。

――まさか。

——まさかじゃないですよ、どうぞ。

東太郎は上から深々と私たち姉妹の顔をのぞきこみ、四角い小さいテーブルに向かい合った私たちは黒っぽい背広の肩に大きく覆《おお》われた。こんなに立派な男に愛されるというのはどんな気持だろう。こんなに立派な男に守られたらどんなにか心強いだろう。その日一日財布の中身を気にしながらマンハッタンをうろうろしていた自分たち姉妹が必要以上に哀れに思えた。

私は本気にとらない顔をして首を振り続けた。

彼は眼で私をもう一度促した。

それじゃドリンクをお願いします、と私が言った。あまり頑《かたく》なに断ると、会社への彼の仕打ちに対して父までも根にもっていたような印象を与えるかもしれず、それは父の名誉のためにも避けたかった。

——あたし、呑《の》めないじゃない。

奈苗が半分ふざけながら、半分本気で、長い黒髪の間から恨めしそうな眼を見せた。

東太郎は奈苗と私との顔を交互に見た。

——なら、ドリンクにおつまみをつけましょう。刺身の盛り合わせかなんか。

奈苗と私は同時に、うん、うん、とうなずいた。あとから振り返れば気恥ずかしくなるほど嬉《うれ》しそうな顔をしていたにちがいなかった。私たち姉妹では注文することはありえない刺身の盛り合わせがテーブルの中心に置かれる図は素直に嬉しかったし、またそれ以上に、黒い背広姿の、どこから見ても立派な男の好意は、その時の私たちにとっては、嬉しいのを通り越して光栄ですらあった。

背広姿がカウンターに戻ったところで奈苗が言った。

――Wow! He's cool! He's got style.

――ほんと。

男の身体から発される、澄み切ったようでいながら芳醇《ほうじゅん》な空気に、お酒を呑む前から酔ったような心地がした。奈苗が続けた。

――声もいい。

――ああ、そうかもしれない。

――だって、もっのすごく特徴があるじゃない。甘くって。

――そういえばそう。

――Did you see his fingers?

指？　私の記憶にあるのは、私の寝室の天井にあった電球をくるくると回した指だけである。

――So-o beautiful! 長くて優雅なの。

昔から奈苗の方が男の外観に関しては細部に至るまではるかに敏感であった。煙草《たばこ》をはさんだ自分の細くて長い指を満足そうに確認している。そのときつきあっていたポーランド人の恋人のHenrykが、奈苗の指に合うよう特別作ってくれたという、虫眼鏡で見なくては見えないような小さなダイヤモンドのついた白銀の指輪をはめていた。

ちょっと日本人には見えないわねえ、と奈苗が続けた。

――何に見える？

私は訊《き》いた。

――蒙古《もうこ》人。

――うーん。そういえばそう。

――だって、骨格が日本人にしてはしっかりしてるじゃない。

――そう。

――パッカパッカと荒原かなんかを馬に乗って駆けめぐるのが似合いそう。

東太郎がカウンターの向こうの寿司職人に何か言いながら私たち姉妹を顔で指しているのが見える。

――でも蒙古人って日本人とどうちがうんだろう。だって英語で Mongolian ていったら、あたしたちのことじゃない。

こんなときでも言葉の定義にこだわる私が言った。

――そりゃあそう。

――Mongolian て Mongoloid と基本的には同義語でしょう?

――ホントにどうちがうんだろう。

ウェイターが注文を取りに来たが、こちらは日本人以外の何者でもないというような顔をしているが片言の英語しか話さないので、韓国人だか中国人だか、それこそ蒙古人だかどうかもわからない。この程度の日本料理屋では高給を支払わねばならない日本人などはそう簡単には雇えない時代に入っていた。

奈苗は唇をつきだして煙草のけむりを吐きながら言った。

――Maybe he's gay. He's just too good-looking to be straight.

――うーん。でも女の人たちとつきあってたっていう話が色々あるじゃない。

――Then why isn't he married, for God's sake?

あのとき恋人の Henryk とごたごたしていなければ、少なくともあの晩は東太郎とねんごろになる可能性を考えたりしたのではないだろうか。だが、考えたところでどうなるものでもなかった。金持の男に自分から言い寄るような厚かましさは奈苗にもなかった。

私は言った。

——でもあなた、ずっと前に会ったとき、どこか品がないところがあるって言ってたじゃない。覚えてる？

——覚えてるわよ。

奈苗は首をカウンターの方にめぐらせた。

——なんか、前と全然感じがちがう。

そうして深いため息をついた。

——幸せそうで……

まさにその通りであった。隠すに隠しおおせなかった焦燥感は今は洗い流したように消え、その代わり隠すに隠しおおせない歓《よろこ》びが溢《あふ》れていた。

成功するとあんなに幸せそうになるんだろうか、と奈苗は自問するように言った。

——わかんない。

親からはまともな結婚をするという以外はさして期待もされず、自分たちも己れに対してそれ以上の期待はせずに育ってきた私たちにとって、成功という概念は漠然としたものでしかなかった。奈苗は今度は独り言のように言った。

――でも、あんなに幸せそうなの、怖くないんだろうか。素敵だけど、何だかちょっとバーッカみたいじゃない、あの感じ。

今度は姉妹二人で笑った。

それほど東太郎の幸福は人眼に明らかであった。

壁に「有名人」の色紙が何枚か飾られた小さな寿司屋は、週末の夜の賑《にぎ》わいをそれなりに見せ、人が入れ替わり立ち替わり入ってくる。注意して見ていると、日本人の何人かは東太郎に気がついたようで、ちらちらと彼の方を見て何かを言ったりしている。やがて大漁船に大きく盛られた刺身がテーブルの上に現れた。五人分ぐらいはありそうで、食い意地の張った私は小さく両手を叩《たた》いて喜んだ。

――お金持なのにケチじゃないのね。

わかんないわよお、そういうことって、と割箸《わりばし》を割りながら奈苗が応《こた》えた。音楽学校に行っていたおかげで昔から彼女の方が金持との交流が多く、金持に関してだけは私より醒《さ》めた意見をもっていた。奈苗は続けた。

――自分に得になるところでだけ使うのかもしれない。

――だって、あたしたちに使ったって一文の得にもならないじゃない。

――そりゃあそう。You got me there.

二人で苦笑したあと奈苗がやや真剣な声を出した。

――でも、ほんとうにいい人だったらお金持になれないと思わない？

――うん。

私はそう応えてから思い直して言った。

――でも、そんなに悪い人じゃなくともお金持になれるのかもしれない。

いったいどれぐらい財産があんのかしら、a few million はいくんでしょうね、ten million ぐらいはいくのかもしれない、と大漁船に箸を忙しく伸ばしながら東太郎の金持ぶりを二人で想像しようとしていると、突然本人が別れの挨拶に現れた。慌《あわ》てた私たちは今度は立ち上がって口々にお礼を述べた。久しぶりの贅沢《ぜいたく》な刺身は食べても食べても終わらず、結局注文したにぎり寿司《ずし》は別々に折りに詰めてもらうことにした。

奈苗は茶色の袋に入った折り詰めを嬉しそうに上から撫《な》でながら二匹の猫のことを言った。

――こんなん持って帰ったら babies たちが狂っちゃって、あたし、落ち着いて食べられないわ。なまのお魚なんて、あの子たちめったに食べられないんだから。

――ベッドルームのドア閉めて、一人でこっそり食べればいいじゃない。

——そんなあ。やっぱりみんなで家族みたいにして食べるのが楽しいのよ。You just don't seem to understand.

私はそれからしばらくして姉を二匹の猫とともにアメリカに残し、日本に帰った。ちょうどそのころ母の男に帰国命令が下り、母も私と前後するようにして日本に帰ってきた。母と私は二人で父を東京の西の果てにある老人病院に移した。八人部屋であったが、それ以上父のために使えるお金は母にはなかった。東京の町を歩いてもう土の匂《にお》いがしないのに気がついたのは、大分してからであった。

再びアメリカで

日本に帰ったときには再びアメリカで暮そうとは思わなかった。それなのにわずか数年後のことであった。日本の大学でとまどいながら英語の非常勤講師をしていた私に、ニュージャージー州にあるプリンストン大学で日本近代文学を教えないかという話がもちあがり、私は図らずもアメリカに戻ることになった。しかもそれを契機にその後も幾度かそのような形でアメリカに戻ることになったのである。大学に延々と籍を置いていたとはいえ、学校と名のつくものには小学校の昔から心底不向きな人間であった。その不向きに加えて、そもそも日本語で小説を書きたくて日本に帰ったという事実がある。アメリカの大学で教えないかという話がもちあがったときは、まことに身に余るお話で、と両手両膝《りょうひざ》をそろえてかしこまる思いがあったが、それでも行こうという気はなかなか起こらなかった。最終的に行くのを決心したのは、アメリカに戻りたいという積極的な願望があってのことではなく、日本での日常生活の中で、三分の一ぐらいは自分の母国であるアメリカが急速に遠くなるのが感じられ、それはそれでどこか不安だったからである。一人でニューヨークに残してきた姉の奈苗《ななえ》のこともずっと気がかりであった。東京の西の果てで老人病院に入っている父の面倒は、アタシはここしばらくは日本にいるから是非いってらっしゃい、とそのときは珍らしく殊勝に言ってくれた母に任せることにした。家では台所に立つ姿かベッドで小説を読む姿しか見たことのない娘が大学の先生になるというのに母はまずは驚き、次にはふつうの母親並に誇らしく思ってくれたらしい。私はまたたくさんの荷造りをした。

アメリカ暮らしの再出発は車の練習から始まった。

ハイスクール時代に免許は手に入れたものの、車をもたない生活が長年続くうちに運転がまったくできなくなってしまっていた。それがこれから住むプリンストンという町は、マンハッタンから列車でたった一時間半ぐらいの距離にあるのに、うって変わって牧歌的な町で、食料品の買物一つとっても車なしでの生活は考えられない。九月からの新学期にそなえて、八月の末にニューヨークに着き、奈苗から運転の特訓を受けることになったのである。

――へいき、へいき。You're doing just fine.

奈苗は運転席の右側で平然と煙草《たばこ》をふかしていた。こういう時の奈苗は頼もしく、私の運転に自分の大事な命もかかっているというのに妙に肝が据わっていた。久しぶりに妹がアメリカに戻ってきたのでご機嫌だということもある。長い髪を肩まで切ってしまったのは、「いくらなんでも、もう似合わない年」になったからだそうだが、細長い指を自慢気に見せて煙草を吸うのは変わらなかった。

――なんて車。

自分の運転のひどく下手なのを、古い巨大な車のせいにしながら私は言った。

実際、座席に全身がうもれ、足は辛うじてブレーキとアクセルに届くだけである。しかも突然ブルックリンの町中に放り出されての運転であった。マンハッタンのソーホーに住んでいた奈苗だが、いよいよやりくりが困難になったということで、もっていたロフトを夫婦でウォール街に勤めるアメリカ人に貸し、彫刻の道具とスタインウェイのピアノと二匹の猫とともにブルックリンに移ってきたのであった。マンハッタンよりも一層道路がでこぼこしており、それだけで怖いのに、さらに信じがたい大きさをしたトラックが後ろからも横からも勢いよくせまってくる。

私はくり返した。

——まったくなんて車。

——しょうがないでしょっ。

緊張でぼうっとしている耳元で奈苗が大声を出す。

——あたしだって、まともな車がほしいわよ。

もうとっくに壊れていると思っていた車を奈苗はまだ後生大事に使っていた。私はこれから定収入があるのでローンを組んでシビックを買うことにしていた。

——こっちを発《た》つとき、Civicを安く譲ってあげるわよ。

——Depends on how cheap.

——普通の中古価格の一割引。

——No way! 無理よ。お金ないもん。それにあたしはAccordぐらいはほしい。ハイウェイが安心だから。かあいい babies のことを考えると慎重にならざるをえないのよ。

——ふうん。Accord ねえ。

当時、シビックより最低三千ドルは高い。

——うん。ベンツとはいわないけど。

——ベンツってそんなに安全なの？

——Well, that's what people say.

——ふうん。

——でもねえ、アメリカでもベンツってやっぱりちょっと俗っぽいでしょう。いかにも成金っていう感じで。だからお金があったって買わないかもしれない。VOLVO か SAAB かなんかにするかもしれない。

——あたしは断然 Jaguar。

最近はジャガーをようやく見分けられるようになったので私が偉そうに言うと、奈苗は私の言葉を無視した。

——東《あずま》さんね。

突然思い出したという声である。

——東さんが、ベンツを乗り回してるってみんなで言ってたじゃない。Remember?

——うん、覚えてる。

日本では思い出すこともなかった、あの最後に寿司屋で見かけた黒い背広姿が眼の前に蘇《よみがえ》った。

私は訊《き》いた。

——あれから会ったの？

——Nope. 会ってないわよ。会う機会もないし。

信号まで来ると奈苗が言った。

——そこ、もう一度右に曲がろうか。

——さっきから同じところばかり通ってるじゃない。

——だって、あたしもこの辺よく判《わか》んないんだもん。

ハンドルを握らせればそこいらの男よりはひょいひょいと器用に運転する奈苗が、私に寸毫《すんごう》も劣らぬ方向音痴であったことは、今回の練習で同じところばかり回らされて生まれて初めて知った。車が右に曲がると奈苗はまた東太郎の話に戻った。

——もう、今じゃあ、あのころとは比べものにならないぐらいのお金持なんですって。

Filthy rich, they say.

——へええ。

殺伐としたブルックリンの町の光景が夏の最後の強い日射《ひざ》しに灼《や》かれて揺らいで見える。

——誰からそんな話聞くの？

——誰って、あたしの知っているような日本の人はみんな知ってるもん。みんなでその話をするもん。

——うらやましいわねえ。

——そりゃ、うらやましいわよ。

誰だって金持はうらやましくてあたりまえだと言わんばかりに奈苗が応えた。だが私の心にあったのはそのような漠然としたうらやましさではなく、老人病院で八人部屋に入っている父のことや、この先一人で異国で生活していかねばならない奈苗の生活を考えての、具体的なうらやましさであった。奈苗の場合、彫刻家として芽が出ていないのは仕方がないとしても、一応それで食べている建築の模型を作るアルバイトの方も順調には入ってきていない。最近は毎日が暇なのでピアノをよく練習するのよ、生まれてからこんなに根つめて練習したことないぐらい、オノコどもにかまけていないと上達するもんよねえ、ハハ、と笑っていたが、私は一緒に笑う気にはならなかった。

——どうやってそんなにお金持になったのかしら。

——さあ。

奈苗はヴェンチャー・ビジネスという当時の私たちの耳には聞き慣れない言葉を口にしたが、詳しいことは知らないらしかった。

Jaguarでも何でも即金で買えるわね、と私は言った。

——問題なく買えるでしょ。Jaguarどころか、Ferrariだってなんだって買えるでしょ……でも大金持にしては、そんなに目立つようなお金の使い方はしていないみたい。

——ふうん。やっぱりケチだったんだろうか。

あのとき二人で眼を瞠《みは》った刺身の盛り合わせを思い起こしながら言うと、奈苗は少し考えてから応えた。

——どうだろう。

そしてまた少し考えてから続けた。

——いづれにせよ、すっごく貯《た》まってるんじゃないの。まだ同じペントハウスに住んでるらしいし。

——ふうん。

——でもね……

信号が赤になったところで、新しい煙草に火をつけると奈苗はまた続けた。

——日本にはしょっちゅう帰っているそうよ。

——ふうん。

——もちろんFirst Classでよぉ。飛行場で偶然一緒になる人がいるでしょう、それでそんな噂《うわさ》も流れるの。

——ふうん。

しばらく沈黙があった。左折する車がもたもたしていたせいで信号が変わっても全体が流れ出さず、クラクションの音があちこちから鳴り響く。全体が流れ出したところで私が口を開いた。

——相変わらず幸せそうな顔してんだろうか。

——さあ、それはわかんないけど、でも相変わらず独身なんですってさ。I'd say it's almost criminal. So rich and so handsome and to be forever so available....

——やっぱりgayだったんだろうか。

——そっちのうわさもないらしい。

私はため息をついた。

——いいわねえ。

——そりゃそうよ。Filthy rich でも fucking rich でもなんでもいいから、噂されるぐらいお金持になってみたい。


東太郎の話をもう少し詳しく聞いたのは、九月に入ってからである。ミセス・コーヘンが自分の家の屋根裏や地下室から私の新居に役立ちそうなものを集め、車に満載してわざわざ大学町まで運んできてくれたのであった。もう何年も会っていない彼女からそこまでの親切を期待していなかった私は恐縮したが、行動力のある人間特有の鷹揚《おうよう》さで、彼女は自分の親切には拘泥《こうでい》しなかった。大学が提供してくれた安っぽいコンクリートのアパートを物珍しそうに眺めながらさっさと荷物を運びこむと、私の出した緑茶を片手にすぐにおしゃべりを始めた。煙草を吸うことがあたかも地獄に落ちる大罪の一つのように白眼視される時代にアメリカは突入しており、思い切りよくやめたのであろう、紅《あか》いマニキュアに彩《いろど》られた爪《つめ》は昔のままであったが、その先に白い煙はなかった。そのあたりがやはり奈苗とちがってまともな大人だと思いながら、私は彼女の向かい側に坐《すわ》っていた。

窓の向こうには西日に照らされた雑木林が見え、そのさらに向こうに夏の名残りの緑の間をぬって、やはり西日に照らされた大きな池が光っているのが見える。二十世紀初頭に石油王が寄付した人工池だそうで、イギリスの大学の伝統を踏襲して学生たちが競艇の練習をする池であった。コンクリートのアパートは無趣味そのものだったが、あたりの自然はその人工池も含めて美しかった。

毎年、九月に入ると車にいっぱい荷物を載せて息子たちを大学に送り届けたもんだけど、そのころを思い出すわ、時が経《た》つのは速いもんねえ、と話はいまや大学を卒業したというミセス・コーヘンの息子たちから始まり、私の両親の近況、昔の会社の人たちの消息と、とりとめなく進んで行ったが、そのうちに当時世界を賑《にぎ》わしていた日本の狂騒的な好景気に話題が移った。日本の株価が憑《つ》き物に憑かれたように高騰《こうとう》すると同時に日本の土地が眼を剝《む》く高値で売買され、日本を売ればアメリカが二つ買える、などと訳のわからないことを日本人が自慢し、それを聞いたアメリカ人が、but who wants to buy Japan?――誰が日本なんかを買いたいか、と苦笑した時代であった。金あまりになった日本人の贅沢《ぜいたく》が驚かれたり顰蹙《ひんしゅく》を買ったりして毎日アメリカの新聞をにぎわしていた。

ミセス・コーヘンは私が日本からもってきたのり煎餅《せんべい》を片手でつまんで窓に透かした。

——なにしろこんな風にひとつひとつ綺麗《きれい》に包装されてんのからして贅沢なのよね。

そして紅い爪でそのビニールの包装を破った。

——金粉まで食べるっていうじゃないの。美苗《みなえ》ちゃんもそんなもんを食べてんの？

——まさか。そんなもん食べないわよ。

——そう。

ミセス・コーヘンは少し安心したような顔を見せた。

そこから突然話が東太郎に移ったのである。

——今やジャパニーズ・マネーをねらって日本の金持にも投資させてんのよ。

奈苗から聞いた話が腑《ふ》に落ちた私は言った。

——へええ。それで、日本にしょっちゅう行くのね。

——そうよ、それでなのよ。美苗ちゃんが日本に帰るころから少しづつ行くようになったみたいよ。あのころから日本は景気がよくなっていったでしょう。

そう言うと緑茶の入ったマグを空にした。

わずかに恨みのようなものが感じられるのは、東太郎が奈苗の言うように「filthy rich」になったからだろうか、それとも「filthy rich」になったがゆえにミセス・コーヘンと疎遠《そえん》になってしまったからだろうか。

一体どんな仕事をしてるの？　奈苗ちゃんに訊いても何にもわかんないのよ、と私が湯を沸かそうと台所に向かいながら言うと、そりゃあ奈苗ちゃんや美苗ちゃんにはわかんないわよ、あたしだってよくわかんないんだから、とミセス・コーヘンは笑いながら応え、新しくお茶が入ったところで、以前に一度本人の口から聞いたことがあるという、東太郎の仕事の内容を説明しようとしてくれた。

そもそもの発端は東太郎がユダヤ系のビジネスマンと組んで起したという、医療器械を開発する会社にあったらしい。その会社が、天才的な「発明狂」だとされる一人のイスラエル人の医師を中心に据えた、ヴェンチャー・ビジネスに転じたのである。まずはその医師がイスラエルの自分のチームとともに新製品を考え出す。医療関係の新製品であるという以外はよくわからないが、新しいタイプの極小のペースメーカーや尿道に入れて尿失禁を防ぐチューブなどを始めとして、もともと東太郎が胃カメラを扱っていたことから広がっていった人間関係だけあって、身体《からだ》に付けたり入れたりする器械が主である。それを次に規制の緩いロシアで人体実験をする。実験が成功し、アメリカでも承認されそうだということになると、今度は東太郎とユダヤ系のビジネスマンの二人で投資家を募り、新製品を商品化する会社を起す。会社が軌道に乗ったところで、その会社を従業員ごと丸々人に売ってしまう。大企業が買う場合が多いそうだが、会社を起すのにかかったお金と会社を売ったときに手に入るお金との差額が儲《もう》けである。百万ドルの投資に対し、百万ドル儲けさせることもあるという。投資先としての成績がきわめていいのでアメリカ全土から投資家を募るのには事欠かないらしいが、常にいくつものプロジェクトを抱えており、投資額が多ければ多いほどそれらのプロジェクトを同時進行させられる。それでバブルが始まったのを幸い、日本の投資家をもとめて日本に始終行くようになったということで、今やアジア全体の擡頭《たいとう》を前に華僑《かきょう》とも手を組もうと、そのためにシンガポール、台湾、香港《ホンコン》などにも足を延ばしているそうである。

私は息を呑《の》んで聞いていた。

東太郎と初めて会って二十年たっていた。その二十年の間に男は、地球を股《また》に掛け、なんと大きく自分の世界を広げて行ったことか。日本語という孤島の上をぐるぐるとめぐっていただけの私と何というちがいであろうか。

私は声にはならない深いため息をついた。それからぼそりと言った。

――すごい人……

ミセス・コーヘンはその私の驚きを即座に数字に直して応えた。

――もう何十ミリオンていう単位の資産だと思うわ。なにしろすごい金持よ。

恨みがましいところを抑えての、つき離した口調である。私は奈苗が言っていたことを思い出して訊いた。

――それでもそんなに贅沢はしてないんでしょう。貯めてるらしいって聞いたけど。

ミセス・コーヘンはマグを置くと、憐《あわ》れみを含んだ眼で私の顔を見た。

――ああいうお金持はね、貯めるっていうのとはちがうのよ。余分なお金があれば、投資したり投機したりするのよ。


このアメリカ滞在は二年半近くのものとなった。私は授業の合間をぬって生まれて初めての小説を日本語で書き進めた。そして週末になると、近くにある、アインシュタインが在籍していたおかげで神話的な響きをもつプリンストン高等研究所まで車で行き、広い敷地内の雑木林を、L・L・ビーンの通信販売で買った大げさな登山靴をはいて、小一時間散歩した。鹿《しか》の群が二、三頭の子鹿を守るように囲んで、林から林へとすばしこく移動する姿が木々の向こうに見え隠れした。修行僧のように禁欲的な表情を見せてジョッギングしている人たちにもよく会った。ニューヨークより南に位置しているせいで、私の記憶にあるアメリカに比べて四季は穏やかに移り変わった。

定職はあったし、小説は順調に進んでいたし、比較的安定した毎日であった。私は老人病院にいる父あてに週に一度、小学生の子供に書くような簡単な手紙をパソコンで打って、母に送った。母は相変わらず男とごたごたしていたが、父のところへも洗濯物やら支払いやらがあるので定期的に顔を出し、そのたびにその手紙を声に出して読んでくれた。そんな母には週に一度国際電話をかけた。

——パパはどれぐらい理解してるかわかんないわよ。

私が父に手紙を書くことの無意味を暗に母は言った。

——わかんなくったっていいのよ。

娘から手紙が来ていることさえわかればいいと私は思った。

奈苗は車でよく遊びにきた。ソファの上で一泊し、ほんじゃ、bye! とどこかで満ち足りた顔をして帰って行く。彼女が手を振って消えたあとは今にも壊れそうな車のボボボボボッという エンジンの音が空気に残り、そのたびに自分が真新しいシビックに乗っているのが後ろめたかった。

四季は規則正しくめぐり、アメリカの滞在も終わりに近づいたころ、ねえ、Accordが欲しいんだったら、最後にCivicを売ったお金を貸してあげるし、それでも足りない分はママと交渉してママから借りてあげるから、思い切って買ったらどう、二人には毎月少しづつでも返してくれたらいいから、と言うと、奈苗はその瞬間はそう嬉《うれ》しそうな声も出さずに、そうねえ、考えとくわ、と電話を切ったが、十分もしないうちにまた電話をよこし、それじゃあオ言葉ニ甘エテソウサセテイタダクワ、と言ってきた。

私は姉に親切であったわけではない。新しい車でもあれば、もうしばらくは奈苗もアメリカでがんばるかもしれないと、そう考えたのであった。ますます収入の道が途絶えつつあるらしい姉の将来に正面から向き合う前に、何はともあれ今書いている小説を完成したい——というより、どうぞ完成させて下さい、と天にでも何にでも祈る思いであった。子供のころから姉がピアノを練習している間文句も言わずに家の用を手伝っていた私である。家族にしてみれば私の時間や活力は最終的には家族のためにあるのであって、今さら小説を書いているなどと言っても誰も本気にとってくれなかった。また私自身それをいいことに、雑事にかまけ、書くという私にとっての重大事をともすれば明日へと先送りして人生を送ってしまいそうになるのであった。

アメリカを発《た》つ日はじきに来て、奈苗は新品のアコードでエンジンの音も軽やかにケネディ空港まで送ってくれた。

——それじゃ元気でね。

――Yep. あなたもね。

すでに別の約束がほかの大学との間にあり、一年もしないうちに私はまたアメリカに戻ってくることになっていた。それで奈苗もあまり悲愴《ひそう》な顔をしていなかったのであろう。だが悲愴な顔はしていなくとも、疲れがたまった、黒ずんだ顔をしていた。その黒ずんだ顔が強引に自己主張して私の脳裏に焼き付いてしまったのに、いまいましいような情けないような思いを抱えながら、私は混んだジャンボ機のなかに入った。

東京の土を踏んだほとんどその足で父に会いに行くと、実際にどれぐらい見えるのか、どれぐらいわかっているのか、私の方を向いて、お帰りなさい、と笑った。入れ歯を入れることもなくなっていたので前歯がなく、赤ん坊のように頼りない笑いであった。母はほっとした表情を見せた。

やがて三年以上かけて書いた一冊目の小説が完成し、単行本となった。

次にアメリカに舞い戻ってきたときは中西部にあるミシガン大学であった。冬中凍っているという五大湖のすぐそばで、しかも到着したのが冬である。幸い「スノー・ベルト」と呼ばれる一番雪深いところからは外れていたが、それでもここまで厳しい冬というものを経験したのは初めてであった。大学が用意しておいてくれたアパートはキャンパスから歩いて五分のところにあったたし、道を横断すれば小さなグローサリー・ストアもあったので今度は車は要らなかった。その替わり、東京ではお眼にかかったこともない、首の上からくるぶしまである分厚いダウン・コートに身をすっぽりとくるみ、内側に毛皮のライニングのあるぶかぶかのブーツをはき、やはり内側に毛皮のライニングのある、これもまたぶかぶかの手袋をはめ、ペンギンのような恰好《かっこう》でよちよちと教室との間を往復する日が続いた。冬の間は散歩どころではなかったし、また冬はどこまでも続いた。

春はまず暦の上で訪れた。大学が復活祭の休みに入り、私は飛行機でニューヨークに発った。まだ新品同様のアコードでラ・ガーディア空港に迎えにきた奈苗《ななえ》は、また妹がアメリカに戻ってきたというので嬉しそうな顔を見せたが、それでもこの前別れるときに気になった長年の疲れがさらに色濃く出ているように見える。

――なんか気分悪くってねえ。

体調がよくないと奈苗は私に訴えた。お医者さんに行ったら、と言うと、うん、でも高いもん、と生返事であった。

そんな具合だったから一週間滞在して翌日ミシガンに戻るという前夜、二人してミセス・コーヘンの家によばれたときも最初はぶつぶつ言っていたのであった。

——だって遠すぎるじゃない。

ミセス・コーヘンは、昔と同じロングアイランドではあったがもっと奥まったところに、以前よりも大きな家を構えていた。息子たちが独立したあとはご主人と二人だけの生活で、その晩もご主人を交えての夕食となり、アメリカ人の男の人が同席する場の常として、時事問題を中心にペルシャ湾での戦争や次回の大統領選などの話が次々と出たが、ここまで来るのにぶつぶつ言っていた割には奈苗が気を使って話を合わせてくれ、ニュースは台所に立ってラジオを聞くだけで具体的な名前も何も頭に入っていない私はほっとした。やがてご主人はバスケットボールを観《み》るということで大きなテレビの鎮座するファミリー・ルームに彼自身の大きな身体を移した。ダイニング・ルームは一転して日本の茶の間となり、お茶を汲《く》み替えながらの、日本語での、女だけでの、気楽な話が始まった。

ミセス・コーヘンが私の顔を珍しいものでも見るような眼つきで見て言った。

——美苗ちゃんすごいわね。小説書いたんですって？　あたし感心しちゃったわ。

そしてそのあと私が、いえ、いえ、などと言って謙遜《けんそん》したりする間もなく、すぐに東《あずま》太郎の話を出してきたのであった。

——ねえ、美苗ちゃんなら日本にいるから、『実業の日本』って雑誌知ってるんじゃない？

熱心に私の顔を見ている。地下鉄の吊《つ》り広告でそういう名前の雑誌があるのは知っていると応《こた》えると、その『実業の日本』という雑誌の記者が数週間前に会いにきて、東太郎について根ほり葉ほり聞いて帰ったという。

――まさか……

『実業の日本』という日本語の固有名詞が喚起するものと、私が記憶している東太郎とは、並べて想像するのが不可能なほどちぐはぐであった。

――それが、まさかじゃないのよ。

海外で成功した日本人という特集を組んでいたそうで、雑誌の方は東太郎をトップにもってきて、見開きの写真入りでのインタヴューに応じてほしかったらしいのだが、断わられてしまい、それで記者が彼の周りの人たちの話を聞いて回ったということらしい。

――日本じゃあ知られていないけど、どうやらアメリカに来た日本人の出世頭らしいの。今じゃあの「ベニハナ」のアオキなんかよりもお金持なんですって。

「ベニハナ」のアオキの名は奈苗と私でも知っている。

――へええ。

私たちは驚きの声を出した。

大したもんでしょう、とミセス・コーヘンが二人の顔を代わる代わるに見ながら、自慢げに言った。その声からは、以前どこかで感じられた、こだわりのような反発のようなものはもう消えていた。東太郎が日本人の出世頭として雑誌にとりあげられたのを機に、自分がかつて彼を知っていたという事実が単純に名誉なことに思えてきたらしい。大したもんねえ、ホント、でもあの人最初からふつうじゃなかったわよ、と私たち姉妹は口々に感嘆した。

――なにしろ、彼の財産、何十ミリオンなんていう単位はもうとっくに越していたみたいね。もう一桁《けた》は行っているみたい。

百万ドルの百倍などという額は、ドルで想像しても円で想像しても、想像できる額ではなかった。

しかも最近は急にお金を使い始めたらしい、とミセス・コーヘンは続けた。

――なんでも古い大きなお屋敷を買ったんですって、何エーカーだか何十エーカーだかある広い敷地に建ってる。

――へえええええ。

奈苗と私とでまた同時に声をあげた。

ミセス・コーヘンは二人の姉妹の顔を嬉しそうに眺め回した。

昔初夏が訪れると会社の人たちとピクニックに行った、あの海に面した公園の海岸続きに建つ屋敷だそうであった。二十世紀初頭にニューヨークの富豪がその地所に屋敷を建てたあと、幾度も持主が変わり、庭も建物も荒れ果てたままになっていたのに大々的に手を入れているという。

私はミセス・コーヘンの説明を聞きながら羨《うらや》ましさに声も出なかった。東太郎のような所詮《しょせん》成金でしかない男がなぜ古い屋敷を修復して住むなどという凝ったことをするのだろう。羨ましいのを通り越して憮然《ぶぜん》とすらした。私は鼻先にコンクリートの壁のせまる自分の安っぽい東京の住まいを思い起こした。同時に、あの日、男と二人で桟橋に並んで眺めたちらちらと光る海も思い起こした。あの日、私は、自分にのみ未来があると信じていた。そして東太郎のような男にいったい何の未来があろうかと申し訳なく思ったのであった。

――映画に出てくるような素敵なところなんですって。

――あぁあぁ……。

――入江のそばには離れを増築してね。

――あぁあぁ……。

——茶室まで作るんだそうよ。

ミセス・コーヘンももう東太郎に会うことはないらしく、直接そんな話を聞いたのではない。マンハッタンで家具職人をしている日本人がその工事に駆り出されたりしており、そんなこともあって噂《うわさ》が流れて来たらしい。しかも、茶室も日本庭園もあるということで、基本的な設計は日本の建築の先生に頼んだという。

——どう思う？

さきほどからの姉妹の反応をミセス・コーヘンは楽しんでいた。今回の招待が常よりも熱心だったのは、東太郎のことを話したかったからかもしれなかった。

どうもこうもないわよぉ、と奈苗が応えると、ミセス・コーヘンは、それに、なんと善行も積むようになったのよ、と続けた。

——ゼンコウ？

——そう。善行。よいおこない。

一昨年のクリスマスあたりから、ニューヨーク浪人ともいえる、日本に帰るあてはないがこちらでもかつかつしか食べられない人たちを集め、慰労のパーティを開いているという。それも日本人に限定せず他のアジア人にも門を開き、日本料理だけでなく韓国料理、中国料理のシェフを家に招き、食べたいだけ食べてもらって、さらに折り詰めにして持ち帰ってもらうのだそうであった。

——色々寄付なんかもしているらしいし、要は慈善事業に関わるようになったってことよね。

えらいわねえ、と私が感に堪えない声を出すと、彼女は私のナイーヴな世界観を正した。

——まあね、えらいっていうより、これで正真正銘のアメリカの金持の仲間入りをしたっていうことなのよ。

富める者が貧しい者に施すのを義務とするキリスト教の伝統はアメリカの税法にそのまま生かされ、寄付はそっくり免税となる。アメリカでは金持であることと寄付をすることとは月見と徳利のように切り離せなかった。思えば慈善事業に関わるようになったという表現ほど金持になったという実感を与える表現はなかった。それは個人でジェット機をもっているよりも富の重さをずしりと伝えた。

奈苗が割って入った。

——ねえ、ねえ、ってことは、お次は美術品の収集じゃなあい？

——ああ、それはそう。

——でしょう。今度東さんに会ったらあたしの彫刻をぜひ勧めておいてね。

――はいはい。もし会うことがあったらそうします。

――Tell him it's a good investment.

――オーケー。

私たち姉妹はブルックリンに向かって帰路についた。

久びさに吞《の》んだワインと東太郎の話とで、行きと打って変わって陽気な道中であった。そんなお金持を知ってたなんて信じられない、あのパパがそんな人を少しでも助けたことがあるなんて……あたし彼に部屋の電球を替えてもらったのよ、知ってた？ ふうん、その電球、記念にとっとくべきだったわね、と姉妹は口々に姦《かしま》しかった。

だが駐車場からロフトに着くまでの長い殺風景な道のりを歩くうちに二人はだんだんと静かになっていった。

翌日には妹がミシガンに発ってしまい、今度は学期が終わってももうニューヨークには立ち寄らずに日本に帰ってしまうというので心細かったのだろうか、寝る前、歯をみがいている私の横でティッシューでマスカラを落としていた奈苗がふいに言った。

――あたしなんか貧乏になる一方なのに。

東太郎と比べてのせりふだというのがすぐにわかった。何もあんな金持と比較するまでもないのに、とおかしく思うと同時に哀れであった。そんな姉を抱えた自分もまた哀れであった。

ほんとうの春はいつまでも来なかった。ついに来たとき、それは夏と隣り合わせに来た。寒さがゆるんだのにふと気がつくと、次の週にはもうぎらぎらとした夏の太陽がアスファルトの道路を白く灼《や》いていた。長く厳しい冬を耐えた反動で人々は急に半裸で動き回るようになり、私もこれだけの冬を耐えた自分への褒美《ほうび》のように、腕も脚も剝《む》き出しにし、身にぴったりとまとわりつく派手なドレスを着てハイヒールを履き、とくとくとして外へと飛び出た。今思えばあれがぎりぎり残っていた自分の若さへの、決別であったのかもしれない。

日本に発《た》つときシカゴのオヘア空港から奈苗に電話し、時間があったのでどうでもいいようなことを色々話したあと、切る寸前になって私は言った。

――日本に帰ってくる？

小説を一冊世に出したので少し心の余裕ができていた。姉にとっても生まれ故郷である日本というものに彼女がもし帰りたいのなら、その手助けをしてもいいと思った。それに日本に帰ったら帰ったで彼女の運命が開けないとも限らなかった。

私の口調がいつもとちがったのを敏感に感じたのか、奈苗もいつもとちがう調子で応えた。

——そうねえ、考えてみる。

東太郎の話を最後にミセス・コーヘンから聞いたのは、それから数年後であった。その間に私はどうにか二冊目の小説を出したが、家族の面倒を見るのに何だかんだと精力を吸いつくされ、半生分にも感じられた歳月であった。姉の奈苗はあれからも色々あり、ねえ、やっぱり帰っていらっしゃいよ、の一言を聞くと、堰《せき》が切れたように里心がついたものとみえ、ふだんの彼女からは想像もつかぬ行動力を見せ、二匹の猫を抱えて飛んで帰ってきた。そのあと、東京では下にもぐって寝るしかない巨大なスタインウェイのグランド・ピアノが、山のような段ボールの箱と、愛着があって処分しかねたいくつかのアンティークの家具と共に船で届いた。幸いソーホーのロフトやらアコードやら彫刻の道具やらを売ったお金は、さまざまな借金を返してもなお奈苗の手元にいくらかは残った。だが姉の身が納まるところに納まったと思うと、今度は思いもかけぬことに母の身体《からだ》が利《き》かなくなってしまった。すると母は、それまで蓋《ふた》をしていた老いというものに頭の先から爪先《つまさき》まで一挙に襲われた。病院から戻ってきたとき、そこには背の縮んだ、白髪の、杖《つえ》をついたお婆《ばあ》さんがいた。母は美しい人だったので無惨《むざん》であった。しかも自分の老後は男に看《み》てもらうと宣言してここ数年父の世話をすっかり娘に押しつけ外国で半分以上暮らしていたくせに、身体が利かなくなったその瞬間から、ああ、娘がいてよかった、男の人なんて役立たずなんだから、と当然のような顔をして私のそばに住みついた。そんな中で父が淋しく息を引きとった。死に目に立ち会えたのは私だけであった。すべてが一段落つき、息をつこうと水面から顔を上げてみれば、あたりの風景はすっかり変わってしまっていた。死んだのは父だけではなかった。私が今まで大人だと思っていた人たちは続々と鬼籍に入っていっていた。同世代の人たちは太々《ふてぶて》しい肉を首や腰の回りにつけていた。子供だと思っていた人たちは突然雲をつくような大人になっていた。

黒い翼を広げて時が私の上を通って行ったのが感じられた。

そこへ、以前いたミシガン大学から、私の二冊目の小説について話さないかと言ってきたので、久しぶりにアメリカに戻ることになったのである。発表のあとニューヨークに寄り、ホテルからミセス・コーヘンに電話をすれば、あーら、美苗《みなえ》ちゃんと、私とは別の時間を生きていたように若々しい声であった。私がその晩予定が入っていないと知ると、親切にもホテルまで車で迎えにきてくれると言う。ハンドルを握りながら孫という言葉も出るようになっていたし、ご主人は軽い脳梗塞《のうこうそく》をおこして杖を使っているとも聞いたが、本人は電話の声と同様、私が最初に会ったころとあまり変わらず、茶色がかったショート・ヘアと紅《あか》い爪《つめ》も昔のままで、彼女の回りだけ時が止まったようであった。

美苗ちゃんたちが昔住んでいたころとはずいぶんとニューヨークも変わったのよ、と案内されたのはロングアイランド島の一角にあるフラッシングという町である。昔から移民が住むので知られた緑も何もない醜い町だが、過去二十年間にアメリカになだれこんだアジア移民の歴史を物語るように、今や第二のチャイナタウン、いや、アジアタウンとなり、中国料理、韓国料理、日本料理、ヴェトナム料理、カンボジア料理、タイ料理と、アジアの料理屋が大きな道の両側に並んでいる。ミセス・コーヘンがここがおいしいのよ、と案内してくれたのは巨大な駐車場を控えた韓国料理屋であった。日本のコンビニのように煌々《こうこう》と明るい蛍光灯がだだっ広い空間を隈《くま》なく照らし出し、色素の少ない白人の眼なら食事をするのにサングラスが要るのではないだろうかなどと私は考えながら、さすがにアメリカだと思わせる大量に盛られた赤い肉をせっせと焼いた。

話題は丁度一年ぐらい前の父が死んだときの話になった。お葬式はしなかったが、四十九日が過ぎたころ、昔ニューヨークで一緒だった会社の人たちに集まってもらい、ほとんど四半世紀ぶりに懐《なつ》かしい顔を見たこと、みんなそれぞれに出世をし、渋い上等そうなスーツに身をつつんだその姿は父の晩年を考えると羨《うらや》ましくも眩《まぶ》しくもあったこと、今回の旅行では、父の若いころの写真をもってきており、それをその日の午前中、ロックフェラー・センターのベンチの上でそっと出して父の好きだった光景を眼にしてもらったこと等々——ミセス・コーヘンという父の死を悼《いた》んでくれる数少ない人を前に私は饒舌《じょうぜつ》であった。

ふいにミセス・コーヘンが箸《はし》を止めて私の顔を見た。

——水村さんが亡《な》くなったって連絡をいただいたときね、東さんにも一応連絡をとろうとしたのよ。お世話になったんだから、お悔やみぐらい言いたいんじゃないかと思ってね。

「ドクター・アズマで通したらいいじゃないか」と言ったという、父の得意そうな眼鏡をかけた丸顔が浮かんだ。思えば東太郎も私の父の死をほんとうに悼んでくれる数少ない人間であったかもしれない。だが、父の死後アメリカから送られてきた何通かの手紙の中にその名前はなかった。

——それがね……

ミセス・コーヘンは私が口を開く前に言った。

——消えちゃったの。

自分自身が腑《ふ》に落ちないのをそのまま引きずった声であった。私は彼女の言葉をくり返した。

——消えちゃったって……

東太郎は突然皆の前から消えてしまったのであった。皆を仰天させたロングアイランドの館《やかた》もすでに売られており、やがて、カリフォルニアに移住すると言っていたという噂が風の便りで流れてきたそうである。人びとはただ呆然《ぼうぜん》とした。今はもう誹謗《ひぼう》中傷する人もなく、さまざまな憶測が飛び交うだけであった。ただあまりに何の跡も残さずに消えてしまったので、すべての憶測が不毛にしか見えなかったという。

私は何を考えるべきか判《わか》らなかった。ふだんは東太郎のことなどは思い出すこともなく生きていたのに、時折アメリカに舞い戻り、ミセス・コーヘンに会って彼の出世譚《たん》を聞き、そして感嘆の声をあげるというのが、知らず知らずのうちに私の人生の一部となっていた。

——だって仕事は？

ミセス・コーヘンは何もわからないと言った。ただ最近は長年のパートナーとも別れ、基本的には築き上げた財産を運営しているだけだったと聞いてはいたそうである。アメリカの好景気が続き株価が急騰《きゅうとう》し続けていたうえに、富めるものにかかる税はいよいよ軽くなり、たとえ積極的に投機などをしていなくとも財産は増え続けていた筈《はず》だということであった。

——リタイアして、ベヴァリー・ヒルズあたりの金持の中に入っているのかもしれない。

たしかにベヴァリー・ヒルズあたりに行けば成金だといって肩身のせまい思いをする必要はまったくなくなる。私がそう考えていると、ミセス・コーヘンが付け加えた。

——あるいはシリコン・ヴァレーあたりで、若い人に混じって別のヴェンチャー・ビジネスを始めたのかもしれないけど……あっちは日系人もたくさんいるし。

しばらくの間沈黙があった。

ややあって、私は彼女の言った「日系人」という言葉に促されて、今まで問いもしなかった問いを問うた。

——東さんは国籍はどっちだったのかしら？

彼は日本人のままだったのであろうか。それともアメリカ人になったのであろうか。

——さあ。

ミセス・コーヘンは首を傾《かし》げた。そして彼女らしい実際的な返答をした。

——会社はね、場合によってはアメリカの会社にしておかない方が税金で得することもあるでしょう。それと同じで国籍もね、アメリカ人にならない方が税金で得をするってこともあるのよ。だからどっちにしたのか……。

ホテルに戻ってから私は日本にいる奈苗に電話をした。

——California? 東さんがぁ？

奈苗は頓狂《とんきょう》な声を出した。

——そう、カリフォルニア。

——へえええ、カリフォルニアねえ。

ようやく生まれ故郷に戻ったという落ち着きだろうか。これ以上弛緩《しかん》した声は出せないというのんきな声であった。ホテルの四角い窓の外に高層建築が孤独にひしめきあう大都会の夜があった。

今度はカリフォルニアで

数ヶ月後、年を越して、一九九八年の一月である。

スタンフォード大学の中心を占めるクォッドという列柱と回廊に囲まれた四角い広場には、通称スパニッシュ・コロニアルとよばれる、朱《あか》いスペイン瓦《がわら》の屋根を頂いた南国風の建物が並んでいた。大学のキャンパスはそのクォッドを拠点に東西南北に広範囲に広がり、極彩色の絵葉書で見るような見事な椰子《やし》の木がところどころに空を高く突き通して立っている。渋いツイードのジャケットに古い革の鞄《かばん》といった典型的な学者姿の代わりに、色鮮やかなヘルメットを被《かぶ》りショーツから日焼けした筋肉質の足を露出して自転車を漕《こ》いでいるのが教授だったりする。その自転車に負けじとばかりモーターつきの車椅子《いす》がそこいらを自在に走り、慣れない私はその度に身をすくめた。

しかも髪の黒い東洋人の学生だらけだった。ふとあたりを見回すと見渡す限り東洋人の顔しかないことも幾度もあった。それがアメリカ生まれの英語で話していた。

私は西海岸の大学の物珍しさに何週間たっても旅行者のような気がしていた。

いったん大学を出れば、高層建築が少ないのも珍しかった。キャンパスの外側にあるパロ・アルトという町はアメリカのハイテク産業の発祥の地、シリコン・ヴァレーのまさに中心地にあたり、小さな借家を出て右へ数分も歩けば私でもその名を知るコンピューター関係の会社が建ち並ぶ通りとなる。広い敷地に広い駐車場を従えた建物は、どれも一階か二階建てで、会社の名前を誇らしげに記した看板を掲げただけで、あとは個性のない表情を見せて静かに建っていた。ニューヨークのこれみよがしの喧《けん》騒《そう》とは対照的にすべてがいつもひっそり閑としていた。あたりの住宅地には、このような場所柄、巨万の富を得たばかりの若い人たちが幾人も住んでいるということだが、私の歩ける範囲には不思議なほど質素な家しか見あたらなかった。

　カリフォルニアの太陽も珍しかった。来たのが雨期にあたっていたのでたまにしか拝めなかったが、それでも姿を見せれば気温は高くなくともぢりぢりと肌を焼いた。大気に湿気が少ないので光が直接に大地に届くのだと聞いた。

　荷造りをして移動する煩《わずら》わしさは年ごとに増し、アメリカに戻るのはいよいよ億劫《おっくう》になってきていた。そんな自分を叱咤《しった》するようにして誘われるままに再び日本を離れたのは、もうこのような形でアメリカに戻るのもこれで最後かもしれないという気が心のどこかでしたからであった。身辺もようやく少しは落ち着き、しばらくは日本を留守にできるだろうという思いがそれに重なった。

仕事は仕事とも言えないほど楽なものであった。週一回大学院生を相手に日本語の小説の話をすればいいだけであった。それも有り難いことに日本語を解する学生ばかりで、だらだらと日本語で話せばよかったのである。近年の日本経済の低迷のおかげで大学内での日本に対する興味も薄く、授業以外に私が駆り出されることもなかった。

残る時間は、小さいころの思い出話――『縦書き私小説』とすでに題は決まっている、私の三冊目の小説となる筈の思い出話を書くつもりでいた。ところがそれがなかなか書き進まなかった。子供時代が終わりを告げるとともに長い間日本を去ってしまった私にとって、小さいころの記憶は心の奥の玉手箱に封じこまれたものであった。その後日本で暮らすようになり、かつての魂のあくがれ立つような日本への郷愁が日本の現実の前に無惨《むざん》に掻《か》き消えてしまったあとも、何かの拍子にその玉手箱の蓋《ふた》が開けば、封じこまれていた「時」が、あの混沌《こんとん》とした時代固有の物かげや音や匂《にお》いとともに、子供時代の記憶にのみ宿る至上の輝きをもってふわっと眼の前に立ち上がる。『縦書き私小説』を通じて、私はそれらのものに形を与えておくのを、こうして自分が生きてしまったことに対しての贖罪《しょくざい》——こうして「時」そのものが流れてしまったことに対しての贖罪のように思っていたのであった。だがそれでいて、あれは、このように自分のことばかり書いていいのか、というぼんやりとした不安に捉《とら》えられるせいであろうか。あるいは日本語の世界では自分のことばかり書いているだけで許されるというその事実自体に心のどこかで納得がいかないせいであろうか。時間はいくらでもあり、思い出も豊かでないことはないのに、なかなか書き進まなかった。

私は小さい木机の上に置いたラップ・トップのスクリーンにピンクの桜の花びらがちらほらと散るのを横目で見ながら、結局は寝ころんで本を読んだり、家の中の雑用をしたりばかりしていた。

家の中の雑用はそれなりにあった。

借家はスパニッシュ・コロニアル風に朱いスペイン瓦の屋根を頂いたところは立派だが、グリム童話に出てくるお菓子の家のように小さい。隣りに左右が鏡像のように逆転した造りの家が建っており、そこに私をこの大学によんでくれたジムという若いアメリカ人の日本文学の先生が住んでいる。二軒の家は双子のようであった。ジムの方はその双子の片割れの家で人並みの文明生活を営んでいるらしいが、私の方は文明の利器に反対する環境保護主義者のドイツ女性が大家さんなので、台所の黒板に Kill the government officials——政府の役人を殺せ、などと物騒な標語が書いてあるのを始めとして、部屋の電球も蠟燭《ろうそく》のように暗ければ、電子レンジはもちろんのこと、掃除機も洗濯機もない。テレビもない。それで買ってきた日本のメーカーの小型ラジオを聞きながら、こまめに鍋《なべ》を使って料理をしたりモップで掃除をしたり手で洗濯をしたりしているので、それなりに時間が経《た》つのである。

車は今度もやはりなしで済ませたが、スーパーマーケットまで少し距離があるので、食料品の買物はバックパックを背負って行った。買物に行かない日は散歩をした。雨がよく降り、三日に一日は雨に閉じこめられた。一度降り出した雨は数日降り続くことも珍しくなかった。いくら雨期とはいえ例年にない雨量だそうで、エルニーニョが原因だとする説の正否はわからなかったが、すでに幾度かハイウェイが封鎖されていたほどであった。

そのカリフォルニア滞在が終わりに近づいたころである。その日も前々日からの執《しつ》拗《よう》な雨が降り続けていたが、金曜日にあたり、週一度のセミナーが午後二時からあった。私は昼過ぎに防水のウォーキング・シューズにレインコート、それに、広げたとたんに五、六歳の子供に還《かえ》ったような気のする大きな傘という出《い》で立《た》ちで、クォッドに向かった。日本文学科のある建物に入り、自分の部屋に向かって階段を昇りきったとたんである。日本語で話しかけられた。

――水村さん。

日本人だと思える若い男であった。濡《ぬ》れた黒い傘が部屋の入り口のそばに立てかけてある。

見知らぬ人に顔を認められて一瞬とまどったが、彼の次の言葉はさらに予期せぬものであった。

――以前○○社にいたものです。

一瞬そこに日本が現れたような印象があったのは、「○○社」という固有名詞のせいにちがいない。大手出版社の名前だったのである。だが眼の前の若い男はもうすでにそんなに日本の空気につつまれてはいない。日本から来たばかりの日本人というのは、デパートの真新しい包み紙にくるまれたように日本の空気につつまれているものだが、若いのに疲れた印象を与えるこの男は、その精神がもうどこかで異国に浸食され始めているのが感じられた。

男は青っぽい色の綿のワイシャツにジーンズという格好であった。若者の制服と化したその平凡な格好からは日本をどれぐらい前に出たのかわからない。昔私がアメリカに着いたときのように、着ているものだけでアメリカに長いかどうかを判断できる時代はもうとうに終わっていた。

男は私の眼を注意深く見ていた。

私は曖昧《あいまい》に彼の眼を見返した。「〇〇社」という言葉を聞いてからは、初対面なのか以前日本で紹介されたことがあるのかがわからなくなった。

男は私に何の記憶もよび起こさなかった。東京で地下鉄に乗っていても、町を歩いていても、レストランに入っていても、最近はほんとうに見目麗《うるわ》しくなってきているな、これでオツムの方があんなに絶望的に空でなければいいのに、などと常日頃から私が感心したり呪詛《じゅそ》したりする日本の若い男の一人でしかなかった。

——お目にかかったことがありましたかしら。

——いいえ。

男は少しはにかんで笑った。

そこには若さがあったが図々しさはなかった。

〇〇社をやめて渡米し、今はサンフランシスコに住んでいるのだが、先日インターネットでスタンフォード大学のヒューマニティ・センターでの講演のスケジュール表を見ていたら私の名に行き当たったと言う。二週間ほど前、小人数を相手に自分の小説について話したのであった。

――あれはもう終わりましたが。

――ええ。でもそれでこちらにいらっしゃっているのが分かったんです。

そのあと大学の今学期の講義目録の方にアクセスして調べると、私が金曜日に大学に出てくるのがわかり、こうしてやってきたのだと言った。

――ここで立って待っていらしたんですか？

――いいえ。床に坐《すわ》って待ってました。

私は笑った。男の要領のいいのに笑ったのである。アメリカ人の学生もよく床に足を投げ出して先生たちの部屋の前で坐っていた。

男は私につられて笑ってから続けた。

――もしいらっしゃらなければ、メイルボックスにメッセージを入れて帰ろうと思っていたんですが。

――はあ。

用があるのだとは思えなかった。知った名前を見つけて、何となく話したくなってやってきたのにちがいなかった。私も異国にいる淋しさで、日本に戻ってから長い間忘れていた人恋しさを抱えて生きており、軽薄そうにも、頭が悪そうにも見えないこんな男の子なら意味もなく話しこんでも悪くないような気がした。だがぎりぎりに着いたので時間がなかった。

——ご免なさいね。いつもぎりぎりに着くので、もうあと五分でセミナーが始まってしまうんですけど。

そう言いながら部屋の扉の鍵《かぎ》を開けて中に入ると、彼に椅子《いす》を勧めた。四方の壁を日本語と英語の本に囲まれたその部屋は、今学期休みをとっている江戸文学専門のアメリカ人の先生の部屋である。すみません、と彼は腰をおろすとあわてて再び立ち上がり、加藤祐介《ゆうすけ》です、祐はしめす偏の祐、介は介入の介です、と自己紹介をした。もう持って歩く習慣を失ったものとみえ、名刺は現れなかった。

私は自分の椅子に坐り、腕時計をちらと見て言った。

——失礼して、靴を履き替えます。

雨に濡れたウォーキング・シューズを脱いで新聞紙の上に並べて置き、ヒールのあるブーツに履き替えてから机の上にひょこと顔を出すと祐介と眼が合った。思春期に日本を恋ううるうちにすこぶる好ましいと思うようになった、東洋人特有の切れ長の一重瞼《まぶた》をしている。その一重瞼の眼の下が疲れたように少し黒ずんでいた。

祐介は言った。

——セミナーが終わったあとちょっとお時間ありますか？

私はほっとした。今日のセミナーに出てみたいなどと言い出されると恥ずかしかったからである。

——ええ。でもセミナーは三時間もありますけど。

——かまいません。図書館に行ってます。僕たまにフーヴァー・ライブラリーで雑誌を読むんです。

フーヴァー・ライブラリーというのは東アジア関係の蔵書専門の図書館である。

それでは三時間後にと言うと、祐介は、失礼しました、と傘をとり、そこはさすが疲れの見えない若い首筋を見せて消えた。

祐介が戻ってきたのは、授業が終わり一人で部屋の中でマグに入った熱い紅茶を飲み始めていたときである。授業のあとは、自分のように物も識《し》らなければ肚《はら》も据わらない人間はやはり人前で喋《しゃべ》るべきではないと、必ず自己嫌悪《けんお》に囚《とら》われる。日本語で話せるので、まどろこしくて自分でも厭気《いやけ》のさす英語で話したあとほどその自己嫌悪は深いものではなかったが、それでもざわついた心を紅茶から立つ湯気で鎮《しず》める時間が必要であった。

祐介は椅子に坐るなり言った。

──日本が遠くなっちゃいました。

色白の額にかかった黒いまっすぐな髪が雨に濡れており、つややかなその髪は「カラスの濡れ羽色」という日本語の表現そのものであった。

──日本の雑誌を見ても、何が起こっているんだか興味がわかなくなってしまって。

切れ長の眼が私の顔を見ている。いつアメリカに来たのかと私が訊《き》くと、おとしの九月です、一年半になりました、と応《こた》えた。

意外であった。日本を出て少なくとも三、四年はたっているような顔をしていた。

祐介は続いて唐突に言った。

──水村さんのご本を読みました。

──はあ。

──二冊とも読みました。

──ありがとうございます。

──僕は大変……

そこでしばらく言葉を探していたが、探すまでもない一番無難な表現が口をついて出てきた。

──面白いと思いました。

そう言ったと思うと、いかにも義理を果たしたというように口を閉じた。

——ありがとうございます。

私は自動的にくりかえした。男が私の小説に興味があって眼の前に坐っていると思っていたわけではなかったが、わざわざ訪ねてきたのならもう少し言葉を費やすのが、小説を書いた人間に対する愛想とも礼儀ともいうものではないだろうか。祐介は言った。

——図書館には『〇〇』を置いてありませんね。

彼が勤めていたという会社が出版している文芸誌であった。

——置いてありませんでしたか。

私は当然あると思っていたので気がつかなかった。

——ええ。

——けしからん。とるように頼んでおきます。

——いやあ、別にいいんですけど。

男はほんとうにどうでもいいという声を出した。

——どうして会社をおやめになったんですか。

——別にやめたかったわけではないんですが、何となくそんなことになってしまったんです。

　祐介はそれ以上続けなかった。生来無口なのか、口を利《き》くのに努力をしているのが感じられる。それでいて切れ長の眼がそれとなく私の表情を探っているような気がする。何か落ち着かなかったが、祐介の口をついて出る数少ない言葉は尋常であった。自分だけお茶の入ったマグを手にしているのが気になっていたので、階下のコーヒールームで紅茶かコーヒーを入れてこようかと訊くと、いや、結構です、とまた短く応えた。

　私は気まずさから逃れるために自分から質問した。

――どこか大学に行ってらっしゃるんですか？

――いや、ふらっとアメリカに来てしまったので、今はまだ語学学校に行きながら働いています。

――働いてらっしゃるの？

　とっさに日本料理屋のウェイターの姿が想像された。

――ええ。サンノゼにある小さなソフトの会社です。

――ソフト？

――コンピューターのソフトウェアです。語学学校で知りあったアルゼンチン人に紹介されて、フルタイムには働いていないんですが、給料はいいんです。

なるほど、と納得しながら、日本料理屋のウェイターしか想像できなかった自分の世界観の古さに内心頬を赧《あか》らめた。だが、出版社に勤めていた男がそんなところでアルバイトができるのだろうかと、続いて不審な顔を見せたのだろう、男の方で続けて説明を加えた。

——僕は大学では物理学を専攻したんです。

私は祐介の顔を改めて見た。額のあたりが急に利口そうに見える。

——出版社に文科系じゃなくて就職できるんですか？

——ええ。

祐介は白い歯を見せて応えた。

——僕はそこの科学系の雑誌の編集をしていたんです。

——はあ。

その出版社が科学系の雑誌まで出していたのは知らなかった。すると祐介は続けた。

——そうしたら廃刊になってしまって、そのあと『○○』に移されて、それでイヤになって……

——文芸誌はお厭だったの？

――厭っていうより、自分が向いていなかったんです。

私は次を待ったが男はそこでぴたりと口をつぐんだ。

私は眼の前の男が私の小説に興味がないのに不満を覚えたのも忘れ、彼が今の日本の文学に興味がないらしいこと、ということは、雨後の筍《たけのこ》のように登場する新しい小説家の名を次々と出され、私の無智が白日の下に晒《さら》される怖《おそ》れもないことに、安堵《あんど》を覚えた。ただ、安堵を覚えるとともに、なぜわざわざ私に会いに来たのかがいよいよわからなくなった。サンフランシスコにはたくさんの日本人が住んでいる。日本人や日本語が恋しいだけならわざわざ私に会いに来る必要はなかった。

祐介は自分のことはあまり語らず、いつ着いたのか、今どこに住んでいるのか、車はあるのかないのか、日本食はどこで手に入れるのかと、どうでもいいようなことをぽつりぽつりと訊いた。

このような会話を愉《たの》しんでいる風にも見えないし、そもそも私と一緒にいること自体、愉しんでいる風に見えない。それでいてこうして私と相対している時間を長引かせたく思っている様子がどことなく見え、どうしたらいいのかわからなかった。沈黙があり、私は空になったマグを手のひらで弄《もてあそ》んでいた。

窓の外はもう闇《やみ》が押し寄せてきていた。

そっと腕時計を見ると六時を回ったところである。

昼過ぎから本降りになった雨はいよいよ勢いを増し、夜の闇が押し寄せてくるのと同時に、あたり一帯が茫漠《ぼうばく》とした水の世界に溶けこんだ。

知らず知らずのうちに昔が追憶される。昔はよく見知らぬ町で見知らぬ人と知り合い、成り行きにまかせてずるずると時を過ごし、どこで誰と時を過ごしたというよりも、そのように時を過ごしたというだけで、日常を離れ、深海にたゆたうような歓《よろこ》びがあったものだった。それが三十の半ばを越えてからは、見知らぬ土地で見知らぬ人が声をかけてくることも少なくなり、私の方でも新しい出会いが昔の出会いの繰り返しにしか思えなくなり、やがてそのようなこともふっつりとなくなってしまっていた。

私はふいに言った。

——もしよろしかったら夕御飯をご一緒にどうでしょう。

——いいんですか？

男の疲れた顔がぱっと輝いた。その顔を見て私の中に久しぶりに日常を離れた時間が流れ始めた。生きているという事実がすでに祝祭であるのが、明確な形をとって照らし出されたようである。眼の前に坐っている若い男がなぜ私を訪ねてきたかは判らなかったが、少なくともその男がこうして私と一緒にいる時間を引き延ばしたいと思っていることの確証を与えられ、自然に頬が緩んだ。
お忙しくないんですか、と彼は訊いた。
――ちっともお忙しかぁないのよ。

中華で美味《おい》しいところがあるからと、祐介のフォルクス・ワーゲンで連れられていったのは、マウンティン・ヴューという隣町にある中華料理屋であった。店内を一様に明るく照らす電灯のほかに、紅《あか》い房を垂らした中国風のランタンが天井のあちこちから吊《つる》されている。席に案内され、青島《チンタオ》ビールが運ばれ、日本の中華料理屋ではお目にかからないような、雑にというか鷹揚《おうよう》にというか、てんこ盛りに料理を盛ったお皿が二つ、三つと並ぶころには祐介の口もようやくほぐれてきて、近郊の有名な水族館で生まれて初めて見たマンボウが化物のように大きかったことや、サンフランシスコの金門橋のそばにあるリゾートを訪ねたことなどを話し始めた。
去年の秋は、近くのワイン・カントリーと呼ばれる地方に車で旅行したそうである。低い葡萄《ぶどう》の木が兵士のように整然と並んだ風景が何時間も続くなか、葡萄酒の醸造元の主立ったものは競って観光客に工場見学を勧めている。葡萄酒を只《ただ》で味見させてケースごと売ったりするのだが、中にはついでに展示物を見せているところがある。

その一つに、二十世紀初頭の帳簿を開いて陳列している醸造元があった。従業員一人一人の週給の額が左の欄に示され、その横の右の欄に受け取り人のサインがある。ふと興味を覚えて細かく見てゆくと、英語のサインにまざって「王」だの「張」だの、無筆の人特有の、字の体をなさないぎこちない漢字のサインがあり、一週間に五十セントとか一ドルの給料で働いている。それにひきかえ英語でサインを残している人たちは、八ドル、十ドル、十五ドルなどという額をもらっているのである。

——二、三十倍の給料ですよ。

祐介は憤慨するよりも呆《あき》れたような面白がっているような声を出した。

——クーリーが流れて行ったのかしら。

——でしょうねえ。

今やサンフランシスコの人口の四分の一が中国系のアメリカ人だと聞いたが、中にはワイン・カントリーでそのように働いていた中国人の子孫もいるのであろう。私がキャンパスで見る学生の中にもいて不思議はなかった。

——日系人もずいぶんと苦労したようですね、土地を所有できなかったりして……。

祐介に対して好感を強めながら私はうなずいた。クーリーや日系人の話題を好んで口にすることからして、日本から着いたばかりの日本人のようではなかった。それでいてその声の調子には安易な憤慨も同情もなかった。

——でもまあ、アメリカン・ドリームは最終的には夢ではないわけですから。

そう結論づけるように言うと、ふいに、さきほどの探るような眼つきに戻って私の顔をじっと見つめた。そして言った。

——水村さんは以前ニューヨークで東太郎《あずま》っていう人を知っていらしたそうですが。

思いもよらない名前であった。

——東さん……。

——ええ。

——あの、お金持の。

——ええ。

私の表情をうかがっている。私は訊いた。

——あなたは知っていらっしゃるの？

——ぼくは三年、いや、二年半ほど前に彼に会いました。

ということは、行方不明になる直前ということであろうか。

祐介は切れ長の眼で私の表情をうかがい続けていた。

私は箸《はし》を止めて彼のその眼を見返した。

男が東太郎と会ったという事実はなかなか頭の中に入って行かなかった。東太郎という名は、ロングアイランドの白いコロニアル・スタイルの家、ブレックファスト・ルームの父と母、ミニスカートをはいて前髪を垂らし、鏡を前にひねもすあれこれと夢見ていたころの自分……今思えばそれなりに幸せであったあの時代の断片的な記憶を蘇《よみがえ》らせる。その東太郎という名が、日本から来たこの若い男と、いったいどうつながりうるのか見当がつかなかった。

少しの間のあと、私は混乱した頭で祐介に訊いた。

――ニューヨークで？

――いえ、日本で。

――日本で……

さらに驚いて私がくりかえすと彼はつけ足した。

――信州でです。

信州。

私は当惑した。信州味噌《みそ》、信州蕎麦《そば》、といった表現が心に浮かぶ。山あり、川あり、澄んだ空気がありといった、小学校の国語の教科書の挿《さ》し絵《え》にでてくるような、模範的な「日本の田舎」の風景も心に浮かぶ。だが、信州が具体的にどのあたりを指すのかが恥ずかしいことに私にはわからなかった。聞くのも妙なものだと黙っていると、祐介が続けた。

――信濃《しなの》追分《おいわけ》といって軽井沢のはずれです。

私はほっとした。軽井沢なら少なくとも小説で知っている。高原、落葉松《からまつ》、白樺《しらかば》、さらには侯爵《こうしゃく》だの男爵だのという日本語や、「風立ちぬ、いざ生きめやも」などという翻訳詩の一行が軽井沢という地名とともに心に浮かぶ。だが私が小説で知っている軽井沢と私が現実で知っている東太郎とはどこにもつながるところがなかった。

――偶然だったんです。

祐介は自分自身に言い聞かせるように言うと、箸を動かし始めたがまたすぐにその箸を止めた。そうして食べるのを諦《あきら》めたようにテーブルの上に箸を揃《そろ》えて置いた。

――水村さんは東さんを個人的に知っていらしたそうですが……。

あれは個人的に知っていたという類《たぐ》いに入るのだろうか。

――ほんの少しだけです。

――いつごろですか？

――昔むかしです。

――昔むかしって……

——彼がアメリカに着いてまもないころです。

——ええっ、そんなに昔ですか。

「そんなに昔」と言う祐介の言葉は、私の少女時代を私が思っているよりはるかに遠くに押しやった。思えば眼の前の若い男にとってはあの時代はまさに「そんなに昔」にほかならなかった。

——ええ、そんなに昔です。

——金持になるまえ……

——ええ、お金持になるまえ。

——失礼ですが、どんな風に知ってらしたんですか？

祐介の質問は一方的であった。

——私自身が知っていたというより、父が知っていたんです。

私は自分の父親がどのように東太郎に関わっていたかを数言で説明した。

——いやあ……

そう言ったきり、祐介はしばらく黙っていた。東洋人特有のつるりとした顔は無表情である。

私は訊《き》いた。

——東さんは私のことを何かおっしゃっていたの？

——水村さんの名前を出されただけです。僕が出版社に勤めていることを言ったら、ひょっとしてこういう名の作家を知っていますか、自分はその人を昔知っていたって。

——そう。

「その人を昔知っていた」という表現が、何か古ぼけた流行歌の歌詞のように耳に響き、その場の私の心の動きを離れて、少し滑稽《こっけい》であった。頭のなかで「その人」の「ひと」が「女」という漢字に入れ替わっている。

私は早く先を聞きたかったが、祐介はまだ心の中で躊躇《ちゅうちょ》しているらしかった。彼は私から眼を逸《そ》らして手を伸ばすと、アメリカの中華料理では必ずお眼にかかる白い厚ぼったいポットをもちあげ、二人の湯呑《ゆの》みに味も匂《にお》いもない色だけ茶色い烏龍《ウーロン》茶を注いだ。

大して広くもない料理屋ではあったが、金曜日の夜のせいであろう、今はほとんど満席であった。中国人のウェイターたちが忙しそうに大きな丸盆を片手に載せて行ったり来たりしている。外はかなり烈《はげ》しく雨が降っているはずなのに、明るい店内で聞こえるのは、少し殺気立ってきたウェイターたちが中国語で厨房《ちゅうぼう》に向かって叫ぶ声と、お酒と暖かい食物で血のめぐりがよくなって騒々しくしゃべる客たちの喧噪《けんそう》である。

祐介が先を言わないので私の方が口を開いた。

――でももうニューヨークにはいらっしゃらないっていうのを聞いたけど、去年の秋に。

「行方不明」という言葉が心の中で凶々《まがまが》しく木霊《こだま》するが、それを使うのを避けての言葉であった。するとすでに承知しているものとみえ、祐介は微《かす》かにため息をついてうなずいた。

――ええ。どこかへ消えてしまったらしいですね。

そのときようやく私は思い出した。東太郎は今はこのカリフォルニアにいるのかもしれないのであった。ここに着いたばかりのころは不思議な思いと共にそのことが意識に上ったのに、日が経《た》つうちに忘れてしまっていた。

そういえばカリフォルニアに移住したかもしれないと聞いたことがあると言うと、祐介がまたうなずいた。

――知ってらっしゃるの？

――僕もそんな話を聞いたんです。

それから決心したように私の眼を見つめて言い直した。

――というより、そんな話を聞いたので、ここにやってきたということもあるんです。

その思いつめた顔を見て私は忽然《こつぜん》と理解した。

この若い日本人の男は私に会いたかったのではなかった。私が東太郎を知っていると聞いていたので、それで訪ねてきたのであった。先ほどからの男の対応を見ていれば、私に積極的に会いたくて訪ねてきたと思わせるものはどこにもなかったが、それでも予想もしなかった肩すかしをくらい、憮然《ぶぜん》とした思いが胸に湧《わ》き上がってくる。

同時に別な興味も湧いてきた。私は自分の憮然とした思いを内心でいたわりながら、平気を装《よそお》って祐介に尋ねた。

――東さんを探してらっしゃるの？

――いいや、何となくなんです。

自分でもよくわからないという応《こた》えであった。

――会ったときに、彼にアメリカで一攫千金《いっかくせんきん》しろって言われたの？

今度は少し笑いながら訊いた。彼も愛想で笑って応えた。

――いいや。

私は笑いを引っこめずに続けた。非難しているように聞こえてほしくはなかった。

――東さんのことを知りたくて私を訪ねてらしたのね？

祐介は卒然と口元を引き締めた。そしてしばらく言葉を探すようにしてから応えた。

――東さんのことを知りたかったのではなく、東さんのことを話したかったのです。

私の興味は強まった。私は先を促すように祐介の眼を見た。すると祐介は続けた。

――二年半前の夏……

勇気づけるように、ええ、と私はうなずいた。

そのとき隣りのテーブルに坐っていた東洋人の男とアメリカ人の女のカップルが、何がおかしいのか、突然二人で弾《はじ》けるように笑った。恋人同士になって間もない男女だとみえ、さきほどから二人の浮き浮きとした調子が伝わってきているのを、どこかで妬《ねた》ましく思っていたのである。反対側の隣りでは中国人の大家族が円卓を囲んで声高に中国語で話している。小さいころ『孫悟空《そんごくう》』の挿絵で見た猪八戒《ちょはっかい》にそっくりの、赫《あか》くて太い首に何重もの横じわをめぐらせた男が一きわ興奮していて、唾《つば》を飛ばさんばかりにしゃべりながらついでに腕も振り回している。そのさらに向こうの壁際《かべぎわ》の席では先ほどから新聞を片時も離さずに一人で食事をしている極度の近眼らしいアメリカ人の中年男がいた。

紅い房を垂らした中国風のランタンの許《もと》にさまざまな人生模様が繰り広げられていたが、祐介の五感はそれらの刺激には無感覚でいるらしく、彼は自分の追憶に閉じこもった顔を見せていた。

——二年半前の夏に、気晴らしに信州に行って、そこで偶然に東さんと会ったんです。

祐介はそこまで言うと憔悴《しょうすい》を一挙に集めたような顔つきになり、長い息を吐いた。

——そして、今思い出しても何だかよくわからない一週間を送ることになったんです。

私はもう一度うなずいた。

——盆休みの週でした。

私が黙って次を待っていると、祐介はその憔悴を集めた顔で続けた。

——何か特別なことがあったっていうわけじゃあないんです。要はたんに思い出話を聞いたっていうだけのことなんですけれど。

——思い出話？

——ええ。

——東さんの？

——東さんのっていうか、東さんと一緒にいた女の人から聞いたんです。東さんを子供のころから知っていた女の人です。

私はその女というのを想像しようとしたが、顔もなければ歳《とし》もわからない、影のような姿しか浮かばなかった。

——何しろ奇妙な一週間だったんです。僕自身精神的に少し参っていたときなんで、なおさらそう感じたんだと思うんですが、何だかそれ以来調子が変になったんです。

　祐介は少し早口になった。

　信州で一緒だった友人に話してみても、あたかもその一週間、祐介が模糊《もこ》とした夢を見ていたような気がしてくるだけであった。アメリカに渡ってきたのはそれから一年後である。アメリカに渡ってもなおその信州でのことが脳裏を去らなかったところ、数日前に私の名を大学のウェブ・ページに見出《みい》だし、その瞬間、東太郎を知っている筈《はず》の私に、あの一週間のことを話してみようとふいに思い立ったという。そうしていったん思い立つと、今度は憑《つ》かれたように、ぜひ話さねばならないという気がしてきたという。

——そうすれば何か少しは落ち着くことができるような気がしたんです。

　祐介は結論づけるように言った。眼の下の疲れた感じが明るい中華料理屋の光の下でさらに目立った。食べ残しの料理が並んだテーブルの上に摑《つか》みどころのない視線をさまよわせている。

　隣りの男女がまた弾けるように笑った。

——会社をおやめになったのもそのときのせいなの？

——いやあ、僕自身は会社をやめたかったわけではないんですけど。

祐介は隣りの男女にちらと眼を向けると、少し調子を変えて訊いた。

——籤引《くじび》きであたるグリーン・カードのことを知ってらっしゃいますか。

——ええ。

グリーン・カードと呼ばれるアメリカの永久居住権をもっていれば、労働ビザを取得せずに仕事に就けるし、アメリカにいつまでも住み続けることができる。そのグリーン・カードを入手するのはすでにアメリカに住んでいたとしても容易なことではないが、アメリカ政府は近年に入り、それを世界の移民希望者を対象に毎年籤引きで与えるようになったのである。是が非でもアメリカという国に来たいという人に対して平等に開かれた窓口で、ヨーロッパからの移民以外は奴隷《どれい》、あるいは二等市民としてしか受け入れてこなかった己れの歴史に対する批判の意味をもって開かれた窓口であった。あまり知られていないが、日本人で応募する人は案外たくさんいるという。

——東さんに会ったあと、アメリカに行くのも悪くはないような気がして……というより、日本の外に一度は出てみたいような気が急にしてきて、それでどうせ当たりっこないだろうけれどって、申しこんでみたんです。

——そうしたら？

——そうしたら、一発で当たってしまったんです。

そのままにするのも勿体《もったい》なく、また当たってしまえばアメリカに行きたい思いも募り、会社に無給休暇を一、二年とりたいと願い出ると、会社の方ではそんな前例を作りたくないという応えであった。祐介は仕方なく会社をやめた。そして忙しくて使う暇もないままに貯《た》まっていた給料を当座の資金としてカリフォルニアにやってきたのだという。

——僕は文科系の人間ではないので、仕事という点では国を動くのが楽なんです。

——なるほど。

さきほどの会話を思い出しながら私はうなずいた。

——これからどうなさるの？　アメリカにずっといらっしゃるの？

——わかりません。もっと本腰を入れて職を探してもいいし、または勉強しに大学院に行ってもいいし……日本に帰ってもいいし。生活はどっちが楽かわかんないですからねえ。

——なるほどね。

いつのまにか二人はまた箸《はし》を動かし始めていた。テーブルの中央にまだブロッコリーのソテーや、鶏肉《とりにく》のカシューナッツ炒《いた》めなどが残っている。小さな茶碗《ちゃわん》に饅頭《まんじゅう》のように丸く盛られた白いご飯は端が少し欠けた程度にしか減っていない。食欲がいつもほどはわかず、私は自分の取り皿を空にしたところで箸を置いた。

しばらくして祐介も箸を置くのを見届けたあとで、私は言った。

——東さんのことをお話しになりたかったのなら、最初からそうおっしゃればよかったのに。

私の声は少し恨みがましかったかもしれない。

すみません、と祐介は素直に謝った。

——お目にかかってお話ししたいって、ここ数日ずうっと考えていたんで、実際にお目にかかったら、かえってどう始めたらいいのかわからなくなっちゃったんです。

そのあと独り言のように低い声でつけ加えた。

——それにたんに僕だけがオブセスされている話のような気がしてきて。お話ししてもつまんないんじゃないかと……。

——いいじゃないの。あたし人の話聞くの、好きよ。I'm a good listener.

私はおどけて奈苗《ななえ》のように英語を入れて応えた。

はあ、と祐介は応えると、私の言ったことを本気にとるべきかどうか迷うような眼つきで私の顔を見た。行きつくべき所へ行きついて、少しほっとしたようであった。

料理屋の喧噪がようやく彼の意識の中に入っていく様子が、その微かにゆるんだ眉《まゆ》のあたりに見える。

——それじゃ、今晩このまま聞いちゃいましょうか。

時計を見るとまだ八時を少し回ったところである。

——僕の方はもちろん今晩でいいんですけど……。

——それじゃあ今晩にしましょう。金曜日の夜でちょうどよかった。明日はお仕事もないんでしょう。

祐介はうなずきながら、料理屋の中を見回した。客が入り口で列をつくって待っているのに初めて気がついたらしい。

場所を変えましょう、と祐介は言うと、私の方に顔を戻して訊いた。

——どこへ行きましょう。

——よろしければ私の家にいらっしゃらない？

——水村さんの家に？

切れ長の一重瞼《まぶた》の眼が少し丸くなった。

——ええ。

——だって、いいんですか。

その方が落ち着くじゃないと言いながら、私はボーイさんに「doggie bag」なるものを頼んだ。犬のためと称して「doggie bag」というが、要は食べ残しの包みのことで、アメリカの中華料理屋では注文した料理が残れば「doggie bag」を頼むのは当たり前のことであった。ラードの匂《にお》いがする生暖かい茶色い紙袋が来たところで、勘定書に手を伸ばすと、それまでぼんやりしていた祐介が突然敏捷《びんしょう》な動きでテーブル越しにその小さな紙を奪おうとした。私たちは結局お利口さんに男女平等で割り勘にして、紅《あか》い房を垂らした中国風のランタンをあとにした。

朱《あか》い屋根を頂いた二軒の双子の家は漠々と雨に閉ざされていた。片方の家のブラインドの隙間《すきま》からテレビの青っぽい光が忙しく点滅しているのが見えるのは、ジムが同じチャンネルを数秒以上は観《み》ないせいである。道に車をとめ、濡《ぬ》れそぼった共有のドライヴウェイを歩いて玄関に着いた。

玄関の扉を開ければそのままリヴィングルームである。

部屋の隅に白いプラスティックのバケツがあり、バケツに不釣り合いの豪華な花がざっくりと投げこまれているのは、奈苗が私の誕生日にと、日本の花屋を通して送ってくれた花束である。温室育ちの花じゃなくって、English garden にあるようなのをって頼んだんだけど、ちゃんとそういうのが来てる？　と先日国際電話で言ってきていた。部屋の隅でそこだけ春が萌《も》え立つ色とりどりの花は、奈苗の日本での生活にめどがついたことの徴《しる》しのようで、自分の誕生日よりも奈苗の再出発の祝いに思える。

——へえ、花があるんだ。やっぱり女の人の家ってちがいますね。

部屋に足を踏み入れた祐介《ゆうすけ》が彼のような男に似合わない愛想を口にしたのは、緊張しているのかもしれなかった。いつもあるってわけじゃあないのよ、と私はそれだけ応えた。一人暮らしが長いという祐介は、狭い台所に一緒に立って飲物を用意するのをこまめに手伝ってくれ、じきにリヴィングルームのコーヒーテーブルの上には、栓《せん》をぬいたカリフォルニア産の赤ワインと二つのワイングラス、ポット一杯の紅茶と二つのマグ、それにチーズの塊りと古漬けのピックルスを縦に切ったのが並んだ。祐介は肘掛《ひじか》け椅子《いす》の方に腰を掛け、私は直角に置かれた長椅子の方に腰を掛けた。お酒に弱いのにお酒が好きな私は、ほんとうはこんな晩は呑《の》めるだけ呑んで長椅子の上で毛布に丸くくるまって眼を瞑《つむ》って祐介の話を聞きたいのだが、見知らぬ人の前で酔態が愛嬌《あいきょう》に転じうるような若い女ではもうないこと——それはいくつになっても女の人にとってはなかなか納得のいかないことではないかと私は思うのだが、それを自分に言い聞かせ、少し味気ない思いを抱えながら、ワインを紅茶で割るようにして呑んだ。

四方の壁についている、十ワットあるかないかの黄色い小さい電球がうすぼんやりと四囲を照らし出している。入居してすぐに家中の電球を明るいものと取り替えたが、この部屋では本を読むこともないので、そのままにしておいたのである。二人は小さな家ごと雨と闇《やみ》に閉ざされ、さらに蠟燭《ろうそく》のように仄暗《ほのぐら》い光に閉ざされた。

祐介の話はなかなか始まらなかった。まず祐介の方が東太郎《あずま》がニューヨークでどういう風に成り上がって行ったのかを知ろうとした。また東太郎と会ったときの私の印象も知ろうとした。人に伝えるにはあまりにとりとめのない私の思い出まで丸ごと自分のものにしてしまいたいかのように、彼の言葉少なの質問は不思議に執拗《しつよう》であった。

私は仄暗い光に照し出された祐介の白い顔を見ながら、男の人が男の人に恋をするとしたらこのような顔をするのだろうかと考えていた。

雨が屋根を叩《たた》きつけるように降っている。風はなく、大きな滝となって天からひたすらなだれ落ちる雨の勢いに、あたかもこのあたり一帯が水底に沈んでいくようであった。

やがて祐介はぽつぽつと話し始めた。そうしていったん話し始めるともういつまでもやまなかった。私は深い眠りを眠りながら聞くように祐介の話を聞いていた。今という時間も消え、ここという場所も消え、祐介も私も消えた。現実がすっかり消えてしまった眼に、四方の壁についた小さい電球が黄色い光を放つのが、闇夜にちらちらと揺れる鬼火のように見える。家の外から自然の猛威が押し寄せてきているのも、自分を離れたどこか遠い出来事のようであった。

祐介の声が続き夜はどんどんと更《ふ》けて行った。

気がつけばカタンカタンという音がしきりに聞こえてくるのは、表の庭に埋めこまれた、地下水を汲《く》み上げるためのポンプのモーターであった。息もたえだえにフル回転して雨水を道路に吐き出しているらしい。浸水を怖《おそ》れた大家さんが埋めたもので、雨が降る度に私の家の庭からカタンカタンとうるさい音がするのが隣りのジムに遠慮で、あれで何か役に立っているのだろうかと以前訊《き》いたら、さあ、と笑いながら肩をすくめたことがあった。

祐介がその音を話題にしたときが祐介の話が終わったときであった。

——何の音ですか？

我に返ったように祐介が訊いた。私が説明すると、ああ、と祐介は応《こた》えたあと、でも雨で停電になったらポンプはアウトですね、家に自家発電装置でもあれば別ですけれど、と奇妙に冷静な口調でつけ足した。

——自家発電装置？

——ええ。

——そんなもんを置いてある家ってあるのかしら。

——土砂崩れがおこりそうな家ではあるっていう話ですよ。

私たちはそれからしばらく黙っていた。

風が出てきたのか、雨がばらばらと音を立てて屋根の上を渡り、壁の電球が暗くなったり明るくなったりした。たしかにいつ停電になっても不思議はないと思った。ジムが眼を覚ましたらしく、いつのまにか隣りの客間にも光がついているのが、生《き》成《なり》の綿のカーテンの隙間から見える。この雨で落ちついて寝ていられなくなったのかもしれない。時計を見ると朝の五時近かった。

——すごい雨ですね。

天井に向けて顔をあげた祐介が言った。

——すごい雨。

私は意味もなく祐介の言葉をくり返した。祐介が独り言のように続けた。

——僕が追分に話を聞きに戻ったときの雨も、こんな雨でした。

——そう……

私はもう一度耳を澄ました。

祐介の話の世界のなかにあまりに深く入ってしまっていたので、その世界の外にこのように現実があるということが不思議であった。夢から覚めたような心地で雨の音を聞いていると、祐介がまた口を開いた。

カリフォルニアには東太郎を追ってきたわけではないが、ＬＡに着いた当時は車を運転していても、レストランに入っていても、モールで買物をしていても、ふと気がつけばその面影を探していた。ベヴァリー・ヒルズを中心とする高級住宅地をあてどもなく車でぐるぐる廻ってみたりもした。そのあとサンフランシスコに落ち着けば落ち着いたで、今度はシリコン・ヴァレーのどこかに潜んでいるような気がして、このあたりに来ることがあると、知らず知らずにやはりその面影を探してしまっているという。

——会ったからって、別にどうこうということもないんですが……

祐介はしばらく前から肘掛け椅子をおり、絨毯《じゅうたん》を敷いた床の上で膝《ひざ》を抱えていた。膝を抱えた両手が病人の手のように青白く映る。私の方はとっくに長椅子の上に足をあげて横坐《よこずわ》りになっていた。そうしてすぐ手の届くところにあるその青白い両手を見るともなく見ていた。東太郎の手を思い起こさせる、男の人の骨ばった両手であった。夜が少しづつ白んできて、それにつれて雨もやや小降りになってきているような気がする。

――少し寝る？

いつのまにか私の言葉は乱暴になっていた。

――いいえ、僕、帰ります。

――帰れっこないじゃない。危ないじゃない。

この大雨ではまたハイウェイが封鎖されている可能性が高かった。

少し寝てったら小降りになるわよ、いや、帰ります、だって帰れっこないんだから寝ていったらいいじゃない、誘惑なんかしないから、いや、悪いから帰ります、悪くないっていうのに……などという、こんな場合いつでもあるような遣《や》り取りがあったあと、長椅子をベッドに変えたり、新しい歯ブラシを出したり、洗濯したばかりのタオルを出したりと、人が泊まる準備が続いた。そして私自身も自分が寝る支度をしようと、歯をみがき、顔を洗った。

――それじゃ、おやすみなさい。

フェイス・タオルで顔を拭《ふ》き拭きリヴィングルームに入ると祐介はベッドに転じた長椅子の上に腰をかけて虚《うつ》ろな眼で壁を見ていた。

その虚ろな眼が私の方を向いた。

寝られるかしら、と私は訊いた。

——ええ。

ぼんやりとした表情がだんだんと焦点が定まるようになってきたかと思うと、入り口に立った私の姿を凝視した。

——水村さんこそ疲れたでしょう。

まっすぐこちらを向いている視線が、珍しいものでも見るように、私の全身を上から下までじろじろと眺め回している。話し終わってようやく私というものが物理的に存在しているのに気がついたらしい。

——ええ、でも何だか神経がさえちゃって。

祐介の視線を意識して受けながら私はフェイス・タオルを宙で半分に折って応えた。

——睡眠薬をいつもの倍のむわ。

——睡眠薬？

——うん、ハルシオン。いつものむの。

祐介はふいに立ち上がった。

——僕もそばに坐って本でも読みましょうか、水村さんが眠るまで？

僕も、というのは今まで聞いていた話にかけて言ったのである。

——ずいぶんと、おもしろいことおっしゃるのね、ボクちゃんは……

——いや、本気ですよ。

そう言うと私の方に歩いてきた。

思う存分話したせいだろうか、若さのせいだろうか、徹夜したというのに、かえって疲れがとれた、透き通るような肌をした顔を白み始めた朝の空気の中に見せている。その透き通るような肌をした顔が近づいて、初めて見せる表情で私の顔を見た。そこに予期しなかった優しさがあったのは、このままさっさと寝てしまっては一人前の男として失礼だと思ったのかもしれない。ありがとう、でも、あたし、それじゃあかえって寝られないから、と祐介の気づかいに他愛なく全身で笑みこぼれた私は身を翻《ひるがえ》し、食堂の突き当たりにある寝室へと逃げるようにして引き揚げた。

今となっては一刻も早く一人で奇跡の晩と向かい合うべきであった。

ベッドの上で仰向けになると、手足の先は冷えているのに頭や頬が病人のように熱をもっていた。

そこには夜通し闇のなかで嵐のような雨を全身に感じていた神経の興奮もあった。その嵐のような雨の中に見知らぬ人とともに投げこまれていた神経の興奮もあった。その見知らぬ人から聞いた話そのものからくる神経の興奮もあった。だが、夜の果てまで駆け抜けたいような昂揚感《こうようかん》とともに、何ともいいようのない歓喜の念が身体の奥の方から、あとからあとからとこみあげてくるのは、私がこうして生きていることに眼に見えない摂理が働いているとしか思えなかったからである。偶然に偶然が重なり、一人の若者が「小説のような話」をはるばると運び届けてくれた――ほかならぬ、この私のもとに運び届けてくれた。祐介が私に会いに来たという事実はあたかも天の恩《おん》寵《ちょう》のように私の魂を照らし出し、おまえは小説家として生まれてきたのだ、と天の声が耳元に鳴り響いたような気がした。

奇跡が起こった、と私は思った。

しかもこの夜贈られた「小説のような話」は、『縦書き私小説』を書こうとして書きあぐねていた私にとってもうひとつ別の奇跡をも意味した。東太郎の育った日本は私が育った日本――昔アメリカに連れて来られてから心のなかで回帰し続けた、あの遥《はる》かなる日本と重なるものだったのである。子供だったころの東太郎を想像すれば、そこには朝の冷気を破って通る豆腐売りのラッパの音があった。夕暮れ時、台所の外で七輪の前にしゃがんで団扇《うちわ》を扇《あお》ぐたすきがけの祖母の姿もあれば、その七輪から夕焼け空へと立ち昇る白い煙もあった。冬、表で時間を忘れて遊んでいると、突然頭上に灯る黄色い光もあれば、夏、原っぱから遠く望める、二つのうすみどり色のガスタンクもあった。古ぼけた木の電信柱の光は、日本の過去を象徴するかのように寒い長い影をアスファルトの地面に落とし、完璧な球形をした巨大なガスタンクは、日本の未来を象徴するかのように眩しく輝いて並んでいた。ニューヨークで知っていた東太郎は急速に後ろへとしりぞき、いつのまにか彼は、おかっぱ髪の私の眼の前を、垢《あか》にまみれた首筋を見せて駆けぬけた。「小説のような話」を小説にすることができれば長年心の奥の玉手箱に封じこまれたあの「時」――『縦書き私小説』で何とか解き放とうとしていたあの「時」を解き放つことができる……。「小説のような話」を贈られた天の恩寵に加えてさらなる天の恩寵が贈られたのであった。

私はカーテンの隙間《すきま》から入りこむ朝の光のなかでいつまでも眼を開いて天井を見ていた。

祐介と二人で並んで朝食をとったのは白っぽい昼の光が家のなかに差しこむころで

あった。ラジオの交通情報によるとサンフランシスコまでのハイウェイは二本とも夜通し閉ざされ、さきほど開通したばかりだという。それを聞いた私はラジオを消すためにテーブルの上に腕をのばしながら誇らしげに言った。

——いづれにせよ帰れなかったじゃない。

祐介は、一晩越しても髭《ひげ》の濃くならないのがいかにも東洋男児らしい、すべすべした頰で笑っただけで、憑物《つきもの》が落ちた清々《すがすが》しい顔を白っぽい光のもとに晒《さら》していた。

あの晩の雨が記録的な大雨であったのを知ったのはそのあとである。祐介を見送るために玄関の扉を開けると、偶然お隣りのジムが玄関先で人と話しているところであった。雨合羽に雨靴という出で立《い》ちにホースをもった男の人で、何かの作業が終わったところらしい。ジムは私の後ろから祐介が出てくるのを見て微《かす》かに眼を瞠《みは》ったが、すぐにいつもの、世の中そのものに対してはにかんだような表情に戻り、どちらにともなくHi! と朝の挨拶《あいさつ》を交わした。そしてそのあと、昨晩の雨がカリフォルニアの北部を数十年ぶりで襲った大雨であったこと、広範囲にわたって床下浸水や土砂崩れがあり、死傷者も何人も出たことを教えてくれたのである。早朝から人が出入りしていたのは、ジムの家も夜中から床下浸水したからだという。同じ造りの私の家が救われたのは庭に埋めこまれた例のポンプのおかげなのがわかり、あのカタンカタンというモーターの音を日頃疎《うと》んじていたのは罰当たりなことだったという結論にジムも私も達した。

二週間ぐらいしたところで祐介から郵便が届いた。

あの朝、祐介が帰る寸前に、前夜聞いた話を小説にしたいと私が言い出すと、祐介は最初は驚いた顔を見せ、次に当惑した顔を見せたのである。小説家としてやっていこうという人間に「小説のような話」をもって来て、それを小説にしたいと言われて驚くことはないだろう、と私は内心思った。だが祐介の当惑はよく理解できた。「小説のような話」を祐介に話して聞かせた日本の女の人のことを考えれば当然であった。私は祐介のその当惑を前に、自分のひるむ気持を抑えた。そして、その女の人に迷惑がかからないよう、名前や設定を変え、人が読んでも登場人物の正体が簡単にはわからないように書くつもりであると続けた。祐介は、どうでしょう、とだけ短く応えて口をつぐんだ。しばらく沈黙があった。私は前夜の自分の昂揚感を呼び起こし、ひるむ気持をなおも抑えた。そして自分からは沈黙を破ろうとはしなかった。そんな私を見て祐介は思い直してくれたらしい。ややあって、何かを振り切るようにして、いいんじゃないですか、小説にするのも……小説にするのも、考えてみれば面白いかもしれません、と言ってくれ、そのうえ信州の地図を送ると約束してくれたのである。郵便には手書きの地図が二枚とコンピューターで打った原稿が数枚入っていた。地図の方は「信濃追分《しなのおいわけ》」と「旧軽井沢」の地図で、それぞれに「ココ」と山荘の位置が示されている。原稿の方は「土屋冨美子《ふみこ》の話の覚え書き」という題がついていた。原稿というより、年表のようなものであった。簡単な手紙が添えられており、「信濃追分」の山荘は壊されてしまったが、「旧軽井沢」の山荘は多分まだ残っているであろう、と書いてある。最後に祐介のEメイルのアドレスが添えてあった。私は「土屋冨美子の話の覚え書き」を、私自身が作っていた覚え書きと一緒にしながら、コンピューターに入力した。

東太郎は一九四七年？月生となっていた。

四学期制のスタンフォード大学は一学期が短く、じきに日本に帰るときがきた。祐《ゆう》介《すけ》とはその間幾度かEメイルで簡単な連絡を取り合ったが再び会うことはなかった。日本に戻ってきたとき気が向いたら連絡を下さい、というメッセージを最後に私はパロ・アルトをあとにし、サンフランシスコに一泊したときも会わなかった。もう一度あのつるりとした顔を見たい誘惑にかられ、ホテルのベッドに腰かけ電話機のボタンを押し始めさえしたが、あの私にとっての奇跡の一晩を大事にしようと、思いとどまった。

大学での給料がよく珍しく懐《ふところ》の暖かかった私は、サンフランシスコから飛行機でLAまで足を延ばし、ウエスト・ハリウッドにオープンしたばかりの少し贅沢《ぜいたく》なホテルに泊まった。夜になるとどこからともなく映画俳優候補らしい美男美女が車で乗り付け、流行の先端を行く髪型服装物腰でロビーやレストランを我物顔に占領した。ホテルが面しているサンセット・ブルバードには映画で観《み》たとおり椰子《やし》の木がどこまでも並び、その椰子の木の上にはやはり映画で観たとおり淡いピンクの空がどこまでも広がった。レンタカーを借りて、見たこともないのに、すっかり眼に慣れてしまっている風景をわざわざ見て回ったりもした。ベルエアー、ベヴァリー・ヒルズ、ブレントウッドなどの最高級住宅地もぐるぐると回った。陽に焼けた得体の知れない遊び人がたむろするサンタ・モニカへも行った。

カリフォルニア州はアメリカの中でももっとも雑多な人種が入り混じった州だと言われているのに、人種ごとに棲《す》み分けされているらしく、こうして少しばかり贅沢な旅行をすれば、ホテルでも店でもレストランでも、見かける客のほとんどが白人であった。客だけでなく、客の眼につく場所では働く人間ですら白人、しかも背が高くブロンドの髪をした白人であった。みな歯列矯正をした歯で雑誌の表紙にある訓練された笑いを笑っている。白人以外で見かけるのは主にずんぐりした浅黒いメキシコ人の男で、大体が、客の車を車寄せから駐車場まで往復させてチップを稼ぐヴァレー・サービスとよばれる仕事に従事している。炎天下には帽子をかぶり、雨の日には傘をさし、だらだらと列を作って客の車を待っていた。列が早く進まないので苛立《いらだ》っているのか、一日中立っている疲労で苛立っているのかわからなかったが、せっかくメキシコ人だというのに、少しも陽気な顔はしていなかった。アメリカは十二歳で私が着いたときのアメリカではなかったが、それでも大学町を一歩離れれば、自分が白人ではないという意識から逃れられない国であった。これからは激変せざるをえないだろうという予兆はあちこちにあったが、まだそれは予兆でしかなかった。

東太郎にとっては、そんなアメリカでもあの日本よりは生きやすいのであろうか。

——アメリカでは金持になれば黒人でも東洋人でも認められます、金がすべてです。

そう彼は祐介に言ったという。大金持の東洋人として彼はどこに生きているのか。どんな風に生きているのか……果たしてまだ生きているのだろうか。

ピンクに燃える夕暮れを後に東京に戻ったのは桜が終わったころであった。

私が天の恩寵だと思っていたものがそんな単純なものではなかったのを知ったのは、いざ、東太郎《あずま》の話を書き始めたときである。そのとき私は「小説のような話」というものを日本語で書く問題に直面したのであった。

東太郎の話――それは、一言で言えば、今までに無数に語られてきた恋愛物語のひとつでしかない。そんなものを今さら自分で書こうという気になったのは、実はそれが、昔、少女時代に翻訳でくり返し読んだ懐《なつ》かしい小説の数々を鮮やかに胸に呼び覚ますものだったからであった。それは、とりわけ、読むたびに強烈な印象を受けずにはいられなかった、あるひとつの英国の小説とよく似ていた。ヒースの生えたヨークシャーの荒野を舞台にしたもので、今から百五十年以上も前にE・Bという英国人の女の作家によって書かれ、次第に世界の大古典とみなされるようになった小説である。そもそもその小説をくり返し読んでいたからこそ、東太郎の話を聞いたとたん、まるで「小説のような話」だと私が思ったのにちがいなかった。

ということは、私が試みようとしていることは、西洋の小説にある話をもう一度日本語で書こうということに他ならない。だが、不遜《ふそん》な言い方かもしれないが、私はその試み自体に問題があるとは思わなかった。実際、近代に入り、西洋文明の支配が世界中に広まり、西洋の小説が続々と日本語に翻訳されるようになって以来、意識したにせよしなかったにせよ、日本の多くの小説家が西洋の小説にある話をもう一度自分の言葉で書いてみたいという欲望、すべての芸術の根源にある、模倣の欲望に囚《とら》われながら日本近代文学を花開かせていったのである。日本の小説家たちのみならず、ほかの非西洋言語でものを書く小説家たちも同様であったであろう。そう考えれば、私が試みようとしていることは、日本近代文学のひとつの大きな流れのくり返しでしかないと同時に、その大きな流れを正統的に継承しているとも言えるものであった。

もちろん書き進むにつれて、私の小説は念頭にあった原作からは懸け離れたものとなっていった。だが私はそこに問題があるとも思えなかった。模倣の欲望から出発したにせよ、時が移り、空が移り、言葉が変わり、人が変わるにつれて変容するのが芸術であり、また芸術とは変容することによって新たな生命を吹きこまれるものだからである。二十世紀後半の、小さな家が建てこんだ日本を舞台にした小説が、十八世紀末から十九世紀初頭にかけての、一面にヒースの生えた、さびしい、きびしい、ヨークシャーの荒野を舞台にした小説とちがってきてあたりまえであった。また、日本語という言葉の内的論理に従い、すでに今まで書かれた無数の日本語の文章との関係から生まれ、さらには今の世界における日本語の位置というものを意識した小説が、英語という言葉がすでに世界言語となりつつあるのにも無意識であった小説とはちがってきてあたりまえであった。そのうえ、才能が遠く及ばないのは別として、どこまでも散文的な私は、どこまでも詩的なE・Bとは小説家としての資質をまるで異にした。私の小説が原作と似ても似つかないものになっていっただけでなく、しまいには、まるで原作を逆立ちさせたようなものになっていったのも不思議はなかった。そして、私はそれでも構わないと思った。のみならず、むしろそのように懸け離れていくからこそ、このような小説がもう一度日本語で書かれる意味もあると思った。西洋語の小説をそのまま日本語にしたような小説——日本という場所からも日本語という言葉からも浮いた絵空事のような小説を書いてもつまらないと常々思っていたからである。

問題は別のところにあった。

東太郎の話は「ほんとうにあった話」なのにもかかわらず、それが「小説のような話」であることによって、書けば書くほど大事なもの——それは「ほんとうらしさ」としか言いようのない何物かなのだが、その「ほんとうらしさ」が指の間からするすると滑り落ちてしまうような、何とも心もとない思いから逃れることができなかったのである。そこにあるのはいわゆるリアリズムの問題とは別の、もっと根元的に小説の価値を左右する、小説がもちうる「真実の力」とでもいうべきものにかかわる問題であった。そしてそこには私自身の小説家としての力のなさだけでは片づかない何かがあった。それがいわゆる「本格小説」というものを日本語で書こうとする困難に通じることに思い至ったのは、書き進んで大分経《た》ってからであった。

「本格小説」——十九世紀西洋小説こそ小説の規範であるとする「本格小説」という概念は、十九世紀どころか二十世紀も終わった今、日本近代文学の歴史の中で葬《ほうむ》り去られ、図書館の隅でひっそりと埃《ほこり》をかぶっている概念でしかないであろう。近代に入って西洋から日本に輸入され、のちに「本格小説」という概念を日本で誕生させた芸術進化論自体もすっかり色褪《いろあ》せたものとなった。今やさまざまな小説の形式が同等の正当性を主張して横並びに並び、「本格小説」などという概念は規範性をもたない。私自身、十九世紀西洋小説にその原型がある小説を書こうとしてはいても、「本格小説」を書こうとしていたわけではなかった。つまり、「本格小説」とはかくあるべきだという理念を実現させようと試みているわけではなかった。例えば私の小説には「本格小説」を特徴づけるとされる全知全能の語り手は出てこない。しかもそれはもっとも基本的なところで「本格小説」の理念からはずれている。「本格小説」といえば何はともあれ作り話を指すものなのに、私の書こうとしている小説は、まさに「ほんとうにあった話」だからである。

それでいて私は、自分が直面している困難が、日本語で「本格小説」を書く困難と通じるものであることに気がつかざるをえなかった。大事なものが指の間からするすると滑り落ちてしまうような、何とも心もとない思い――そんな思いに書いている間中悩まされているのは、人から聞いた「小説のような話」を小説にしようとしていること、すなわち私自身の人生から離れ、「私小説」的なものから離れて書こうとしていることと無関係ではないのが見えてきたからである。私は「本格小説」を書こうとしてはいなくとも、日本語で「私小説」的なものから遠く距《へだ》たったものを書こうとしていることによって、日本語で「本格小説」を書く困難に直面することになったのであった。

もちろん小説家が自分の人生を書いた小説、あるいは、書いたように見える小説は、どの言葉にも存在する。そしてそのような小説は、どの言葉で書かれていようと、もっともたやすく「真実の力」をもつであろう。なにしろそこには一人の人間の人生そのものがある。だからこそ、小説家は、どの言葉で書こうと、自分の文章を売るよりも自分の人生を売りたいという誘惑と、常に、そして永遠に、戦わなくてはならないのである。しかも私たち人間は例外なく他人の幸福よりも他人の不幸に興味をもつ。小説家が、自分の不幸を売りたいという何よりも大きな誘惑と、常に、そして永遠に、戦わなくてはならない所以《ゆえん》である。ゆえに、小説家にとっての真の不幸とは、自分の不幸を売るのが文学として通るようなところで書くことにある。「私小説」的なものが日本語で栄えるということは、日本語で書くことが、小説家が自分の不幸を売るのが文学として通るようなところで書く不幸を意味することにほかならないであろう。

話が複雑になるのは、そのような不幸だけでは、日本近代文学の中でここまで「私小説」的なものが栄えてきた事実を充分に説明できないことにある。また、日本近代文学の中で今まで書かれた優れたものに「私小説」的なものが多かったという事実を充分に説明できないことにある。なぜ、日本語では、「私小説」的なものの方がより確実に「真実の力」をもちうるのか？

そもそも「私小説」的な作品とは何か？

「私小説」的な作品とは、実際に小説家が自分の人生を書こうが書くまいが、究極的には、それが作り話であろうがあるまいが、何らかの形で読み手がそこに小説家その人を読みこむのが前提となった作品である。「私小説」的な作品においては、書き手は抽象的な「書く人間」である以前に、具体的な甲や乙といった小説家——写真を通じてその顔が世間で知られたりしている、具体的な個々の小説家なのである。それ故《ゆえ》に「私小説」的な作品においては、書き手が、書き手自身の人生を離れずに書くこと自体が、読み手にとって正の価値をもつ。のみならず、そこではその作品が、初めもなければ終わりもないこと、断片的であることなど自体が正の価値をもつ。具体的な人生経験とは、まさに初めもなければ終わりもない、断片的なものでしかありえないからである。すなわち、「私小説」的な作品においては、言葉によって個を超越した小宇宙を構築しようという、全体への意志がないように見えることこそが、読み手にとって正の価値をもつのである。

なぜ、日本語では、そのような意味での「私小説」的なものがより確実に「真実の力」をもちうるのであろうか。逆にいえば、なぜ「私小説」的なものから距離をとればたるほど、小説がもちうる「真実の力」がかくも困難になるのであろうか。

私は答えを知らない。ただひとつ考えられるのは、それがどこかで日本語という言葉の構造と関わっているのかもしれないということである。悲しいことに日本語のほかには西洋の言葉しか知らない私には日本語がどういう言葉であるかはわかりようもない。だがたとえば、西洋文学に出会った日本語が、日本近代文学を通じて「私」という概念を確立し、さらにそれに過剰な意味を与えるようになったとしても、日本語の中で機能する「私」はあくまでも具体的な「私」を指し、英語の中で機能する「I」のような、個々の人間を超越した抽象的な「主体」という意味をもちえなかったということがあるのではないか。それゆえ、日本語で書かれた小説は、たとえそれが三人称で書かれたものであっても、そこに小説家の具体的な「私」が読みこまれてしまい、「書く人間」としての主体によって構築された小宇宙とはみなされにくかったのではないか。別の言い方をすれば、日本語の小説では、小説家の「私」を賭《か》けた真実はあっても、「書く人間」としての「主体」を賭けた真実があるとはみなされにくかったのではないか。だからこそ、日本近代文学には、小説家の「私」と切り離されただけでなく、そもそも小説がもちうる「真実の力」とも切り離された、「物語り」の系譜というものが別に脈打つ必然があったのではないだろうか？

くり返すが、私は答えを知らない。私はあの奇跡が訪れた夜をいまだに忘れられずにおり、自分が天の恩寵《おんちょう》を受けたという思いを捨てきれないでいる。だがいざ腰をおろして東太郎の話を書き始めてみれば、そこに立ちはだかるのは、日本語で「小説のような話」を書くことの困難だけであった。

東太郎という名は実名である。父の口からその名を最初に聞いたあの晩から、彼につながる記憶はすべてその名と結びついており、別の名を使う気にはならなかった。もし彼が生きていたところで、日本語で出た小説について何かを知りうる人生を送っているとは思えないし、また万が一知りえたところで、気にかけるとは思えない。いずれにせよ、たとえ別の名を使おうと、古くからニューヨークにいる日本人には誰のことだかすぐに判《わか》る筈《はず》である。

一 迎え火

「東京音頭」の音はいつのまにか消えていた。

夏の夜である。だが町の喧噪《けんそう》からも熱気からも遠い、夏の山の夜である。森とした涼しい山の空気を通して聞こえるのは、自分の漕《こ》ぐ古い自転車が怪しくきしむ音だけであった。

国道十八号線からいくら南に下りても、東の、中軽井沢の方向へと伸びる道は現れなかった。脇道《わきみち》に入っても、またすぐに逸《そ》れて南に下りる道になるか、人の別荘に入りこむか、あるいは獣道すらじきに見あたらなくなる藪《やぶ》の荊《いばら》の中に踏みこんでしまう。月の光が鈍く照り渡る畠《はたけ》に出てしまうこともあった。

初めは気楽にペダルを踏んでいたのが知らぬ間に焦《あせ》り始めたものとみえ、いつのまにかハンドルを握る掌《てのひら》が汗でぬるぬるとしてきていた。

月は満月であった。

満月なのに行く手がよく見えないのは、あたり一帯が夜空に影絵のように高く聳《そび》える雑木林だからである。満月の光は黒々とした梢《こずえ》の合間をぬって、白い砂利を敷いた狭い山道をまだらに照らすだけであった。街燈もあることはあったが、その存在を忘れたころにぽうっと立っているだけで、中には寿命が尽き、青白い光を気味悪く点滅させているのもある。ついさっきまでは別荘の光らしいものが木々の向こうにところどころ覗《のぞ》けたのに、今は周りに人家があるのかどうかも判《わか》らなかった。

砂利の上を車の轍《わだち》が二本深くえぐり、ハンドルが安定しない。しかも下り坂である。自転車のきしむ音に混じってタイヤの下で砂利が細かく撥《は》ねる音が聞こえ、危ない、危ない、と自分に言い聞かすのだが、満月の夜の不思議に煽《あお》られるのか、スピードをゆるめることができない。道のでこぼこにそって身体《からだ》がサドルに打ちつけられるのが痛かった。

背中に粟立《あわだ》つ感覚があったのと同時である。

全身がふわっとしたその瞬間、ハンドルが大きく左に傾き、鋭い衝撃を感じて祐介《ゆうすけ》は自転車から振り落とされていた。

どうやら人の家の生垣に突っこんだらしい。

枝や泥を落としながらそうっと起き上がれば幸い激痛が走るということもなく、骨が折れた様子はなかった。だが自転車の方は無事に済んだとは思えなかった。起こしてみるとやはりタイヤのリムがゆがんでいる。ライトも壊れていた。

満月の光で見れば、「無印良品」の腕時計が九時十五分をさしていた。

祐介はジーンズのポケットからハンドタオルを出して額の汗をぬぐった。夜の空気を震わせて虫がうるさく鳴くのが今更のように耳に入る。山では暦より秋の来るのが早かった。

と、不意に光が燈《とも》った。

初めて気がついたが、左手に別荘らしいものが建っており、生垣の持主だと思われるその住人がベランダの上の光を燈したのである。カーテンがさっと開いて女がベランダに出てきた。虫の入るのを厭《いと》うのだろう、すぐに後ろ手に網戸を閉めると祐介のいる方に向かって背伸びをした。ふいの光を受けて、祐介の少し先に杭《くい》を二本打ちこんだ門があるのが急に輪郭を現した。祐介は門の中に入り、駐車してある車の横を通って女の方に向かった。

「すみません」

少し離れたところで頭を下げてからベランダの階段の下まで近づいた。

女は闇《やみ》から出てきた祐介をじっと見た。細身なうえに、髪をうしろで無造作に結わえてあるので離れたところからは若い女のように見えたが、側《そば》まで行くと若い女ではない。かといって年寄でもない。自分の母親ぐらいの中途半端な歳《とし》の女であった。ベランダの上の光は女を背後から照らしており、その光をまともに眼に受けた祐介には、女の顔がよく見えなかった。

祐介は夜道を迷ったあげくに生垣に自転車を突っこんでしまったと述べて詫《わ》びた。

「夜はこのへんはね」

女はそれだけしか言わなかった。聞き取りにくい声であった。

「中軽井沢に戻りたいんですが、どうもわからなくなって」

女は祐介をじろじろと見ているらしい。祐介は少し気後れがした。生垣に突っこんでしまっただけでも気後れするのに、相手が別荘から出てきたということで、何か自分とはちがう人種のような気がするのである。少し気の利《き》いたサラリーマンならセカンドハウス・ローンで別荘を建てられる時代に入っていたし、そもそも金持を怖《おそ》れたり有り難がったりする気など毛頭ないと青年らしく自負しているが、それでもいわゆる「別荘族」というのは、自分や自分の家族などとはちがって、人生でいい思い、華やかな思いばかりしてきた人たちのような気がする。

「どっちの方向に行けばいいんでしょうか」

女は祐介の質問には応《こた》えなかった。

「あなた、おけがなさってらっしゃるじゃございませんか」

視線が祐介の左腕におちている。その視線に誘われて己れの姿を見下ろせば、ベランダからの光に照らされ、肘《ひじ》から手首にかけて赤黒いものがべっとりと凶々《まがまが》しくついているのが初めて眼に飛びこんできた。祐介は男だから血がひどく怖い。彼は自分の動揺をかくして言った。

「はあ、でも大したことはありません」

おけがなさってらっしゃるじゃございませんか、という、小説でしか読んだことのないような女の言葉遣いが、緊張と動揺とで熱くなった頭の中をぐるぐると巡った。

女は祐介の様子をじっと見つめていた。そして、なにしろお入り遊ばして、地図でお教えしますから、と言った。祐介は躊躇《ちゅうちょ》した。女の言葉は丁寧至極であったが、どこかに突き放した素気ないところがあった。それがふだんは人みしりする祐介の気を楽にした。祐介は女の言う通りにすることにした。

「道が狭いから自転車を中に入れておいた方がよろしゅうございますよ。あのままで、もし車が通ったりするとあぶのうございますからね」

そう言うと女はさっさと自分だけ家の中に入った。

あぶのうございますからね、と祐介は口の中でくり返した。

さきほどのハンドタオルを取り出して傷口に当てると、心臓の鼓動そのままどくどくと脈を打っている。自転車はハンドルも曲がってしまっていて扱いにくかった。その扱いにくい自転車を引いて入り、ベランダのそばまできて上からの光で点検すれば、当然のことでチェーンもはずれていた。祐介はチェーンを元に戻そうとしばらく試みてから諦《あきら》めた。これから中軽井沢までこの扱いにくい自転車を引いて帰るのかと思うと、一日中自転車を漕いでいた疲れが一挙に四肢に重たくのしかかってくる。もともとボロ自転車だったのがまだ幸いであった。

あたりは森閑としていた。この別荘だけ集落から離れて建っているのか、それともまわりの別荘には人が来ていないのか、ほかに光は見えない。あたりを見回した祐介はその眼をそのまま前にもってきて、女の出てきた家を初めてまともに見た。

そうして思わず微《かす》かに息を呑《の》んだ。

大した別荘ではないという印象はあったが、ここまで貧しげな別荘だとは思わなかった。小さいだけでなく古い。古いというより、今にも崩れ落ちて朽ち果ててしまいそうである。長年の風雨が外壁の木を黒く染め上げ、どこまでが家でどこからが地面だか判然としないまま、家ごと腐って地面に融《と》けかかっている。小諸《こもろ》からの帰りに追分に寄りあちこち自転車を乗り回すうちに廃屋と化した別荘をいくつも見かけたが、そのうちの一つと選ぶところはなかった。選ぶところがないどころか、布を一枚吊《つる》しただけの薄手のカーテンを通し、黄色い光がぼんやりと洩《も》れているのが、なおさらうらぶれて見えた。祐介は知らず知らずのうちに今自分が泊まっている友人の別荘と比較していた。そうしてかすかな優越感を禁じ得なかった。友人の別荘はスウェーデン・ハウスという北欧からの輸入住宅だそうで、あたり一帯同じように新しく大きい別荘が建つ、見事に区画整理された山の中にある。どこかの会社の重役であるという彼の父親にふさわしい別荘であり、別荘地であった。

あの女の夫はどんな仕事に就いているのだろう。副収入のない大学教授といったところか。ひょっとしたらあまり売れない小説家だという可能性もある。祐介は文芸雑誌の編集者をしているので、小説家という職業がすぐに頭に浮かぶのである。軽井沢はもちろんのこと、中軽井沢ともちがってこのあたりは土地が安く、学者や作家の別荘が多いと聞いているのでなおさらであった。女の夫もあの家にいるのだろうか。女は年格好からいえば、子供夫婦、さらには小さな孫などというものがいても不思議はなかったが、家の中からは賑《にぎ》わいが聞こえてくるどころか、何の物音も聞こえてこない。世の中から家ごと見捨てられたようであった。

まわりの庭も月の光に照らされて静まり返っている。人の歩くところは辛うじて砂利が撒《ま》かれ雑草も抜いてあるが、その外は荒れ放題であった。背の高いススキがかたまって生え、透き通った穂が月の下で銀色に光っているのが凄《すさ》まじかった。

ふいに別の気後れが祐介の心の中に生まれた。眼の前の朽ち果てそうな山荘が、今の時を離れ、この世を離れ、何か別の世界に息づいているような気がしてくる。今日一日珍しく鄙《ひな》びた光景ばかり眼にしてきたせいかもしれないが、長旅のあと幽《かす》かな光を頼りに野中の一軒家にようよう辿《たど》り着けば、実はそこには死んだ人間の怨霊《おんりよう》が棲《す》み、朝になると白骨の亡骸《なきがら》がその辺に転がり、下地の竹格子《たけごうし》を露《あら》わにした土壁の間を風がひゅうひゅうと音を立てて通り抜けるばかりだったといった、どこかで読んだことのあるような日本の昔話まで思い起こされる。眼に見えない霊気がこの風雨に晒《さら》された山荘をぐるりと囲み、外からの騒々しい現実に侵されるのを拒んでいるようであった。

祐介は怖《お》じ気《け》づいた自分の心を鼓舞しようと大きく息を吸った。山の空気が胸の中に入ってくるのが感じられると同時に、就職してからこの四年間、大きく息を吸ったこともなかったという気がしてきた。やはり東京を離れてよかったと祐介は思った。盆休みに入った金曜日の夜から、土曜日、日曜日と、信州に着いて三日目で、昨日はまだ仕事のことが頭の隅に残っており、ともすると会社の四角いスチール製の机や壁に掛かった週間予定表などがちらちらと浮かんだが、それが今朝早く起き、一日中自転車を乗り回すうちに東京の方の現実感が薄らいでいた。休みが終わるまでまだ一週間あると思うと、あたかもその一週間が永遠に続く時間であるかのようにふだんの生活が遠くに思える。

祐介はもう一度大きく息を吸うと家に近づいた。

玄関らしいものが見あたらないので、さきほど女が出てきたベランダに上がった。カーテンの間から家を覗きこむと、八畳ほどの板の間に雑多な家具がそれぞれに置き場所を得て納まった、意外にあたりまえの光景が眼の前に広がるのが見える。中央にある小振りの木の食卓と四脚の椅子《いす》も、その横の籐《とう》の揺り椅子も、揺り椅子の前に置かれた新聞や電話をのせた木彫りの座卓も、ごくふつうの別荘生活を物語っていた。それでいてやはり何かが異様であった。それがはっきりと祐介の意識に上ったのは、網戸を開け、敷居を越したとたんのことである。身体が時をすうっとさかのぼったのであった。

天井から黄色い光を放つ電燈が一つ、黒い布製のコードの先にぶらりと垂れ下がっていた。乳白色の硝子《ガラス》の皿を逆さにしたような笠《かさ》を被《かぶ》った、昔ながらの電燈である。光は四隅の闇をかえって引き立たせるように部屋を淋しく照らし出していた。

壁のボンボン時計の振り子が微かな音を立てて動いている。

何一つ新しいものがないだけではなかった。黄ばんだ漆喰壁、節だらけの不揃《ふぞろ》いな床板、大小の傷痕《きずあと》を黒く残した木の柱――すべてが、一時代前の日本そのものであった。それは実際の祐介自身の経験とは朧気《おぼろげ》にしか繫《つな》がらないが、古い白黒の写真や映画のざらついた画面を通じ、いつしか祐介の記憶の一部となってしまった日本である。家の中の空気全体がその時代でぴたりと止まっていた。

同時に何ともいえない懐《なつ》かしい匂《にお》いが鼻を突いた。ベランダから入ったところは板の間だが、左手は手前も奥も高く日本間にしつらえられ、その手前の方に、内側にブリキを貼《は》りめぐらせた茶箱が蓋《ふた》を開いて置いてある。それを見て納得がいった。樟脳《しょうのう》の匂いであった。日本間にも同じ黄色い電燈が垂れ、女がさっきまで坐《すわ》っていたものと思われる座蒲団《ざぶとん》を照らし出している。その座蒲団の一方の傍らに布の山があり、もう一方の傍らに眼鏡が転がっていた。だが女の姿はそこにはなかった。

女は廊下の奥から無言で祐介を見ていた。廊下が暗くてそれまでその仄白《ほのじろ》い顔が祐介の眼に入らなかったのであった。女は無言であるだけでなく、無表情であった。

祐介は肩幅の広い立派な体格をしている。彼は自分の母親ぐらいの年格好の女たちに眩《まぶ》しい顔で見上げられるのに慣れていた。いいわねえ、今の若い子は、と腕を撫《な》でられたりして、思わず顔を赧《あか》らめることもある。それなのに女はそこに立っている祐介をまるで石ころでも見るように無表情に見ていた。そうして板の間の裏にある台所へ手と眼の動きで案内すると、流しの前に立った祐介に向かい、これをお使いになって、とそれだけ言葉で言い足して、小さなタオルを置いて消えた。

夫の姿が見えないところを見ると、寡婦《かふ》なのかもしれない。女の態度からすると祐介はやはり余計な闖入者《ちんにゅうしゃ》であるらしかった。知らない人間と一緒にいるのが苦手な祐介にとってはその方が有り難く、早く道順だけ聞いて帰ろうと考えた。

台所は狭かった。そして暗かった。長年の湿気が一度も乾かずに壁や天井や床を浸食しているのが、入ったとたんに感じられた。ここも天井からは例の乳白色の笠を被った電燈が黒いコードの先に侘《わ》びしく垂れ下がっている。円い光の下に立った祐介の頭に、ぼんやりと「戦後」という言葉が浮かんだ。「戦後」という言葉が実際にいつからいつまでを指すのかは判然としなかったが、その言葉は祐介が生まれる前の、貧しい、みすぼらしい、そして金がかかっていればいたでどこか滑稽《こっけい》な日本を彷彿《ほうふつ》させた。この台所は金がかかっていない分、滑稽なものは感じさせなかったが、その代わり「戦後」という名で呼ばれる時代の日本のつましさが四方の染《し》みだらけの漆喰壁から匂い立つようであった。ブリキを貼った流しがあり、その反対側には、細かいギザギザの表面をした硝子が引戸にはまった、背の低い水屋がある。水屋の脇《わき》には小さなデコラのテーブルが置かれ、その上には、今はもうほとんど見かけない、アルミの蓋に白い本体、それに黒い取っ手が両脇についた自動炊飯器が載っていた。その隣りに新しい電子レンジが並んでいなければ今が一九九五年だと思わせるものは何一つなかった。

板の間と同様、ここでもやはり時間が何十年か前で止まっていた。

「ケチなんだ」

台所を眺め回した祐介はそう結論した。女は老人といえるような歳ではないのに、この家全体を老人所帯特有の化石化された時間が支配していた。それを女が「ケチ」なせいだと考えれば、朽ち果ててしまいそうな建物そのものからして、一挙に説明がついた。

米子《よなご》に住んでいる祐介の母方の伯父夫婦もその吝嗇《りんしょく》で親戚《しんせき》中に知られていた。貯金は何千万円とあるらしいのに、何一つ新しいものを買わない。そのせいで正月の挨拶《あいさつ》にその家を訪れると祐介の子供のころの時間がそのまま流れていた。母に言わせれば母自身の子供のころの時間がそのまま流れているそうである。兄さんたちはつましいから、と母はたまに弁解とも非難ともつかない口調で祐介に言ったが、必要もないのにあそこまでつましく暮らすというのは、やはり吝嗇ということではないかと祐介は常々思っていた。

ブリキの流しに水道の水が勢いよくドドドッと当たった。

腕のけがは痛みはなかったが思ったより出血が烈《はげ》しく、洗い流そうとしても、おもしろいほど次から次へと血が溢《あふ》れてくる。最初はこわごわ見ていたのが、眼が慣れるにつれ知らず知らずのうちに溢れる鮮血に魅入られていたのであろう。廊下の奥で扉が開いたのにも気がつかなかった。

ふと人の気配を感じて振り向くと廊下に男が立って祐介の方を見ていた。祐介はびくっとした。いつから立っていたのか、動物のように精悍《せいかん》な顔をした男である。この朽ち果ててしまいそうな家にはまったくそぐわない印象があった。この家だけでなく、何かこの世の中そのものとまったくそぐわない印象があった。

と、ああ、たろちゃん、と板の間から女が顔を出すと、男のそばに来て、手短に祐介のことを説明した。

男はぎろりと祐介を見た。精悍な顔だと祐介はあらためて思った。無駄なものがない。服の下の肉体も精悍であろうと思われる。その精悍な顔と肉体とが気を発してあたりの空気を圧していた。祐介は挨拶に軽く頭を下げた。女の夫にしては若すぎた。

それでいて息子というほどの歳の差はなかったし、顔もまったく似ていなかった。女の説明が終わると、男は祐介の存在をもう一度ぎろりと鋭く認めただけで、再び奥の扉の向こうに消えた。

突然現れ突然消えた男に驚かされた祐介は、慌《あわ》てて蛇口の水を止めてタオルで腕を拭《ふ》いた。挨拶も返さずに失礼な男だという思いがこみあげてくると同時に、男のあの動物のような精気に衝撃を受けたのか、自分の心が妙にうわずっているのを感じた。祐介はふとさきほどからの女の淡泊な様子を思い出し、あんな男と一緒にいれば自分など石ころに見えても仕方がないと胸のうちで思った。

洋間に戻ると何やら救急箱らしいものが食卓の上に載っている。老眼鏡をかけた女は祐介を自分の脇に坐らせると、今しがた現れた男のことなど忘れたように、てきぱきと消毒液をぬり、ガーゼをあて、包帯を巻いてくれた。想像していたよりも大分親切であった。また有能であった。「別荘族」の婦人にこのように丁寧にけがの手当をしてもらって祐介は内心緊張も恐縮もしたが、女は人の面倒をみるのに慣れているのか、何も考えずに手を動かしているようであった。そして包帯をほとんど巻き終えるところに初めて顔を上げると、盆踊りを見にきたのかと祐介に尋ねた。

「わざわざ見にきたというわけではないのですが」

女は微かに笑った。

「昔は、あれでも、もう少しちゃんと浴衣《ゆかた》を着て踊ったものですけど、もう今はね」

そして、包帯の結び目を作りながら独り言のように、あら、あら、シャツにもけっこう血がついてしまいましたわね、とつけ加えた。見れば実際ベルトに近いあたりにまで血痕《けっこん》が飛び散っている。目立たないがジーンズにも飛び散っているにちがいなかった。

包帯をもとに納めた女は、どうぞ、あちらの方に、と今度は食卓をはさんだ向かい側の椅子を祐介に勧めると、続いて急須《きゅうす》を手前に引き寄せ、ポットのボタンを押して湯を注ぎ入れた。電子レンジと同様ポットは新しい。

「それで中軽井沢にお帰りになりたいんでしたわね」

「はあ」

中軽井沢に自分の別荘があると思われると嘘《うそ》をついているような気がして祐介は言い足した。

「盆休みを利用して友達の別荘に遊びにきているんです」

女は急須の中の湯の分量をのぞきこんでいるだけで何も言わなかった。

お盆週間は軽井沢の方はひどく混むと聞いていたので国道十八号線を逆方向に漕《こ》ぎ

出したら下り坂が多く、ついついそのまま小諸《こもろ》まで行ってしまい、今はその帰りだと祐介は告げた。

「あら、あら、小諸まで」

女は茶の色を出すために急須をゆらゆら揺らしている。

「ええ」

「地図はおもち？」

祐介は参考にしていた簡単な地図を出すと、女の正面に広げた。私たちは追分のことなんですよ、と女はその地図の上の一点に人差し指を置き、祐介にもわかるようにと地図を回転させた。御代田《みよた》町という町との境目に近かったが、中軽井沢からそんなに遠くはない。

祐介はその地図の上でやはり人差し指を動かしながら言った。

「この地図には細かい道が出ていないんで迷っちゃったんです。何だか狐《きつね》に化かされたみたいで、どうしてもこっちに曲がる道が見当たらないんです」

盆踊りを見て「ラーメン大学」で餃子《ギョーザ》とワンタンメンを食べたあと、車だらけの国道を避けて少し遠回りをして南から中軽井沢の方に抜けようとして抜けられなかったのであった。

「それがねえ」

　女は地図から指を離して祐介の顔を見た。

「その地図に出ている以上に道がないんですよ」

　そう言うと女は立ち上がり、造り付けの棚から折り畳んだ大きな地図を出してきて祐介の前に広げ、肩越しに説明し始めた。追分の一部は地形が谷になっており、その谷を突っきって中軽井沢の方角に直接行けるという道はなく、国道を避けて南から行こうとすれば、さらに南に下がり、鉄道が通っているあたりからぐるりと迂回《うかい》して北に上がるしかないという。

「国道に出た方がずっとわかりやすいとおもいますよ。いづれにせよ時間はかかりますけれど。月夜でまだようございましたね」

女は地図をしまってから自分の椅子に戻ると老眼鏡を外して言った。

「どうぞ。ほうじ茶ですけど」

「はあ」

「国道にさえ出れば、上り坂ですけど、舗装されていますし」

祐介が苦笑しながら、自転車は引いて行かなければならなくなってしまったと言うと、女は、あらまあ、と驚いた風を見せた。

「それはたいへんだわ。それじゃ二時間はかかりますわ」

壁の時計にちらりと眼をやってからくりかえした。

「真夜中になってしまうわ」

祐介は二口ほど茶をすすると立ち上がった。世話になりすぎたような気がした。自転車っていうのは壊れるとほんとうに面倒ね、と言って女も立ち上がった。驚いた風を見せたわりには大して同情のこもった声ではない。

祐介がバックパックを手にベランダの方に向かうと、後ろから来る女が背中に訊《き》いた。

「ライトは？」

「壊れました」

「じゃあ、あれをお持ちになったらいいわ。国道までは街燈がほとんど立ってませんから」

女は窓の脇にかかった懐中電燈を指でさした。赤い大きな懐中電燈である。

「中国製の安いものよ。もし月が隠れるとまたお迷いんなりますよ」

「お返ししにきます」

「結構よ。安物ですもの」

鷹揚《おうよう》な声を出しているので、吝嗇な女だと決めつけていた祐介は少し意外な気がした。彼は礼を言って、その赤い大きな懐中電燈を手にした。

女はカーテンを開けると、左手を網戸の枠にかけ、残った右手で、出た道をまっすぐ北へ行って、二股《ふたまた》が一緒になるところをさらにそのまま北へ上がって、と国道十八号線に出る道を空に描きながら説明した。そしてふと祐介の様子のおかしいのに気がついた。彼女は不審そうな顔をして祐介を見上げた。

ポケットに手をつっこんだまま祐介は言った。

「すみません。鍵《かぎ》をなくしたようです」

入れておいたはずの鍵が指先になかった。

「鍵？」

「ええ、別荘の鍵です」

外でポケットからハンドタオルを出した時かもしれないと祐介は続けた。バックパックの中に入れておけばよかったのにジーンズのポケットに入れてしまっていた。自分がへまばかりしているのが祐介は恥ずかしくも、忌々《いまいま》しくもあった。

まあ、とだけ女は短く言った。祐介はすみませんがこれで探してみます、と懐中電燈を振って、ベランダに出た。

月はまだ明るかった。道路に出て自転車を突っこんだあたりを懐中電燈で照らしてみると、生垣の下は、溶岩のかけらだという黒々とした浅間石を積んだ低い塀になっており、生垣に突っこんだときの衝撃が道理で大きかった筈《はず》だと、初めて納得がいった。高い梢《こずえ》を縫って通ってくる満月の光は地面を皎々《こうこう》と照らし、場所によってはほとんど小石の形が見きわめられるほどである。だがいくら探しても鍵はみつからなかった。

やはり狐に化かされているような気がする。

祐介は今度は門とベランダの間の砂利を撒《ま》いた道を調べた。小石をひとつひとつ裏返しにするようにして探しても鍵は見つからなかった。月が明るいだけに、いよいよ狐に化かされているようであった。

「いかが？」

女が網戸越しに訊いた。

「見つかりません」

中に戻ると、さきほどの男が板の間の入り口のところに立っていた。女と話していたものとみえる。

「すみません。どうも鍵が見つかりません」

くどくどしく説明するのも気が引けたが、自分の友人の両親の別荘であること、友人と二人で来ていたのだが、友人は自分を残して急用で東京に戻ってしまったことなどを説明せざるをえなかった。

「管理人はいるのかしら」

女が訊いたが、祐介は判《わか》らなかった。

「管理会社の名前もお判りにならない」

女のその言葉を聞くと自分がいかにも間抜けのような気がしてくる。祐介にとっては、別荘に管理人だの管理会社だのがあるということ自体初耳であった。

祐介は男の視線を意識しながら、なにしろ東京の友人に電話をしたいと申し入れた。管理人の有無、鍵を預けている隣人の有無、あるいは余分な鍵の隠し場所などが分かるかもしれない。古い山荘ならいくらでもこじあける場所がありそうだが、あいにく新しい気密性の高い山荘で、しかもその気密性の高い山荘を他人の山荘だと思う遠慮からわざわざ厳重に戸締まりして出てしまっていた。

男が入り口のところに立ったまま何も言わないのでその重圧感で身体《からだ》中から冷や汗が吹き出るような気がする。二人が見守る中をバックパックから手帳を取り出し、友人の携帯電話の番号を押すと、しばらく鳴ったあとに留守番電話になった。伝言を残しても意味がないので祐介はそのまま受話器を置いた。今度は友人宅の方の電話番号を押すと、またタダイマ、電話ニ出ラレマセン、恐レ入リマスガ……という甲高い女の声が聞こえてくる。友人は祖母の容態に急変があって東京に戻っている。家族中で病院に行ったままなのかもしれなかった。

「留守番電話じゃしょうがないわね」

「はあ」

頭に靄《もや》がかかったようで、どうすべきか咄嗟《とっさ》に考えられなかった。男はじろじろと祐介を見ている。居心地の悪い沈黙があったあと、女がその場をとりなして言った。

「しばらくここでお待ちになって、それからもう一度お電話なさったら」

壁のボンボン時計を見ている。十時一寸《ちょっと》前であった。

祐介は男の方を見た。一度見ると眼がそのまま吸い寄せられるほど妙な存在感のある男であった。男はといえば女を見ていた。見ていたというより、女が余計なことを言ったのに腹を立てて睨《にら》んでいるようであった。その眼は早く追い返してしまえ、と言っている——少くとも祐介にはそう思えた。祐介に対して怒っているのか、女に対して怒っているのかは判然としなかったが、無表情な顔の底には敵意としか呼びようのないものが浮かんでいた。それを眼にするうちに、祐介の肌に、この家に入る時に感じた霊気が次第によみがえってきた。この家を囲んでいたあの外界を拒む寒々とした霊気はこの男がこうして全身で発していたものだとしか思えなかった。祐介自身自分の時間や空間に他人が入ってくるのを好まなかったが、男の表情には、何か尋常を逸したものがあり、祐介は一瞬自分の置かれた状況も忘れて、男の顔を打ちまもった。女は細い眉《まゆ》を片方あげると、そんな男の顔を傲然《ごうぜん》と見返した。そして祐介が口を開こうとするとそれに覆《おお》い被《かぶ》せるように言った。

「なにしろ、しばらくお待ちになって、それからもう一度お電話なさったらよろしいわ。どうせあたくしたちは十二時ぐらいまでは起きてるんですもの」

女の声は妙に断定的であった。男に対する反発がその声に響くのが感じられる。あとから考えれば、その瞬間にその夜の祐介の運命が決まったのにちがいなかった。女がそのときにすでに祐介を泊めようとまで決心していたかどうかは判らないが、男に対する反発から、夜の闖入者《ちんにゅうしゃ》に親切にしようと、その瞬間に咄嗟の決心をしたのだけは確かであった。

祐介が口を開く前に男は低く唸《うな》るとくるりと背を見せ、再び奥に消えた。

転瞬の間の出来事であった。

祐介は茫然《ぼうぜん》とそこに立ちつくしていた。居心地が悪かった。同時に、自分が原因とはいえ、自分とはまったく関係のない二人の人間の葛藤の中に巻きこまれてしまったのがはっきりと感じられ、何が何だか判らないままに、好奇心が頭をもたげた。女は何事もなかったような顔で日本間から布のかたまりをもってくると、それを食卓の上にどさりと置いた。樟脳《しょうのう》の匂《にお》いがふわっと宙に舞った。それを合図のようにボンボン時計が十時を鳴らし始めた。

最後のボーンが鳴り響いたところで女が言った。

「どうぞお坐《すわ》りになって」

「はあ」

「三十分だけ待ってもう一度お電話なさったら」

「はあ」

女の声は相変わらず断定的であった。祐介はその声に圧《お》されるようにして腰を下ろした。男のことが気になるが、時計が静まったあとはどこからも何の物音も聞こえてこなかった。

「お煎茶《せんちゃ》の方がよろしいのかしら」

女はポットからまた急須《きゅうす》に湯を注ごうとしている。

「いえ、どちらでもけっこうです」

祐介は居心地の悪さを残した声を出した。女の方は何事もなかったような顔に合わせて、平気な声を出している。

「ここいらあたりは子供にもお煎茶を寝る前まで飲ませるんですよ。野沢菜なんかを茶受けにして。わたくしは東京に長い間にすっかり駄目になってしまいましたけど」

女を東京の人間だとばかり思っていた祐介は軽い驚きを覚えた。同時に、東京生まれの人間を前にしていると信じこんでいた気持が行き所を失って宙に浮いた。

このあたりで生まれた人間が別荘に住む側の人間として戻ってくるというのは、どういう気がするのだろう。

「この辺のかたなんですか」

好奇心が頭をもたげるままに祐介は訊いた。

「ええ、もとはそうなんですのよ。ここを少しあっちに行った佐久の出身」

手で「あっち」という方向を指している。

「今はすっかり開けてしまったけど、昔はほんとうの田舎」

祐介の育った田舎は「ほんとうの田舎」ではなかったが、彼は行きがかり上言った。

「僕も出身は東京じゃあないんです」

「あら、まあ」

女は幽《かす》かに笑うとまた老眼鏡をかけた。

「それでお国は？」

「松江です」

「松江……。島根県？」

「ええ、出雲《いずも》なんです」

「へえ、出雲」

女は小さくうなずくと、脇に置いた布と糸切り鋏《ばさみ》とを取りあげ、年相応に微《かす》かに血管が浮いた手で、浴衣《ゆかた》らしいものをほどき始めた。

祐介は女のその華奢《きゃしゃ》な手元を見るとはなしに見ていた。

「ほんとうの田舎」という言葉に誘われたのだろうか、遠いところに迷いこんでいた記憶の扉が知らぬ間に開いたらしく、ふいに女のその華奢な手元に、別の、野良仕事で荒れた頑丈な手元が重なった。

父方の祖母の手元であった。

小学校の低学年の夏休みに須佐《すさ》の山奥で暮らしていた父方の祖父母の家を訪ねれば、膝《ひざ》が痛くてもう野良仕事に出られなくなったという祖母が一日中縁側に出て背を丸めて何やら縫ったりほどいたりしていた。赤みを帯びた太い指が小さい糸切り鋏を器用に扱い、糸だけがぷつりぷつりと切れるのを見ているのがおもしろかった。樟脳の匂いがかすかに漂い、座敷の隅のつけっぱなしのテレビからはＮＨＫの高校野球の中継が聞こえてくる。うとうと寝入ってしまうといつのまにかタオルケットがお腹《なか》の上に掛かっていた。しばらくして両親が離婚してしまい、そのあと母親に引き取られて暮らした祐介にとってその山奥での記憶はいつしか幻のように漠としたものになり、土間に竈《かまど》があったり、牛や山羊を飼っていたりしたことが前世の夢のように断片的に心に焼きついているだけであった。だがあの祖母に親しんだ覚えが肌に染《し》みこんだのか、以来、歳《とし》のいった女を前にすると自然に心がなごんだ。

女は下を向いたまま訊いた。染めていないので、白髪が大分混じっているのが見える。

「学生さん？」

「いえ」

「お勤め？」

「ええ」

「どんなお仕事？」

「文芸雑誌の編集をしています」

ああ、それでとてもちゃんとした日本語をお話しになるのね、お若いのに、と女が祐介に言った。

祐介はよく同じことを年上の人間から言われた。

女の日本語の方はさきほどに比べれば大分尋常になってきていた。あれは初対面の人間に会ったときの、条件反射のようなものだったのかもしれなかった。祐介が、歳も若ければ、どこかの御曹司《おんぞうし》でもなさそうなのが判って、女の方でも気楽になったのかもしれない。あるいは少し軽んじる気持が生まれてきたのかもしれない。

「もうお仕事はお長いの？」

「四年目です」

「そう。それじゃあまだ本当にお若いわねえ。昭和何年生まれかしら」

「昭和四十四年です」

「じゃあ、お父様お母様もご健在……っていうより、私なんかよりお若いんでしょうね」

祐介は何と応《こた》えたものか一瞬迷った。

「両親は、健在は健在です。でも母がぼくが小さいころ離婚しているので、今の父は実の父ではないんです」

なぜ見知らぬ人にこんなことを言う気になったのか自分でも判らなかった。気がついたときは勝手に言葉が口を突き、しかも今の父親とうまくいっていないことが透けて見える棘《とげ》のある語調になっていた。

女は手を止めると、老眼鏡を少しずらして祐介を見た。何かを尋ねようとしたのか口をかすかに開いたがその口を一度閉じ、それから調子を変えて言った。

「私もね、父親が途中で変わってしまったんですよ」

今度は祐介の方が女の顔をしげしげと見た。

「父が戦死して、途中から新しい父になってしまいましたの。その父とあまりうまくいかなくって、それで東京に出てしまったんですけど」

女は瘦《や》せた肩をすくめるようにしてから少し笑った。

「下の妹や弟はうまくいったんですけどね」

「僕も妹たちはうまくいってるんです」

二人は同時に低く笑った。何か新しい親和感が生まれたようであった。人生、いろいろね、と笑みをそのまま残して女は少し歌うように言うと、また布に戻った。古い子供の浴衣のようであった。緋鯉《ひごい》が散っている。

祐介は女の全身をそっと観察した。

編集者をしているので見知らぬ人と会う機会は多かったが、ふだんは相手が喋《しゃべ》るのに調子を合わせるのに気を使い、早く別れて自分一人になりたいと思うだけであった。それがあの男に驚かされたせいだろうか、祐介は知らず知らずのうちに女にかんしてしきりに思いをめぐらせていた。女は主婦の熟練すべきものに熟練しているらしいという以外に形容しようもなかった。それでいてどこか主婦のようではないテキパキとしたところがあった。綿のTシャツに綿のパンツという組み合わせも祐介の母親などよりはよほど垢抜《あかぬ》けしている。案外仕事をもったことがあるのかもしれなかった。だが同時に、こうしてうつむいて古い浴衣をほどいている姿には、母親よりも昔の人間を思わせるところがあり、それも不思議であった。糸切り鋏を操る指先のこまめな動きが田舎の祖母を彷彿《ほうふつ》させたのもそのせいにちがいなかった。女の世代の人間としては整った顔立ちをしているのに、それを意識させないほどそもそもすべてが控え目であった。東京なら電車の始発駅から終着駅まで眼の前に坐っていてもその存在すら気づかずに終わってしまう女である。こんなに古い山荘をもっているからには、恵まれた育ちの女なのだろうと想像するが、そういう女特有のぐいぐいと自我を押しつけるようなところがなかった。ただあの男に対しては何か絶大な権限をもっているのか、男は押さえこんで平気であった。

いったいあの男の何にあたるのだろうと祐介は考えた。

女は再び顔を上げると、よろしかったら新聞でも読んでいらしたら、と眼鏡越しに言うと、籐《とう》の揺り椅子《いす》の前に置かれた木彫りの座卓を、糸切り鋏をもったままの右手で指した。何か心の中を占めることがあるのか、たんに寡黙《かもく》なのか、突然迷いこんできた祐介を相手にそれ以上話す気はないようであった。祐介は従順に立ち上がった。

今日の「日本経済新聞」が畳んである。それを取り上げるとふいに下から英語の文字が現れ、「Economist」と「Science」と英字の雑誌が二冊重なっていた。両方とも新しいものらしい。眼を丸くした祐介は、日本語の新聞を手に自分の椅子に戻りながら、今度はあの男にかんしてしきりに思いをめぐらせ始めた。大学教授や小説家などという可能性は、あの精悍《せいかん》な姿を見たとたんに念頭から消えてしまっていた。サラリーマンでもありえないような気がする。サラリーマンというのは訓練された社交性というものを最低限は身につけているものである。男にはそういうところがなかった。だが案外男は祐介のような若造を相手に社交性を発揮しても無駄だと思っているだけなのかもしれなかった。

「戦後五十年を迎えて」という新聞の見出しが眼に入るが、眼は字の表面を撫《な》でるだけで、心は知らず知らずのうちに奥の男の部屋の方へとさまよい出ていた。男はあの奥の部屋で何をしているのだろうか。さきほど入り口に無言で立っていた男の眼付きが瞼《まぶた》によみがえる。あれは祐介を拒む眼付きではなく、生きとし生けるものすべてを拒む眼付きであった。その生きとし生けるものすべてを拒む眼付きが男に対する興味を祐介の胸のうちに掻《か》き立てた。

機械的に手を動かしていた女がふいに顔をあげた。そして祐介の顔をちらと見ると、浴衣と糸切り鋏とを食卓の上に置いて立ち上がった。

「ちょっと納屋《なや》の方に行ってきますね」

女はさきほどの赤い中国製の懐中電燈を手に外に出た。

祐介は女が消えたので、初めて落ち着いて、この時が止まった家の中をぐるりと見回すことができた。黄ばんだ漆喰壁はあちこちにひびが入り、下の方には青緑色の黴《かび》が生えたあとさえ見える。薄手の黄色いカーテンは眼を凝らさなければもうその格子《こうし》模様が見分けがつかないところまで色褪《いろあ》せている。黒ずんだ吊《つり》天井の板は長年の湿気を含んで細かく波をうっていた。日本間の畳も焼けて赤茶色に変色していた。それでいて荒れるにまかせて住んでいるというのではなく、要所要所大事そうに修復されたあとがあり、掃除も整頓《せいとん》も部屋の隅々まで行き届いていた。

その対比が妙であった。

そういえば電話も新しい、と祐介が思ったそのときである。突然にその電話が鳴った。さきほどの英字の雑誌の横で鳴っている。祐介は女の消えた網戸の方を助けを求めるように見たが、女が戻ってくる気配はなかった。奥の部屋にいる男は女が外に出ていったのを知らないのか、自分でとる気はないらしい。電話は不必要に大きい音で鳴り続けている。祐介はさらに数回鳴るにまかせてから、おそるおそる受話器に手を伸ばした。

「もしもし」

相手は一瞬無言であった。祐介はくり返した。

「もしもし」

もしもし、という女の声が戻ってきた。年齢不詳の張りのある声をしている。続けて、あのう、もしもし、たろちゃんでらっしゃいますの？　わたくし、フユエです、と言う。ためらいがちの声であった。洋画の吹き替えのような気取った声でもあった。

祐介はなんだかおかしくなった。そのとき外から女が息を切らして戻ってきた。

祐介は戻ってきた女と網戸越しに眼を合わせながら受話器に向かって言った。

「ちょっとお待ち下さい」

室内に足を踏み入れた女は網戸をもどかしそうに閉めると祐介の手から受話器を受

け取った。

「もしもし」

この電話がかかってくるのを予期していたようである。

「ああ、やっぱりフユエさん。ええ、フミコです」

懐中電燈の光を消して英字の雑誌の上に置くと、ちらと祐介の方を見たが、心は祐介を離れて電話の世界にあるのが明らかであった。

「いいえ、こちらこそ、皆さまお疲れでらっしゃいましょう。本当に突然なことでございました。まあ、お骨をもってこちらへ、まあ、ヨウコちゃんのも一緒に、まあ、まあ、ええっ、まあ……」

もとの場所に戻って一応新聞を広げていた祐介は、「お骨」という言葉に驚かされ、思わず聞き耳を立てていた。

「はあ、それはやはり少し気味が悪うございましょうねえ」

眉《まゆ》をひそめている。そのあとしばらく、はあ、はあ、はあ、と首を振りながら相槌《あいづち》を打っていたが、やがて女は丁寧至極な言葉に戻って言った。

「はあ、はあ、ええ、もちろん、よろしゅうございますよ、ええ、ちょっとお待ち遊ばして」

受話器をそこに置き、男の部屋まで行って扉を開けて、フユエさん、と言う。「フユエ」という名は聞き違えだと思ったが、女が二度もくり返したので、やはり「フユエ」だろうという結論に祐介は達した。女はフミコというらしい。

「みなさん、ようやく色々片づいたんで、あさって旧軽にお着きになるんですって。それで、山荘を開けるのにまた手伝いに来てほしいっておっしゃっているんですけど。アミも連れて」

女は戻ってきて受話器に向かった。

「はい。それでは、あさっての朝。あ、そうなさいますか、はあはあ、では明日の午後もできるだけ伺うようにいたします。ええ、ええ」

電話を切ったあと女は祐介には眼もくれずにまた男の部屋の入り口に戻った。

「とうとうお越しよ」

男の低い声が聞こえてきたが何を言ったのかはわからなかった。

「フユエさんだけね、明日一足先に着いてお蒲団《ふとん》を干したりするつもりだから、それで、できれば私も明日の午後から来てくれっておっしゃるの。あれは、ほんとうはおしゃべりをしたいんですよ」

男は黙っているようであった。女は話し続けた。

「この夏が最後になるかもしれないっていうんで、さすがに少し悲愴《ひそう》な声を出していらしたわ……」

女はそこでいったん言葉を切った。

「お骨をね、分骨した方ですけど、抱えていらっしゃるそうよ。いくらなんでも『クロネコヤマト』で送る訳にはいかないからって。そりゃあそうだわね」

女は低く笑った。そうして男が何かを言うのを待っていたようだが、男の声は聞こえてこなかった。少し沈黙があったあと女がどこか不自然に聞こえる声で言った。

「ヨウコちゃんの分骨した分も抱えていらっしゃるそうよ。散骨がどうのこうのって、なんだか面倒くさいことが遺言にあったそうで、三バアサン困ってるらしいわ。あんなもん自分たちで粉々にするの気味が悪いでしょう」

そのあとお寺がどうしたとか、四十九日がどうしたとか、何とかちゃんがいつどこから戻ってくるというような話が続いたが、こうして、夜、人里離れた山の中で聞く「お骨」という言葉には今まで感じたこともない寒いものがあった。

「弁護士さんはこちらに出ていらっしゃるんですってね。あたくしはもうこの先のことは知りませんよ」

その言葉を結論のようにして戻ってきた女は驚いたように祐介の顔をみつめた。祐介の存在をすっかり忘れていたものとみえる。女は少し現実に引き戻された顔で、人が亡《な》くなると面倒なものですよ、とだけ言って口をつぐんだ。そして雑誌の上に懐中電燈が転がったままになっているのに眼をやった。

祐介は女が再び手にとった懐中電燈を受け取ろうと、右手を差し出した。

「もう一度鍵《かぎ》を探してみます」

月は同じように地面を皎々《こうこう》と照らしていた。鍵はやはりみあたらなかったが、何か関係のある人間が死んでそれなりに取りこみ中らしいこの山荘に、これ以上残るのは悪趣味だという気がしてきた。あれだけ厳重に戸締まりをして出てしまったので、建物の中に入れるとは思えなかったが、タクシーを呼んでもらって帰って、ベランダで寝ることはできる。いや、この近所でペンションか何かに泊まることもできる筈《はず》であった。朝になったところでまた鍵を探しに来ればいい。

「鍵はやっぱりありません。電話をもう一度拝借していいですか？」

元の場所にぼんやりとした顔を見せて坐《すわ》っていた女は、空《うつ》けた瞳《ひとみ》を、どうぞ、と電話機の方にめぐらせた。祐介はもう一度友人と友人宅とを呼び出したが、両方とも相変わらず留守番電話になっていた。

祐介は言った。

「近くにペンションはありますか？　鍵はまた明日の朝に探しに来ます。東京にかけた電話代だけ今置いていきます」

女はさっきの空けた瞳をそのまま壁の時計に向けた。十一時近かった。

「もうこんな時間だし、今一番混んでる時だし、大体このあたりはペンションなんてないんですよ」

ゆっくりとした口調であった。

「それじゃひとまずタクシーで帰ります」

女は口を片端に寄せて笑った。それと同時に瞳の光が徐々に元の気働きを取り戻し、ややあってから女は少し子供をあやすような声で言った。

「あのね、そんなことおっしゃらないでね、裏に納屋があるんですけれど、そこで一晩お過ごしになったらよろしいわ。実はさっき古い寝袋を広げてきたとこなんですのよ。黴の匂《にお》いがすごいかもしれませんけれど」

とんでもない、と祐介が言うのを女はさえぎった。

「納屋なんて失礼ですが、ここでお休みになるより気楽でしょう。一応窓もあって人が寝られるようになっていますし。なにしろタクシーでお帰りになったって、どうせ中にお入りになれないんだから」

突然の申し出に祐介は何と反応すべきか判《わか》らなかった。この山荘の敷居をまたいだ瞬間から日常を離れた時間——いつもの人間嫌いの自分を離れた時間が流れ始めていた。そう女に言われればここで泊まっていきたい気がするほど、この二人の男女に興味を覚えていた。だが一方であの男が嫌がるであろうという確信があった。

迷いを顔に露《あら》わにした祐介をじっと見た女は、ちょっとお待ちになって、と身を翻《ひるがえ》すと奥の部屋をノックして入っていった。ぎいと扉の閉まる音がし、低い話し声がとぎれとぎれに聞こえてきたが、案の定すぐに言い争いになったらしく、だんだんと女の声が高くなった。男の声はほとんど聞こえてこない。突然、そんなケチなこと言うんじゃないの、と女の声が悲鳴のように高く鋭く響いた。だって、あなただってまだこれから生きていかなきゃあならないじゃない、と続く。ずいぶんと大げさなところまで話が発展していっているのに、祐介は少なからず驚いた。それでいながら、退散しようというより、一分でも長くいて、どうなるか先を見届けてやろうという、自分で自分が怪しまれるほど太々《ふてぶて》しい気持が胸の中心に根を下ろしていた。

ややあって女は扉を開けて戻ってきた。

「どうぞお泊りになって」

祐介の顔を見据えて平然と言い放った。次にその眼を男の部屋の方に移すと、あの人のことはいいんですよ、たぶんもうじき挨拶《あいさつ》に出てきますよ、今さら挨拶もないけど、と勝ち誇ったように言い足した。そして元の場所に坐り、また何事もなかったように浴衣《ゆかた》を取りあげた。

　祐介は迷ったままそこに立っていた。ふだんの祐介なら男の反応を知ってなお迷うことはなかったであろう。それがその晩彼はふだんの祐介ではなかった。男のあの特異な顔をもう一度よく見てみたいという欲望が心の奥に渦巻いていた。

　男の部屋からは何の物音も聞こえてこなかった。女はうつ向いて指を動かしている。あたかも祐介の欲望に気がついていて、祐介が迷うのにまかせているかのようであった。
　二、三分経過したであろうか。男の部屋の扉がきしむ音がして祐介は全身で身構えたが、長い影はそのまま台所に入っていった。棚を開《あ》け閉《た》てする音がする。女は相変わらずうつ向いて指を動かしていた。やがて男は空のコップを左手に三つもって出てきた。そして女の方を見て言った。
「フミコお姉さん、酒は？」

　包みこむような深い声であった。また拍子抜けするようなあたりまえの調子であった。それでいてどこか不思議な話し方でもあった。

「お酒？」

女はぴたりと指を止めて顔を上げた。その顔には虚を突かれた驚きがあった。

ワインでもビールでも何でもいいんだけど、と男は続けた。

女は驚きを隠さずにきびしい声を出した。

「どうするの？」

「僕が呑《の》む。よかったらお客さんにも呑んでもらう」

男は祐介を見た。

「どうぞ坐って下さい」

籐《とう》の揺り椅子《いす》にゆっくりと腰をかけると、もう一度坐るようにと祐介をうながした。

祐介は、自分の視線がともすれば男に釘付《くぎづ》けになりそうなので、かえって男の方をあまり見ないようにしながら、すみません、と食卓の前の椅子に腰をかけた。

男は祐介を見て微《かす》かに頬の筋肉を緩めた。

「お茶ばかり飲んでてもしょうがないでしょう」

女はさきほどから何かに打たれたように男の顔を凝視していたが、ややあって、男に訊《き》くというよりも、自問するように小さく言った。

「ほんとうに呑むの？」

怯《おび》えに似た表情が浮かんできている。

「ああ」

男は女を見ずに応《こた》えた。女はしばらく黙っていたがやがてこわばった表情で立ち上がり、台所に入った。そして濃い緑色の四合瓶を抱えて戻ってくると、何かが喉《のど》にからまったような声で言った。

「ここの地酒。どこでも売っているもんだけど、わりとおいしいんですよ。寝られないときにたまに呑むので冷やしてあるの」

祐介と自分に注いだあとにその瓶をこわばった表情のまま男に手渡した。白いラベルに『治助』と墨で大きく書いてあるのがその場の雰囲気といかにもちぐはぐであった。

「すごい匂いだな」

手を出した男はあたりを見回しながら言った。

「ええ。樟脳《しょうのう》。丁度いい機会だから押入を片づけてるの」

食卓に戻った女は機械的にそう応えた。男が酒をコップに酌《く》む音が聞こえた。女はその音を中断するように、食卓の上に広げた布を手にとると、男に向かって見せた。

緋鯉《ひごい》が部屋に舞った。

「茶箱からこんなものが出てきたわよ」

相変わらず何かが喉にからまったような声であった。

「絹だったらおしまいだったけど、綿だからもったのよね。こんな柄、もう見ないから、何かに再生させようと思って」

動揺を押し殺しているのがよくわかる。さきほどまでの勝ち誇った様子はすっかり消えていた。もろもろの思いが湧《わ》き上がるのを無理に抑えこみ、その抑えこんだものを乾いた声に皮肉に響かせているようであった。男はちらと布に眼をやっただけだったが、女は構わず話し続けた。

「おばあさまのオガラも出てきましたよ。三十年以上前のオガラ。こんなものまで後生大事にとっといたなんてすっかり忘れてましたけど、丁度十三日なんでさっきそれで迎え火を焚《た》いたの。懐《なつ》かしかったから」

そう言うと女は下を向いて糸切り鋏《ばさみ》を取り上げた。

迎え火？　と男が不思議そうに言った。

「ええ」

「お盆の迎え火。おばあさまが毎年焚いてらしたじゃない。覚えてない？」

男は覚えているとも覚えていないとも応えなかった。

「これで迷わずに死んだ人たちが戻ってこられますよ」

女は男の顔は見ずに、乾いた声にさらに皮肉を響かせている。

「迷信だね」

「迷信でいいのよ」

男は女から眼を離すと、四合瓶の蓋《ふた》を閉めながら、祐介のバックパックのそばに置かれたカメラを見た。さきほど手帳を取り出したときに出して、しまい忘れていたものであった。

「チタン製ですね」

「ええ。休みなので、久し振りに写真でも撮ろうと思って」

「なるほど」

男は酒の入ったコップを取り上げた。

文芸雑誌の編集をしてらっしゃるんですって、と女が下を向いたまま言った。

「文芸雑誌……」

男は独り言のように言うと、ふと祐介に眼を移して、不思議な質問をした。

「それは小説なんかを載せるんですか？」

「ええ」

燃えたオガラ

するとと男は一人の女の小説家の名前をあげた。そして祐介に知っているかと尋ねた。

「ええ、聞いたことがあります」

名前だけは聞いたことがあった。

「昔その人を知っていたことがあります」

男はそう言うとコップを口にもって行った。だがすぐには呑まなかった。今言った「昔」というものを追憶するような眼つきになった。男はつぶやいた。

「さっきずっと『東京音頭』がかかってた」

女が浴衣から顔を上げないので祐介が応えた。

「ええ」

「半世紀前を思い出していました」

祐介の方を見て言っている。

「半世紀？」

「いや。まあ四十年ぐらい前ですが、ここで初めて『東京音頭』を聴いたときのことです」

三十代だろうと思っていた祐介は男を改めて観察した。

「ずいぶん長いこと生きたもんだって、そう考えていました」

男はコップを眺めて続けた。

「そうしたら今晩は珍しく泊まりのお客さんがあるっていう。それを聞いてね、さっき、ふと、もう呑んでもいいんじゃないかって思った……。今まで長い間禁酒していたんですけど、丁度いい機会です」

乾杯、というようにコップを掲げると、初めて一口呑んだ。祐介は女が一瞬眼を上げてそれを見たのに気がついた。怒りとも悲しみともつかないさまざまな感情が錯綜《さくそう》した、何とも言えない眼付きであった。男は祐介に向けて話しているようで、実際は女に向けて話しているのを祐介は全身で感じた。

「死んだ人たちにも乾杯しましょう」

男がゆっくりと酒を喉に流しこんでいる間、浴衣に向かったままの女は一度も顔を上げなかった。

「珍しくいい月夜です」

コップを口から離した男が誰にともなく言った。仕方なく再び祐介が応えた。

「はあ」

「満月ですね」

「ええ」

「ここいらは雲が多くって、ふつう満月になってもこんなに明るくはならない」

「……」

「ずっと電気を消して外を見てたんですが、何だか妙に明るいと思ったら、満月でした」

男のことを色々訊きたいのに、男を前にすると金縛りにあったように口が利《き》けなかった。男の口をぽつぽつと突いて出てくる言葉は意味のない言葉であったが、声の調子のせいか、それを聞いていると夜の底に呑まれていくような、何か途方もなく暗い所にずんずんと連れて行かれるような気がする。

祐介のコップが空になったところで、女は祐介を納屋《なや》へと案内した。女はふっつりと口を利かなくなってしまっていた。口を利くと抑えこんでいるものが出てきてしまうのを怖《おそ》れているのだろうと思いながら、祐介は女のあとに続いた。

「よくお休みになれますよう」

女は最後にそれだけ言うと無理に笑顔を作って消えた。

納屋は三畳ほどの広さだった。

壁に二段ベッドが造りつけられ、下の段には段ボール箱、シャベル、雨合羽《あまがっぱ》といったものが雑然と置かれ、上の段に寝袋が広げてある。天井の近くに開け閉てできる小さな窓があり、天井の中心からは、さきほど女がスイッチを捻《ひね》って点《とも》した裸電球が垂れていた。想像していたよりも大分まともなねぐらであった。祐介は梯子《はしご》を昇って上の段に腰を下ろし、小さな窓から外を見下ろした。母屋《おもや》は十メートルも離れていなかった。うすいカーテンを通して黄色い光が淋しく洩《も》れるのが見える。窓から見下ろす限り、やはり昔話にでも出てきそうな、野中の一軒家であった。

祐介はしばらくそのカーテンから洩れる黄色い光を眺めていた。

納屋から戻った女は泣いているような気がする。いや、それ以前に男に喰ってかかっているような気がする。だが高い声を出すまでには至っていないのか、耳を澄ましてもさっきと同じ秋の虫の音が聞こえるだけであった。

夏の夜の大地が重く生温く匂《にお》い立つようであった。

ふと気がつけば、裸電球の光を慕って集まってくる蛾《が》が数匹、白い粉を噴いた翅《はね》をぺたりと窓につけている。中に入れろと脅しているようにも懇願しているようにも見え、知らぬ間に神経が鋭敏になっているのか、それを見ているだけで息苦しくなってきた。白い粉を噴いた翅は執拗《しつよう》に不動であった。

祐介は裸電球を消し、ベッドの木枠をぎいぎいと鳴らしながら、黴《かび》の匂いが凄《すさ》まじく鼻を突く寝袋の中に身を横たえた。四肢の緊張がなかなか緩まなかった。頭の芯《しん》の緊張も緩まない。それにあの男の精悍《せいかん》な顔が意識を去らず、自分でも不思議なほど、胸のあたりが怪しく悩ましかった。祐介は男の顔を意識の隅に無理矢理に押しやり、今日一日の遠出の光景を瞼《まぶた》の裏によみがえらせようとした。そこには昼の太陽に灼《や》かれる懐古園の天守閣跡の芝生があった。小さな橋から見下ろす深緑の渓谷も、国道から望む裾《すそ》の広い浅間山もあった。日が暮れるころ追分に戻れば、山の麓《ふもと》には鄙《ひな》びた墓地が広がっていた。仰々しい黒御影《くろみかげ》の墓もあればその辺の石ころを寄せただけの淋しい墓もあった。そんな淋しい墓にも誰かが花を供えていた。旧中山道《なかせんどう》では街道の両側に盆提燈《ぢょうちん》が吊《つ》られ、夜の微風にゆらゆらと揺れていた。昔旅籠屋《はたごや》だったらしい家の座敷には蛍光燈の岐阜《ぎふ》提燈が点っていたが、それも一対だけではなかった。幾対もの岐阜提燈が同時にくるくると廻り、青や赤や黄の模様が賑《にぎ》やかに流れるのが硝子《ガラス》の障子に映った。その先の浅間神社では、スピーカーから流れる音楽と櫓《やぐら》の上の太鼓の音に合わせ、Tシャツにスニーカーという出《い》で立《た》ちで円陣を組んで盆踊りを踊る人たちの姿があった。盆踊りを見るのにも飽きて夕食を食べにラーメン屋に入れば山積みになった漫画週刊誌の派手な表紙があった。

神経の興奮に加えて、起きているときは平気だった傷口がうずくので、寝入ってもすぐに半覚醒の状態に戻る。するとあの男の姿がまた瞼の裏によみがえった。

どれぐらい眠ったであろうか。

納屋の扉がさっと風で開いた。

寒くもないのに肌がふわっと粟立《あわだ》つ感覚があり、戸口に透きとおる月の光が斜めに射《さ》しこんでいた。そしてその透きとおる月の光の中に浴衣《ゆかた》を着た女の子が立っていた。縮れたおかっぱ髪を獅子《しし》のようにそそり立て、たじろぐようなまなざしで、上に寝ている祐介を睨《にら》んでいる。うちわをもった小さいこぶしが固く握られていた。気がつけば遠くから「東京音頭」が聞こえてくる。上半身を起こした祐介が息を呑《の》んで見つめていると、女の子は声にならない声で何か二、三言狂ったように叫ぶなり、ふいに納屋の外へと長い袂《たもと》を翻《ひるがえ》して躍り出た。

納屋の扉が開いて月の光だけが低く入りこんでいた。

冷たく静まり返ったその光を浴びて扉のあたりで細かい埃《ほこり》が無数に空気に舞うのが見える。細かい埃が舞うのを眼にしていたのは五秒もなかったであろうが、スローモーションの画像を観《み》るようにゆっくりに感じられた。微《かす》かな空気の動きの中で、月の光がなお静かだった。

刹那《せつな》の静寂が久遠《くおん》の時を刻んだ。

祐介は我に返るとすばやく下に降り、運動靴をサンダルのようにひっかけて自分も納屋の外に出た。白いものがふわっと門を出て右へ曲がるのが見えた。さっき自転車を生垣に突っこんだとき、この白いものがふわっと眼の前を横切ったという記憶が忽然《こつぜん》とよみがえり、次の瞬間にそれは確信となった。だが祐介が駆け足で門を曲がったときにはもう何の影もなかった。

ススキの穂が相変わらず月に凄まじく光っていた。

門の中に戻ると、ベランダの上に例の男が立ち、祐介の様子をいぶかしげに見ていた。祐介が飛び出す砂利の音を聞いて自分も出てきたものと見える。あれからずっと起きていたらしく、白いワイシャツと黒っぽいズボンのままであった。酒を呑み続けていたのかもしれない。

夢を見たようです、と祐介は言った。

子供のころから神経が興奮すると現実との境いがつかない夢をよく見た。

ベランダの光はついておらず、低くなった月の光が蒼《あお》く男の顔を照らしていた。祐介はその顔に言った。

「誰かが納屋に入ってきて、そして出て行ったような気がしたんですが……」

「女ですか」

咄嗟《とっさ》の問いであった。

「いや、女の子です。浴衣を着た」

「浴衣？」

ゆうべあの女の人が浴衣をほどいていたせいだろうと祐介は言った。男が貪《むさぼ》るような眼つきになった。

「あの緋鯉《ひごい》の浴衣？」

「ええ。たしかあれでした」

男の顔がゆがんだ。次の瞬間には地面に飛び降り、駆けるようにして門を右へと出て行った。呆気《あっけ》にとられた祐介が後を追って門まで行くと、月に憑《つ》かれて坂道を駆け上がる男の白い背中があった。それからどれぐらい門の横で男の戻るのを待っていたであろうか。蚊の攻撃にこれ以上耐えられなくなったところで納屋に戻り、それからは寝床に腰をかけて窓から見下ろしていた。だが男はいつまでたっても戻ってこなかった。あたかも山の中に吸いこまれてしまったようであった。板の間の黄色い燈《あか》りもいつまでも点ったままであった。

騒ぎで一匹蛾が入りこんでしまい、ばたばたと狂おしい音を立てて天井を飛び回っていた。

山の朝はさすがに涼しかった。

納屋の外に出て、澄んだ朝の光の中で眺める山荘はゆうべよりは尋常な姿を見せていた。

ゆうべはその存在も知らなかった隣家がかなり接近して北と南に建っており、野中の一軒家のように見えたのは、両隣りとも誰も人が来ていなかったせいであった。どういう訳かその二軒ともやはり朽ち果てそうな家であった。あの男と女がいる家より一層凄まじく古びている。黒ずんだ雨戸が窓という窓を閉ざし、庭だと思われるあたりは、長年人が出入りした気配がないまま藪《やぶ》が生い茂り、山葡萄《ぶどう》や通草《あけび》などの蔓草《つるくさ》が延び放題に延びている。祐介《ゆうすけ》の泊まった納屋は東にあり、そこも裏は藪が高く生い茂り蔓草が延び、奥に密生した雑木林のどの辺りまでが敷地なのかわからなかった。

去年の枯葉をガサガサと音させながらベランダに回ると、祐介の姿を認めた女が頰《ほお》杖《づえ》をはずして言った。コーヒーのいい香りがあたりに漂っていた。

「おはようございます。東《あずま》さんはもうゴルフに出ましたよ」

閉ざされた別荘

東というのが男の名だとみえる。東というあの男は寝ないで平気なのだろうか。夜中のことがあるので自分を避けるために家を出たのではないかと勘ぐったが、それにしても若い自分よりよほど体力があるようだった。なんだか化物みたいな男だと祐介は思った。

夜のうちは隅に寄せてあったらしい白いプラスティックのデッキ・テーブルとデッキ・チェアがベランダの真中に繰り出していた。女は、ちょっとお待ちになって、と老眼鏡をその白いテーブルの上に置くと家の中に入っていった。テーブルの上にはコーヒーカップがあり、その脇《わき》に表紙が陽に焼けて色褪《いろあ》せた文庫本が伏せて置いてある。翻訳物の小説らしい。祐介の勤める出版社が出したものであることはすぐ判《わか》ったが、見たこともない古い版であった。その色褪せた表紙を見るともなく見ていると、女が戻ってきて、こんなものを貯《た》めこんでいたんだけど、役に立つことがあってよかったわ、と旅館で出す小さなビニール袋に入った歯磨きのセットをタオルと共に祐介に差し出した。

陽の光のもとで顔を見ると、女の老いが目立った。その老いが目立った顔に、やはり泣いたあとがあるような気がする。夜中に男が消えてしまっていたのをこの女は知っているのであろうか。

洗面所は廊下の奥の左手にあり、その反対側がゆうべ男が出入りしていた部屋で、今朝は中が覗《のぞ》けた。もとは書斎として使われていた部屋らしく狭い壁いっぱいに本棚が造りつけてあったが、今は本はまばらに入っているだけで、しかもみなうす汚れた色に変色している。それでいてその本棚の下の古びた木の机の上には、真新しいラップ・トップ・コンピューターと小型プリンター、それに電子手帳のクレイドルなどが置いてある。東京の生活では見慣れたそれらのものが、あたかも未来から降ってきたもののように祐介の眼を驚かせた。

手洗いを借りて戻ってくると、女は台所のブリキの流しの前に立っていた。

「お休みになれました？」

肩越しに訊《き》く。ドドドッという水道の音がうるさいので、祐介は少し声をあげて応《こた》えた。

「はあ、どうもすみませんでした」

女は水道の水をとめると、板の間の方を首で示した。

「鍵《かぎ》はありましたよ」

「ありましたか」

狐《きつね》に化かされていたのでなければ、あの男と同様、月に憑かれていたとしか考えられなかった。

「ね、もう大体できてますけど、よろしかったら朝ご飯を召し上がっていらっしゃらない？」

祐介に接する女の態度は最初の印象からは想像もつかないほど親しげなものとなっていた。二人の間で偶然生まれた親和感が、その後の成り行きのなかで自然に深くなっていっていたのに加えて、朝早くからのあの男の不在があった。男の不在は二人の間の親和感をさらに深め、どこかで共犯関係のようなところまでもっていく働きをした。

「ありがとうございます」

祐介は小さな台所に身体《からだ》を押しこんだ。

「お手伝いします」

「そう」

台所の横の窓から差し込む朝の光でもう一度女の顔を盗み見た祐介は、ゆうべ女が泣いたであろうという確信を強めた。女はたんに泣いただけでなく、夜通し泣いていたのかもしれない。それほど女の瞼は不自然にはれぼったかった。しかも女はそれを祐介に隠そうともしていなかった。

「それじゃ、お願い。あなたはコーヒーとお紅茶とどちらかしら」

「コーヒーです」

「ああ、よかったわ。淹《い》れたところなの。ではこれをベランダに持っていって下さいな」

　自動炊飯器の隣りに表面が少しデコボコになったアルミのパーコレーターがあった。紫の女はと見ると、不思議な雰囲気のある洋食器を、大きな丸盆の上に載せている。紫の小さい菫《すみれ》が散った模様の洋食器で、どこがどうちがうのかはわからないが、色合いといい形といい見たことのないようなものであった。祐介の視線を捉《とら》えて女は小さく笑った。昔のものよ、昭和三十年代のもの、そろそろ骨董品《こっとうひん》になるんじゃないかと思ってるのよ、と言った。夜通し泣いていたかもしれない割には明るい声であった。だが何かのきっかけでまた泣き出すのではないかという危惧《きぐ》をもたせる、どこか不自然な声でもあった。

　白いデッキ・テーブルの上に朝食が並ぶと二人は南の庭に向かって、斜めに相対して坐った。向かい合うのとちがって女の顔を正面から見なくて済むので気が楽である。眼に入るのは、あたり一面のむせ返るような緑であった。そのむせ返るような緑を貫く朝の透明な光であった。

澄んだ空気の中を、ピヨヨヨ、ピヨピヨと名も知れぬ鳥があちこちで黄色く啼《な》く。クーッ、クックックック、クーッ、クックックック、という、東京でも出勤前の寝床の中でよく聞く山鳩の低い啼き声がそれに混じった。まだ朝だというのに、赤トンボが赤い透明な翅を震わせて低く飛び交い、空を覆《おお》う高い木の梢《こずえ》からは油蟬《あぶらぜみ》とみんみん蟬の音がうるさいほど聞こえてきた。

五感を襲う夏の饗宴《きょうえん》であった。

紙のナプキンを膝《ひざ》の上に広げた祐介は、テーブルの上に並んだローストハム、生ハム、生チーズ、黒オリーブ、ピックルス、それにトマトとバジリコのサラダなどに眼をさまよわせた。緑に囲まれて食べる贅沢《ぜいたく》に加えて、こうして招かれてもいない客に何気なく供される朝食そのものの贅沢があった。「ケチ」な女なのだと一人で納得したあの最初の印象は、ゆうべから今朝にかけての流れの中でいつのまにかどこかに消えてしまっていた。同時に眼が慣れてしまったのか、心そのものが慣れてしまったのか、あの時が止まったような印象も消え、ここに流れている時間こそが真の時間だという気がしてきていた。

「失礼ですが、ご姉弟《きょうだい》ですか」

「フミコお姉さん」と呼んだ男の声が耳に残っていたが、実際はもっと遠い関係だろうと内心では思っていた。

「まさか」

女は低く笑った。

「私は雇われてるだけですよ」

「はあ」

雇われているという女の言葉がとっさに意味をなさなかったのは、祐介にとって、それは会社や店に雇われるのを意味する言葉でしかなかったからである。

「雇われてるって……」

「女中です」

祐介は思わず女の顔を呆《あき》れて見た。女は「別荘族」ではなかった。ふつうの奥さんですらなかった。なんと女中であった……。だがこうしてハイカラな朝食を前にした女と、祐介の頭にある「女中」という言葉とはあまりに懸け離れていた。祐介は意外な事実に困惑したが、その困惑をさらに深めるように、昨夜の女のあの威張った態度や口の利《き》き方が鮮明によみがえった。

女はそんな祐介の困惑を察したように言った。

「もっとも、あんまり昔から知ってるので、実際に弟のような……子供のような気もしますが」

「そんな昔からなんですか」

「ええ」

男の親の代に雇われたのかもしれない。それなら女が男のことを「たろちゃん」などと呼んでいるのにも、少しは納得が行った。

女は瞳《ひとみ》を遠くにやっている。

「本当にずいぶんと昔からです」

追憶の中に引きこまれるのを踏みとどまった言い方だった。祐介は女が何か言うのを待っていたが、女はあとを続けなかった。祐介は言った。

「少し変わったかたですね」

女は皮肉な顔を見せて笑った。

「変人、もうどうしようもない変人ですよ」

投げ出すような応えである。

祐介自身人からよく変人だと言われるので妙な気がした。女中だと聞いた驚きに投げこまれて立ち直れないまま、この訳のわからない関係の二人について知りたい思いが喉元《のどもと》までこみ上げてくる。だが祐介はその思いを抑えた。他人の人生を知りたがるのを恥じる気持からではなかった。女が話すのを厭《いと》うだろうと危惧しているわけでもなかった。それどころか、今となっては女の方で、祐介に何かを話したいという思いが募ってきているという確信さえあった。ただ女が最後の決心がつかずに表面にとどまっているのが見え、その堰《せき》を自分から切ろうという気にはならなかったのであった。その堰を自分から切ろうとすれば、女の方で話す気がなくなってしまうかもしれないのが何となく感じられた。

ふいにまたあの男の顔が浮かび、そのとたんなぜか血が首から上にかすかにのぼり、忘れていた腕の傷口が小さく脈打った。

女がつと空を見上げた。

「ヘリコプター」

白い雲の下にかなり大きなヘリコプターがプロペラの音も高く飛んでいた。

「よくこの上をヘリコプターが通るんですよ。何のために通るんだかよく分からないんで、テレビが皇室ニュースでもやるのかしらって思ったりもするんですけど、この辺りはあまりにはずれていますでしょう。だからやっぱり自衛隊かもしれない。松本に基地があるんですよ」

ヘリコプターはみるみるうちに視界から消えた。女は続けた。

「こんな風に空から音がしますとね、昔、進駐軍の訓練で飛行機が落ちたのを見た時のことを思い出しますんですのよ」

「進駐軍……」

「ええ、昔むかし進駐軍にいたとき、空に飛行機の音がする度に上を見あげる癖がついていたんですけど、ある日いつものように見上げるとね、突然火を噴き始めて、あっと思う間に下に落ちてしまったの」

「パイロットは？」

「死んだでしょうね」

当然だという口調で応えたあと女は説明した。

「戦争直後にね、基地に勤めてたんです」

そういうと女は声の調子を変えて、そんな話を始めたのを弁解するかのごとくに言った。

「今年はこっちに来てからなんだか昔のことばかり思い出してしまって……」

また瞳を遠くにやった。そうして泣いたことを暗に認めるようにつけ加えた。

「ことに今朝からはね、何にも手がつかないぐらい」

しばらく沈黙があった。

「進駐軍か……」

祐介は意味もなくくり返した。

進駐軍などという文字でしか見たことのない言葉が自分の唇の上にのっているのが不思議であった。

「色々ありましたよ」

祐介がそんな言葉を口にしたのに促されたのか、女は再び話し始めた。

「初めてアメリカ軍のパラシュートを近くで見たときね、ナイロンでできてるんですけど、あんまり綺麗《きれい》なんでびっくりしましたわ……ピカピカと光沢があって。私が子供のころはね、人絹っていうのがあったんですけど、腰がなくって、すぐしわになっちゃって、ほんとうに粗悪なもんだったんですよ。ああ、ナイロンてこんなにいいものかと思ったわ。絹よりよほどいいって当時はみんな思ってた」

ふだんは寡黙《かもく》であろうと想像される女の饒舌《じょうぜつ》であった。

空軍だったんです、と女はつけ足した。

「どんなお勤めだったんですか」

「お勤めって……」

おかしそうに微笑《ほほえ》んでいる。

「メイドですよ。やっぱり女中です」

そう言ってからまた説明を加えた。

「オフィサーの家つきメイドだったんです」

片言の英語を学んですぐにメイドになったという。ふつうの兵隊の宿舎であるかまぼこ兵舎ではボーイと呼ばれる若い男が雑事を引き受けていたが、オフィサーの家ではすべての家にメイドがいたということであった。

「伯父がいたんです。母の兄で。旧軽にある万平ホテルってご存じかしら」

祐介はもちろん知らない。

「いいえ」

「そう。有名なホテルなんですけど、伯父はそのレストランでボーイをしていたんですのよ。若いころから、というより、十代のころから……」

その伯父が万平ホテルのボーイをやめて長い間外国航路の船に乗っていたのだが、戦後は進駐軍に職を得、それで女も誘われて進駐軍に勤めるようになったのだという。

「へえ」

「中央線に立川っていう駅がありますでしょう」

「ええ」

「伯父は西立川基地の将校食堂のね、パーサーっていうのをしていたんです。事務長。あの時代にね、それは大したもんだったんですよ。なにしろ進駐軍の将校食堂ですから、当時の日本で一番おいしいものが食べられるところでしょう。あの時代に肥《ふと》ったという珍しい人じゃあないかしら」

　女は笑って言った。祐介も笑った。

「伯父はね、長い船の生活のせいでしょうね、半分外人……外人っていうより、二世のようでした」

　そう言ってから、過去を懐《なつ》かしむ声になった。

「よくしてくれたから、懐かしい人です。ナプキンの畳み方なんかも、信じられないぐらい何通りも知っていて、色々教えてもらいました」

　少ししわになった紙のナプキンを指で撫《な》でるようにしている。

「もう亡《な》くなりましたけどね」

　女は長い息をついてから口を閉じた。

　伯父のことやら進駐軍のことやら、果てしなく記憶の扉が開いていってしまうのを自分で制御しているようであった。

しばらく沈黙があったあと祐介は言った。

「佐久《さく》のかただっておっしゃいましたけど」

「私はもともとは佐久平の出身なんです」

「佐久平って、あの佐久インターの辺りですか」

「佐久インター……」

慣れない言葉を舌の上に載せておもしろがっているようである。

「そうねえ、あそこからは少し離れていますけどね。いづれにせよ、あの辺り一帯はね、昔は桑畑だったんですよ。それがいつのまにかレタス畑になったと思ったら、突然大きな高速道路が通ることになって、しかも、ご存じかしら、もうじき新幹線の駅もできるんですって」

女は祐介をちらと見てからまた正面に向き直った。

「私みたいな昔の人間には、もう何がなんだか訳がわからないわ……」

ベランダの先の方を見ている。

「ちょうどあのあたりに土地をもった農家の人たちは、なんだか急にお金持になるみたいですよ。結構なことだわ」

女は視線をそのままに無表情に言った。

佐久インター付近

ベランダの先に小さな陽だまりができていて、白や黄色の野花が眩《まぶ》しい夏の光を浴びてむらがり咲いている。庭のほとんどが高い木立の蔭《かげ》となっているので、その小さな陽だまりが集中して光を集め、そこだけ夏が燃え立つようであった。

そのとき外の小径《こみち》を金髪をした少年少女が三、四人通った。何かを口々に言いながら、雑木林の緑が光る中を子鹿《こじか》のように駆け抜けて行く。

「アメリカ人ですか？」

「ドイツ人。この先に何軒かまとまってキリスト教関係のドイツ人の別荘があるんです。貸別荘らしいんですけど」

「ふうん」

そう応《こた》えた祐介は友人から聞いた話をくり返した。

「軽井沢が日本人の避暑地になったっていうんで、外人たちは皆野尻湖《のじりこ》の方に逃げてしまったという話を聞きましたが」

「そうねえ、もう軽井沢にはほとんどいませんねえ。野尻湖に逃げた人たちもいるでしょうけど、昔とちがって今は飛行機がありますでしょう。だからだいたいは休みは飛行機で本国に帰ってしまうんじゃないかと思いますよ」

女はそう言ってから幽《かす》かに笑った。

「なにしろ何もかもが昔とはちがいますもの」

またしばらく沈黙があった。ややあって祐介はわざと何気なく切り出した。

「東《あずま》さんという方は何をしてらっしゃるんですか」

女は応えた。

「商売っていうのかしら」

祐介と眼を合わさずに、前の庭をまっすぐ向いたままである。

「商売？」

「ええ、世界中あちこち飛び回ってんですけど、ベンチャー・ビジネスなんです」

トマトのかたまりを口に入れたばかりの祐介は思わずつかえそうになった。同時に、ゆうべ驚かされた英字の雑誌や今朝驚かされたコンピューターなどが、その「ベンチャー・ビジネス」という言葉を裏付けるものとして咄嗟《とっさ》に頭に浮かんだ。あれらのものがこの山荘には完璧《かんぺき》な異物であるように、「ベンチャー・ビジネス」という言葉もこの山荘には完璧な異物であった。男にかんしてはますます訳が判《わか》らなくなった。

「この別荘は東さんのものなんですか？」

女はうなずいた。

「毎年いらっしゃるんですか？」

「まあ毎年たいてい二度ぐらいは来ていたんですけど……でも今回はちょっと間が空いて」

女は庭からずっと眼を移さずに話している。陽だまりにむらがり咲く小さな野花の上を、その野花よりさらに小さいシジミ蝶《ちょう》のつがいが、ぐるぐると輪を描いて舞っていた。

「東さん……東太郎っていうんで、たろちゃんて呼んでんですけど、あの人はふだんはアメリカに住んでいるんですよ」

「はあ、アメリカ」

少なくともようやく何か一つ納得がいった気がした。男にかんして何となく感じていたものに初めて一つ名が与えられたという気がしたのである。そういえば、容姿といい身のこなしといい、男はどこか日本人のようではなかった。アメリカ人に見えるということではないが、どこか日本人には見えなかった。あの鼻にかかった微《かす》かに巻舌の日本語も説明できた。

「アメリカは長いんですか？」

「え、とっても長いの」

そう素っ気なく応えると、一寸《ちょっと》間を置いてからつけ足した。

「今考えてみたら、あなたがお生まれになるまえからよ。すべてが大昔からの話」

最後は独り言のようであった。祐介は訊いた。

「東さんは四十を過ぎているんですか」

「ええ、四十八」

「ぼく、まだ三十代かと思いました」

「若く見えるんですよ」

そう言って唇を端に寄せると初めて祐介の方をちらっと見て続けた。

「アメリカではみんなジムで器械を使って色々体操をするんですって。それもご苦労様なことに、毎日なんですって」

馬鹿《ばか》にした声である。

「お肉もほとんど食べないし」

女は正面に顔を戻すと機械的に続けた。

「それにお酒を呑《の》まないし」

そう言ってから言い直した。

「呑まなかったし……」

何かが女の語調にあって、祐介はふとそれ以上質問するのを控えた。

女も口を閉じた。

沈黙とともに透明な陽の光につつまれた光景がいよいよ光を増した。あたりの緑は神々《こうごう》しいまでに輝いた。

シジミ蝶はまだぐるぐると舞っている。

微かに風があるのか、高い梢の葉が、さわさわ、さわさわ、と葉裏を返しながら動くのが、鳥の音を縫って聞こえてくる。透明な陽の光は梢の合間を通ってベランダの床を照らし、梢の葉が、さわさわ、さわさわ、と動くのにつれ、ベランダの床の上でうねるように揺れた。光がささめきあっているようであった。

はっと思ったときはすでに隣りの女の肩が細かく震えていた。祐介は息を呑んでじっとしていた。やがて女はテーブルに両方の肘《ひじ》をつくと、両手の中に顔を埋め、静かに泣き始めた。二人は数分そのままの姿勢でいた。

唐突な成り行きであった。だが、それでいて、こうして女が泣き出すのを、さっき朝食の席についたときからずっと待っていたような気がする。女に対して僭越《せんえつ》な言い方かもしれないが、女の方で祐介を前にして泣きたいという思いがどこかにあり、それを祐介自身がずっと感じとっていたのかもしれなかった。今こうして女が流す涙は、知っている人間の前ではそれこそ何十年ものあいだ隠してきた涙なのかもしれなかっ

追分の道

た。祐介という見知らぬ人間を前にして初めて流すことができた涙なのかもしれなかった。女の一生という重たいものが祐介の眼の前にどさりと投げ出されたような気がして、祐介は一瞬たじろいだ。だが嫌悪感《けんおかん》は覚えなかった。

祐介は女の泣くのを妨げないよう身じろぎもせずにいた。そうして梢の葉が動き、木洩《こも》れ日が輝き揺れるのを全身で感じとっていた。地上に至福があるとすれば、こういう瞬間を言うのではないかと思われるほど、自然がそのもっとも美しい姿で息づいていた。そしてそのもっとも美しい姿で息づいている自然のもとで、祐介には判りようもない思いの中に、一人の女が泣いていた。

しばらくして顔から両手を離した女がかすれた声で言った。

「ご免遊ばせね。あたくし、もうここんとこ、ずっと少し変で……。人前で泣くことなんて、それこそ、子供のころからなかったのに、どうかしてしまって」

膝《ひざ》に広げていた紙ナプキンを眼にもっていっている。

祐介は何と応えたらいいのか判らずにじっとしていた。そうして女が眼から紙ナプキンを外し、祐介の顔を見たとき、その泣き腫《は》らした眼を包みこむように捉《とら》えた。不愉快になど思っていないことだけは女に知ってもらいたいと思った。

何を考えているのか、女はしばらく無言で祐介の眼を見返したあと弱々しく微笑んだ。

祐介は最後まで台所で後片づけを手伝った。

「手慣れてらっしゃるわね」

女はさらに腫れ上がった瞼《まぶた》を見せて言った。

「学生時代から自炊をしてますから」

祐介は帰る寸前に加藤祐介と自分の名を名乗った。女は土屋冨美子《ふみこ》だそうである。このあたりによくある名字、と女はつけ加えた。日本中によくある名字をもつ祐介としては挨拶《あいさつ》のしようがなかった。冨美子は東京にかけた電話代を受け取らなかった。

曲がって乗れなくなった自転車を門のところまで引いてきた祐介は、立ち止まって冨美子に訊《き》いた。

「なぜ信州で『東京音頭』なんかをやるんでしょう」

冨美子は、さあ、と首をかしげると、それには応えずに訊いた。

「こちらにはいつまでいらっしゃいますの？」

「週末までいます」

「そう」

冨美子はその先を言わなかった。腫れ上がった瞼をふいに下に落とすと、杭《くい》を打った門の足もとを指さした。赤紫色をした野あざみが二つ可憐《かれん》に咲いている。祐介はつぶやいた。

「あざみ」

「そうじゃなくて、こっち」

冨美子の人差し指はその隣りを指していた。よく見れば、藁《わら》の燃えかすのような黒々としたものがわずかに地面に残っていた。

「ここでゆうべオガラを焚《た》いたの」

祐介はゆうべの会話を思い出した。女はふいにしゃがむとその燃えかすを指先で崩した。

「迎え火にオガラを焚いたことなんておあり？」

「ありません」

「私も長いこと忘れてたわ」

女は黒く汚れた指先をエプロンではらいながら立ち上がった。

それを合図に祐介は女に別れを告げた。ゆうべこの小径を月に憑《つ》かれて駆け上がっていった白い背中の話をしたかったのに、話さずじまいであった。だが、話さずじまいであったという事実自体が、もう一度この女と会う必然を約束しているような気がした。女はじっと門のところに立っていた。祐介を見送っているのか遠くを眺めているだけなのかわからない、曖昧《あいまい》な姿勢であった。

レンタル・サイクル屋を兼ねた自転車屋は国道近くにあった。麦藁《むぎわら》帽を被《かぶ》ってしゃがんで作業をしていた親父《おやじ》が顔を上げて壊れた自転車を一瞥《いちべつ》し、今週は忙しいからすぐには直せないよ、早くてあさっての午後だよ、とぶっきらぼうに言った。だが不親切な男ではないとみえ、そのあと今度は祐介を一瞥すると、軽井沢と小諸《こもろ》とを繋《つな》ぐバスがあと半時間もすれば来ると教えてくれた。祐介はそれを待って乗って帰ろうと思ったが、ふと考え直してタクシーを呼んでもらうことにした。今や勤めていたときの感覚が全く失われ、東京ではタクシーは格別の乗り物ではなくなっていたのを、ともすると忘れてしまいそうであった。

国道はひどく混んでいた。タクシーを待ちながらぼんやりと車の流れを見ていると、日本中の車が集まったのではないかと思われるほどさまざまなナンバープレートをつけた車が通る。「品川」「練馬」「群馬」「大宮」「新潟」などは納得がゆくとしても、「姫路」もあれば、果ては「徳島」「大分」などというのもある。ずいぶんと忙しい夏休みを送る人間ものだと呆《あき》れたり感心したりしながらナンバープレートを眼で追いかけていた祐介は、やがてそれにも飽きて顔を上げた。

青い空を背景に、濃緑をした山々の尾根がなだらかに続くのが、のどかに見える。そのなかで茶褐色の土肌を見せた浅間山だけがくっきりと聳《そび》え立っていた。空気が動いているものとみえ、まわりで夏の白い雲がしきりに流れていた。

勤めているのがまるで人ごとのようであった。

大手の出版社に勤め始めてから四回目の夏であった。競争の烈《はげ》しい出版社にすんなりと入社できたのは嬉《うれ》しかったが、これ以上今の父親の負担になるのを避けるため、大学院に進むのを諦《あきら》めての就職であった。出版社を選んだのは、早起きする必要のないこと、ネクタイをしめずに出勤できること、好きな活字とも縁が切れずにすむこと——要するに学生時代の自分をあまり大きく変えずに働けるであろうと考えてのことである。だが働き始めてみれば仕事は仕事で、自分を変えねばならないところはたくさんあった。そして就職して二年目に不景気のあおりを受け、大学で物理学を専攻した祐介がそのために採用された筈《はず》の科学系の雑誌が廃刊の憂《う》き目にあい、行き場のなくなった祐介は文芸雑誌の編集に回された。中学高校時代はよく翻訳物の小説を文庫本で読んだりしたが、文芸雑誌などという辛気くさいものは手にしたこともなかった。

しかも、人づきあいが苦痛な祐介にとって文芸雑誌の編集者というのは向いた仕事ではなかった。物を書く人間とのつきあいはおもしろいところもあったが、おもしろくないところの方が多かった。自分とそう歳《とし》はちがわない、しかし自分より確実に頭は悪い、批評家と称する連中が、やれサブカルだストリートギャルだアダルトチルドレンだハイブリッドだと、祐介たち編集者を前に得意そうに話しているのを見ると、自分の方が異邦人になってしまったようで居心地が悪かった。社が大事にしている小説家の引っ越しの手伝いをさせられたときには内心憮然《ぶぜん》とした。ほかの編集者たちは憮然とした風もないのが、いっそう孤独感を深めた。そのころからである。自分でもはっきりとは判らないが、自分の内で何か燻《くすぶ》るものがあってそれが表に出てきてしまったのだろう。ある日、仕事のあと高校時代の友人に会うと言われた。

「なんだ、おまえ、やけに疲れてるな」

ふだんは剽軽《ひょうきん》なその友人は心配そうな顔を見せた。口が悪い人間の常として、心の細やかなところのある男であった。

やがて夏に入るとその友人から電話がかかってきて、今年こそ盆休みを使って、信州にある両親の山荘に気分転換にこないかと誘いがあった。神戸の進学高校で一緒だった久保《くぼ》という名のその友人は、転勤族の両親が東京に戻る際に寮に入り、以来卒業するまでの二年間やはり寮生活を送っていた祐介と同室だった男である。祐介は京都の大学へ、久保は東京の大学へと上がったので大学時代は疎遠《そえん》になったが、祐介が東京で就職してからまた交友が復活し、去年の盆休みもその山荘に遊びに来ないかと誘われたのを、久保の家族につきあうのが面倒で断ったのである。

だが今年かかってきた電話には心が動いた。

「バアサンが入院しちゃってね、今年の夏はおふくろが東京を離れられないんだよ。おふくろが行かなきゃあ、おやじも行かないじゃん。だから別荘は俺たちだけで使えんだ。兄貴は近くにある嫁さんの別荘の方を使うしね」

「ふうん」

「気楽だよ」

祐介は行くことにした。編集長からは文句を言われるだろうが、入社して初めてまともに取る夏休みである。その前後に一日二日徹夜すればなんとかなるだろうと思った。

「なにしろ、おまえ、疲れてると思うよ」

久保はそう電話でくり返した。

やがて盆休みに入り、その信州の山荘には会社を出た金曜日の晩、久保の運転で着いた。土曜日は朝から掃除をしたり、蒲団《ふとん》を干したり、東京では見たこともないような大きなスーパーに食料の買出しに行ったりと、十日間の滞在に備えた。ところが夕方になって久保の両親から祖母の容態が妙になったという知らせがあり、久保だけ慌《あわ》てて東京に戻って行ったのである。せっかく休みをとったのだから祐介は予定通り滞在したらいいということで、祐介一人で他人の山荘を使うこととなり、一人で一晩寝た次の日、小諸の方まで遠出したその帰りに自転車を生垣に突っこんでしまったのであった。

タクシーは国道をしばらく行ってから交通量のある道を左手に入り、またしばらく行ってから右手に曲がり、橋を渡ってなめらかに舗装された山道に入った。左右にかなりの大きさの山荘が、敷地が傾斜地なのを利用して、さまざまな趣向を凝らして建っている。趣向を凝らした山荘がおおむね洋風なのと、山荘と山荘の間がゆったりと等間隔に建っているのと、緑がふんだんにあるのとで、そこへ来ると日本にいるような気がしなかった。テレビや映画でよく見るアメリカの郊外にでも来たような印象を受けた。今朝その印象は格別に強かった。祐介はタクシーの窓から不思議なものでも見るようにその整然とした光景を眺めた。

不思議なものでも見るような心地は、久保の両親の山荘に帰ってからも続いた。たった一日留守をしただけなのに、なんだか長旅したあとに戻ってきたようであった。山荘の中は明るかった。そして広かった。吹き抜けのＬＤＫの上に大きな明かり取りの窓が連なっているのが、ことさらに眼を射た。昨日まではその存在にさえ気がつかなかった頑丈そうな断熱硝子《ガラス》や艶《つや》やかなフローリングに、「現代」という銘があるような気がする。台所のシステム・キッチンの眩《まぶ》しい輝きにも「現代」という銘がうってあるような気がする。それでいてその「現代」というものに不思議なほど現実感が湧《わ》かなかった。

祐介がシャワーから出てきて、傷口の手当に使えるカット綿かガーゼでもないかと洗面所のキャビネットを開《あ》け閉《た》てしているときである。久保から電話がかかってきた。

「どうなってんのかねえ、バアサン、すっかりもち直しちまったよ」

祐介は挨拶に困って、へええ、とだけ言った。

「明日の午前中もう一回病院に顔出して、それでそっちに戻るわ」

「ええっ、いいのかい？」

「ああ、退院なんて話も出てるよ。まだ八十過ぎたばかりで平均寿命に行ってないからねえ。オソロシイことです」

祐介は電話のこちら側で口の端を寄せただけであった。

どうだい、そっちの方の調子は、と久保が訊いた。

「快適だよ」

「頭の方の話だよ」

「頭も快適」

ゆうべ以来満月に憑かれでもしたように、何か自分の心が自分の外にふらふらとさまよい出てしまったような、こうして久保と電話で話をしている現実とは別の現実をもう一人の自分が生きているような、妙な感覚があった。それは快適というのとはほど遠い感覚であったが、不愉快な感覚ではなかった。

「悪いけど自転車を壊しちゃった」

ゆうべのことをかいつまんで説明し始めると、ふんふんと聞いていた久保は、途中から呆れた声を出した。

「一〇四で調べりゃわかったんじゃない？」

「一〇四？」

「番号案内さ」

「何を調べんのさ？」

「管理事務所の番号よ」

「そんなもんあるって知らなかったよ」

「あるよ、山をおりたとこに。何回も通ってるじゃん」

「でも、何って言って調べんだよ？」

「『三井の森』よぉ。中軽の」

そういえばさっきもタクシーで通ったとき、橋を渡る寸前に、上の方にそう大きく記した看板が吊《つ》り下がっていたのを思い出した。あれがこの広範囲に区画整理された別荘地の名前であったことに祐介はそのとき初めて気がついた。同時に久保の父親の勤める会社が三井の系列会社であるのも思い出した。

「天下の三井をお忘れなく」

久保は自分でそう言って笑うと、まあ、無事に帰ってこられてよかった、自転車はどうせボロだからと慰めるように言って電話を切った。

傷の手当をしたり、血や泥で汚れたシャツやジーンズを洗濯機に放りこんだりするうちに急に疲れが出てきた祐介は、二階に上がり、自分にあてがわれた寝室のベッドの上に寝ころぶと頭の上で両手を組んだ。不眠のためにとりとめのなくなった頭の中

貸自転車
シナノサイクル
すわの森ホテル
Hotel Suwanomori
フランス菓子&喫茶
ルレガラン
0267-42-7955
安田生命健康保険組合
軽井沢山荘
2 2531
貸自転車
シナノサイクル
自転車
自転車
シナノサイクル
TEL 2 2531

貸自転車屋

は、昨夜からの印象が刺激の強い色となってぐるぐるとめぐるだけである。その刺激の強い色がぐるぐるとめぐるうちに眠ってしまったものとみえ、天が壊れるような音に驚かされて眼が覚めたときには、夕立が凄《すさ》まじい勢いで降り始めたところであった。東京ではめったに経験することのない本格的な夕立で、一瞬にして表の空が黒くなった。ゴロゴロと切れ目のない音があちこちでする。祐介はベッドから立ち上がり、しばらくのあいだ三角形の硝子窓に額を押しつけるようにして烈しく雨の落ちるのを見ていた。窓とすれすれのところに立っている楓《かえで》が、烈しい雨に打たれ、苦しげに葉を揺すりながら身悶《みもだ》えしているのが見える。下の庭はみるみるうちに濁流が渦を巻き始め、家の中も真っ暗になった。ややあって硝子窓から離れて室内の電灯を点《とも》せば、硝子がその電灯の光を反射して急に外が見えなくなった。本物の夜が来たようであった。

祐介は空腹とともに下に降りて冷蔵庫の扉を開けた。

二　クラリネット・クインテット

軽井沢は初めてであった。

昼寝がたたったのか昨夜も夜中過ぎまで眠れず、今朝、陽が高くなってから起き、徒歩で中軽井沢駅まで出て、鄙《ひな》びた電車に乗って軽井沢駅に着いたときはすでに十一時に近かった。

山の天気の常で、晴れているのに、さあっと霧がかかったり、果てはぱらぱらと雨が降ってきたりと忙しく空模様が変わる。ゆうべの天が壊れたような夕立に驚かされ、折り畳み傘をバックパックに入れてきたのは正解だったと祐介《ゆうすけ》は思った。

ガイドブックを手に駅前の大通りをしばらく行ってから、冨美子《ふみこ》の言っていた「万平ホテル」を覗《のぞ》いてみようと右に折れれば、落葉松《からまつ》林の中にゆったりと山荘が建ち並ぶ道に出た。

観光客の姿は思ったより少ない。

教会

ガイドブックによると、その道をずっと行って途中で一度左手に曲がると、先の方に、今の天皇と皇后が出会い、「世紀の恋愛」に至ったといういわくつきのテニスコートがあるという。祐介はそのいわくつきのテニスコートまでぶらぶらと足を伸ばし、それが騒々しい町中に金網一つで仕切られた、荘厳なところも浪漫的《ロマンティック》なところもない、ごくあたりまえのテニスコートであるのに少し驚いてからとって返した。

やがて「万平ホテル」というのに着いた。車寄せが立派な山小屋風の建物である。制帽を被《かぶ》り制服を着た男たちが恭《うやうや》しく頭を下げるのを横目に、祐介は客のような顔をして中に入り、薄暗いロビーの壁を飾る風変わりなステンドグラスを眺めたり、中庭に出て散歩をしたりと、一通りの見学をしておいた。

ホテルを出たあとは、横手の細い道へと回った。興ざめな白いガードレールに縁取られた小川に沿ってしばらく行ったところでその小川を渡り、そこから軽井沢を最初に避暑地として選んだという西洋人の宣教師の建てた教会にも足を運んでみる。教会は小さな木造の建物であった。以前どこかで読んだが、最初に軽井沢で夏を過ごすようになった西洋人たちは質素な和風の山荘に住み、のちに西洋人を真似《まね》てやってきた日本人たちの方が金のかかった洋風の山荘を建てたという。なるほど木造の教会は質素であった。質素を通り越してどこか原始的ですらあった。

これで観光なるものに義理を果たしたつもりである。観光客らしく何枚か写真もとった。

軽井沢銀座と呼ばれる本通りには山の方から入った。旅館やらだんご屋やらが左右に並び、昔の街道沿いの建物の名残も少しはあり、それなりに風情《ふぜい》がないわけではないが、どこから湧《わ》いてきたのか、突然にもの凄《すご》い人混みになった。肩をぶつけ合うようにして緩やかな坂を降りていった祐介は、やがて人だかりがしているのにつられてパン屋に入り、昨日の朝追分で食べたような胡桃《くるみ》と干葡萄《ほしぶどう》の入ったパンを買った。パン屋を出ると道の反対側も人だかりがしているのが見える。同時に「土屋寫真《しゃしん》店」と書かれた古々しい看板が眼に飛びこんできた。祐介は今度はその「土屋」という名前につられて道を横切ると、皆と肩を並べてショーウィンドウを覗いた。軽井沢を訪問した皇族、相撲取り、芸能人などの写真に混ざって、明治時代にこの本通りを写した写真が飾られ、裾《すそ》の長いスカートを翻《ひるがえ》して西洋の女たちが活発に往来する傍らに、着物を短く着た日本の女たちが赤子を背負ったりしながらぼんやりと口を開けて立っている。昔の日本の女はずいぶんとみっともなかったものだと祐介はほとんど感心した。だがその次の写真では、豪華なシャンデリアが垂れるホテルの食堂で、見惚《みほ》れるほど艶《あで》やかな日本の女たちが、大きな束髪の下に、錦絵《にしきえ》の美人画かと見まごう顔を見せて坐《すわ》っている。勝手なもので、昔はこういう見たこともないような美しい人たちもいたのかと、今度は本当に感心する。ショーウィンドウから眼を離してそのまま下に降りて行くと、さらに人が多い。それも祐介よりも若い連中が多い。若い男女がぞろぞろと道に溢《あふ》れ、こんなものをわざわざ買う人間がいるかという小物が店の外のカートに繰り出し、渋谷や原宿で見る光景と選ぶところがなかった。もともと若者のたまり場が好きではない祐介はだんだんと厭《いや》になって足を早めた。

軽井沢の観光を兼ね、あの追分の山荘に礼にもって行くものを探そうと出てきたのだが、そういう気の利《き》いたことをしたことがないので、適当なものが思いつかなかった。ロータリーにぶつかり、それを越してスーパーの「紀ノ国屋」まで至ると、その先はもうあまり店らしい店も見えない。引き返してどこかでひとまず食事をしようか、それともせっかく眼の前にあるのだから「紀ノ国屋」を覗いてみようかと祐介は迷った。

と、「紀ノ国屋」から女が二人出てきた。

シンプルな麻のドレスを着た中年の女がハンドバッグ一つで先頭を切り、そのすぐあとに、両手いっぱいに買物袋を提げた若い女が続く。浅黒い肌と、丸くて大きい黒目がちの眼と、ぴたりとした派手な色のTシャツを着た小柄の身体《からだ》が肉感的なのとが妙に人目を惹《ひ》き、麻のドレスの女の娘にも見えず、何だか奇妙な組み合わせだなと思ううちに、それがフィリピン人のメイドであることに思い至った。そういえば以前雑誌で、フィリピンの女が世界中で女中として出稼ぎに出ているという記事を読んだことがあったが、日本でそれを雇う人間がいるとは想像もしなかった。実際、冨美子に会う前の祐介ならこの若い女が女中であることにも思い至らなかったであろう。日本の女が女中にならなくなった今、自分の知らないところで世の中はこんな風に動いているのかと、新事実を発見した思いで二人を見ていると、続いて今度はパンツ姿の中年の女が出てきた。上下の揃《そろ》った洒落《しゃれ》たパンツ姿だがやはり両手いっぱいに買物袋を提げている。この女はフィリピン人のメイドつきではないなと思ったその瞬間、祐介は息を呑《の》んだ。

土屋冨美子であった。

眉《まゆ》を寄せて空を見上げる顔でわかった。すぐに背を向けて歩き出したが、間違いはなかった。祐介は駆け足で冨美子の後ろに行くと声をかけた。

「運ぶの、お手伝いしますよ」

冨美子は振り向くと、いぶかしげな表情をさっと解いて言った。

「まあ、偶然」

「偶然」という言葉を聞いたとたん、祐介は微《かす》かに頰に血がのぼるのを感じた。一昨夜の電話の会話で、冨美子が今日旧軽の方に来るのを知っていて、自分もこうして出てきていたからである。雑踏の中でも冨美子の顔を知らず知らずのうちに探していた。

祐介は右手を伸ばした。

「持ちましょう」

思わず弾んだ声になっていた。

「よろしいんですか？」

冨美子はそう言いながら祐介を下から見上げた。もう瞼《まぶた》に泣いたあとはなかったが、こわばった表情が定着した、乾いた印象の顔であった。だが、気のせいかもしれないが、その乾いた印象の顔に、冨美子の方でも祐介に遭遇できたのを喜んでいるのが抑えきれずに滲《にじ》み出ているように思えた。

冨美子は自分の両手の荷物を見下ろしてから、絆創膏《ばんそうこう》を何枚も貼《は》った祐介の腕に眼をやった。

「お怪我《けが》は？」

「こんな程度、平気です」

「ちょっとありますけど」

荷物のことを言っているのか距離のことを言っているのか判《わか》らなかったが、構いません、と祐介は女の指に食い込んでいるビニール袋のほとんどを取り上げた。助かったわ、と言ってから冨美子はもう一度祐介を見上げた。

「あなた、お昼まででしょう？」

「ええ。でもお腹はまだ空《す》いていませんから」

「そう」

そう短く言うと時間に遅れているのか、冨美子は急ぎ足で歩き出した。祐介は女と並んで歩いた。どこか駐車場に戻るのかと思っていると、すぐに大通りからそれた。とたんに空気が涼しかった。そしてすべてが静謐《せいひつ》であった。人も車もない。背の高いモミの木が左右に黒々と並ぶ、幅の広い並木道がすっと眼の前に開けた。

冨美子はそのとき初めて説明らしいものを口にした。

「お盆の中日でしょう、混んでて、とても車を動かす気にはならなくって歩いて買物を済ませようと思ったんだけど、そうしたらこんな荷物になってしまって」

冨美子の口をついて出てくる言葉の意味はぼんやりとしか把握できない類《たぐ》いの言葉であった。だが祐介はここでそれ以上把握する必要を感じなかった。歩いて買物を済ませた、というからには、これからこの荷物と共に戻ろうとしているのは、先日の電話の相手の山荘ではないかとの憶測はあるが、それも定かではない。ただ冨美子について行けば何かがあるだろうと勝手に想像している。しかもその何かとは先日のあの男と関係のある何かだろうとも想像している。それ以上のことは判らない。冨美子は冨美子で祐介がそう考えてついて来ているのを知っていて黙って歩を運んでいるような気がした。

モミの木の並木道はまっすぐ続いた。歩くにつれ、生垣の間から広い庭が次々と見え隠れする。手入れが行き届いているとみえ、どの庭もあまり雑草も落葉もなく、代わりにやわらかそうな緑色の杉苔《すぎごけ》が庭一面を覆《おお》い、絨毯《じゅうたん》が敷き詰められたようであった。そしてその苔の絨毯のあちこちにさまざまな木——白樺《しらかば》や樫《かし》や紅葉がてんでに影を落とし、その木立ちの向こうに、思い思いの形をした建物がひっそりと建っていた。雑木林の中に小振りの山荘がでたらめに建つ追分とも、今、祐介のいる、開発された山中に似通った山荘が整然と建ち並ぶ中軽井沢とも、どこかちがっていた。平凡な二階家もつましい平屋もあったが、不思議と眼につくのは大きな新築の山荘であった。それでいて両側に高くそびえるモミの木がこの並木道ができてからの年月を感じさせるせいだろうか、あるいは生垣の間から見え隠れする苔庭が数代にわたる人の丹精を感じさせるせいだろうか、それともたんに祐介の頭にある軽井沢をめぐる断片的な知識のせいであろうか、長い時の流れにゆっくりと熟していった贅沢《ぜいたく》があたりの空気に濃密に漂うようであった。

冨美子は急ぎ足で歩くだけで精一杯だと見え、ほとんど何も言わない。祐介は左右の景色を横目に、この先どうなるのだろうと思いながら足を前に進めている。たまにパラパラと通り雨が通ると、細かい水滴が太陽の光を反射して宝石が細かく砕け散ったように照り輝き、かえってあたりの明るさを増した。大通りを逸《そ》れてから時間的にも距離的にも大して離れていないのに、ずいぶんと離れたような気がした。もう一つ角を左に曲がると、同じようなモミの木の並木道が続き、それをしばらく行ったところで冨美子がようやく立ち止まった。


浅間石を四角に積んだ対の門柱の前に来ていた。

どっしりとした門柱であった。「重光《しげみつ》」という表札が右の門柱に埋めこまれ、「三枝《さえぐさ》」と「宇多川《うたがわ》」という表札が左の門柱にかかっている。どの表札もすでにうっすらとひび割れているうえに、浅間石を積んだ門柱自体も時に浸食され、内側から崩れ始めた荒廃した印象があった。てっぺんの角の石はいくつか欠け落ち、欠け落ちたあとに細い雑草が競って伸びている。ごつごつした石の表面には杉苔が黴《かび》のようにびっしりと密生していた。中に広がる庭にはやはり杉苔が一面に生えているが、あまり手を入れていないらしく、全体的に雑然とした、自然の力にまかせたところがあった。木立も鬱蒼《うつそう》としていた。

冨美子は言った。

「ここ」

その鬱蒼とした木立の合間から、古びた西洋館が二軒、門に近いところに一軒、奥まったところに一軒と、並んで建っているのが見える。

祐介は足を止めて二軒の西洋館に見入った。知らない間に息も止めていた。そういえば、これまでの冨美子との道中、いわゆる西洋館らしい西洋館を見かけなかったのにそのとき初めて祐介は気がついた。西洋館らしい西洋館を見かけなかっただけでなく、時代を感じさせる建物さえほとんど見かけなかったのであった。

祐介はすぐには冨美子の後を追わずに両手にいくつものビニール袋をぶら提げたままその場にしばらく佇《たたず》んでいた。

よく似た造りの西洋館であった。屋根裏がついているので一応三階建てだが、大きいとか立派だとかいう印象よりも、古びているという印象の方が先に立った。門から遠い西洋館の方がさらに古びている。門に近い西洋館の方は、増築改築を重ねて今に至ったのが明らかで、紅殻色《べんがらいろ》の屋根瓦《がわら》や木の窓枠や鎧戸《よろいど》も比較的新しく、羽目板に塗られたくすんだ水色のペンキもまだどことなく鮮やかなところを残していた。

祐介の眼は最初から、門から遠い方の、より古びた、瓦も羽目板もすっかり色褪《いろあ》せた西洋館に自然吸い寄せられた。

雲間をめまぐるしく出入りしていた太陽が丁度顔を現したところで、真夏の黄金の光がその西洋館を神々《こうごう》しいような光で包んでいた。新築してまもない山荘が建ち並ぶ中、こんな西洋館の命もそう永らえられるとも思えず、最期《さいご》の時を息づいているように見えるせいであろうか。祐介の眼にその静かな佇まいが、とりわけはかなく、哀《かな》しく、美しく映った。

この二軒並んだ西洋館のどちらかに、あの晩、追分の山荘に電話してきた女がいるのにちがいない。洋画の吹き替えのような気取った声と眼の前の光景とが祐介の心の中で二重写しになった。祐介はより古びた方の西洋館に案内されることを内心期待したが、門を入った冨美子がさっさと近づいたのは、増築改築を重ねた、近い方の西洋館であった。

勝手口らしいものから入り、台所の入口に荷物を置くと、冨美子は、こちらへ、と木の匂《にお》いが鼻を突く幅の広い廊下へと祐介をいざなった。そして突き当たりの重そうな木の扉をノックして開けた。

蝶番《ちょうつがい》が古い洋画の一場面のようにぎいっと鳴った。

外を歩いていた眼がまだ室内の暗さに慣れないままに、夏の光に白いレースが裏から照らされた大きな観音開きの窓が見える。その大きな観音開きの窓を背景に、逆光で撮った写真のように、中の暗さが浮き上がった。天井の高い洋間だった。

ほっそりとした女たちがいっせいに祐介の方を振り向いた。若い女たちではなかった。若い女たちではないどころか、冨美子よりもさらにもう一回り上の女たちで、てんでに白っぽい薄物の服を身に纏《まと》い、逆光を背から浴びて、透き通るような印象があった。その透き通るような印象の老女たちが立ったまま、いっせいに祐介の方を振り向いたのであった。

老女たちの脇《わき》には煤《すす》けた石造りの暖炉が控えていた。その暖炉の上に、陶器の壺《つぼ》、錫《すず》の対の燭台《しょくだい》、金の細工がほどこされた置き時計などと共に、それだけが新しくて目立つ真白い布に包まれた小さな包みが二つ、結び目が兎《うさぎ》の耳のように立ったのが置いてある。暖炉の上の壁に額にはまった大きな楕円形《だえんけい》の鏡が少し下向き加減にとりつけられてあり、鏡の鈍い表面に、その二対の兎の耳が奇妙に白く映えていた。一昨夜の電話で言っていた分骨というのがこれだろうと、祐介はそれを眼にした瞬間に思った。

別荘の勝手口

遠くてよくは見えなかったが、そばには黒い枠に入った写真も添えてあった。

年老いた女たちはその暖炉の上の二つのお骨の包みを前に、何かを話し合っていたらしい。暖炉の下には小振りの旅行鞄《かばん》のようなものが二つ置いてある。三人のうちの二人はここに着いて間もないのかもしれなかった。

厚手の織物が張られた古めかしくて大きい長椅子《ながいす》や肘掛椅子《ひじかけいす》、骨董品《こっとうひん》屋で見るような黄ばんだ絹のシェードを載せた陶器のランプ、もう模様も定かではないトルコ絨《じゅう》毯《たん》、暗い部屋をさらに暗く見せる沈んだ色調の飾り棚、表面が剝《は》げ落ちてまだらになった金の額縁に入った数点の油絵、艶《つや》を失ったアップライト・ピアノ——そんなものが白いレースを通した光を受けて祐介の眼に同時に飛びこんできた。

冨美子が背中から祐介を応接間に押しこむようにして言った。

「加藤さん。この間たろちゃんの所で電話に出たかた」

女たちの間に眼に見えて緊張が流れた。

祐介が純朴な青年というものを絵に描いたように、敷居をまたいだところで言葉を失って突っ立っていると、冨美子が背中越しに言い足した。

「たいへんな荷物になってしまっていたところ、偶然『紀ノ国屋』の前でお目にかかったもんですから、運ぶのをお手伝いいただいたんです」

一瞬沈黙があり、沈黙ゆえに部屋の緊張がいっそう高まったところで、老女のうちの一人が落ち着いた声で言った。

「それはそれは、どうも御苦労さまでございました」

片手で杖《つえ》をついて立っている老女であった。社交慣れした口調がその場のそれぞれの心の動揺を瞬時に鎮《しず》め、再び日常的な時間が流れ出したようであった。もっとも祐介にとっては、経験もしたことがない日常である。

祐介は軽く頭を下げた。

口を利《き》いたばかりの老女が品定めをするように無遠慮に祐介を上から下まで見た。冨美子は、その場に釘付《くぎづ》けになって立っている祐介をさらに部屋の中の方に押しこむようにすると、今、冷たいものをお持ちしますから、と自分は戸口から消えた。

別の老女が口を開いた。

「どうぞお坐《すわ》り遊ばして、この間電話でお話ししたの、わたくしでございましたのよ」

たしかに一昨夜電話で聞いた声であった。その老女は続けた。

「たろちゃんが電話に出ることなんかないのに、男のかたの声だったもんで、わたくし、びっくりしてしまって、たいへん失礼をばいたしました。こちらが上の姉で、こちらが真中の姉」

祐介はもう一度頭を下げた。

お婆《ばあ》さんが三人、とその老女が続けた。

白く透き通るような三人の老女がさざ波が立つように笑うのが見える。緊張と、自分でも訳の判《わか》らない羞恥心《しゅうちしん》でぼうっとした祐介の頭の中に、この女たちが姉妹であることが入っていった。三人は一見しただけでは見分けがつかないほどよく似ていた――少なくともそのときの祐介にはそう思えた。揃《そろ》って色白である。揃って大きな黒目がちの二重瞼《まぶた》と、立派に通った鼻筋と、うすい締まりのいい唇をしている。そして揃って白粉《おしろい》と口紅を濃くぬり、ふつうの日本男児ならたじろがざるをえないような自己主張の強い雰囲気を漂わせていた。このような女人をこんなに近くから、それも三人揃って見るのは初めてで、祐介は若い女を前にしたよりもうわずった。

老女たちは暖炉の前を離れて長椅子やら肘掛椅子やらにてんでに戻って行った。

「お怪我《けが》はもうおよろしいの?」

電話で話したという三女が窓を背にした長椅子の端に腰かけながら訊《き》いた。同時に、どうぞ、と向かい側にある肘掛椅子を片手で差し示している。祐介の怪我については、ことの顚末《てんまつ》を説明するために、冨美子が話したものとみえる。

「はあ」

肘のあたりが擦り切れているのがよけいに有り難そうに見えるその肘掛椅子を見ながら、祐介はどうしたものかと迷った。

「災難でらしたわね」

「はあ」

この三女は髪を黒く染めていれば十分に中年で通る若さで、顔の表情にも身体《からだ》の動きにも老人のようなところはなかった。ただ三人の中でどこか一番中性的で、若いころは美しい少年のように見えたであろう顎《あご》の少し張った凜々《りり》しい顔に、刺々《とげとげ》しいともいえる表情を見せることもある。パンツを穿《は》いて平気で老眼鏡らしいものをかけているのも、この三女だけであった。

すると最初に口をきいた、一番上の姉だと紹介された女が、暖炉を背に控えた肘掛椅子の上から鋭い声を出した。

「アナタ！　いつまでもそんなとこに立ってらっしゃらないで！」

片手で握った杖で床をパンと叩《たた》かんばかりの勢いで、この女は長女だけあって権高い話し方をする。ほかの二人よりどことなく目鼻立ちも立派である。

祐介は怒られたような気がして一瞬憮然《ぶぜん》としたが、女は言葉の調子とは別に、大きな二重瞼を見開いて若い男を揶揄《やゆ》するように見つめており、その眼と眼が合った祐介は、思わず首から上を赧《あか》らめた。祐介はもう数歩部屋の中へと進み、長椅子の向かい側にぎこちなく腰をおろした。それを見て満足そうに頬を緩めた女は、再び大きな二重瞼を見開いた。

「追分の家はお化け屋敷みたいでしたでしょう」

馬鹿《ばか》にした言い方であった。どこかでからかっているような言い方でもある。追分のお化け屋敷をからかっているのか、祐介をからかっているのかは祐介には判らない。

「あそこは、もとはウチのものだったんですのよ」

次女だと紹介された老女が初めて口を利いた。三女の坐った長椅子のもう片一方の端に両足を上げて横坐りになっており、下の絨毯の上に若い女の履くような赤いサンダルが二つ残っていた。

「はあ」

この意外な新事実は祐介を驚かしたが、それが意味をなすには全《すべ》ての状況があまりに漠としていた。憶測通り老女たちと東太郎《あずま》とがどこかで深くかかわっているらしいのが新たに確認されただけであった。

長女が権高な調子のまま畳みこむように尋ねた。

「あの男はどうでした？　妙だったでしょう？」

「はあ」

三対の黒目がちの眼が祐介の表情をじっと見つめた。祐介が返答に困っていると長女は首の向きを変え、長椅子に並んでいる妹たちに向かって言った。

「こんな時にね、よりによってあの男が帰ってくるなんて。わざと帰ってきたんじゃないかと思う」

また馬鹿にした言い方である。怨念《おんねん》がこもっているようにも聞こえる。

「そうよ、こんな時に、よりによって……」

さきほど、あそこは、もとはウチのものだったんですのよ、と言った次女が、長女と同じことを同じ口調でくり返した。長女と同じように大きな二重瞼をしているが、それが長女のようにきつくなく、華やかでも頼りなげでもあり、こころもちふっくらした頬に目立つ片えくぼとともに、老いているにもかかわらず過剰に女らしい印象を与えた。身に纏った白地のドレスも裾《すそ》にケシのような赤い花が散った若い女でも着そうなもので、それに合わせているのか手足の爪《つめ》も赤く塗ってある。だが声は前の老女が二度話したのではないかと思うぐらい似ていた。三人揃って洋画の吹き替えのような気取った話し方であった。

電話で話した三女が眼鏡越しに祐介に向かって言った。

「あのね、あなたがお会いになったあの人ね、あれで、ミリオネアなのよ」

「ミリオネア」という単語がアメリカ人の英語のように聞こえ、祐介は頭の中で「百万長者」と翻訳してから応《こた》えた。

「はあ、お金持なんですか」

「お金持なんてんじゃないの、大金持なんですって」

祐介は満月の光のもとで見た今にも朽ち果てそうな山荘を思い起こした。天井から吊《つ》った暗い電燈も、ガタついた木の家具も、建てつけの悪そうな窓枠も思い起こした。老女たちの言うことをそのまま真に受ける気にはならなかった。

長女が尋問を再開した。長い人生を傍若無人に生きてきたのをことさら誇張するような口調であった。

「歳《とし》をとってました？」

「いいえ」

若いころの東太郎を知らない祐介に訊いても意味のない質問であった。

「白髪は目立ってました？」

「いいえ」

「額は？」

「ハ？」

「後退した？」

「いいえ」

「お腹《なか》は？」

「……」

「出てる？」

「出ていません」

「少しも太ってないの？」

「太っていません」

「じゃあ、相変わらず色男なんだわね。うちのデブンデブンのお婿《むこ》さんたちとは大ちがいだわ」

　自分の言葉に自分で皮肉に笑うと、こんなふうに質問を重ねたのを弁解するようにつけ加えた。

「おフミさんに訊いても、にやにや笑ってるだけで、教えてくれないんですよ。日本にいつ帰ってきているのかだって、こっちから訊かないと教えてくれないんだから」

するとそれまでほとんど口を利かなかった次女が唐突な烈《はげ》しさで言った。

「あの男は気ちがいよ」

そう言ったかと思うと、自分の声に驚いたように眼を瞠《みは》り、次に興奮を抑えるかのように長く静かにため息をついた。それからゆっくりと首を回し、暖炉の上に並んだ小さな二つの白い包みに眼をやった。長女はわずかに表情を硬くしただけで肘掛椅子の中で不動の姿勢を保っていたが、眼鏡をかけた三女は次女の動作につられて首を回した。祐介が入ってきたときと同じ緊張した空気が再び室内を充《み》たした。全員が何か呪文《じゅもん》をかけられでもしたように言葉を失った。高い天井がますます高く感じられ、夏の白い光を外に、室内が一瞬底の方へとぐっと暗く沈んだような印象があった。

そこへ冨美子が小さな銀の丸盆に背の高いグラスを人数分載せて運んできた。紫色の液体の入ったガラスの表面が幽《かす》かに曇り、中に浮いた透明な氷がカチカチとぶつかり合う爽《さわ》やかな夏らしい音がした。

「軽井沢名産ぶどうジュース」

コマーシャルでも言うように冗談めかして言い、まだ冷えていませんけど、とまずは祐介の前に銀の盆を差し出す。それでまた室内の呪文が解けたようであった。

「フミさん、だんだんと晴れてきたようだから、ベランダの方にテーブルセットをしといたわよ」

中性的なところのある三女がそう言うとグラスを片手に立ち上がって、西側にある、隣りの食堂にそのまま入って行った。アーチをくりぬいた漆喰壁で仕切られているだけなので、大きな楕円形の食卓が祐介の坐っているところから見える。多分あれがマホガニーという木だろうと、鈍い艶を放つ、濃い赤茶色の木の表面を見ながら祐介は思った。天井に近いところには正方形の明り窓があり、下はやはりレースがかかった大きな観音開きの窓になっている。くすんだ漆喰壁には応接間のものよりも小振りの油絵がところどころに飾られている。すべてが西洋風であり、かつ、時代がかっていた。


祐介の坐ったところからは見えないが、食堂の北側が直接台所に通じているらしく、開け放した扉を通して三女が冨美子と話している声が聞こえる。祐介の視野に入ってくるのは逆に食堂の前の南の方にせり出したベランダで、白いペンキが塗られたデッキ・テーブルらしいものが見えた。

長女がまたきつい二重瞼を見開いて訊いた。

「あなたの別荘はどちら？」

「いや、僕の別荘ではなく、友達の別荘……友達の両親の別荘です。僕はそこに泊まっているだけなんです」

「はあ、お友達の」

気のせいか少し軽んじた調子が響いたように思える。すると次女が引き取って訊いた。小指を一本だけ反らせ、グラスをゆらゆらと揺すって氷の音をさせている。

「この辺りでらっしゃいますの？」

「いえ、中軽です」

「はあ、中軽」

今度は次女の声に少し軽んじた調子が響いたようであった。昔は「沓掛《くつかけ》」って言ってたもんですよ、「中軽」なんて物欲しげで、みっともない、と改名したのがあたかも祐介のせいでもあるかのように長女が追い打ちをかけた。

次女が手を伸ばしてグラスをコーヒーテーブルの上に置いてから続けた。

「千《せん》ヶ滝《たき》の方ですかしら」

祐介は首を傾げた。

「さあ。『三井の森』とか聞きましたが」

次女が柔らかそうな頰に片えくぼを浮かべて、あでやかな笑みを笑った。

「ああ、それじゃあ新しいところで……じゃあ、別荘もお新しくてらっしゃるでしょうから、それはようございますわ。わたしどものこんな家はもういくら修理しても、住み難《に》くくって」

こういう自慢に対処できるほど世慣れていない祐介は曖昧《あいまい》な声で、はあ、と応えた。

次女は続けた。

「それで、学生さんでらっしゃいますの？」

「いいえ、もう四年前に卒業しました」

「東京の大学かしら？」

「いいえ、京都です」

長女が割りこんで訊いた。

「じゃあ京大？」

京都ならそれしか大学がないような質問のしかたであった。自分が京都大学を出ていなかったらどうするのだろうと内心考えながら祐介は応えた。

「ええ」

すると長女はそのきつい二重瞼をさらにきつく瞠《みは》った。じゃあ京大？　と訊いた割には驚いたらしい。いつのまにか三女が台所から食堂の方に出てきていて、まあまあ、最近そんなまともな大学をお出になった方を回りに見なくなってて、とおかしそうに言いながら、大皿を両手に、アーチをくりぬいた壁から顔を出した。

すると坐《すわ》ったままの二人が唇を端に寄せて苦笑した。

三女は、失礼、とおどけた顔を見せて続けた。

「留守の間ぐらい出来損ないのお孫さんたちのことは忘れてたいわよね」

ベランダに向かう途中らしい。

長女は苦笑を残しながら三女の背中を見送ると、祐介に戻った。

「昔はね……」

そう言うと、苦笑を引っこめて真顔になった。

「昔はね、わたくしどもの回りは、帝大、高商、それに三田とか早稲田《わせだ》とか、誰でも知っているようなとこを出た人ばかりだったんでございますのよ。それが、アナタ、いったい何がどうなったんだか、なにしろ孫の代になったら、そういうマトモなのは、わたくしどもの回りからはすっかり消えてしまって……」

自嘲《じちょう》的な言葉をわざと恬淡《てんたん》と口にしているような印象があった。長女はそのまま祐介に質問を続けた。

「それで、今はどこにお勤めでいらっしゃいますの？」

勤め先の大手出版社の名前を言うと、京大という言葉を出したときと同様の効果があったらしく、長女はまた、へえ、と眼を瞠り、はからずも祐介は、自分がどんどんと人間扱いされていくのを目《ま》の当たりにすることとなった。

長女はもう一度、顔、肩、胸と、坐っている祐介の全身を順繰りにじろじろと観察し、改めて品定めをしたあと、満足した表情で尋ねた。

「このあとご予定はおあり？」

「買物でもしようと思ってたんですが」

「買物なんて、アナタ、そのあとでよろしいじゃございませんの。どうぞ、ぜひ、ブランチをご一緒遊ばして。テーブルセットを一人前増やせばよろしいだけですから」

そう言うと、祐介の返事を待たずに大声を上げた。

「おフミさん、おフミさん」

冨美子がハイハイとエプロンで手を拭《ふ》きながら食堂に出てきて、アーチの下に顔を出す。

「何でございましょう」

「このかた……何ておっしゃったかしら」

「加藤さん」

「そう、加藤さんにもブランチをお出しして」

「ええ、ええ、こちらに用意しているところでございますけど」

「こちらって？」

「わたしどもの方に」

「だめよ、ダメダメ、おフミさん。若い男の子だからって、色気出して独占しようとしちゃあ。このかたはわたくしたちとご一緒に、ぜひベランダの方で」

「はいはい」

冨美子は笑いながらアーチの下から全身を現すと、加藤さん、ぜひご一緒なさいませ、と祐介に言った。本気で勧めている眼つきである。

長女がそんな冨美子の眼を捉《とら》えて訊《き》いた。

「おフミさん、アナタ、今日はわたくしたちと一緒じゃないの？」

「ええ。今日はアミがいますから」

「アミちゃんも一緒でいいじゃない」

「いいんですよ、あの子は皆さんとだけだと緊張しますから。今年はお若いかたたちが、いらっしゃらないでしょう」

「緊張すんの？」

「ええ」

長女は肩をすくめた。

「オニババ連と一緒になるのがイヤなんだ。とって喰うわけじゃないのに」

冨美子はにやにや笑っただけで長女の台詞《せりふ》には応えず、そのまま姿を翻《ひるがえ》して台所に戻ろうとした。そして、ふと窓の外に眼をやると、その場に足を止めた。

「あ、『クロネコヤマト』が来ましたわ。あれ、多分ここの荷物だと思いますわ」

冨美子の眼を追うと、緑色とベージュの二色に塗られたトラックがこちらに向かうのが、生垣の間を縫って、彼方《かなた》に見える。

長女が杖《つえ》の柄の部分を片手で握りしめ、肘掛椅子《ひじかけいす》の上から慌《あわ》てた声を出した。

「たばこ、たばこ」

「あ、どうしましょう」

次女が若い女のように長椅子の上で身をよじった。

「今年こそは覚えてるつもりだったのに、ごたごたしてて、また忘れたわ」

「おフミさんお菓子かなんかある？　それともポチ袋に五百円玉を入れて渡す？」

「そんなこと、もうよろしいんですよ」

トラックを眼で追っていた冨美子は、老女たちの動揺を鎮《しず》めるために大声を出しながら台所の方に戻って行った。

「土地の人じゃないかもしれないし、今どきの人は煙草《たばこ》なんか吸うかどうかもわからないし、それにもう誰もそんなこと期待してませんもの」

冨美子が勝手口に出て指示を与えたらしく、やがて帽子を被《かぶ》った男が手押し車を押して前に回ってくると、ベランダの上に段ボールの箱を並べ始めた。祐介は男を手伝って食堂の入り口までその段ボール箱を運んだ。長女がいつのまにか祐介の隣りに立って杖をついてそれを見ていた。

「ありがとう。ねえ、ぜひブランチをご一緒なさって下さいませな」

言葉は丁寧だが、眼は祐介の顔を堂々と見ている。すらりとしているとはいっても老女のことで背は大分祐介よりも低いのに、なんだか見下ろされているような気がした。

「はあ」

「それに、この荷物を開けるのを手伝っていただければ、ほんとうに助かりますし」

カッターを使って段ボールの箱を開け、その段ボールを通り道の邪魔にならないよう食堂の壁に寄せるのに、全部で五分とかからなかった。老女たちの口々の感謝の意を耳に三女の後をついて台所に手を洗いに入るころには、祐介がブランチなるものに残るのはもう当然のこととされているようであった。

応接間に戻ってくると、長女はすでに元の肘掛椅子に身を納めていた。次女はといえば、さきほどの暖炉の上の鏡の前で仰向き加減になり、髪の乱れを両手の指先で直しながら、鼻の尖《とが》り具合でも確かめているかのように右を向いたり左を向いたりしている。祐介もすぐには肘掛椅子に戻らずに、その姿から少し離れたところに立つと、暖炉の上にあるカラー写真を眺めた。

端正な顔をした男の遺影である。三人の老女のうちの誰かの息子ではないかと一瞬考えたが、その表情にある何かがまったくこの三姉妹とは異質であった。それに、もし誰かの息子であったら、三人のうちの一人は深い悲しみに閉ざされている筈《はず》であった。だが三人には近しい人間の死が周囲に強要する緊張が感じられるだけであった。その人間の死を悼《いた》むのにどこかで抵抗を覚えているような印象さえあった。

見れば暖炉のわきの壁には幾枚もの白黒写真が一枚づつ銀枠に入って飾られ、昔の映画に出てくるような若い綺麗《きれい》な女の人たちが入れ替わり立ち替わり、山でハイキングをしたり、庭の木陰で談笑したり、家の中で踊ったりしている。英語の看板が目立つ本通りを白いパラソルを差して通る姿もある。落葉松《からまつ》の並木道を背景に馬に乗った姿もある。そしてそれらの写真の中にその端正な顔をした男の若い姿がくり返し混じっていた。バイオリンやチェロを弾く西洋人の男たちと共に、祐介には何だかよく判らない、西洋の楽器を吹いている横顔もあった。白い歯を見せて笑っているときでもどこかに憂《うれ》いが窺《うかが》え、その憂いがただでさえ端正な男の顔を寒いほど美しく見せていた。

この男が死んだのかと納得したそのとたんに、ふいにその壁に飾られた写真はすべてセピア色に変色した、半世紀以上は前の写真であること——それなのに遺影にある男はそのセピア色に写っている姿からそれほどは年をとっていないことに思い当たった。祐介はねじ曲げられた「時」を鼻先に突きつけられたような妙な感覚にとらわれつつ、その幾枚もある古い写真にもう一度眼をめぐらせた。

長女の声が鳴り響いた。

「わたくしたちの若かりしころ。なかなか綺麗だったでしょう」

肘掛椅子から首を突き出して、壁の写真を眺めていた祐介を振り返って観察していたらしい。

「ええ」

祐介は微かに頬を緩めて応えた。ここで一言お世辞を言わなくてはならないのは判っているのだが、慣れないので、言うべきせりふが口をついて出てこなかった。

「ナツエちゃん、悪いけど何か音楽かけて」

長女はそれ以上お世辞を強要せず、妹に向かった。

「どんなものがおよろしゅうございますかしら？」

ナツエとよばれた次女はハンドバッグから取り出したらしいコンパクトを閉じると暖炉の上の鏡から眼を離し、祐介の方に顔を向けた。祐介は電話の女がフユエという名であったのを思い出して何となくおかしかった。

「僕は何でも」

「そお」

カラスは御免よぉ、と長女が肘掛椅子から声を上げた。

「食事どきにカラスなんか聴いたら、消化が悪くなるから」

「じゃあ、ハルエちゃん、モーツアルトにしましょうか、去年も着いた日はたしかモーツアルトをかけたはずよ」

ナツエはそう言うと、緩慢な歩き方で応接間の隅に向かった。

一人だけ名前のわからなかった長女がハルエであることが判り、祐介は、おかしさを怺《こら》えながらハルエ、ナツエ、フユエ、と頭の中で順番にくり返した。そのときは春江、夏江、冬江、あるいは春枝、夏枝、冬枝だろうと思っていたが、のちに冨美子から聞けば、春絵、夏絵、冬絵と書くそうであった。

三人をいっぺんに同時に見たときの最初の印象は消え、今は老女たちははっきりと別々の人間に見えてきていた。

祐介は元の椅子に戻って腰をかけた。

本棚に並んだレコードの列から一枚手に取った次女の夏絵は、これでいいかしら、ピアノ・コンチェルトの十四番ですって、とレコードをもった手を伸ばし、顎《あご》を引いて、ジャケットを読んでいる。長女の春絵が肘掛椅子から再び首を突き出して訊いた。

「十四番なんて知らないわ。誰が弾いてるの？」

「ゼルキン」

「ルドルフ・ゼルキン？」

「うん、そう」

「いいじゃない、それで」

「でもひょっとしたらこれ冬絵ちゃんがもってきたＣＤの中にもあるかもしれないわ」

「レコードでいいわよ。あたし、レコードの音の方が好きだわ」

セロファン紙からレコードを取り出した夏絵は、すっごいほこり、と顔をしかめると、本棚のどこからかフェルトのクリーナーを取り出し、レコードのほこりを拭き始めた。赤く塗った爪《つめ》が白い指に目立った。CDしかもっていない祐介にとってもう何年来見たことがない動作であった。

「そういえば、あの息子の方はどうなったのかしら。ペーター・ゼルキン。ペーター・ゼルキンも活躍してるのかしら？　ご存じでらっしゃいます？」

長女の春絵の最後の質問は祐介に向けて言われたものであった。するとベランダに出ていた三女の冬絵が大声を出した。

「あれはペーターじゃなくって、ピーターだって言ってるじゃない。アメリカ人なんだから」

質問の答えにはなっていなかったが誰もそれ以上は突き進まず、祐介はほっとした。やがてオーケストラの音にピアノの音が重なるのが聴こえてきた。祐介はそのピアノの音を聴くともなく聴きながら、自分がこのような古びた西洋館で、このような老女たちとこうしてこれから昼餐《ちゅうさん》を共にしようとしている事実に、何とも不思議な思いを抱いていた。今までの人生で想像だにしたことがない物事の成り行きで、それを外から見て眼を丸くしているのがほんとうの自分で、こうして肘掛椅子に坐っている自分は自分の形をした別人のような気がする。

音楽が鳴り始めたせいか沈黙があった。何だかずいぶんと贅沢《ぜいたく》な沈黙であった。時代がかった沈黙でもあった。ピアノの音が流れ、白いレースのカーテンを通して天井の高い部屋に夏の光と夏の風とが入ってくる。長女の春絵は肘掛の上に置いた手でピアノの音に合わせて拍子をとっていた。戻ってきた次女の夏絵はまた長椅子の上に横坐りになり、眼を半分瞑《つむ》っている。

祐介はこの経験したこともない沈黙の中でしばらく呼吸を整えると、勇気を振るい、先ほどからずっと問いたかった問いを口に乗せた。

「東さんていうかたはご親戚《しんせき》ですか？」

自分の声が自分の耳にも唐突に響いた。

「アズマさん？」

長女の春絵は拍子をとっていた手をとめると、誰のことだろうと言わんばかりに眉《まゆ》根《ね》を寄せた。すると次女の夏絵が半分瞑っていた眼を見開いて言った。

「タローのことよ」

おやおや、タローのこと？　名字なんかで言われるとわからなくなっちまうじゃない、と春絵は冷笑すると、祐介に向かって吐き出すように言った。

「あんなん親戚じゃあございませんよ。あれはね、この妹の主人の家のね、車夫だった人の甥《おい》。車夫っておわかりになる？」

するとその妹自身である夏絵が長女の春絵の言ったことを訂正した。

「ちがうわよ。車夫だった人の甥の子供よ」

「二人ともちがうわよ。車夫だった人の甥の甥じゃない」

またベランダに行こうとしていたらしい三女の冬絵がアーチの下から首を出すと、サラダボールらしいものを両手に、さらに訂正した。老女が三人で笑った。

「ああ、頭が変になるわ。そうだったわね。車夫だった人の甥の甥」

春絵が白髪の頭を大げさに両手で抱え、それを横目で見た冬絵は、どうしようもないといった風に首を振り振りベランダに消えた。

白髪から手を離した春絵は顔をあげると、祐介に言った。

「わたくしはしばらくニューヨークにおりましたんでございますけどね、主人の仕事で。昔のことですよ。猫も杓子《しゃくし》も外国に出るようになる前のこと」

「はあ」

「そうしましたらね、わたくしどもの一家が日本に戻ってくる前にね、ちょうど入れ替わりのようにして、今度はタローがニューヨークに行きましたの」

「はあ」

春絵はそこで薄笑いを浮かべた。

「それがね、アナタ、アメリカ人のお宅のお抱え運転手になるっていうんで行ったんですのよ」

「はあ」

「車夫の子孫がお抱え運転手になるってんだから、笑ってしまいますでしょう。わたくし、それを聞いたとき、やっぱり車夫の血ってものがあるんだって思ったわ」

春絵ちゃん！　と夏絵が長椅子の上でおかしそうに身をよじらせた。

祐介は訊《き》いた。

「ほんとうに大金持なんですか？」

「最初はもちろん文無しでしたよ。ところがあれよあれよという間に大出世したんですの。どうせあこぎな儲《もう》けかたをしたに決まってますけどね」

祐介は懐疑的な顔をしていたらしい。大金持にはとても見えませんでしょう、と春絵が顎を斜めに引き、黒眼を光らせて、嬉《うれ》しそうにその顔を見た。

「ええ」

祐介はそう応《こた》えた。それからつけ加えた。

「あの追分の別荘もかなり質素な感じでしたし」

春絵は顎を引いたまますぐ下の妹の夏絵とその黒眼を合わせて妙な笑い方をしただ

けであった。

「それになんだか日本人に見えませんね」

祐介はあの男の茶色く光る精悍《せいかん》な顔を思い出しながら言った。

「ああ、やっぱり！　やっぱり、そうお思いになる？」

春絵は何か勝利したように小さく叫ぶと、ねえ、冬絵ちゃん、と少し声を上げたが、祐介の名前が思い出せないらしく、このかた……失礼、年をとるって厭《いや》ねえ、また忘れてしまって、と祐介を振り返った。

「加藤です」

「そう、そう、ご免遊ばしませね、加藤さん。ねえ、冬絵ちゃん、加藤さんも日本人に見えないっておっしゃってるわよ、タローが」

ベランダに消えてしまった末の妹の冬絵に向かって声を張り上げているが、冬絵はどこか遠くに行ってしまったらしく、返事がない。春絵は仕方なしに長椅子の上にいるすぐ下の妹の夏絵に向かって同じことをくり返した。

「夏絵ちゃん、やっぱりタローは日本人に見えないのよ」

すると横坐りしていた夏絵が身を乗り出し、少し声をひそめて祐介に言った。冨美子に遠慮しているのかもしれなかった。

「こんなことあんまり申し上げるようなことじゃございませんけどね、タローはね、日本人じゃあないんですのよ」

「はあ？」

「あの、父親がね、日本人じゃあないんですの」

「ハーフなんですか？」

「ハーフ？　ハーフ？」

夏絵は我耳を疑うようにくり返すと、吹き出した。

「まさか、アナタ、ハーフなんて、そんな上等なもんじゃあございませんわよ。引揚者でね、父親が、中国の、あのなんですか、生蕃みたいなものらしいんですのよ」

「セイバン？」

祐介が思わず訊き返すと春絵が代わりに応えた。

「ほら、高砂族《たかさご》みたいな人たち。お若いかたは生蕃なんてご存じでらっしゃらないでしょうけど」

「もう二人ともメチャクチャよお。そんな説明じゃ、ますます訳がわからなくなっちゃうじゃない」

冬絵がベランダから戻ってくると、アーチから呆《あき》れた顔を出して、二人の姉を叱《しか》るように言った。

「高砂族は台湾でしょう」

庭で野花を摘んでいたのか、うす紫色をした野菊の束を片手にもっている。もう片方の手には花切り鋏《ばさみ》があった。冬絵は祐介に向かって言った。

「あのね、たんなる噂《うわさ》ですけどね、東さんの父親が中国大陸の少数民族じゃないかって、そんな噂が、大昔からございますすんですのよ」

「はあ……」

祐介は自分に納得させるためにつけ加えた。

「なるほど」

そのとたんに、ゴーン、ゴーン、ゴーンと銅鑼《どら》のような妙な音がして祐介は思わずびくりとした。ベランダの軒下に事実ゴングが吊《つる》してあり、そのゴングを富美子が鳴らしたのだということはあとになってわかった。祐介は驚かされたが、眼の前の老女たちはゴングの音を待っていたものと見え、ああ、お腹《なか》が空いた、余ハ腹ペコジャ、などと口々に言いながら立ち上がった。

突然陽のあたるベランダに出た祐介の頭の中に、「車夫」「引揚者」「生蕃」などという日本の過去の亡霊のような言葉——祐介が勤める出版社の校閲係から文句の出そうな言葉がぐるぐるとめぐる。同時に東太郎の肉の引き締まった顔も浮かぶ。それらの断片的な言葉の向こうに何かが朧気《おぼろげ》に姿を現わそうとするのが感じられ、このまま一人胸のうちで老女たちの言葉の糸を手繰り、その影を追っていたかった。だが三姉妹はそんな祐介の思惑には無頓着に、紅茶を注いだり、パンの籠《かご》を回したり、サラダを分けたりしながら、折り折り祐介を引きこんでのおしゃべりをやめない。祐介はしばらくするうちに「車夫」「引揚者」「生蕃」などという言葉の向こうにあるものを詮索《せんさく》するのを諦《あきら》め、短く相槌《あいづち》を打ちながら三姉妹を観察していた。

この三姉妹が祐介の祖母たちと同じ時代を生きてきた人間だとはとても思えなかった。自分の祖母たちの方が万事旧式であるという以前に、自分の祖母たちがこの三姉妹と同じ日本の空気を吸ってきたとはとても思えなかったのである。今、祐介の祖母たちも結婚式や葬式などの特別の場合を除けば洋服を着ているが、その洋服は三姉妹の着ている洋服とは同じものではなかった。母方の祖母はやはりパン食を朝食としているが、その朝食はこの三姉妹の朝食とは同じものではなかった。たとえ祐介の祖母たちがこの三姉妹と物理的に同じものを着て同じものを食べたとしても、そこに至るまでの歴史があまりにちがい、同じものが同じものにならなかった。

テーブルの中心に置かれた青い切子《きりこ》硝子《ガラス》の花瓶には、さきほど冬絵が摘んできたうす紫の野菊が投げこまれている。追分の山荘で見たのと同じようなパンやハムやサラダが並んでいるが、もっと上等そうに見えるのは華奢《きやしや》な凝った道具立てのせいであろう。紅茶ポットと揃《そろ》いの紅茶茶碗《ぢやわん》も祐介の手の中で壊れそうに薄いものであった。砂糖入れに入った銀のスプーンも柄が折れそうに細い。縁にレースの刺繡《ししゆう》が施された糊《のり》の利《き》いた麻のナプキンは、一応膝《ひざ》の上に広げてはみたが、汚しては悪いような勿体《もつたい》ないような気がして実際に使う気にはならなかった。

軽井沢銀座からそう離れていないのに、まるで山をいくつも越したように静かである。まだたまにパラパラと通り雨が降り注ぎ、あたりの空気を透明な光で満たした。ベランダの上に細い枝を広げる紅葉もその透明な光を受けて煌《きら》めいた。

長女の春絵が祐介に「ルバーブのジャム」というものを勧めながら訊いた。

「そのお友達の山荘にはよくいらっしゃいますの？」

「いいえ。初めてです」

「じゃあ、軽井沢もお初めて？」

「ええ」

「そう……どう？　お気に召しまして？」

時候の挨拶《あいさつ》のような無内容な質問なのに、癖になっているらしい威張った口の利き方で、また尋問されているような気がする。

「はあ……」

三人が揃って薄い紅茶茶碗を片手に自分の顔を見ている。祐介は、珍しい茶色をしたジャムを自分のパンの上に載せながら、仕方なしに応えた。

「涼しいし、緑が多いし。いいですね」

「ハハ」

春絵が笑った。

「こんな風に訊かれたら、そうとしか、おっしゃりようもございませんわよねえ」

そう言ってから少し真面目《まじめ》な調子で言った。

「軽井沢もすっかり変わってしまいましてね」

「はあ」

「意味もなくどんどんと便利になってしまって」

「はあ」

「どんどんと別荘地が広がってしまって、敷地に金網をめぐらすような人種まで入ってくるようになってしまって、もうどうしようもなく品がなくなって……昔は、こんなじゃありませんでしたのよ」

「はあ」

いかにも間の抜けた応答を続けていると思ったが、この老女が祐介のような若造からそれ以上のものを期待しているとも思えなかった。

春絵のあとに次女の夏絵が言った。

「今じゃあ追分の先までがナントカ軽井沢って名前がついてるんですって、ご存じでらっしゃいます？　追分の先までですのよ」

まるで追分がこの世の果てでもあるような口調である。祐介は、さあ、と言って首を傾《かし》げた。

夏絵が続けた。

「しかもこの辺りは観光客でいっぱいでございましょう」

「はあ」

自分自身が観光客とどうちがうのかよく判《わか》らないまま祐介は応えた。

「本通りをお通りになりまして？」

「ええ」

「ずいぶんな混みようじゃございませんでした？」

「ええ、すごく混んでましたね」

もう、ウジャウジャ、と春絵が気味悪そうに言う。夏絵はふっくらとした頬を心もち傾けて続けた。

「ことにこの一週間はね、もうふつうに歩けませんもの。こんなとこ何にも見るもんなんてございませんのに」

するとニ女の冬絵が割って入った。

「みんな最近は、観光っていうより、買物に来るのよ。車で買物に来て、そのまま日帰りすんのよ」

「そうですよ。だから群馬ナンバーなんかがやたらに多い。なんとかダッぺだかダべだかの人たち」

長女の春絵が決めつけるように口を挟むと冬絵が微《かす》かに笑いながら反論した。

「春絵ちゃん、まさか。今の人はみんな標準語を話すわよ」

「まあ、そう。若い人たちはね」

「お若いかたたちはずいぶんとちがってきましたわよ。みなさん、お綺麗《きれい》になられたし」

「でも、悪いけど、年寄りと一緒だったらおしまいね。ご本人がいくら気取ってたって、年寄りの方はまぎれもなくなんとかダッペだかダべだかの顔してるんですもん」

春絵がまた決めつけるように言った。すると妹たちも口々に賛同した。

「そりゃそう、顔がそういう顔してる」

「あれ、不思議だわね」

「でしょう。いかにも肥桶《こえおけ》かついでたって顔。ドン百姓でございますって顔」

「ああいう顔、ホントにヤね」

「最近の日本の政治家と同じ顔」

三人の老女たちはともすると祐介という客の存在を忘れたように自分たちだけで話していた。しかもふつうなら気心の知れた人の前でしか話さない傍若無人なことを口にしていた。あたかも祐介がそこにいないかのようであった。それでいて祐介は、この三人が、自分という観客を前提としてこのように話しているであろうことを感じていた。自分という観客を前に、当人たちの間ではすでに陳腐になった会話に新たに興を覚えて、こうして話しているのにちがいない。だが判らないのは、いったい祐介のことを何だと思っているかである。いい大学を出、大手出版社に勤めていると聞いて、彼女たちと同じ側に身を置く人間だと思っているのであろうか。それとも反対側に身を置く人間だとしても構わないと思っているのであろうか。

あれこれと一人で自問する祐介の心にふいに舞い戻ってきた一つの場面があった。両親が別れる寸前だから小学校三年ぐらいのことで、父方の須佐《すさ》の祖父母と一緒に東京に出てきたときの記憶であった。祖母と出かけて親戚《しんせき》の家に戻る途中、比較的空《す》いた郊外電車の中で祖母は祐介から少し離れた斜め向かいに坐《すわ》っていた。祐介の隣りの席が空き、おばあちゃん、おばあちゃん、と両手を喇叭《ラッパ》にして呼んで自分の隣りを指すと、祖母は、ワカッチョルケン、と大声で応え、野良《のら》仕事をしてきた人間特有のふくれあがった指で膝の上の荷物をまとめて立ち上がった。回りの人がそんな祖母をおもしろそうに見ているのが祐介の眼に入り、その瞬間祐介はいつもは好きな祖母に言いしれぬ恥ずかしさを覚えた。

あまりに昔の記憶である。今はもう突然蘇《よみがえ》っても、もう何の痛みも伴わなかった。懐《なつ》かしいぐらいであった。

あの祖母をこの三姉妹に見せたらどんな顔をするだろうと思う。三姉妹は昔の人間にしては早口であった。そして祐介に向かうときは、面倒な敬語を呆れるほど器用に操ったり、わざと乱暴なものの言い方をしたりした。新幹線が通って風情《ふぜい》のある昔の駅が消えてしまうという話、新しい駅の南側には何でも大きなアウトレット・ストアができるそうで、ますます買物客が増えるであろうという話、

「紀ノ国屋」が地元資本の大型スーパーに追いやられてじきに撤退するらしいという話――要するにどんどんと世の中が悪くなって行っているという話である。祐介は老女たちの言い草をそれなりにおもしろく聞きながら、はあ、とか、なるほど、とか短く合いの手を入れていた。

賑《にぎ》やかな話し声でスリッパの音が聞こえなかったらしく、敷居に突然、空から降ってきたように若い娘の姿が現れた。祐介は思わず息を呑《の》んだ。老女たちも驚かされたようにおしゃべりを止《や》めた。

「遅くなりました」

娘は頭をひょこと下げた。現在が過去の時間を圧してその姿を現わしたという印象があった。ひょろひょろと手足が長く伸びた娘で、パンツ姿に胸から紺色のエプロンをかけ、両手に軍手をはめている。まっすぐの黒髪は肩までで揃えて切ってあった。祐介はその瞬間、この娘が「アミちゃん」であり、この山荘のどこかで掃除か何かをしていたこと、冨美子の鳴らしたゴングがこの娘を呼んだものであったことを理解した。

長女の春絵は手にもったナイフとフォークを皿の縁の左右に置くと、祐介を見る眼付きとはちがう表情のない眼付きで娘を見た。

「ちゃんとクローゼットの中も掃除機かけて下さったかしら？」

「ええ」

「三部屋とも？」

「ええ」

娘は祐介の方にチラと眼をやってから続けた。誰だろうと思っているらしい。

「一応屋根裏も見て回ったんですけど、そうしたら西の寝室の天井に大きな染《し》みがありました。あそこも雨漏りしてんのかもしれません。床とかも少し黒ずんでいました」

まあ、と春絵は眉《まゆ》をひそめた。

「西っていうと、どっちだったかしら」

冬絵がすぐに応《こた》えた。

「女中部屋として残しておいた方よ」

「ああそう。あっちはおフミさんが昔使っていた部屋だわ。おフミさんに言って、ボールか何かを出してもらって、それを一応下に置いておいてちょうだい」

そう言ってから、一度言葉を区切って独り言のようにつけ加えた。

「今年はもう人を呼んで直しても無駄ですからね。多分最後になるかもしれないんだから」

　祐介が春絵の言葉の意味を把握しようとしている間に娘はもう一度ひょこと頭を下げて消えた。冨美子と一緒に台所で食べるものとみえる。三姉妹は娘の背中が消えるのを見送ってからめいめいの皿に戻った。

「感心なお嬢さんでしょう」

　春絵が祐介の眼を捉《とら》えて言った。感心なお嬢さんでしょう、と言ったわりには感心している声には聞こえなかった。

　祐介は曖昧《あいまい》な顔でうなずいただけに留めた。

「一応おフミさんの孫にあたるお嬢さん」

　こんな赤ちゃんのころから知ってるの、と冬絵が両手を広げて赤ん坊の大きさを示してから続けた。

「血のつながりはないんだけど、フミさんが可愛《かわい》がって育てたお嬢さんなの」

「小さいころから絵が素晴らしくお上手でらしてね」

「そう、最近はデ・キリコみたいな妙ちくりんな絵をお描きになるんだけど、あれがまたいいんでしょうねえ」

「まだ学生さん」

「早稲田《わせだ》の理工学部か何か。でもほんとうは環境ナントカっていうのを勉強したいんですって」

「お出来になるのよ」

「卒業したら大学院に上がりたいのよね」

「あら、そうだった？　あたくし留学したいのかと思ってた」

「両方したいんじゃない」

「あらそう」

わずかに沈黙があったあと春絵がいかにも感慨深そうに言った。

「たしかに今の人たちは、あんな子でも、綺麗になったわねえ」

「そう。みなさん同《お》んなじようなお顔でいらっしゃるけど、ほんとうにお綺麗になられましたわよ」

「背も高いし」

「そうそう」

「昔はこの辺りの人なんて、いかにもムラビトっていう感じだったのに……」

「そうよ。あたくし、自分とはまったく関係ない人たちだとしか思えなかったわ」

「そう。堀辰雄《たつお》の『美しい村』にも出てくるじゃない」

「あら、何が？」

「都会からの主人公が村の子供たちに小銭を与えるとこ」

「そんなとこあったかしら？」

「そうよ。あたくし、あれをムカーシムカシに読んだときは、なんとも思わなかったのに、十年ぐらい前に読み返したとき、驚いちまったわ。何かのお駄賃じゃないのよ。たんにパラパラって村の子供たちに小銭を与えるの」

「インドか何かみたいじゃない」

「まさにそう」

「隔世の感があるわね」

「そう。それが今は大学院だ留学だっていうんだから、恐れ入るでしょう」

「なにしろベンツもってたりする」

「『美しい村』をお読みになりまして？」

また自分たちだけで話し始めていたことにふいに気づいたように、次女の夏絵が祐介を見て訊《き》いた。

「いいえ」

「そう。お若いかたは、もうああいうものはお読みにならないんでしょうねえ」

妹の夏絵の気づかいに同調する気はないらしく、長女の春絵は元の自分たちの話題に留まって言った。

「その点、おフミさんなんか最初からずいぶんと垢抜《あかぬ》けていましたよ。スタイルもよかったし」

三女の冬絵がそれに応えた。

「だってあの人進駐軍にいたし、それにあのころはもう戦後ですもの。あのころになると、もう、色んなことが少しづつちがってきてたのよ」

「訛《なま》りもなかったしね」

「それが、少しはあったの。あの人、訛りが消えるまで、あんまりしゃべらなかったの」

次女の夏絵が訂正した。

祐介の頭に「最初からずいぶんと垢抜けていた」という冨美子の若い姿が朧気《おぼろげ》に浮かぶ。白い衿元《えりもと》のつまったブラウスに紺の無地のスカートなどを着ている。進駐軍に勤めたあと、この三姉妹の家、あるいはこの三姉妹のうちの一人の家に女中に入ったというところまではすでに想像がついていた。

いつのまにか立ってレコードを裏返して戻ってきた冬絵が、二人の姉の顔を見比べるようにして言った。

「ねえ、ねえ、あの人、おぼえてる？　あたしたちが小さいころうちにいた人で、あんまり訛りがすごいんで恥ずかしがって口を利《き》かなかった人」

「ああ、あたくし、よくおぼえてるわ、あの人はねえ、訛りもすごかったけれど、顔もすごかったのよ」

「顔だけじゃありませんよ。スタイルもすごかったんですよ。背がやたらに低くって、足なんかわたしたちの腕ぐらいの長さしかなくって」

「そう。それがあのバーバのお供して買物に行くでしょう、あまりキテレツな組み合わせなもんだから、二人が一緒に歩くのが成城学園の名物だったのよ……なんて名だったかしら」

「シゲ。バーバがシゲや、って呼んでたじゃない」

「そうでしたね。どこの人だったかしら」

「佐渡の人じゃない？」

「ちがいますよ。佐渡からの人はチヨですよ。お蕎麦《そば》にお砂糖をかけて食べたっていう、お砂糖が珍しくって」

「そうだったかしら」

「そういえば、そう。チヨは裸で寝るっていうんで、ほかの女中たちがびっくりしてバーバに報告しにきた人よ。佐渡では寒いんで兄弟みんなが一つの蒲団《ふとん》に裸で寝て暖をとるって、あたくしたちそのとき初めて知ったのよ。でもあのチヨは可愛い顔してたわよ、こけしみたいな」

「うちからお嫁入りしたときのこと、よく覚えてますよ」

「それならシゲは群馬の人かしら」

「いや、うちは群馬の人はいたことはありませんよ。バーバのツテで、大体が新潟からの人でしたよ」

「じゃあ、どこからだったのかしら」

「埼玉」

「ううん、埼玉でもない。埼玉はヒサさん。ヒサさんはもっとあとの人で、ほら、戦後に眼を二重に手術して挨拶《あいさつ》に来た人よ。ハイヒールかなんか履いて俄然《がぜん》ハイカラになっちゃって、みんなで、ヒェーって恐れ入った人」

「ああ、ああ、そうそう」

「そう、あれにはブックラコイタわ」

老女たちは三人一緒にどよめくように笑った。

老女はそれからもしばらくシゲという名の女中の出身地を思い出そうとして姦《かしま》しく話していたが、長女の春絵がふと祐介の存在に気がついたように尋ねた。

「東京のかた？」

「いいえ」

「京都のかた？」

「いいえ」

姉妹ははたと困ったような顔を見せた。黙っているのも悪趣味に思えたので祐介は自分から言った。

「松江です」

「松江……ああ、お茶のお盛んなところで、あそこは土地柄のおよろしいところでございますわよねえ」

次女の夏絵がとってつけたように言うと、残りの二人の老女が笑い出した。そして笑い終わったとたん、長女の春絵が突然、眼に見えない敵にでも挑戦するような口調で言った。

「いいじゃない。ＮＨＫでインタヴューされてるわけじゃあないんだから、ウチにいた女中さんたちの話ぐらいしたって。なにしろもうじき死ぬんですもん、死ぬ前に家族の前でぐらい好きなことを言って死にたいわ。もう遠慮しいしい生きるのうんざりだわ」

遠慮しいしいなんて生きたことないくせに、と冬絵が言った。

「まあ、おっしゃいますわねえ」

それから春絵は祐介に向かった。

「なにしろ、世の中、すっかり変わってしまいましたわね。女中のなり手がなくなっただけじゃなくって、今ではもう新聞やなんかで『女中』っていう言葉も使っちゃいけないんですってね？」

馬鹿《ばか》にしきった眼が祐介を射る。

「ご存じでいらっしゃいました？　わたくし、そんなのって、信じられない……」

祐介が応える前に冬絵が割って入った。

「そうよ。なにしろ昨今ではもう昔のことを話していたって、『女中』なんて言葉は使えないんですもの。『お手伝いさん』て言うんですもん」

「あの人たちはいかなる意味においても『女中』だったのであって、『お手伝いさん』などではありませんでしたよ」

春絵はぴしゃりと言うと、皆を睥睨《へいげい》するように見回した。

「民主主義は大変結構よ。わたくしはそんなものには反対しませんよ。でもね、『女中』っていう言葉をね、昔のことを話してたって使えないって、それはいったいどういうことなんですか？」

ただでさえきつい眼が光を増した。

「昔はああいう人たちはどのお宅にもいたのに、『女中』って言葉を使えなかったら、ああいう人たちのことをどうやって話すの？　あんな人たちはいなかったってことにしたいの？」

日本ていう国はね、そういうことにしたいのよ、言葉を使わなかったら事実が消えると思ってるの、そして女中がいたなんて事実は消えた方がいいと思ってるの、と冬絵が応えた。

「バカバカしい」

春絵が吐き捨てるように返すと、納まらない気持を剝《む》き出しにした声で続けた。

「だって、年端《としは》もいかない娘さんたちが、みんなああして真面目《まじめ》に働いていたっていうのに、ああいう娘さんたちが、みんな、いなかったってことにしたいんですか？」

少し沈黙があったあと冬絵が口を開いた。

「でもねえ、春絵ちゃん」

その声は子供を諭すように静かであった。また自分に言い聞かせるように深かった。

「当人たちがね、女中なんかしていなかったってことにしたいだろうって、そうみんなでご親切に思ってやってのことでしょう」

春絵はその言葉を聞いて何かを言い募ろうとしていた口をつぐんだ。冬絵が静かな声で続けた。

「それに対しては、あたしたちみたいな人間がとやかく言うわけにいかないじゃない」

春絵は息を止めて怒ったように冬絵の顔を見ていたが、しばらくしてその止めていた息を吐いた。

「まあ、そうかもしれない」

それからもう一度ため息をついてくり返した。

「まあ、そうかもしれないわ」

だが納得した訳ではないらしく、つけ加えた。

「でもそんな風にしてったら、昔のことが何んにもわかんなくなっちゃうじゃない」

そう言ってから、家の中の方にそっと首を向けた。

「おフミさんなんか未《いま》だに自分のこと、女中ですって、平気で言うのに」

冬絵は声を低めた。

「あの人はプライドが高いのよ」

「ああ、それはそうだわ」

これは納得したらしく、春絵は大きくうなずいた。

「あの人はずばぬけて有能でしたよ」

次女の夏絵が続けて言った。夏絵の反応がずれていたので、春絵と冬絵は互いに我に返って夏絵の顔を見た。夏絵も自分の反応がずれていたのに気がついたらしく、一瞬目を瞠《みは》った。それから姉と妹とが苦笑するのに一緒に苦笑した。

何を話してたのかしら、と春絵が妹たちに訊いた。

「さあ」

「もともとはね、軽井沢が変わってしまったっていう話だったわよ」

「そうね、そうだったわ」

春絵は興奮が去りつつある眼を祐介の方に向けた。

「御免遊ばしませね、脱線ばかりいたしまして」

年とると興奮しやすくなりますのよ、と冬絵が弁解するように続き、それからはしばらくは、少しは客を中心に話そうという暗黙の了解が姉妹の間にできたのか、祐介の松江にいる両親が今何歳になるのか、父親がどんな仕事をしているのか、祐介自身学生時代に京都でどの辺りに住んでいたのか、などというどうでもいいような質問が続いた。だが自分のことを話すのが不得手な祐介の応えが極めて簡潔なので、会話は以前のような勢いを見せず、老女たちも再び興奮することもなく食事が終わりに近づいた。

追分と同じように、夏の盛りなのに赤トンボが空中を舞っている。静かであった。静かなのに祐介が気がついたのが、レコードの音が止まっていたのに冬絵が気がついたときと同時であったらしい。

冬絵がナプキンを丸めて椅子《いす》を引いた。

「音楽、何をかけましょう？」

「まだカラスは御免よ。歌は夕方になるまで御免」

「私はもうピアノは御免。かといってフル・オーケストラも御免」

はいはい、相変わらず注文の多いこと、じゃあチェンバー・ミュージックか何かにするわ、と冬絵は立ち上がって客間の方に向かって歩き出そうとした。その姿を眼で捉えた長女の春絵がふと思い出したように言った。

「あ、それじゃ、あれかけてよ、冬絵ちゃん」

「ええっ、あれぇ？」

　ああ、そうだわ、あれ、あれがいいわ、と次女の夏絵も冬絵の方に首を回した。冬絵は祐介に眼を走らせ少し当惑した表情で応えた。

「何も着いた早々にかけることもないじゃない」

「いいじゃないの。今日はお客さまがあるんだから」

　そう春絵は言うと祐介を正面から見据えて居直ったように微笑《ほほえ》んだ。冬絵はそんな春絵へと眼を戻し、聞こえよがしにため息をつくと、はいはい、と言いながら応接間の方に消えた。

　やがて遠くからあるかなきかの音が聞こえてきた。音楽が始まったということが祐介の意識にのぼらないほどの幽《かす》かな音であった。同時に春絵の顔に複雑な表情が走った。老いた顔に不調和な悩ましい表情で、祐介は見てはいけないものを見たような気がして眼の前の空になった皿に眼を戻した。夏の涼しい空気を伝わり、何重にも重なった弦楽器の音が応接間の方から次第にはっきりと聴こえてきた。

　戻ってきた冬絵は丸めたナプキンを取り上げると祐介の方を向いて、ブラームスの「クラリネット・クインテット」、と説明した。

　みなそれぞれの思いがあるらしく誰も口を開かなかった。なるほどこれがクラリネットの音なのかと、バイオリンやら何やら弦楽器だと思える音に混じって、暗い長い穴を通って地上に上昇し、遥《はる》かな草原を転がり渡ってくるようなまろやかな間延びした音が響く。その音が上がったり下がったりするたびに、別の幾重もの音が、大きな波や小さな波を描いてうねるように追いかける。

音の溢《あふ》れた日常を送るうちに音という音を無意識に排除するようになっていた祐介の耳にレコードからの音楽が久しぶりに切りこむように入っていった。

長い沈黙であった。

「今日で戦争が終わって丁度五十年ね」

三女の冬絵がその長い沈黙を破った。

そうよ、丁度五十年、と次女の夏絵が応え、そうだわ、新聞でそういって騒いでたわ、とまだ完璧《かんぺき》には社交的な表情に戻れない長女の春絵がぼんやりした声で続けた。

次女の夏絵が祐介の方を向いて言った。やはり感傷を引きずった声であった。

「ということは、ここも、もう五十年以上使ったっていうことですわ。わたくしたちと同んなじに建物もガタがいって当然ですわ」

「ガタがいって」というところでは、ほとんど無意識にたるんだ頰の肉を両手の指先でもち上げている。

祐介はその夏絵に訊いた。

「これは戦争前からの建物なんですか」

「ええ、ここはね。上は改築しましたし、横は増築して伸ばして、前にも一棟建ててしまいましたけど、応接間と食堂だけはそのままにしてありますの。昔は人手があってもっとこまめに手を入れたんですけど、だんだんにねえ、いくら修理を重ねても追いつかなくなって」

「あの家はもっと古そうですね」

祐介は隣りの西洋館を振り返った。

「ああ。あちらはもっと古いんでございますのよ。しかもあちらはぜんぶ昔のままで残っていますの」

三姉妹は祐介と一緒に隣りの西洋館に顔を向けた。

「だから、こうして見ていますとね、あの家が昔のまんまなものですから、眼に入る景色がおんなじで、なんだか時間が止まったみたいで……」

「そう、若いころと同じ」

「そう、お互いの顔さえ見なければね」

冬絵の言葉を無視して夏絵は続けた。

「東京はね、やはり戦前からの場所に住んではおりますんですけどね、もうすっかり建てこんでしまって、昔の面影なんて全然ございませんの。それがここに来ますと、あたくしたちの一番いい時代にそっくり戻れるんですの」

一人一人の顔に哀愁というよりも悲哀に近いものが浮かんでくるのが見える。

木が数本、でたらめに植わっているようで、ちょうど目隠しになるように立ってお り、隣りの家の下半分はよく見えないが、上半分がはっきり見える。三階の小さな出窓の鎧戸《よろいど》が長い間開《あ》け閉《た》てしたことがない淋しさを見せて閉まっていた。

顔を元に戻した夏絵が祐介に向かって説明を続けた。

もうこの辺りでも、皆次々と古い山荘を建て替え、祐介の印象通り、この二軒の西洋館のような昔からの山荘はほとんど残っていないそうである。また相続税やら固定資産税やらを払い切れないというので持主が入れ替わるのも烈《はげ》しく、戦前からの人たちはすでに数えるほどしかいないともいう。

「みなさん泣く泣くお諦《あきら》めになるか、南原《みなみはら》の方にお移りになるかなさってね。観光客がいないから南原の方が静かでいいっておっしゃるかたもいらっしゃいますの」

夏絵の言葉が途切れたところで、三女の冬絵が独り言のように言った。

「だから、あたくしたちもいづれにせよこの辺が引き揚げどきだったのかもしれない」

「そう」

「そう」

長女の春絵に続けて次女の夏絵も賛成したが、そのあとすぐに、でも、やっぱりこれで最後かもしれないと思うと、悲しいわ、と実際に悲しそうな声を出した。

三人の老女が同時に深いため息をついたような気がした。

ふいに陽が翳《かげ》り空気が冷たくなり、あ、翳っちゃったわ、と誰かが言った。

いつのまにか老女たちは無惨《むざん》に歳《とし》を晒《さら》していた。最初にその姿を眼にしたときの栄《は》えばえとした印象はベールをはいだように彼女たちの顔から消え、翳った太陽のもとに、細部まで老残がくっきりと露《あら》わになっている。それを見るうちに、好意をもつにはほど遠いところにあったこの三姉妹に対して、同情に似た気持が祐介の中で微《かす》かに動いた。

スリッパの音がしてさきほどの娘が再び敷居に顔を出した。

「それじゃ仕事に戻ります」

また祐介の方をちらりと見た。冨美子から色々聞いたのか、さきほどとちがって、素直な興味が顔に現れていた。長女の春絵がそんな娘の表情をぎろりと見て、はい、ご苦労さま、と言った。娘がそのまま背を向けて行こうとすると、今度は次女の夏絵が、あ、待って、と留める。

「その前にね、お隣りも空気を入れ替えるために一階の窓だけでも全部空けておいて下さいな」

「はい」

「それとあとあの暖炉の上のお骨ね、あれを二つともお隣りへもって行って、お隣りの暖炉の上に並べておいてちょうだい。暖炉の上をちゃんと拭《ふ》いてからね」

冬絵が割って入った。

「若いお嬢さんはそんなの気味悪いでしょうから、あとであたくしがもって行くわよ」

「いいえ、平気です」

娘は夏の陽射《ひざ》しを集めたように明るく微笑んだ。娘の回りだけ大気そのものが明るかった。その微笑みに誘われたように今しがた翳った太陽が再び顔を出し、あたりはまた突然光に満ちた。

それから五分もしないうちに、祐介も立ち上がった。すると春絵も杖《つえ》を支えに立ち上がりながら言った。

「あさってハイ・ティーにいらっしゃいません？」

「ハイ・ティー？」

「はあ。夕方の五時ごろからですけれど、かんたんなお食事をお出ししましてよ。お飲物も」

命令するように居丈高に祐介を見据えている中に、どこか懇願するような眼差《まなざ》しが見え隠れし、また同情に似た気持が微かに動く。

「ジイサンバアサンばっかりになりますけれど。まあ、少し若いかたもいらっしゃるかもしれない」

祐介はすぐには応《こた》えられなかった。冨美子がまた手伝いに来るのなら来てもいいと内心思っていると、春絵が続けた。

「あのお嬢さんね、アミちゃんておっしゃるんですけど、少なくともあのお嬢さんはお手伝いにきますすよ」

「土屋さんは？」

「おフミさん？」

「ええ」

「もちろん来てもらいますよ。あの人がいなかったら、わたくしたちだけじゃあ何もできませんもの」

「はあ……」

祐介は確約はできなかった。

「なにしろ友達の所にいるもんですから、予定が……」

「ああ、そうでらしたわね」

「はあ」

「そのお友達って女のかた?」

「いえ」

「男のかた?」

「ええ」

「それじゃ、ぜひぜひ、ゼヒ、そのかたもお誘い遊ばして。軽井沢では若い男のかたはほんとうに貴重なんですのよ。それに今年の夏は我われバアサン連の娘や孫たちは結婚式でもってみんな、タイのリゾートの、どこでしたっけ……」

テーブルの上を片づけている冬絵の顔を見た。

「プーケット」

「そう、そう、その何とかいうところに、みんなして行っておりましてね、それにまあ、色々ございまして、ほんとうに淋しいんですのよ」

　春絵の最後の言葉を次女の夏絵がくり返した。

「ほんとうに、ほんとうに、淋しいんですのよ」

　一番感情の抑制が効かない性質だとみえ、そのあと、姉と妹の方を交互に見ると、少し眼をうるませるようにして続けた。

「そんなに淋しいのが最後のハイ・ティーになるかもしれないなんて……」

　そう言ってからまた姉と妹の顔を見る。

「どうして最後になるかもしれないんですか？」

　今年が最後になるかもしれないという話を三度目に聞いたところで、祐介は思い切って尋ねた。三姉妹は互いの顔をうち守った。そうして無言で何かの結論に達したらしく、長女の春絵が口を開いた。

「お恥ずかしい話ですけどね、こうしていばって使っておりますけど、実はもうここもわたくしどものものじゃあないんでございますの」

「はあ？」

　長生きした父親が死んだのが運悪くバブルの最中で、この土地はすでに全部人手に渡ってしまっているのだと春絵は説明した。

「お隣りも？」

「ええ、お隣りも」

祐介の頭の中で何か影のようなものが動くのが感じられたが、その影は突き詰めるにはあまりにとりとめのないものでしかなかった。

ロマンティックなお話がございますのよ、あさってハイ・ティーにいらしたらお話ししますから、ぜひいらして下さいませ、と夏絵がうるんだ眼を祐介の方に向け、なにしろ、ぜひいらして、と続けて春絵が結論づけるようにくり返した。

冨美子は祐介を送りに外に出た。二人はしばらく無言のままゆっくりと歩みを進めたが、途中まできたところで祐介の方から口を利《き》いた。

「なぜ、こちらの家も手伝ってらっしゃるんですか？」

「なぜ？」

冨美子は静かに鸚鵡《おうむ》返しに言うと、祐介の方は見ずに、自問するように心もち首を傾《かし》げた。それから、自分が初めて女中奉公をしたのがあの夏絵という次女の家で、何十年も前に暇をもらってはいるのだが、三姉妹が軽井沢にやってくる度に山荘を開けるのから始まって色々手伝うのが長年の習慣になってしまっているのだと説明した。

「ええ、お隣りも」

「お隣りも？」

「習慣？」

祐介は眉《まゆ》を顰《ひそ》めた。

習慣という言葉が祐介には不可解であった。習慣で他人の台所を手伝ったりするということがあるのだろうか。端的にいえば、金を貰《もら》わずに他人の家で女中のように働くということがあるのだろうか。

冨美子は祐介の言わんとするところを汲《く》んだらしく、依然として祐介の方を見ずにゆっくりと足を運びながら言い添えた。

「向こうはね、私のいいお小遣いになると思ってらっしゃんのよ」

「ならないんですか？」

「昔とちがって今はもうそんなにはねえ。でもアミには……あの若い女の子にはね、いいお小遣いになっていますわ。あの子はお金が必要だし、それに絵を描いたりするんで、あそこと、あのお隣りの家とにある、色んな古い綺麗《きれい》なものが好きなの。あの二軒の家そのものにもとっても愛着があるし」

答えにはなっていないと思ったが、なんとなく状況が呑《の》みこめるところはあった。

冨美子は続けた。

「それにあんまり長いおつきあいなのでね、こうして年に一度会うのはそれなりに楽しみなんですの。ほんとうよ」

最後の言葉は微かな笑みを伴って言われた。それから冨美子は真顔になってつけ足した。

「それに、なんだかみなさんお気の毒でね」

祐介の耳には同情にも皮肉にも聞こえる。

近づいたり離れたりしながら進んできた二人はじきに浅間石を積んだ門柱にかかった。

門柱を出たところで歩を止めて振り返ると、二つの古びた西洋館は鬱蒼《うっそう》とした木立の向こうに見え隠れして急に遠くになり、自分が今しがたあのうちの一つに入っていたということが、すでに小説の中のことのような気がしてきた。

祐介が眼を前に戻すとその眼を冨美子が強く捉《とら》えた。

「それで、いつ追分に話を聞きにいらっしゃいます？」

祐介は息を呑んだ。

東京に帰る前に追分にもう一度行こうとの決心はあったが、それをどう切り出したものかと迷っていたところであった。迷っていたのでわざとのろのろ歩いたり、大して意味もないことを訊いたりしていたのであった。そこにこの女のせりふである。驚かされた彼はとっさの反応につまらぬ社交的な台詞《せりふ》を吐いた。

「はあ。いづれにせよお礼に伺おうとは思っていたんですが……」

「お礼なんかどうでもいいのよ」

ぴしゃりとした言い方であった。

「なにしろいらして」

いつのまにか気温が上がったのか、蟬《せみ》の音が耳をつんざくようである。先ほどまでせわしなく動いていた雲はもうどこかへ吸いこまれたように消え、気味が悪いほど青々とした空が頭上にあった。夏の光があたりに揺らめいていた。

祐介は決心すると、今度は自分の方から冨美子の顔を正面に見据えた。

「実は追分に泊めてもらった晩、夜中に夢を見ました」

女は不審そうな表情を見せた。

「あの浴衣《ゆかた》を着た女の子が出てきたんです」

不審そうな表情が消え、あの晩に見せた、感情を押し殺したこわばった表情がそれに代わった。

「緋鯉《ひごい》の浴衣……」

「ええ。それで僕が寝ぼけて外に出たら、東さんも出てきて……」

そこまで聞くと、冨美子は独り言を言った。

「それで一晩中いなかったんだわ」

あの晩東太郎が一晩中いなかったのをやはり冨美子は知っていたのであった。こわばった表情で祐介の顔を見上げていた冨美子は、ふいに眼を逸《そ》らすと、顎《あご》を宙に上げ、曲線を見せて細い首をのけぞらせ、気の狂《ふ》れた女のように声にならない乾いた笑い声を立てた。

「帰って来たのね」

虚《うつ》ろな眼孔であった。

「やっぱり、帰って来たのね」

冨美子はもう一度独り言をくり返すと、次にはたと祐介の眼に焦点をあてた。

「その女の子は亡《な》くなった人ですよ。あの暖炉の上のお骨の一つはその人のもの」

「もう一つは？」

「彼女の旦那《だんな》様のもの」

追分に来る前に電話してくれと冨美子は言うと、六桁《けた》の電話番号をくり返した。

「アレがいるとお話しできないでしょう」

久保《くぼ》が東京から戻ってきていた。

大きなテレビの画面がついている。その画面を正面にソファの前に仁王立ちになった久保は、シャワーを浴びたばかりらしく、てらてらと濡《ぬ》れて光った髪の毛をスヌーピーの絵のついたバスタオルで拭《ふ》いていた。テレビの画面は眼にうるさいが、音を消してあるので助かった。

祐介《ゆうすけ》は買ってきたパンを袋ごと台所と食堂の境いにあるカウンターの上に置きながら言った。

「早かったね」

「ああ、見舞いなんて十五分で済んじゃうし、そのあと別にすることもないからね、そのまま上野に出て列車に飛び乗っちゃった」

「車じゃなかったのか」

そういえば外に車の姿はなかった。

「親父《おやじ》が置いてけってさ。おふくろが始終病院に行くのに、やっぱり車があった方がいいからって」

「ふうん」

祐介は久保の呑気《のんき》な顔を見ながら言った。

「たいへんだっただろう」

「いや、おふくろがたいへんなだけよ。バアサンわがままだからね。まあおふくろがまだ若いからいいけど」

浴室の方に歩いて行ったと思うと、今度はヘアブラシを片手に戻って来た。その間も口を閉じることがない。

「こっちも結構暑いじゃん。ここまで来ると少しは涼しくなるけど、駅のあたりはどうしてあんなに暑いんだろう」

ブラシでもって頭皮をぐいぐいと掻《か》くようにして髪をとかしながらテレビの画面を見ている。

「ここ、映り悪いんだなあ。テレビを大きいヤツに替えたときさあ、アンテナもつけ直したんだけど、まわりに高い木があるんで、どうしても映りが悪いんだよ」

久保という男は昔から一人で喋《しゃべ》っているので無口の祐介にとっては気楽な相手であった。久保の喋るのを聞いていると一昨夜から今日にかけての出来事も自分の疲れた心が勝手に創《つく》り上げた夢のように思えてくる。

久保はカウンターの向こう側に回って冷蔵庫の扉を開けた。

「これ何？」

プラスティックの瓶を出した。

「煎茶《せんちゃ》。ちゃんと淹《い》れたのを冷やしといたんだ。売ってんのは嫌いだから」

久保はコップについで一口飲むと、うめえ、と言い、コップをもったその手の人差し指で祐介を指した。

「お前相変わらず変人だなあ」

昔の口調と同じで祐介は思わず苦笑いをした。それでそっちはどうだった？　と久保は続けた。

「どうだったって……」

祐介は一寸《ちょっと》口ごもった。

「自転車は修理に出しといた。明日には直るらしい」

「ふうん」

久保は祐介の顔をじろじろ見た。

「そんで、気晴らしになってんの？」

「なってるよ」

「なんだか顔色わりいじゃん」

「そんなことないよ。一昨日は小諸《こもろ》まで遠征したし、昨日はたっぷり昼寝したし、今日は電車に乗って軽井沢まで行った」

「ふうん」

久保は祐介の顔を疑わしそうにまだじろじろ見ていた。

久保が疑わしそうに見るのも当然で、ここ二、三日のことが「気晴らし」とよべるような効果を上げているとは、祐介自身にも思えなかった。仕事から頭が離れたことには離れたが、これから先、気分を新たにもとの生活に戻れるというよりも、いよいよもとの生活に戻るのが億劫《おっくう》になって行っているようであった。

久保が消えてからのことを、自分の中だけに納めておきたい気持と話してしまいたい気持とその両方が同時に湧《わ》き上がるのを感じながら、祐介はわざと何気ない声を出した。

「それで軽井沢まで行ったらね、また同じ女の人と遇《あ》っちゃったんだ。追分で世話になった人で、女中さんなんだ」

「女中さん？」

久保は一寸《ちょっと》驚いた顔を見せたあと、おもしろそうに笑った。

祐介は順を追って、その女と今朝偶然に軽井沢銀座で遇ったこと、女が昔の縁故で旧軽にある別の山荘の手伝いをもしており、今度はその山荘に連れられて行ったこと、するとその場の成り行きで、明後日の夕方そこで開かれる「ハイ・ティー」なるものに招かれることにあいなったこと、しかもその「ハイ・ティー」なるものには、久保も一緒に連れてくるよう言われていることなどをなるべく簡潔に報告した。自分のような人間が見知らぬ人たちとこのように急に付き合いが出来たことなど、自分でも説明がつかなかった。その自分でも説明がつかないものを、久保が納得できるように説明がつくとは思えなかった。だが久保は頓狂《とんきょう》な声を出しただけだった。

「ハイ・ティー？」

「ああ」

「へへっ。なんだそれ。アフタヌーン・ティーってヤツとどうちがうんだ？」

「うん。僕もよく判《わか》んないんだけど、夕方の五時からだっていうんだ。どうやら簡単な食事が出るらしい」

「それでなんでティーなんだ？　なんでディナーじゃないんだ」

「わかんないよ。なんでも英国風らしい」

「へへっ」

久保は日焼けした顔に白い歯を見せてまたおかしそうに笑った。

「美人がいるかい？」

「ああ、ものすごい美人ばっかしだよ」

久保は驚いて祐介の方を見たが、祐介が笑っているのでその驚いた顔を引っこめた。

「なんだ、冗談か」

「いや、ほんとうだよ。ものすごい美人ばっかし三人も揃《そろ》ってる」

「マジかよぉ」

「ああ、マジだよ」

祐介はにやにやしながら続けた。

「ただ、歳《とし》がいってんだ」

「なんだ、ばあさんか」

「ああ」

「ばあさんて、三十近いとか」

「ハハ」

白く透き通るような老女たちの姿を眼の裏に浮かべながら祐介は笑った。

「ええっ、もっとか」

「ん」

「じゃあ、ほんとのばあさんだ」

「そうだよ」

「ひょっとして四十近いとか？」

久保は斜めに祐介の表情を窺《うかが》っている。祐介はそんな久保の顔を嬉《うれ》しそうに眺めた。

「そういうんじゃないんだよ。実際にほんとのおばあちゃんたちなんだよ。七十ぐらいはいってるんじゃないかな」

久保の眼が呆《あき》れて今度は大きく開いた。

「オレは行かないよ」

「若いのも少なくとも一人はいるよ。二十歳ぐらいだと思う」

「嘘《うそ》だろう」

「いや」

「そっちは美人じゃないのか」

「美人だよ。おばあちゃんたちほどじゃあないけど、きれいだよ。手伝いに来るんだ」

久保は一瞬ためらってから応《こた》えた。

「まあ、せっかくだけどオレは遠慮するよ」

祐介は久保の反応には直接応えずに続けた。

「建物がね、面白いんだ。少しボロいけど古い洋館で」

「古い洋館かぁ」

「うん。それも同じ敷地内にもう一軒、よく似てんだけど、もっと古い感じの洋館が建っているんだ」

「ふうん」

久保はその二軒並んだ西洋館を想像するような眼つきで言った。

「戦前からもってんのかなあ」

「ああ、そうだと思う。なんかおもしろいよ。追分の別荘も時代離れしてたけど、こっちもそうとうなもんだ。全然別の感じだけど」

「ふうん」

久保は祐介の顔をじろじろ見て言った。

「でもねえ、いくらなんでも、やっぱり遠慮するよ。オレ、おまえみたいに変な趣味ないから」

それを結論のようにしてソファに坐《すわ》り、コーヒーテーブルの上に両足をのせると、リモコンを片手にテレビの画面に眼を移した。

「昼間からこんなんやってどうするんだろう」

日本の刑事物だかドラマだかで、髪の毛の長い女が車に引きずりこまれて男に乱暴されようとして眉根《まゆね》を寄せている。音がないので二人が真剣な顔をして争っているのが滑稽《こっけい》であった。薄笑いを浮かべた久保が腕を伸ばしてリモコンのボタンを押すと、今度はスタジオに集まった主婦らしい女たちが、棒の先の丸い紙の裏表に「○」と「×」と書かれたものを、テレビのカメラに写るように高く掲げている。番組のホストらしい中年のにやけた男が何かを言ったらしく、皆で身をよじらせて笑った。彩《いろど》られた何十もの唇が不自然に明るい画面の中でいっせいに揺れた。

久保は言った。

「こんなもんに出る人間がいるというのも、こんなもんを見る人間がいるというのも驚きですね」

次の画面は海中カメラで撮影したものらしく、鮫《さめ》が画面に向かって泳いできて、白い歯をむき出しにしたと思うと、綺麗《きれい》に流線型を描いて方向転換をして消えて行った。久保はリモコンのボタンを押し続けたが、チャンネルの数はほとんどなく、すぐにまた元の画面に戻ってしまった。

そのとき電話が鳴った。

久保はプチッとテレビの電源を切ると受話器をとりに行った。対応する声がどこか弾んでいるので、女からの電話だというのがすぐに判る。高校時代から男に対応するときと女に対応するときとでは、恥ずかし気もなく態度がちがった。

「はいはい、ほんじゃお待ちしています。悪いねえ」

受話器を置くと祐介に言った。

「兄貴の嫁さん」

久保はソファに戻って説明を続けた。

東京を少し遅れて車で出た久保の兄一家が今ようやく着いたところだそうで、祖母の見舞いで集まった果物などを載せてきており、嫂《あによめ》がこれから届けにくるという。

「ここに？」

祐介は一瞬身構えた。自分が自分で厭《いや》になるが、ふだんの性癖としては、知らない人間に会うと思うと、それだけでさっとその場から逃げ出したくなる。そういう祐介の性癖をよく知っている久保が安心させるように応えた。

「うん。でも平気だよ、すぐに帰るよ。車で五分もしないとこにあっちの別荘があんだ。前にも言ったけど、兄貴夫婦はいつもそっちに滞在すんの。ずっと広いからね」

久保の両親がこの山中の分譲地に山荘を建てたのは、いわゆるバブルの始まる直前で、八〇年代の半ばだったそうである。そのあと久保の兄が結婚し、その兄に連れられて中軽井沢を訪れた嫂の両親がこの分譲地を大いに気に入り、一区画買って自分たちも山荘を建てることにしたのだという。それで嫂の家の山荘がそんなに近くにあるのであった。折しもバブルの最中で軽井沢全体に建築ラッシュがあった時代でもあった。

「うちの別荘と数年の差で建っただけじゃん、それなのにおふくろったらもう自分の方は何十年も昔から別荘生活してますって顔してさ、嫁さんの家族を馬鹿《ばか》にしてんの。あっちの方が金持なのにね」

「金持なのか」

「うん。食べもの屋さんやら何やらかんやら、手広く商売してるんで金持なんだ。おふくろはそれがそもそも気に入らなかったんだ。大企業に勤めているような家じゃないっていうんでね。でも兄貴はすごい助かってるんだ。別んとこに住んでるけど家賃ゼロだからね」

「ふうん」

「バブルが崩壊して今は大分借金を抱えてしまったらしいけど、それでもうちみたいなサラリーマンの家に比べりゃ桁《けた》ちがいの金持さ」

「ふうん」

「まあ、借金も桁がちがうみたいだけどね」

久保はあくびをすると、両手を頭の後ろで組み、消えたテレビの画面を物憂《ものう》そうに眺めた。

「嫁さんというものが出来てからのおふくろを見ていると、女人救いがたしという思いがしますね」

コーヒーテーブルの上に載せた素足を足首から左右にぐるぐると動かしている。ついでに両手を使って首の運動も始めた。高校時代から忙しい男であった。

「しかも、その兄貴の嫁さんがねえ、結構色っぽいんだ。顔もカラダもよくって。そこにさらにですよ、結婚してない妹がいるんだ。そっちがまたいいの。顔もカラダも」

「ふうん」

「でも、ありゃ、どう考えても、姉さんの方がヤル気マンマンだなあ」

最後は独り言のようにつけ足したところで、ピンポンと玄関が鳴った。聞き慣れたインターフォンの音に、一瞬東京に引き戻されたような感覚があった。鍵《かぎ》をかけていなかったので勝手に扉を開けたらしく、久保が慌《あわ》ててスリッパを履いて立ち上がり玄関に向かおうとしたところには、嫂だと思われるバンダナを頭に巻いた女が、こんにちわあ、と客間に姿を見せた。

「インターを降りる前からずっとヒッドイ渋滞。お盆の日に動こうって方がまちがってんだけど」

片手に赤ん坊を抱いて、片手に重そうなビニール袋をぶらさげている。

「病院通いのお手伝いするため東京に残ってもいいって言ったんだけど、お姑《かあ》さまがね、ケンちゃんにとっては一年に一度のお休みだからって、そうおっしゃるんで、それで来ることにしたんだ。これがいるんで、東京に残っても、いづれにせよそんなにお役に立てないしぃ」

嫂は抱いた赤ん坊を顔で指してから、祐介に向かって軽く頭を下げた。久保が紹介した。

「俺の友達。カトウユウスケ」

「初めましてぇ」

タンクトップから出た腕が陽にこんがりと焼けている。剝《む》き出しになった腹も、白いショーツからにょきと出た足もむらなくこんがりと焼けていた。東京でも毎日のようにゴルフかテニスをしているのだろうと祐介は考えた。

久保はにやにやと女を眺め回した。

「また肥《ふと》ったんじゃない、るりさん。ことにおなかのへんが貫禄《かんろく》出てきましたねえ」

「大きなお世話です」

るりさんと呼ばれた女は久保をわざと無視してビニール袋をカウンターの上に置いた。

「メロンとかぁマンゴーとかぁ」

「どうもどうも。煎茶《せんちゃ》が冷えてるけど、入れようか。買ったヤツじゃなくってちゃんと自分で作ったヤツよ」

「秀樹ちゃんて案外まめじゃない。台所もきれいだしぃ」

感心したように辺りを見回した。

「『浅野屋』のパンまである」

「オレじゃないの。こいつよ。この男、台所でごとごとしたりすんのが好きだし、女っ気ないし、ホモじゃないかと思うんだよ」

「まあまあ、そんな失礼な、ねえ。いいじゃない。お台所できる男の人って、いま、女の子のあいだじゃあ大変な人気だっていうじゃない」

嫂は祐介の方へと愛想笑いを投げかけた。赤ん坊が腕の中でむずかった。

「はいはい。バブバブ。いい子いい子。この子、赤ちゃんのわりに、すごい集中力なんだよ。ほら、人の顔見るとじっと眼を離さないでしょう」

久保はいつのまにか煎茶を用意して彼女の空いた方の手にコップを手渡した。

ありがと、と女は一口、二口飲むと、でもすぐ帰んなくっちゃなんないから、とコップを返した。そして二人を代わる代わる上目づかいの眼で見ながら訊《き》いた。

「あなたたち、今晩どうすんの？　車がないから食べに行くのも大変じゃあ」

「うん。でもこいつがいるから何か料理は出てくると思うんだ」

「ねえ、よかったら一緒に食べに行こうよ。サービス・エリアから『セリール』に電話したら、五時半から七時までならなんとかテーブルを二つくっつけられるっていうんで、一応予約とってあんの。あなたたちが入っても大人が、アアと、おじいちゃまとおばあちゃまと妹と入れて七人で、子供が一人……あれっ、これも入れると二人か」

赤ん坊の顔をべえーっと見た。

「だからなんとか平気だよ」

うーん、とうなってから久保は祐介に説明した。

「『セリール』ってこのすぐ下の……ほら、例の管理事務所があるとこのフランス料理屋なんだ。フランス料理屋っていってもそんなにご大層なとこじゃあないけど」

「来なさいよ。作るのも面倒じゃん」

「どうする？」

久保が祐介の顔を窺うように見た。

「僕はどっちでも」

「ほんとうに？」

祐介が人中に入るのを好まないのを知っている久保は、祐介に遠慮しているものと思える。祐介はくり返した。

「ああ、ほんとうに」

一昨夜からのことがこうして生きている現実に喰いこんでおり、ともすればそっちに頭がいってしまうので、大勢と一緒であろうと、久保と二人きりであろうと、大差はなかった。久保は賑《にぎ》やかな方を好んだ。

「じゃあ、行こうか」

「それじゃ五時二十五分ごろに車で拾いに来る」

「いいよ、歩いてすぐだから」

「だって、どうせ途中だし」

そう嫂は言うと赤ん坊のぷっくりとした手をとって、サヨナラ、バイバーイ、と二人に向かって振らせて消えた。

その晩祐介はずっと大勢の人間と一緒であった。

二台のドイツ車でもって坂道を三分間ぐるぐると降りた山の麓《ふもと》に、「セリール」というフランス料理屋はあった。山小屋風に天井の高いログハウスで、祐介にとっては十分にご大層なレストランであった。嫂の家族は馴染《なじ》みらしく、黒い上下を着た若いウェイターを相手にメニューを見ながらあれこれ親しげに話をしていたが、考えるのも面倒なら余分な口を利《き》くのも面倒な祐介はセット・メニューの中にあった「スズキのポアレー」なるものを注文した。大口を開けたら一口で終《しま》いになるオマール蝦《えび》の何とかという前菜をナイフとフォークでもって細かく分けて食べたあと、白いスズキの切身の上に赤や青や黄の野菜を綺麗に盛った大皿が置かれた。なかなかうまいが、それでも西洋料理で魚を食べるたびに、たんに塩焼きにしたのを大根下ろしと醬油《しょうゆ》で箸《はし》で食べた方がうまいような気がする。支払いは当たり前のように嫂の父親がカードで済ませた。時間にせかされてワインも落ち着いて呑《の》めなかったと、一行はそのあと嫂の両親の山荘で呑み直すことになり、祐介もついて行けば、二階の上にもう一階屋根裏までついた山荘で、久保の両親の山荘よりさらに大きくさらに贅沢《ぜいたく》な出来であった。

バブルという時代を感じさせた。

大人数でそのうえ子供もいるので話題は散漫に、久保の嫂の父親の高血圧の話、兄夫婦の上の子供の幼稚園の受験の話、久保の兄自身の脂肪肝の話へと飛んだが、そのうちに明晩招《よ》ばれているという、南原に山荘をもった家族の話でもちきりになった。相続税を払いきれずに売りに出されていた広い敷地を安くたたいて買い上げ、古い山荘を壊し、代わりに地下に温水プールがあるという豪邸を建てたそうで、自転車置場に至るまで磨き上げられた御影石《みかげいし》が使われ、バブルが崩壊してからこんな金のかかった工事をしたことがないと施工業者の方が驚いたという。建てたのは、安売り服の全国チェーンの社長であった。

「みんなが不景気になってってってる最中にどんどん金持になるっていう人もいるんだから、いやあ、商売っていうものは実におもしろいもんですね」

久保の兄が義父に言った。今は会社勤めをしているが、いつかは妻の家の商売を嗣《つ》ぐ野心があるらしい。

その南原の山荘で、明晩、去年に引き続いてまたガーデン・パーティを開くというのである。去年は百人近い人を集め、温水プールの回りのあちこちに、「ドンペリ」と呼ばれる上等なシャンペンを氷水に浮かせて何十本も用意し、招ばれた客の間にのちのちまで話題を提供したということであった。別荘に来る人の数も減り、また来たとしても落としてゆく金が減っていっている時節の中での桁外れた大盤振る舞いであった。

嫂がソファに並んだ久保と祐介を見比べて言った。

「秀樹ちゃんもお友達と一緒にきなさいよ。午後三時ぐらいからずっと夜までやってんだから」

「だって招ばれてもないし」

「それが、そんなん関係ないんだって。あたしたちと一緒に行ったらいいだけだよぉ。うちほど親しくない人たちばっか来てるんだから」

あまりに沢山人が来たので誰が誰だかわからず、あれは一体誰だったのだろうと、皆が帰った翌日電話で訊かれたぐらいだ、と嫂は少し得意な顔を見せて続けた。久保の家より新参者でいながら、嫂の家の方が勢いよく交際範囲を広げていっている様子がその顔に描かれていた。

歩いてもすぐだし下り道だしというので、懐中電灯を借りて坂道を歩いて帰ることにした。一昨夜と同じような月夜であった。だが、なめらかに舗装された幅の広い道路なので、山の中を歩いているという気がしなかった。曲がり角に来る度に浅間石を積んだ低い塀に「やまがらの路」、「かわせみの路」、「きじばとの路」などと道の名がついている。懐中電灯をもっていた祐介がおもしろがってそれらの名を照らし出しながら歩いていると久保がふいに言った。

「あの嫂さんね。どうもオレに気があんだよ」

祐介も食事の途中から何となくそれに気がついていた。

「兄貴よりオレの方が男前だからしょうがないけど、なんだかこっちも妙な気がしてくるじゃん。どうこうするって訳にはいかないんだから、罪つくりな話だよ。まあ妹の方でがまんすっか」

祐介は応《こた》えようもないので微《かす》かに笑いながら黙って足を運んだ。久保の方も祐介が何かを言うのを期待しているということもない。舗装された道路の表面から眼を離して上を見れば、歩くにつれて月が一緒に動く。

二人でしばらく無言で足を運んだあと久保が訊いた。

「明日どうする？」

「僕はどうするかなあ」

月を見ながら祐介は生返事をした。

「ド金持見るのも面白いぜ」

「うん」

子供のころのように月と駆けっこをしたい衝動が胸を一瞬よぎってから消えた。

祐介は応えた。

「明日決めるよ」

そうは応えたものの、明日はやはり追分に行ってみようと心で決めていた。

オガラを焚《た》いた跡はもう残っていなかった。一昨日の夕立で綺麗《きれい》に洗われてしまったものとみえる。代わりに、隣りにある二つの野あざみがさらに勢いを得て咲いていた。

修理屋から引き取った自転車を引いて門の中に入り、ベランダに上がると、日本間の方から、いらっしゃい、と冨美子《ふみこ》の声がした。あたりまえの声であった。首を突き出して覗《のぞ》くと、前と同じようにブリキを貼《は》った茶箱の蓋《ふた》が開けられ、冨美子がまた沢山の布の山にうもれていた。布の山から出したその顔には少しの驚きもなかった。

そこに坐《すわ》ってお待ちになって、と中腰になると、あたりを片づけ始めた。

「東《あずま》さんは？」

「朝から東京」

前もって電話をしなかったのをいぶかしがる風はなかった。電話が苦手な祐介は、仕事を離れたときは極力電話をせずに済ませたいので、東太郎がいたとしても、あるいは冨美子が留守であったとしても、そのときはそのときでまた出直せばいいと思って電話をせずにやって来たのであった。そうしたら女はあたかも今日祐介が来るのを知っていたかのように、当然のこととして祐介を迎え入れた。

祐介は斜めに肩にかけてきたカメラを首から外すと、この間と同じ場所に腰をおろした。

油蟬《あぶらぜみ》とみんみん蟬が相変わらず激しく啼《な》いていた。高い梢《こずえ》の葉が、さわさわ、さわさわ、と動くのも、陽の光がベランダでチラチラと動くのも、すべてがこの間と同じであった。冨美子が突然泣き出したあの時から、ずっとこうしてここに坐っていたような気がする。それだけでなく、もっとずうっと前——なんだか自分が生まれる前から、こうしてここに坐っていたような気さえする。

唸《うな》るような音がするので首を上げると、また大きいヘリコプターが青い空を渡って行った。

「進駐軍かあ」

そう独りでつぶやいた祐介は、自分の中で戦後というものが初めて一つの現実となったのを感じた。

三　小田急線

「関係ないこともたくさんお話ししていい？」

「もちろんです」

「たくさんよ。たくさん」

「もちろん」

　しばらくしてベランダに出てきた女はそうして話し始めた。

　そんなに長く生きたという気はしないのに、不思議なのは、昔の自分が、何《な》んだか自分のような気がしないことです。人生を少し歩んだところで大きな曲がり角を曲がってしまい、自分ではそうとも知らないままひたすら歩いていって、ある日ふと振り

浅間山

返れば、曲がり角に至るまでの道が掻《か》き消されてしまっている。遥《はる》か向こうに何やら昔の自分らしいもの——妹の手を引き弟を背にくくりつけてねんねこを着た、昔の自分らしいものがおぼろ気に見えるのですが、それがほんとうに自分だという気がしないといった、そんな風なのです。

もちろん小さいころの記憶というものはあります。

まずそこには浅間があります。井戸端からも、田んぼからも、学校に通う道からも、学校の庭からも、どこからでも浅間が見えました。曇った日の浅間、雨の日の浅間、雪の日の浅間、そしてもちろん晴れた日の浅間。晴れた日は、何といったらいいのでしょう、山肌の色が刻々と変わり、しまいに夕陽のなかにけむるように紫色に映え、それを見ると子供心にもこんなお山がすぐそこにあるということ、それも気の遠くなるほど昔からあるということが、ぼんやりとですが、ずいぶんと有り難い思いがしたものでした。遅い春の訪れを待っていた山の頂の雪はある日突然眼に見えて解け始め、白い流れが山襞《やまひだ》にそっていくすじも細く縦に並んで光ります。そんな浅間も好きでした。

そして浅間とともに千曲川《ちくまがわ》があります。どこからでも浅間が見えたように、どこにいても千曲川の瀬音が聞こえてきました。耳を澄まさねば聞こえないぐらい幽《かす》かな音

千曲川

なのがかえってたのもしく、夜など、ああ、聞こえるなと思うと、ほっとして冷たい蒲団《ふとん》を鼻先まで引き上げるのです。上流から深い渓谷を通って数えきれないほど曲がり曲がりて流れきて、それで千曲川と名づけられたと聞きましたが、わたしの育った佐久《さく》盆地に入ると急に傾斜がゆるくなり、屈曲もゆったりとします。それでもあのころはさわさわと瀬音が聞こえてきたのです。その千曲川の流れを引いた小川が家の裏にあり、夏になると透きとおった水にめだかやら水澄ましやらが泳ぐのが見えました。

弟を背負ったまま川縁にしゃがんでこわごわと腕を伸ばし、その透きとおった水を両手にすくって飲むときの冷たさは今も手の平や口の中に残っています。そのほかにも、泥から引き上げたばかりの芋の生臭い匂《にお》い、どこか乾いた粉のような肥溜《こえだ》めの匂い、何代にもわたって踏み固められた土間の黴《か》びた匂い、そんなものも、身体《からだ》に染《し》みこんで残っています。

けれどもそういう記憶をもった自分が自分のような気がしないのです。記憶は身体に染みこんでいるのに、頭の中身が入れ替わってしまったとでもいうべきでしょうか。誰にとっても小さいころの自分というものは、今の自分とは別のものでしかないのかもしれません。ただわたしのように若いころにまるでちがう世界に入ってしまうと、昔と今とのあいだにどうしようもない大きな溝《みぞ》がぽっかりと口を開けてしまうように思います。

わたしの伯母にお初サンという人がいます。小さいころ大人だと思っていた人たちは、ひとり死に、ふたり死に、そのうちにほとんどみな墓の下に収まってしまいましたが、そのお初サンという母の長兄に嫁いできた人は、九十を過ぎて今なお自分の歯でご飯を食べられる元気さです。そのお初サンは歯磨《はみがき》どころか石鹸《せっけん》も知らずに育ったといいます。小学校に入る前は家には電気もなく、小海《こうみ》線が佐久平を走る前は電車を見たこともなかったといいます。まるで江戸時代に生まれたようなものです。それが今では住むところから車で五分も行けばコンビニがあり、歯磨きや石鹸はもちろんのことあらゆる商品が眩《まぶ》しい光のもとに棚いっぱいに並んでいるのです。一面桑畑だったところは広く舗装された道路が縦横し、レンタル・ビデオ屋やらファミリー・レストランやらが並んでいるのです。

自分をとりまく環境ということからいえば、お初サンの方が多くの変化を生きてきたかもしれません。なにしろ日本という国が一番めまぐるしく変わった時代を百年を生きてきたのです。ところが、そんなお初サンなのに、お初サンの頭の中身自体は娘のころとそんなに大きくは変わっていないような気がするのです。頭の中身というのは、世の中を見る眼とでもいうべきでしょうか。世の中を理解する言葉とでもいうべきでしょうか。それに比べて、わたしの方は、世の中を見る眼、世の中を理解する言葉そのものが変わってしまったのです。

お初サンには、母、わたしと二代にわたって世話になったこともあり、もうこれであの梅干顔も見納めかもしれないと、最近は毎年お正月には顔を出すようにしています。母の実家があった場所に未《いま》だ住み続けていますが、わたしが幼いころに出入りしていた茅葺《かやぶ》きの家はとっくに壊され、そのあとに建った二階建ての家も壊され、一昨年ぐらいからは、孫が建てた何とかハウスという、床暖房のついた、どこからどこまで行き届いた家に住んでいます。訪ねて行くと、お初サンは、その床暖房の効いた客間で長椅子《ながいす》の上に昔風に坐《すわ》り、頭に毛糸の帽子をのせ、「ポッキー」をかじりながら熱心にテレビを観《み》ています。

耳が遠いので、オバサン、と大きく声をかけると初めてわたしがきたのに気がついて振り向きます。

——おう、冨美子《ふみこ》か。よくきたなあ。

わたしの小さいころを知っている人の声です。しかもその人自身が昔と変わらない人の声です。浅間を見ても、千曲川を見てももう昔の自分へと繋《つな》がることはないのに、お初サンのあの訛《なま》りがそのまま残る声を聞くと、そのとたんに昔の自分へとすうっと道が通るような気がします。同時に今の自分がこうまでちがうものになってしまったことを痛いほど感じるのです。

お初サンのあの声は必ず五十年も前の冬の夜へとわたしを連れていきます。お初サンと母とが囲炉裏端でお茶を啜《すす》りながら何やら低い声で話すのが聞こえます。火力の強い桑の根っこがぱちぱちと跳ねる音も聞こえます。外は木枯らしが吹いていいます。子供のわたしはうつむいて、昼に集めたどんぐりをボロ布で拭《ふ》いたり、糸でつないだりしながら、山の冬というものを全身で感じています。眼を上げれば、お初サンと母の忍耐に洗われた顔が囲炉裏の火にほの赤く照らし出されるのが見え、安らぎと不安とがまぜこぜになって胸に湧《わ》きあがってくるのでした。

母の実家はわたしの生家から歩いてものの十五分とは離れていませんでした。他家に嫁いだ女だということで、母は正月や盆などの特別の日をのぞいては顔を出すのを遠慮していたようですが、それが舅《しゅうと》と姑《しゅうとめ》とを母に託して父が出征したあとは、他に頼るところもなく、頼みごとにかこつけて訪れるようになったのでしょう。記憶に鮮明なのは、冬の夜、夕飯も済んだ時間に、長い柄の先に提灯《ちょうちん》をつけた母に手を引かれ、寒さを怺《こら》えながら冷たく固まった道を踏みしめて行くときのことです。

実家に帰るのを許されるのは、何か困ったことがあるときに限られていますから、母は緊張して無言で土の上を歩くだけです。そして着いたところで提灯の火を消すと、背を丸めておそるおそる土間に入ります。

——こんばんは、お疲れでごわす。

——ああ、こんばんは、お疲れでごわす。

立って出てくるお初サンの声は農家の嫁にしてはいつも晴れやかでした。今思えば、いい話があって来たはずがないのを承知で、それでも晴れやかな声を出してくれるのが、人徳でした。わたしにとっての母方の祖母、お初サンの姑にあたる人は病弱で戦争の前に亡《な》くなり、一家の唯一《ゆいいつ》の女手となって家を切り盛りしている自信が、生来のその人徳に加わります。仕切りたがる、と悪口を言う人もいましたが、頼りになる人でした。

母の方は台所の上がり端《はな》に腰をおろすころには、もう半分泣いています。お初サンの晴れやかな声を聞いただけで、日頃耐えている思いが身体からどっと吹き出すのです。

——泣いてたってわからねえ。こんどはいったいなんだえ。話してごらんよ。

お初サンは隣りに行って母の手をとって立たせると、囲炉裏端の下座へと連れて行きます。

長兄に嫁いだお初サンは、八人兄弟の一番末だった母にとって、嫂《あによめ》であると同時に半分母親代わりでもあったのでしょう。囲炉裏端へと連れてこられた母はぺたんと坐るや否《いな》や、今度は腰から手拭《てぬぐ》いを外し、さらにしみじみと泣きます。

母はいい人でしたが、強い人間ではありませんでした。夫を戦争にとられたあとのつらさ——身体の負担、心の負担がずんとこたえて、一人ではどうしたらいいのかわからなかったのです。

頼みごとというのはそのときそのときで色々であったように思います。年越しのためのお金を僅《わず》かでも融通してくれとか、あるいは長兄の息子のうちの一人を一日二日貸してくれとか、そんな些《さ》細《さい》なことだったのでしょう。母の長兄は年を取りすぎていたせいか戦争にとられず、また長兄の四人の息子のうちの下の二人は若すぎて家に残っており、母の実家にはそのころでも数人男手が残っていたのです。それに比べてわたしの家ではジイサンしか残されなかったところに、父が出征した直後にそのジイサンが軽いヨイヨイになり、桑の木を切って薪《まき》にするのも思うようにいきません。

母がくどくどと婚家の事情を訴えているあいだも、お初サンはマメに動き、わたしには、当時はもう大変な貴重品だった砂糖をほんのちょっと湯に溶かして砂糖湯を作ってくれ、母には茶を入れ、茶うけにと、福神漬けやら野沢菜漬けやら甘味噌《あまみそ》やらを出してくれます。

——ごっそうでやす。

母は涙のあいだからそんなものをちらちらと見ていますが、まだ手は出さずに話を続けます。舅姑に対するぐちも出るようで、お初サンは、そうずら、そうずら、という相槌《あいづち》のほかに、それはおまえさんがいけねえからだよ、オレだったら、もうちょっと言うよ、などと、半分叱《しか》るように、半分励ますように言ったりもします。さんざん泣くうち母も少しづつ心が落ち着いてくるらしく、涙が乾いてきます。

そのころを見計らって、お初サンは母のまえに並んだものを指して言います。

——さあさあ。

手に箸《はし》を揃《そろ》えておしいただき、その箸を漬物にのばすころには母の涙も大体乾いていました。

——どれもよくつかっていやすこと。

母は遠慮がちでしたが小皿にとり、しみじみおいしそうに食べます。わたしの家ではもう丁寧に幾種類もの漬物を作るような余裕はなくなっていたのです。そうしてお茶を一杯お代わりしたぐらいで両手をついて挨拶《あいさつ》をして、立ち上がります。

——ありがとうごわした。

背負籠《しょいかご》——ボテとよんでいましたが、そのボテを最初からもって行くのもいかにも図々しいので空の背中で行くのですが、お初サンがもたせてくれる芋やら何やらで母の両手は必ずふさがり、帰りの道中を提灯で照らすのはわたしの役目でした。

ある晩お初サンが母をしげしげと見て呆《あき》れたように言いました。

——おまえさんも、ずいぶんと汚くなったなあ。

母はもとは色白だったのに農家の嫁として終日畠《はたけ》に出ているうちに、男か女か判《わか》らないような皮膚となってしまったのです。母はお初サンにはそんなことを言われても怒りもしませんでしたし、傷つくということもなかったようです。ただ照れたように笑っていました。

わたしは砂糖湯が楽しみなのと、母が憂《うれ》いを解いてゆく様子を見ているのが嬉《うれ》しいのとで、お初サンのところに一緒について行くのは好きでした。ただあのころの、まるで「田舎の子」というのを絵に描いたような自分が、ほんとうに自分であったという事実が夢のようにしか感じられないのです。

小海線

思えばあの時代に田舎に生まれるというのはつくづくつまらないことでした。それは、何よりもまず、どこからどこまでも同《お》んなじものの中に生まれるということなのです。家を出てあちこち行っても同んなじ造りの藁葺《わらぶ》きの百姓家があり、同んなじ田んぼや桑畑が続き、同んなじ野良《のら》襦袢《じゅばん》を着た人が日に焼けた顔を見せているだけです。隣りの家に行こうが、友達の家に行こうが、親戚《しんせき》の家に行こうが、同じような人たちが同じように囲炉裏を囲み同じようなものを食べているだけです。瓦《かわら》屋根をのせた白壁に囲まれた、分限者《ぶげんしゃ》の家——地主や庄屋や造り酒屋などの家がところどころにはありますが、そのほかはぜんぶ同んなじです。朝から晩まで蟻《あり》のように働くつらさに加えての、つまらなさです。今、田舎の暮らしというものが見直されていると聞きますが、あのころのことを考えれば、仕事がないということを別にしても、戦後ぞくぞくと人が都会に出て行ったとしても仕方がないことです。

わたしの生家はもちろん農家でした。小作農ではありませんでしたが、せまい農地で、養蚕で儲《もう》かるようになったときにそのせまい農地の半分を粟《あわ》や黍《きび》や稗《ひえ》を植えるのをやめて桑畑にした、養蚕農家でした。わたしの生家だけでなく、あたり一帯がやはり同じような養蚕農家だったのです。でも養蚕で儲かる時代はもうとうに終わっていました。家には父方の祖父母——ジイサンとバアサンとがいましたが、養蚕が一番盛んだったのは、そのバアサンの娘時代でした。妹と二人で製糸工場の女工をしていたそうで、揃って腕がよく、男も羨《うらや》む稼ぎをあげ、ほかの工場に引きぬかれ汽車で移動するときなどは二等に乗せてもらうやらビールをふるまわれるやら、下にもおかぬ扱いであったというような話を、囲炉裏をかこみ、夜なべしごとに豆をよったりうどん粉をこねたりするバアサンの口から幾度となく聞かされました。妹の方はその後肺病にかかり、家に帰されて死んだということですが、それでも男も羨む稼ぎをあげた時代を振り返るバアサンは得意そうでした。それがわたしの両親の時代には、工場は閉鎖されるわ、桑畑は減反せよと政府からは言われるわで、養蚕農家は苦しい時代に入っていたのでした。

わたしが生まれた昭和十二年（一九三七年）はそれに加えて日本が中国との戦争に入った年でした。

どうやって食べて行こうかと大人たちがいつも額を寄せ合っているような時代でした。回りの農家がどんどんと満州に移住していった時代でもありました。あとで知ったのですが、長野県は満州に移住した人間を最も多く出した県だそうで、それも当時の養蚕農家の苦しさと無関係ではなかったと思います。もちろん子供のわたしは幸い子供なりの理解しかなく、冬は雪うさぎを作って赤い南天の実を眼につけたり、夏は芋を掘って芋団子をこねたりと、すぐ下に生まれた妹と二人で遊んでいるだけの、おおむね幸福な子供時代を過ごしました。ただ大人とは不機嫌なものであるという暗い印象はずっと拭《ぬぐ》えないものでした。

　そのうちに太平洋戦争が始まりました。わたしはまだ小学校に上がるまえでそんなこともよくわかりませんでしたが、製糸工場が次々と軍需工場に化けていっているという話がぼんやりと頭に入るころには、周囲から男の人の姿が次々と消えていきました。家からは一緒に住んでいた父の弟が消えました。一年経《た》ち、二年経ち、東京の子供たちが集団疎開《そかい》をしてくるころには、父も消えました。戦争といえども日本人は米を食べねばならない。だから農家の長男には赤紙はこない。そう言われていたのに父にも赤紙がきたのです。父の野良襦袢が来る日も来る日も土間の釘《くぎ》にかかるだけとなり、ジイサン、バアサンとともに残された母が野良仕事の合間に赤ん坊だった弟に乳をやる姿が、子供心にも哀れでした。生まれたときから日本は戦争戦争でわたしも日の丸ばかり振らされていましたから、戦争というものがいつかは終わるものとも知らず、父が帰るのだけを毎日のように待っていました。そのころから母はわたしの手を引いて実家に顔を出し、お初サンを相手に囲炉裏端でさめざめと泣くようになったのだと思います。やがて父がいないまま戦争の最後の年が明けます。そして、その春、東京の空襲で焼け出されたという源次オジが疎開してきたのです。

この源次オジがわたしが最初に田舎を出るきっかけを作った人物です。母方の伯父ですが、それまでは話に聞くだけで会ったことはありませんでした。八人兄弟の次男で、一番末の母とは十五歳近く歳《とし》が離れており、母ですらめったに会ったことがなかったのです。源次オジは母が物心がついたころはすでに口減らしに家から出されていたそうで、そのうちに軽井沢の万平ホテルのレストランでボーイとして働くようになり、しばらくは夏は万平で働き、秋から春にかけては外国航路の船で働くという生活を送っていたといいます。そしてある年、夏が始まっても船を降りず、以来二十年近くを海の男として暮してきたのです。才あり、出世して客船のパーサーとなり、やがて人並みに結婚もし浅草に居も構えたということです。ところが、三月十日の東京の大空襲の日、当人は千葉の妻の実家へと泊まりがけで食料調達に出ていて難を逃れましたが、妻と小さい娘とを家とともに失ってしまったのです。

焼け出された源次オジはまずは母の実家に身を寄せました。わたしは国民学校初等科の二年生になったばかりで、学校から帰るとすぐにバアサンから妹と弟を受け取り、妹は手を引き、弟は背中にくくりつけて、珍しいものを眼にしてくれようとそのオジを見に行きました。腹が立つほどがっかりしたのは、外国にばかり行っていたというので西洋人のような人を想像していたからです。奥の座敷におるよ、とお初サンに言われて忍び足で覗《のぞ》きに行けば、坊主頭《ぼうずあたま》に国民服を着た人が仏壇を前に背中を見せてうなだれており、見れば仏壇の手前に小さな位牌《いはい》が二つ並んでいます。そのくたびれた貧しげな後姿は、そのへんの親戚とまったく変わりませんでした。

――くろうと女にとめておけばよかった。しろうと女なんかに手を出し、柄にもなく結婚などしちまったからバチがあたったんだ。

源次オジの口から大人になって聞きました。

そのときは、お前が冨美子か、と言って頭を撫《な》でてくれました。話し方だけが東京の人のようなのが印象に残りました。

その源次オジがじきにわたしの家に移ってきたのです。昔から生真面目《きまじめ》な長兄とはうまくいっていなかったそうです。しかも長兄の家には男手がいくつかある。それにひきかえわたしの家では足を引きずったジイサンしかいない。たとえ頭から田舎の暮らしをすっかり抜いてしまった源次オジのような人でも男の人がきてくれれば有り難いのです。そんな双方の都合を見てのお初サンの計らいであったことをあとで知りました。

昔はいつもお酒が入っていたという薦被《こもかぶ》りの四斗樽《しとだる》は戦争が長引くうちにどこかへ

消えうせ、配給の分はすぐにジイサンが呑《の》んでしまい、家にお酒の匂《にお》いがすることはふだんはないのに、源次オジが来た晩は母がどう工面したのかお酒が出ました。蕗《ふき》の薹《とう》を細かく刻んで味噌とまぜたのをツケギにのせて囲炉裏の火で焼いたのが酒の肴《さかな》です。それを箸で一すくいすくって口に入れたオジがそのときだけは田舎の人間に戻って感に堪えない声を出しました。

――うんめえい。

その拍子に煙管《きせる》に火をつけようとしていたジイサンがむせ返り、きょろっと眼をむいた赤ん坊の弟が大きな息を吸ったと思うと、ひきつけを起こしたように泣き出しました。いつもは弟が泣くとおろおろする母ですが、その晩は嬉しかったのでしょう、笑いながら抱き上げてあやしました。父が帰ってきたように賑《にぎ》やかで私も嬉しかった晩です。

源次オジは野良仕事を手伝うようになりました。もちろん軍の土木工事にも始終駆り出されます。オレは自分で言うのもなんだが、長い間のうちにすっかりアタマで働く人間になっちまったからねえ、と疲れた身体《からだ》を呪《のろ》うかのようによく減らず口をたたきました。わたしはまだ子供で野良仕事を手伝うといっても、弟を背中にくくりつけて妹と一緒に畦《あぜ》の草をむしったり、いなごを取ったりするぐらいしかできません。それでもそんな手伝いを口実にオジの回りにつきまとい、オジが一息入れるときに船の話や外国の話をするのを聞くのが楽しみでした。オジは子供に話を聞かせるというよりも、眼を細めて浅間の方を見ながら、ため息をつきつき、独り言のように話すだけでした。そして時々思い出したように言い足します。

——オレから聞いた話を人に言うなよ。

夏に入り父が戦死したという知らせがありました。沖縄の首里《しゅり》戦で足に負傷したあと日本軍の撤退についていけずに自決したということでした。自決という言葉の意味をいくら大人に説明してもらっても、わたしの知っている父からは想像もできないことです。のちになって本を色々読むうちに、歩けなくなった父は日本軍に殺されたのかもしれないとも思うようになりましたが、当時はわけがわからない思いでいっぱいでした。

そのころはもうあたり一帯英霊を祀《まつ》る家ばかりになってきていて、祖父母も母も黙々と父の戦死を受け入れるほかはありません。源次オジは自決という意味を尋ね回るわたしを不憫《ふびん》に思ったのでしょう。たくさんいる甥姪《おいめい》の中で、死んでしまった娘にわたしが一番歳が近かったということも、また、わたしが誰よりもオジの話を熱心に聞くということもあったのかもしれません。いよいよ可愛《かわい》がってくれるようになりました。

　ある日軽井沢まで行ってきたと汗だくになって帰り、リュックサックから紐《ひも》でくくった本の束をとり出し、わたしのまえに置きました。東京の本屋からはもう本らしい本は消えてしまったと聞いているのに、さすが軽井沢だね、と駅のそばの古本屋で手に入れたそうで、疎開してきた東京のお嬢さんたちの本だ、読んで「レディ」らしくなるのだと言います。また、もうじき戦争が終わる、だからこういう本を先生や友達に内緒で読む必要もなくなるとも言います。ぶあつい表紙に色刷りの挿絵《さしえ》のついた綺《き》麗《れい》な本で、教科書しか知らなかったわたしはびっくりしました。「レディ」が何物であるかもわからないまま、源次オジも読んだのかと訊《き》くと、いいやあ、と照れて応《こた》えました。少女のための小説だったのです。翻訳された外国の小説もあれば、日本の人が書いた小説もありました。

　のちに母の口から聞いたのですが、源次オジがあの日軽井沢に行ったのは、広島に落とされたという新しい爆弾にかんしての情報を求めて、当時色んな国の大使館やら赤十字やらが入っていた万平ホテルまで行ったらしいのです。同時にバターか腸詰めのかけらでも手に入れられればと芋を担《かつ》いで行ったのが、古本屋の看板を眼にしたところでわたしの本に化けたということでした。

Ｂ29が音を立てて上田市に来襲するのに眼をみはったその数日後、例の玉音放送があったようです。ほかの大人たちが右往左往するなか、源次オジが急に水を得た魚のごとくに元気になり、どううまく立ち回ったのか、そもそもどこにそんなお金があったのか、いち早く列車の切符を手に入れ、飛び立つように東京へと戻っていったのだけが強く心に残りました。東京ではまだ食べられないだろうと心配する母には、いやあ、オレなら食べられる、ここで遅れをとらないことが肝心なんだ、と応えました。母は心細そうでしたが、自分の婚家にいつまでも自分の兄がいるわけにもいかないのが頭ではわかっているので、引き留めませんでした。

アメリカ兵が乗ったジープが土埃《つちぼこり》をあげて走る姿が見えるようになり、教科書が墨で塗りつぶされ、先生が「デモクラシー」という言葉を口にするころには、疎開組の子供たちが続々と都会に戻っていくようになりました。軽井沢から綺麗な着物を風呂《ふろ》敷《しき》につつんでお米に換えにくる人たちの姿も増えました。母と同様一応はもんぺ姿ですが、顔かたちや姿かたちはもとより、話すときの表情、話す言葉がまるでちがうのがおもしろく、柱の陰から見せ物でも見るように覗いていました。

そのうちに父の弟が復員し、母はその弟と結婚しました。わたしの眼には母が喜んで結婚したように思えました。長女だったわたしは父の記憶が強く残っていたのでしょうか、一年経っても二年経っても新しい父に馴染《なじ》めません。学校から帰ると今度は母が新しい父との間に作った弟を背中にくくりつけ、家の用のあいまあいまに家族に隠れて本を読む毎日でした。そうこうするうちにわたしと一番ウマがあったバアサンが鶏に餌《えさ》をやっている最中に転んだのがもとで死んでしまい、それからは家の中でますます一人ぼっちでした。

あれは十か十一のころでしたか、ドーンという爆音とともに、浅間が大噴火したことがあります。溶岩はおおかた群馬県の方に流れ、村には細かい灰がサアーッと音を立てて降ってくるだけでしたが、それでも夜、家族そろって庭に出ると北の空に真赤な岩が次から次へと噴き上がるのが見え、息を呑《の》む恐ろしさです。その恐ろしさに陶然として我知らず吸いこまれるようにして見ていたのでしょう。ふと振り返ると母は少し離れたところで、赤ん坊の弟を腕に、新しい父のかたわらに寄りそうように立ち、やはり吸いこまれるようにして北の空を見ています。わたしのすぐ下の妹も、少し歳の離れた弟も、オットウ、と新しい父に寄りそって立っています。ジイサンも皆と一緒です。それなのにわたし一人だけ皆と離れ、皆と離れているのにも気づかずに、真赤な岩が噴き上がるのを夢中で見ていたのでした。あのころから自分の居場所はこの家にはないという気持が強まってきたように思います。

東京に発《た》った源次オジが立川というところにある米軍基地に職を得たのはその後の賀状で知っていました。将校食堂の事務長だと書いてあり、「長」とついているからにはそんなに悪くはないのだろうというのが親戚《しんせき》一同の結論でした。それからも毎年賀状が届くだけで、もうわたしにはその顔もおぼろでしたが、昭和二十七年（一九五二年）のお正月です。黒く光る髪をなでつけキザな背広姿で現れて村の人を愕《おどろ》かせました。「ラッキー・ストライク」という煙草《たばこ》と「ハーシー」の板チョコが親戚一同に配ったお土産で、わたしはオジがやはりハイカラな人物であるのをそのとき初めて納得しました。敏感な源次オジは新しい父を中心に再構成された家にわたしがどこか馴染まないのを見てとったのでしょう。以前わたしが船や外国の話などを熱心に聞いていたのも思い出したのかもしれません。春になれば新制中学校を卒業するのを知って、冨美子、卒業したら東京で働かないか、と言います。オジのいる基地でメイドとして働ける、メイドとして働けば基地の外で働くふつうの日本の女の人とは比べものにならない給料をもらえる、と言うのです。

基地という言葉は本来ならばわたしのような田舎娘をしりごみさせるべき言葉でした。でもわたしは一瞬愕いただけでした。父と母は基地と聞いてもちろん難色を示しました。わたしを高校にやる余裕はありません。というより、そもそも女のわたしを高校にやることなど念頭にも浮かばなかったのだと思います。昔とちがい、農家でも子供に教育を与えようという風に世の中が変わってはきていましたが、女は二の次です。ですからわたしと妹は中学を卒業したら働くのを当然としていました。ただ、口減らしに家を出てそのうえ仕送りをせねばならないほど貧しくはなく、父も母もできればわたしを東京のような遠いところに働きに出すよりも近間の工場なり何なりに口があればと考えていたのだと思います。そこを源次オジが説得にかかりました。自分が監督する、メイドの給料なら楽々仕送りも出来る、と言います。しょうがねえ、と承諾した父は、自分がほっとしていることに罪の意識を覚えているようでした。母はもっと露骨にほっとしていました。いつまでも父に馴染まないわたしに手を焼いていたのにちがいありません。

そうしてわたしは東京に出てきました。

上野の駅で待っていた源次オジの後について、混んだ電車を乗りつぎ乗りつぎして着いた駅は、東京とは思えないひなびたところでした。土埃の中を歩けば左右にはなぜか田畑もなく、荒地が広がるだけです。それでもこれから自分が住もうという家がさすが都会風に便利にできていること——家の中に井戸水がモーターで引かれ、外からバケツで水を汲《く》んでくる必要がないこと、そもそも家の中にお手洗いがあること、台所仕事も土間に降りずにそのまま板の間でできることなどなど、今から振り返れば信じがたい思いがしますが、まずはそんなことに心の底から驚嘆しました。

　そんなわたしが基地で英語を片言習ったあと、アメリカ人の中尉《ちゅうい》さんの家に突然メイドとして放りこまれたのです。建材はもとより、窓もカーテンも家具もまるごとアメリカから直輸入されたという家に放りこまれたのです。明る過ぎるほど明るい家で、しかも、その明るい家に、トースターやオーブン、冷蔵庫や洗濯機など——そんな結構なものがこの世に存在するとは想像もしなかったものが、つやつやと光を放って溢《あふ》れかえっていました。そうなると、突然月の世界に放りこまれたも同じで、愕きも大して感じなかったように思います。大人になるにつれてわかってきましたが、愕くにも経験や知識や教養が必要なのです。当時わたしはアメリカ人の家に愕くことができるだけの経験も知識も教養ももちあわせていませんでした。それから二年間にわたって一日の半分を中尉さんの家で過ごしましたが、一歩塀の外に出れば日本全土で停電が相次ぐなか、夏は一日中扇風機が回り、冬は一日中ヒーターのニクロム線が赤いという、基地の圧倒的な豊かさ——もっと大人だったら感じ入ったであろう基地の圧倒的な豊かさも、そのおしまい近くになるまでほんとうの意味ではわからなかったような気がします。

唯一《ゆいいつ》、初めからしみじみと有り難かったのは、食べものの豊富なことでした。「おほうとう」と呼ばれるうどんがご馳走《ちそう》で、川魚ですらそんなに始終は口に入らず、海の魚はお祝い事があるときだけ、肉に至ってはほとんどその味を知らないであたりまえだという山育ちです。それが、ハムやらソーセージやら生まれて初めて眼にする栄養価の高そうなものを昼食に出されるうえ、大きなお砂糖の袋までがわたしの手の届く棚に無造作にどさりと置いてあります。実際、紙袋をのぞきこんで真白なお砂糖——お初サンが砂糖湯を作ってくれるのに使う半白の花見糖ではない、真白なお砂糖が中に光るのを見たときは、思わず膝《ひざ》がふるえました。基地に勤めている間で、あとにもさきにもあれほど感激したことはなかったかもしれません。

不幸にして基地の有り難さがわからなかったわたしは幸い基地の恐ろしさもわかりませんでした。今考えても基地というのは得体の知れないところで、メイドといっても、近郊の農家の娘たちよりも、都会の女学校を出て洋服がすでに身についた人たちの方が多いくらいです。高官の間に入って流暢《りゅうちょう》に英語を使っている女の人には、旧華族の出だと噂《うわさ》される人さえいます。基地で働いていたと知られれば縁遠くなろうという雰囲気のなか、あえて働こうというのですから、人知れぬ事情もあれば、生来無頼の血も流れるといった人たちが多かったにちがいありません。そこへもってきて、たとえ基地内では厳しく規律が保たれていても、一歩外に出れば、何か度はずれて放縦なもの、無節操なもの、フツフツと性的なものが、ぐるりとその回りを取り囲んでいます。若い女でしたらいくらでも身を落とせる環境でした。ところが幸いわたしはまだ十五ですし、そもそもおくてです。何の自慢にもなりませんが、源次オジが厳しく見張る必要などまったくないほどのおくてだったのです。

源次オジの家は中神《なかがみ》という駅にありました。立川駅から青梅《おうめ》線で三駅先の駅です。駅に近いところから順ぐりに安普請《やすぶしん》の家が建つ中に、昔からの家も飛び飛びに残っており、当時の日本人の中では高給取りの方に入る源次オジは、戦前に建った、それなりの広さのある家を借りて、余分な部屋を人に貸していました。パンパン上がりの「オンリー」さんたちにも貸していたようですが、姪が来るというので追い出したらしく、わたしが着いたときは、板の間と八畳間に黒人の兵隊さんとその日本人の奥さんを、四畳半に子供を実家に預けてメイドをしているという、顔色の悪い、気の毒なほど痩《や》せこけた戦争未亡人を入れていました。お手洗い、お風呂、台所はみな共用でしたが、黒人の兵隊さんだけは基地でシャワーを浴びます。

余った部屋を人に貸すのとは別に、源次オジは誰か女と住んでいたようでした。女手があったのが歴然とした鍋釜《なべかま》のそろいかたで、当時のオジは一人の女からもう一人の女へと移る途中だったのでしょう。ある晩、襟の汚れたクタクタの着物を着た顔だけ厭《いや》に白く作った女が金の無心に来て、声高に言い争いになったことがあり、今思えばあれが前に一緒に住んでいた女だったのかもしれません。よほど困窮していたのか、女は呆《あき》れるほどしつこく言い募っていました。オジはオジで、バカ、おまえにくれてやる金があったら犬にくれてやるわ、などと啖呵《たんか》を切り、女遊びをする人特有の冷酷さでしょうか、ほんとうに最後まで一銭も出しません。そして女が出て行ったあと渋い顔を見せ、塩を撒《ま》いとけ、とわたしに言いました。しばらくするとやはりソレ者《しゃ》らしい着物を着た女の人が顔を現すようになりましたが、こちらはもう一人ほど自堕落なところはなく、ねえ、おやぶん、ゴムのホース見つかった？　などと家庭的なことを言ってやってきます。ただ怖《おそ》ろしいしゃがれ声でした。

そのほかにも「おやぶん」と言って訪ねてくる人が何人かいます。昔の仲間もいたでしょうが、源次オジが将校食堂のコックやウェイターたちの宿舎の監督も兼ねていたので、そういう人たちが何かと相談事を抱えてくるのです。実際、東京で見るオジは焼け出されて疎開《そかい》してきたオジとは別人でした。オジが出入りする将校食堂も星条旗が高々と掲げられた立派な建物で、正面には小銃をもったMPが直立に控え、わたしごときは足を踏み入れることもありません。オジは英語もよく話し、オフィサーのジープに乗って談笑しながら門を出ることもあり、そんなときは身体検査を通らずに済むので要領よくウィスキーやら煙草やらを隠し帰り、闇《やみ》で現金に換えているようでした。

またオジは好男子でもありました。

朝、髭《ひげ》を剃《そ》るときは少し反って鏡を斜め上からのぞきこんで、東洋のバレンチーノだね、と毎回のように言います。

——ジョージじゃなくて、ルドルフにしてもらいたいね。

基地ではジョージで通っていましたが、それはそもそも客船に乗っていたころからの名だそうです。自分の名がゲンジだというと、一等船室に乗るような西洋人には教養人もいて、『源氏物語』のプリンス・ゲンジと同じゲンジかとたびたび訊かれ、あまりに畏《おそ》れ多いのでジョージにしたということです。

オジの家の用事はわたしの役目でしたが、下に妹や弟を三人抱え、歳《とし》を重ねるごとに身体が不自由になっていったジイサンも抱え、そのうえ水汲《みずく》みを始めとして家の中でも外でも山ほど仕事がある田舎の生活に比べれば楽なもので、週日でも寝る前に小一時間本を読むことができます。いかがわしい雑誌と並んで売られている文庫本の古本です。週末も掃除と洗濯を済ましたあと陽がある間は縁側に出て本を読んでいました。

メイドたちは田舎派と都会派、すなわち近郊の農家の娘とどこからか通ってくるサラリーマンの娘とに別れていましたが、わたしはどちらからも孤立しており、週末に一緒に出歩く友達もいません。育ちからいえば正真正銘の田舎派なのですが、「おら、しょんべんしてくら」と言うなり、道ばたで堂々と小用を足す女の子たちを見るにつけ、自分も小さいころは平気で畦道《あぜみち》にしゃがんだのも忘れ、あんな女の子たちがそのまま成長した農家の娘たちとは到底心が通じることはないように思えるのも不思議です。かといって都会派の女の人たちはそのよどみない会話を聞いているだけで気後れし、仲間に入ろうという気にはなりません。

週末になるといつも一人で縁側に出て本を読んでいるわたしが不憫《ふびん》だったのか、目障《めざわ》りだったのか、源次オジはたまに都心に連れ出してくれました。新宿や銀座までいって、たいていは洋画の二本立てを観《み》るのですが、あるとき『君の名は』という日本の映画を観て、オジの方がたくさん泣いて照れたこともあります。都心が刻々と復興していく様がおもしろいほど眼に見えます。週末のにぎわいを見せる雑踏の中に、白い包帯を巻き杖《つえ》をついた傷痍《しょうい》軍人が風琴を奏《かな》でる姿をまだ見かけることがありますが、みんな遠巻きにして、急ぎ足で通り過ぎます。

戦争は急速に遠くなっていっていました。

実際、わたしが基地にくる一年前、昭和二十六年（一九五一年）にアメリカによる日本の占領が一応は終わっていました。ですから、基地の全盛期――というのも妙ないいかたですが、基地にほんとうに活気があった時代はすでに終わっていたのです。源次オジに言わせれば、民間から徴兵されたアメリカ人たちが次々と本国に戻り、頭の四角い職業軍人だらけになっていったのも、基地の雰囲気をつまらないものにしていったそうで、オジ自身わたしを連れてきたころから少しづつ転職を考え始めていたようです。自分で連れてきたくせに、若い娘がこんなとこにいてもロクなことはない、というのが口癖で、おいおいわたしの将来もどうにかしなくてはと考えていたようでした。

源次オジがそろそろ潮時だと本気で思ったのは、一番親しくしていたコックさんが将校食堂をやめ、戦前と同じ「帝国ホテル」に再就職するのが決まったときかもしれません。

昭和二十九年（一九五四年）の五月のことでした。

そのコックさんの送別会のあった翌朝、新聞を置くと、卓袱台《ちゃぶだい》を挟んだわたしの顔をみながらつくづくと言いました。

女はむずかしいね。おまえの母さんはね、頭も顔も並だからそこそこの人生で満足がいって始末がいい。だがね、どっちかがよくって、どっちかが悪いと不幸だね。頭より顔のほうがいいと、自惚《うぬぼ》れちまって高望みして失敗する。顔より頭のほうがいいと、高望みはしないけど、頭に見合うだけの人生にもなんないからつまんないやね。おまえは別に顔は悪かあないが、まあ、こう言っちゃなんだけど、むかしっから敏《さと》くって、頭のほうが数段上等だからね。こまったもんだね。よほどの家に生まれりゃあどっちがどっちでもいいけど……。

わたしは小学校中学校を通じて一番を通すほど成績がよく、最後の受け持ちの先生から高校に上がらないのをたいそう惜しまれた記憶があります。

――男の人はちがうの？

――そりゃ、ちがうよ。

わたしの声が真剣すぎたのか、少し冗談めかして源次オジは応《こた》えました。

――男はね、頭さえよければいいんだ。ついでにオレみたいに顔もいいと、もうこわいもんなしだね。

それから数日経《た》ったあと、仕事から戻った源次オジが、次の日曜日にはわたしの女中の口を探しにいくと言います。

——ほれ。日曜日まで穿《は》くなよ。

PXを通じたらしく、アメリカ製のナイロンのストッキングが手渡されました。

生まれて初めてナイロンのストッキングを穿いて出た日から記憶というものが始まったような気がします。というより、あの日から、今の自分とそのままつながる記憶が始まったような気がするのです。今思えば、知らずして人生の大きな曲がり角を曲がったのが、あの日だったのにちがいありません。

あれはいったいどこの駅に降りたのでしょうか。新宿から山手線に乗り換え、駒込《こまごめ》駅か、どこか六義園《りくぎえん》の近くの駅で降りたのにちがいないのですが、覚えているのは、ふと気がつくと、それまで黙々と歩を運んでいた源次オジの顔になんともいえない表情が浮かんでいたことです。オジはやがてうつろな眼で立ち止まると、空いた方の手で自分の顔を撫《な》でるようにして言いました。

——ぜんぶ消えちまった。

空襲で一掃されてしまったお屋敷町のことを指して言ったというのは、あとで判《わか》りました。

住所を書いた紙を片手に曲がったり引きかえしたりしたあげく、結局はたばこ屋のおばさんに尋ねて目的の家を探しだしました。オジは立派な門のまえに立つと、新しい表札が二つ、二つの呼び鈴と共に並んだのをしげしげと眺め、それからそのうちの一つの呼び鈴を鳴らしました。すると六、七十の着物姿の女の人が脇《わき》の通用門から出てきて、源次オジの顔を見るなり、まあ、ジョージさん、これはこれはお久しゅうございますこと、ご無事でいらしったのね、と弾んだ声を出し、どうしてここを？　などと訊《き》きながらわたしたちを中へと招き入れます。植えこみから玄関、玄関からは応接間へと通されました。木の匂《にお》いのする大きな家は日本風ですが、応接間は洋風でした。

やがてご主人が着流しで出ていらっしゃいました。

源次オジは「小石川の旦那《だんな》」と呼んでいましたが、実際の姓は安東だったようです。あとで知ったのですが、このご一家がパリへ赴任したときに乗ったのが源次オジがパーサーを勤めていた客船で、それが偶然帰国の際も同じ客船になり、以来、ご主人が三菱ドックの重役でいらしたこともあって、オジがたまにご挨拶《あいさつ》に行くような間柄になっていたそうです。

例の「ラッキー・ストライク」と「ハーシー」のチョコレートがオジの風呂敷《ふろしき》の中から出てきたあと、姪《めい》です、と一言紹介され、奥様はわたしの緊張を解くように一応笑顔をお見せになりますが、着流しのご主人の方はわたしの存在にお気づきになったかどうかも判りません。

——ひどい安普請だよ。

腰をかけるといきなりおっしゃいました。

——はあ。

オジはこういうのには慣れているらしく、安普請かどうか確かめるように、天井を見上げたりしています。

——もう西洋館はおやめですか。

——いやあ、建築家に相談したら、今はもうあんな古くさい西洋館は流行《はや》らない、何風だか知らないが白い四角い箱みたいなモダンな家がいいんだって言われてね、そんな菓子箱みたいなとこに住みたかあないから、ふつうの日本の家にしてくれって言ったんだよ。建って半年ぐらいだ。

オジは笑いながら訊《き》きました。

——お隣りはご子息さままで？

――ああ、長男一家が住んでいる。

今日は一家全員で上野動物園に行っているので特別に静かだということで、ふだんは小学校の隣りに住んでいるように賑《にぎ》やかなのだそうです。

――もとの大和郷《やまとむら》のお住まいのあたりを通ってきましたが……

――ああ、あの土地は焼跡のまま物納さ。住み慣れた土地から離れたくないんで、小さいけどここを買ったんだ。

――なるほど。

広い応接間をぐるりと見回したオジはそう言いながら首を幾度かたてに振りました。

――家族が全員無事だったから文句を言えた義理じゃないけどね、焼け出されただけじゃなくって、もう何もかもなくなっちゃったよ。

――はあ……

戦争中は隠れて短波放送を聞きながら早く連合軍に解放されたいと思っていたのに、いざアメリカに乗りこまれたら、何もかもみな取られてしまったとご主人は無表情に続けます。

――アメリカさんは共産党を敵視しちゃあいるが、あれは共産党に乗りこまれたも同然だったねえ。

――そうですなあ。

オジは真面目《まじめ》な顔で相槌《あいづち》をうっています。

それからは戦後の財産税で何をどう失ったかという話が続き、鎌倉《かまくら》やら大磯《おおいそ》やらという場所の名前も出ます。誰それが公職追放になった、誰それが戦犯になったというような話も出ます。わたしにとっては初めて耳にする類《たぐ》いの話ばかりがポンポンと出てきて、よくは理解できないながらも、呆気《あっけ》にとられて聞いていました。

やがて途中で消えていた奥様が漆塗りの盆を掲げて入っていらして、ジョージさんの方はどうなすってたの？　とお茶を置きながらお尋ねになりました。源次オジは、自分は空襲でおかみさんと娘とを失ったこと、姪のわたしは父親が戦死したことなどを手短に話します。まあ、と奥様は眉《まゆ》のあたりに同情をこめオジとわたしの顔を代わる代わるご覧になりましたが、それはそれはさんざんな眼にあったねえ、とおっしゃるご主人の方は大して動かされた声ではありません。

――ええ。

オジの応えはそれだけでした。オジがこういう人たちとまがりなりにも付き合えたのは、分をわきまえ、わたしたちが上の人たちの話に興味をもつのは当然で、上の人たちがわたしたちの話に興味をもつのは好意でしかないということを承知していたからだと思います。

——基地にお勤めになっているかたにお出しできるようなものはございませんのよ。奥様が薄いカステラをわたしたちに勧めて下さったところで、オジはわたしの就職運動に入りました。

——お女中はいないんですか?

——それが今日は日曜日で来ていないんですよ。もうふつうのお女中はいないの。通いのお女中だけなの。

家政婦さんていうんだよ、とご主人が引きとりました。

——そうそう、家政婦さん。この年になってお女中なしで暮らすなんて思ってもみませんでしたわ。

するとオジがすかさずわたしの方をあごで指します。

——どうでしょう。これなんかを女中に。

奥様はわたしの顔をちらとご覧になって、小さく首を振りながら、手狭になったうえに夫を結核でなくした次女が出戻って同居しており、家政婦一人でやっていけるのだとおっしゃいます。じゃあ、ほかのご子息のお宅では、とオジがもう一歩押すと、息子や娘は皆子供がいるので女中を使ってはいるが時代が時代だから二人目を雇うような余裕はないだろうという応えで、それから奥様は、長男の家では子供が何人、次男の家では、長女の家では、と指を折りながら息子や娘の家族構成について話し始められます。

そのときカステラを一人で先に召し上がっていたご主人が一口お茶を飲んでからおっしゃいました。

——ああ、三男の雅雄《まさお》ね、覚えてるかい？

源次オジは雅雄さんという人の顔を思い出そうとするようにこころもち首をかしげてから、はあ、とその首を縦に振りました。

——あれがね、あのとき一緒だった重光《しげみつ》くん、ほら、ロンドンからパリ経由で帰った、あの重光くん。あの家に養子に行ったんだよ。弥生《やよい》さんの婿《むこ》さんになってね。

——弥生さん、あの重光さんのお嬢さんの……。

源次オジの表情に突然生き生きとしたものが生まれました。あたかも突然身体《からだ》の芯《しん》に血が通い始めたようでした。

記憶というものが後から色々の解釈を加えるのでしょうか。オジのその表情を見たとき、何かがわたしの中でも動き、これからの自分は今までの人生とはちがった世界へと足を踏み出すのではないかと、ふだんは消極的なわたしが、そんなことを直感した記憶があります。

　思わず身を乗りだした源次オジの顔を眺めながら旦那さまはお続けになりました。

——戦争が終わる寸前ぐらいに結婚して、今ではもう息子が小学校だよ。

——そうですか。

　オジは相変わらず表情に生き生きとしたものを見せながら、嬉《うれ》しそうに顎《あご》を撫《な》でています。

——はあ、いや、重光さんとは懐《なつ》かしいお名前ですなあ。あのお嬢さんのお婿さんになられたとは、それは、どうもお目出度《めでと》うございました。

——うん。で、今は砧なんだ。

——キヌタ？

——うん。重光くんのところはね、もとから砧なんだよ。砧村。

——はあ、もとからキヌタムラでいらしたんですか。

——そうなんだよ。今でも狸《たぬき》が出そうなとこだよ。

　最初は自分たちと同じ大和郷に住んでいたのに、小田急線の開通後しばらくして、子供たちを新しい学校に通わせるため砧村の方に移っていったという説明ですが、わたしの耳には「キヌタムラ」という言葉だけが奇妙に響きました。

――つい最近までは提灯《ちょうちん》をつけて歩くようなとこだったらしい。でもそれ以来重光くんのところはずっと砧村なんだ。大きな洋館を建ててね。ありゃ、英国趣味が昂《こう》じて、ほんとうはイギリスのカントリー・ジェントルマンを気取りたかったんだね。東京じゃ狭くってどうしようもないけど。

――は、はあ。

オジの頭の中の地図に新しい点が記されたようでした。

――そこへもってきて、雅雄ってやつもずいぶんと変人でね。あの武蔵野《むさしの》の雑木林が気に入ったっていうんだから、うまくいったもんさ。でも、いい年をしたもんが住むようなとこじゃあないね。粋《いき》じゃないやね。粋筋のところから帰っても、酔いがさめちまう。

オジはしきりに顎を撫でています。

――いやあ、重光さんのお宅のことは、ずっとどうおなりになったんだろうって、案じてはおりましたんですけど、こちらさまとご縁組なさったとは……

オジはそこでまた本題に入りました。

――それじゃあ、こちらさまはもう女中がお入り用ではないようでしたら、重光さんのところではどうでしょう。

——重光くんのとこで？

——年の割によく気がついて、よく働きます。

——いくつだい？

——十七です。

——ほう。丁度いい年だねえ。

ご主人はちらとわたしを見てからおっしゃいました。

——でも今は女中が居ないんで困ってる人ばかりだからね、女中の口なんて簡単に見つかりそうなもんじゃないか。

——それがどうせ使っていただくんだったら、こちらさまのようなチャンとしたお宅で使っていただいた方が、本人のためになるんじゃないかと思いまして。

ご主人は、そりゃあそうだ、と簡単に納得してうなずかれます。

——どうでしょう。重光さんのお宅では。

——だって、重光くんのとこには例のオニがいるよ。

——はあ、オニがまだいるんですか。

——そりゃ、ありゃあ、一生いるよ。

——ではお嬢さんの弥生さんのとこでは。

——いや、あそこは所帯が別れてないんだよ。

ご主人は一寸《ちょっと》言いよどんでから続けました。

——なにしろ重光くんのとこは色々不幸が重なってね。

オジのいぶかしげな眼を捉《とら》えて再び口を開けます。

——家は焼けなかったんだけど、気の毒なことに、典之《のりゆき》さんがね、あのほら、クラリネットを吹いた。

——戦死ですか……

——ああ。

その瞬間不動になったオジの表情からこれは本心から衝撃を受けたらしいのがわたしには読みとれました。オジは少し沈黙があったあと、独り言のように言いました。

——わざわざロンドンでお育ちになって、それで日本にお帰りになって、戦死ですか。

——ああ。

その典之さんというのが、弥生さんのお兄さまであり重光家の一人息子であったということはのちに聞きました。そのときはオジの口調から、わたしの父の戦死などとは格がちがう、はるかに畏《おそ》れ多い戦死というものがこの世にあるのを感じただけでした。

するとと奥様がオジの方を見ながらおっしゃいます。

——でも、一応弥生さんに電話してみましょうか。あの辺一帯はみなさん戦前からのおつきあいだから、弥生さんがどなたか女中が要るかたを知ってるかもしれない。

そのとき奥様が電話をして下さったのが、わたしの人生の分かれ目となりました。弥生さんはお留守でしたが、お隣りに行っていらっしゃるだけだということですぐに折り返しお電話があり、奥様がこれこれこういう件で電話をしているとおっしゃると、なんとそのお隣りに三人の姉妹がいらして、その真中のかたが今丁度女中を探している最中なのだそうです。まとまる話なら早くまとめてしまおうということで、その足でオジと二人で砧村の弥生さんのお宅に向かうことに決まりました。

役に立つことができて面目を施せたという面もちの奥様が、襟をつくろいながら戻っていらっしゃると、ご主人が首を傾《かし》げておっしゃいます。

——まん中って、どれだったかなあ。

——だって、あの一番お綺麗《きれい》なお嬢さんじゃございませんか。華やかなお顔立ちの。

——あれ？　一番上が一番美人だったんじゃあなかったかい？

——あらァ、あなたはあのかたの方が一番およろしくてらっしゃいますの？

——いやあ、実際、どれがどれだったか覚えてないんだよ。

——まあ、あなたものんきでらっしゃるわねえ。

——しょうがないやね。雅雄の結婚式で一度と、あとは軽井沢で一、二度しか会ってないんだから。

そこへ源次オジが割って入りました。

——どちらさまのお宅で？

——いやあ、もう重光くんのところとは戦前からのふるいつきあいでね、やけに親しくしていて、軽井沢の土地も分けて、軽井沢でも隣り同士なんだ。だけど別に大した家じゃあない。なにしろ、聞いたことがないような家なんだ。

——でも大した美人ぞろいでいらっしゃいますのよ。「三枝《さえぐさ》三姉妹」っていって、むかし軽井沢じゃ評判でらしたんですって。ジョージさんは大いに眼の保養になりましてよ。

奥様が源次オジに突然色っぽい眼を遣《や》りながらおっしゃいました。

——そりゃあそうだ。みなさんお綺麗で、たいそうハイカラなかたたちだ。ご主人が背筋を伸ばして首を伸ばして気取った真似《まね》をなさいます。

——ほほ。

——それがロンドン育ちの弥生さんよりハイカラなんだから、恐れ入るよ。

その「三枝三姉妹」がそろって典之さんに恋をしていらしたらしいんですのよ、と奥様がおっしゃると、そりゃあそうでしょうなあ、とオジはうなずいてから、つけ加えました。

——船でお目にかかった当時はまだ十代でいらっしゃいましたけど、典之さんこそ、正真正銘の光源氏でしたからね。

源次オジと光源氏との混乱をご存じらしいご主人と奥様はそれを聞いておかしそうにお笑いになりました。オジは典之さんが亡《な》くなったことの衝撃を感じているとしても、それを安東家の人たちのまえで現すつもりはないようでした。

——うまくいけばようござんすけど。

奥様のその言葉を最後にいとまごいをしました。わたしはこのお宅の敷居は二度と跨《また》ぐことはありませんでしたが、「小石川の旦那《だんな》」と奥様には、その後軽井沢で二度ほどどちらとお目にかかりました。奥様の方はその度にわたしのことを、ああ、そういえば、という感じで思い出して下さったようです。

小田急線は日曜日なので少しは空《す》いており、午後の日の射《さ》しこむ座席にオジと並んで腰を掛けることができました。電車に揺られているうちに、女中の口がありそうだと聞いてほっとしたのも忘れ、不安な気持がつのっていきます。オジはわたしの不安を察したようでした。
——まあ、心配することたないさ。
そう言ってひざの上に揃《そろ》えて載せたわたしの手を軽くたたきました。

成城学園前の駅を降りたときの印象からしてちがいました。明るいのです。しかも空気がちがうのです。五月の暖かい陽の光の中に風がすうっと通りぬけるのに幸福感すら覚えます。

もちろん「キヌタムラ」と聞いて想像していたようなひなびたところではありませんでした。それどころか、わたしのようなものにすれば、半分西洋にでもいった気がしました。あとから聞けば小田急線沿線の空襲は幸い下北沢でとまり、それで戦前からのハイカラなお屋敷町がそのまま残ったのだそうです。広い銀杏《いちょう》並木をいくとやがて田んぼや畠《はたけ》や雑木林やらが眼に入りますが、郷里で見慣れた光景と同じものには見えず、まるで絵のように見えるのも、あれはあのようなありふれた田舎の光景を、「田園」などというバタ臭い言葉で理解しようとした人たちのこころざしがあたり一帯を支配していたからかもしれません。幾百年にわたる地縁から切れ、苔《こけ》の生えた先祖の墓からも貧しさそのものからも切れ、新しい時代がこれから日本にもたらすであろういいことが、すでに先取りされ、わたしの眼の前にうららかに広げられたかのようでした。

北口の店で訊《き》いた洋館はまわりに高い塀もないので途中から望めました。その広壮なのに呆気《あっけ》にとられながら花崗岩《かこうがん》の大きな門に近づくと、どこから覗《のぞ》いていたのか、白い割烹着《かっぽうぎ》姿が洋館の脇《わき》の方からふいに現れました。オジのあとに続いて通用門を入り、石を敷きつめた大きな半円の車寄せを横眼で見ながら白い割烹着姿に向かって近づいていきます。近づくにつれその年齢不詳の女の人が「オニ」であるのがだんだんと見当がつきます。四角い平たい顔に眼がきっとつりあがり、唇から八重歯が両方のぞいている感じが鬼そのものでした。

――お国さん。

――お久しぶりでございます。

このオニが長年にわたって重光家の「女中頭」というものであったのはのちにわかったことです。そのときは大きな石門のあるお宅にふさわしい威張った感じの女中だと思いました。

皆さんはお隣りで、オニだけここに残ってわたしたちが着くのを待っていたのだと言います。

――姪《めい》の冨美子《ふみこ》です。土屋冨美子。
――ふ。フミさん。
オニは眼で挨拶《あいさつ》しました。
――ジョージさんは今何してらっしゃんの？
――進駐軍さ。
――ふ。
そう言ってからまた、ふ、をくり返します。
――ふ。相変わらず、しぶとくていらっしゃいますね。
――まあね。
――ご結婚はぶじ続いていらして？
――いや……
源次オジは三月十日の空襲で妻子を一挙に失ったことを一言で告げました。
オニの口からは同情の言葉は出てきませんでしたが、ふ、はくり返されませんでした。
短い沈黙のあと源次オジが訊きます。
――ぼっちゃんが亡くなったんだってね。

オニはうなずいただけでした。

――お焼香でもさせていただければって思うんだけど、こんなハイカラなお宅にはお仏壇なんてないんだろうね。

――マントルピースの上にお写真とお線香がございますよ。

源次オジはマントルピースが何であるかを知っていたものとみえ、それじゃあ、という顔でオニを見ます。

――勝手口からしか出入りできないんですよ。

オニは少し苦々しげにそう言うときびすを返して日陰になった洋館の脇にわたしたちをつれていき、勝手口の扉を開けました。先に靴をぬいだオジが首で促しますのでわたしも靴をぬいでひんやりとした広い板敷きの台所に上がります。

進駐軍にこの屋敷を接収されている間、重光家のご家族はオニと共に屋根裏に並んだ二つの女中部屋と物置とに押しこめられて暮らしていたそうです。そして占領が終わり、屋敷は戻ってきた今もまだ、一階の一部と二階全部とをアメリカ人の夫婦に家具つきで貸しており、表玄関は彼らが使っているということでした。

――とんでもない無教養な連中なんですよ。

廊下の奥へと進みながらオニが言います。接収されていたときはアメリカの有名大学を出たという大尉《たいい》の一家が入っており、重光家の人たちは自分の居間に招《よ》ばれ、一緒にお茶を飲んだり、ブリッジをしたりしたのに、今入っているモンタナ州からの夫婦は、文化のブの字もなく、旦那《だんな》さまに言わせればそもそも英語もまともに話せない輩《やから》だということで、とても重光家とつきあえるような人たちではないそうです。わたしがメイドをしている中尉夫妻もこのオニからすればずいぶんと無教養な連中なのかもしれないと、本などほとんど置いていない基地の家を思い起こしながらわたしは二人のあとについていきました。

二枚の重たい樫《かし》の扉を左右に開けると、天井の高い大きな部屋が眼に飛びこんできます。窓に重たく緞帳《どんちょう》が垂れているので南向きなのに暗い部屋です。床の中央には空色の絨毯《じゅうたん》が敷かれ、絨毯の上には四方に彫刻がほどこされた低い卓子《テーブル》が据えられ、そのまわりを絨毯と同じような空色の絹のクッションをのせた華奢《きゃしゃ》な椅子《いす》が取り囲み、さらに別の隅には大きな煉瓦色《れんがいろ》の革の肘掛《ひじかけ》椅子が左右に対で置かれている——あのあとくり返し記憶によみがえるのは、そのような部屋でした。強い印象を受けたのに記憶がおぼろでしかないのは、数年後に屋敷ごと壊されてしまい、あの日にあの部屋を見たのが最初で最後となってしまったからです。でも欧州贔屓《びいき》で普請《ふしん》道楽だという重光家のお父様が凝りに凝ってお造りになった家だったというのですから、当時のわたしのようなものにも、進駐軍のにわか造りの家とはまるで性質のちがうものであることだけはわかりました。

暖炉が北の壁の中央を占め、青銅や陶器の像などが飾られた真中に写真があり、庭から摘んできたらしい小さな色とりどりの花が花瓶に入れられてそのまえに供えられています。

オニはふいに静かな声になりました。

——そっくりでいらっしゃるのよ。

——誰が？

——弥生《やよい》お嬢さまの、お小さいぼっちゃまが。

わたしはといえば、かくも貴公子然とした男の人がこの世にいたのかと、写真に眼が釘《くぎ》づけになりました。「名門の子弟」という小説で知った言葉そのままでした。しかも、出征するまえ、わざと背広姿で撮られたということですが、死ぬかもしれないと思って撮られた写真が、死ぬのを知って撮られた写真に見えました。

オニはわたしの眼が写真に釘づけになっているのに気がついているようですが、気にもとめずに源次オジに向かって話します。

——長い間待って、ようやくおできになったぼっちゃまでしょう。そのぼっちゃまは亡くなるし、何もかも取られてしまうし、もうこれで重光家もおしまいかと思っていたんですよ。そうしたら弥生お嬢さまのお小さいぼっちゃまが日に日に似てらしてね、それで……。

今思えばあれは部屋中に染《し》みついたタバコや紅茶の葉の香りだったのでしょうか。その濃厚な西洋の香りの中に、オジが焚《た》いたお線香の抹香《まっこう》臭い匂《にお》いが白く細くけむりながら漂います。

突然オニがわたしに話しかけました。

――フミさんでしたっけ？

――ハイ。

――年は？

――十七デス。

――ちょうどいいわね。

小石川で言われたのと同じせりふが出てきたのでおかしく思っていると、今度は源次オジに向かって言います。

――でも、大したお家じゃあないんですよ。

――お隣りですか？

——ええ。誰も知らないようなお宅。聞いたこともないお宅。

口裏を合わせたように、また小石川と同じせりふが出てきて、今度はおかしいよりも妙な気がしました。しかもどこかで馬鹿《ばか》にした調子が響き、えらそうな、好感をもてない女の人だという印象をそのときは深めました。

——そこに三人のお嬢さんがいらして、そのまんなかのお嬢さんのところの女中がね、結婚するっていうんで、いなくなってしまったんですよ。

今日はお隣りのどなたかの誕生会で、源次オジとわたしが着いたところでお茶にしようと、重光家の皆さんもそのお隣りで待っていらっしゃるということです。

話はそれで切り上げ、勝手口から裏庭へと案内されました。

そのとたんに生垣の向こうから笑いさざめく声が聞こえてきます。西洋の音楽らしいものも聞こえてきます。見れば、人が一人通れるぐらいの穴が生垣に開いていて、どうやらその穴をくぐってお隣りにいくようです。戦争も終わりに近いころ、空襲にあったとき庭から庭へと逃げられるよう近所一帯で生垣に穴を開けたことがあり、それをここでは戦後も塞《ふさ》がずに使っているのだとオニの説明がありました。

穴をくぐるのと重光家の洋館の陰を出るのと同時だったのかもしれません。

突然五月の太陽が眩《まぶ》しく世界を照らしました。

色とりどりの花――戦争中にテニスコートを野菜畠に変えたのが、今は花畠になったということで、フリージア、チューリップ、グラジオラスなど、のちになって名を知った花が初夏の日をあふれるほど浴びて咲き乱れています。その向こうの芝生のうえに、幸福というものを絵に描いたような光景が広がりました。夏らしい装《よそお》いの人たちが白く塗られた籐椅子《とういす》にてんでに腰をかけ、その間を縫うようにして、大きなリボンを頭にのせた女の子たちがふわふわと蝶々《ちょうちょう》のように飛び回っています。美しいもの、恵まれたもの、幸せなものがたくさんつまり、それがあたりの空気に輝きを放っているようです。

駅を下りたときの解放感が再びどっと押し寄せました。

あのときわたしの一生が決まってしまったのでしょう。まだ若く、良きにつけ悪《あ》しきにつけ何事も心に大きく影を落とすときでした。庭に坐《すわ》っていらしたみなさんとはあれから四十年にわたるおつきあいとなり、その四十年のあいだに、とてもこういうかたたちとはやっていけないと思ったことも幾度となくあります。それでもついに切れずに今日まで続いたのは、あの瞬間のおかげだったのにちがいありません。

花の群を離れるようにして、弥生さんだと思われる女の人がわたしたちを認めて小走りにやってきます。コットンドレスからストッキングをはいた細い足がのぞけ、もう結婚していて子供もいるはずなのに、若いお嬢さんのようにしか見えません。

――ジョージさん！

――お嬢さん、お久しぶりです。

弥生さんは源次オジにまとわりつかんばかりで、あれがロンドン仕込みなのでしょうか、さあっと右手を出し、その手を源次オジが握ると、今度は左手を添え、赤黒いオジの手を白い柔らかそうな両手に包みこんで握手します。船での源次オジの思い出がよかったのにちがいありませんが、ご当人自身、とことん愛情深い性質のかただということもあるようです。

この女の人がロンドンで育ったりしたのかとわたしはまばゆいものでも見るようにその少女の面影が残った顔を見ています。少し下がり気味の大きな茶色がかった瞳《ひとみ》をしていらして、まさに少女小説の挿絵《さしえ》にあるような顔です。色が白すぎるのか、日本人なのに、瞳と同じように茶色がかった髪をしていらっしゃるのも、どこか現実離れをした感じを与えます。

すると、小学校一、二年生ぐらいのやはり茶色がかった髪をした男の子が飛んでくると、弥生さんの横に立ちました。

――ご無事でいらしたのね。少しもお変わりなくって。雅之《まさゆき》ちゃん、ご挨拶なさい。

子供の頭を手の平でそうっと倒します。

——いつもお話しする船乗りの小父《おじ》さんのジョージさん。

源次オジは膝《ひざ》を折り、男の子と同じ眼線に自分の眼を置いて尋ねます。

——ぼっちゃまは、おいくつ？

一寸《ちよつと》間を置いてオジの陽に焼けた顔をうち守ったあと、勢いよく、七歳ですっ！と応《こた》えます。まだほんの子供なのに目鼻立ちがきりりとし、オニの言う通り、写真で見た典之《のりゆき》さんという男の人とそっくりなのに気がつきました。

わたしの弟たちもそうですが、男の子というものは自分が元気なのを誇示したいもので、雅之ちゃんも足が速いのを示すようにわたしたちのまえから駆け出し、そのあとに、まさゆきちゃーん、あぶないですよぉ、と弥生さんの幸せそうな声が続きます。

弥生さんは下がり気味の優しい茶色い瞳をわたしにもっていらっしゃいました。

——お名前は何《な》んておっしゃるの？

——ツチヤフミ子、デス。

——フミ子さん？

——ハイ。

——今日は、お時間、おありでらっしゃいましょう？

こんな女の人にこんなに丁寧にものを尋ねられ、わたしがすぐに応えられないでいると、いつのまにかもう一人年配の女の人がそばにやってていらして、これも、ジョージさん、と右手を差し出し、わたしの方には弱々しく微笑《ほほえ》まれます。

——おくさま。

——生きていらしてよかった。

弥生さんのお母様は小石川の奥様と同じぐらいのお歳《とし》でしょうか、お婆《ばあ》さんの範疇《はんちゅう》に入るかたですが、白いものの多い髪を断髪にし、灰色と白のストライプのドレスを着ていらっしゃるのが、そこいらの若い人よりよほど垢抜《あかぬ》けています。

——ぼっちゃまのお写真にご挨拶して参りました。

——ありがとう。

みるみる眼がうるみます。わたしにとっては父の戦死はもう遠いことですが、これぐらいのお歳だと、つい最近のことのように感じるのでしょう。

わたくしもつらかったけど、主人がね、もう気の毒なぐらい気落ちしてしまって、と首をご主人のいらっしゃる方に向けられます。

やあ、やあ、と籐椅子から手を振っているのが、弥生さんのお父様らしく、首に赤いスカーフを巻いてパイプをくわえていらっしゃいます。

——どうだい。

源次オジが重光《しげみつ》家の皆様全員と一緒になったところで、オジが空襲でおかみさんと娘とを亡《な》くした話になり、小石川のかたたちとは比べものにならない心のこもった反応で、奥様などはまた涙ぐまれ、オジがこのご家族に特別の思いをもっているのがわかるような気がしました。

そして、そのすぐあとに、そばに坐ったお隣りの三枝《さえぐさ》家のみなさんに紹介されたのです。見るからにご立派なご両親とわたしたちを見て人見知りして膝に群がる小さなお嬢さんたちとに囲まれ、その中心に三つの大輪のように華やかに咲き誇っていらしたのが、軽井沢のあの三姉妹でした。あれは昭和二十九年五月でしたから、上の春絵さんが三十三歳、真中の夏絵さんが三十二歳になられたところ、そして下の冬絵さんが二十八歳——みなさんまさに女ざかりという匂《にお》うようなお年でした。

そのときはまだ名前もわからず、一女、二女、三女の順番もわからず、似たような美しい顔が三つ並んだのに、まずは息を呑《の》みました。似たような美しい顔が三つ並ぶということは、美しさが三倍どころか三十倍にも感じられるものです。それも、古い表現ですが、泰西の名画から抜けでたような、という表現がぴったりの顔です。着ていらっしゃる洋服も、どこがどうちがうのか、ふつうの日本の女の人たちが着ている洋服とは同じものには見えません。その日は誕生会だということで特に凝った服を着ていらしたらしいのですが、そのときは、こういう人たちはいつでもこんな綺麗《きれい》な格好をしているのだと思っていました。のみならず、こういう人たちはいつでもこんな風にお庭に出て楽しんでいるのだとも思っていたのです。実はみなさんがこうしてご自分の庭を自由に使えるようになったのはつい最近のことで、こちらのお宅は米軍に接収されなかったとはいえ、やはり敗戦後のどん底生活の中でアメリカ人やその日本人妻などに家や離れを貸し、ご自分たちは重光家と同様長い間裏口から出入りする生活をしていらしたということ――そんなことを知ったのは大分経《た》ってからでした。

――はあはあ、あのマルセイユからの船の……なるほど、なるほど。

重光家のお父様の説明を聞きながら愛想よくわたしたちに初対面の挨拶《あいさつ》をして下さるのが三姉妹のお父様で、そのときの会話でわかりましたが、みなさんから「ジージ」とよばれるかたです。精力的な印象のかたです。身体《からだ》が大きく顔ががっしりしていらっしゃるせいもあるでしょうが、斜めに被《かぶ》った灰色のベレー帽の下から真黒い毛が飛び出しており、その真黒い毛が不自然なほど太くて艶《つや》やかなのに思わず圧倒されます。ジージの向かいの、髪をうしろで夜会巻のようにまとめて紫のお召しを纏《まと》われたのが「バーバ」です。三姉妹のお母様なのですから当然といえば当然ですが、やはり息を呑むほど見目麗《うるわ》しいかたでした。ジージとは反対にどことなく緩慢な印象を与えるかたで、長身の身体を少しけだるそうに籐椅子の背に預け、優雅に首だけ折って、にっこりというご挨拶です。ジージ、バーバは重光家のご両親より大分お若く、当時はまだほとんど壮年期でいらっしゃいました。

当時から家のなかではすべての指揮をとっていた長女の春絵さんが、それまで煽《あお》ぐともなく煽いでいた象牙《ぞうげ》のお扇子を閉じながらおっしゃいます。

——それじゃあお茶にしましょう。

——あなたア。

弥生さんが少し声を大きく張り上げます。

——お茶ですよう。

一人離れて本を読んでいた人が顔を上げ、それが弥生さんのご主人の雅雄さんだということがわかりました。雅雄さんというのが、これまた血も繋《つな》がっていないのにさきほどの遺影にあった典之さんとよく似ているのです。雅雄さんの息子の雅之ちゃんが、雅之ちゃんの伯父さんにあたる典之さんによく似ているのも当然でした。

——あなたア。

今度は春絵さんが弥生さんをわざと真似《まね》た声を出します。すると庭の端の方で長い棒のようなものを振っていた男の人が、おおうと応え、この男の人が春絵さんのご主人の浩《ひろし》さんで、そのときは何が何だかわかりませんでしたが、ゴルフのティー・ショットの練習をしていたのでした。当時の日本の人は痩《や》せている人がほとんどでしたのに、すでにお腹《なか》の出ている、恰幅《かっぷく》のいいかたでした。

春絵さんがまた真似します。

——お茶ですよう。

みんながどっと笑います。弥生さんは、やあねえ、とおっしゃりながら、背中を見せてさっさとまえを歩きました。今思えば、弥生さんがご主人の雅雄さんと仲がいいのを三枝三姉妹はいつも少し羨《うらや》んでいらしたのです。

わたしはといえば、三姉妹を見分けることもできず、三姉妹なのにご主人だと思われる人が一人しか見あたらないことにも考えが至らず、そもそもベランダから足を踏み入れた三枝家の応接間というのが、重光家の応接間とは比べものにならない平凡な造りのものであることにすら気がつきません。

左手にある食堂に白い布をかけ西洋食器を重ねた大きな食卓があります。でもそれでも人数には充分な大きさがないということで、三姉妹のご両親のジージとバーバ、それに弥生さんと春絵さんのご主人たちは応接間の椅子へ、子供たちは応接間のさらに向こうにある六畳ぐらいの部屋へと追いやられます。源次オジとわたしとは一応客扱いで、さあ、どうぞこちらへ、と食堂の方に案内され、その白い布をかけた食卓に並んで坐らされました。眼のまえには渋い青い模様のついた紅茶ポットと紅茶茶碗《ぢゃわん》、おそろいのケーキ皿などがうずたかく積まれ、白いナプキンと小さい銀のスプーン、手製のものらしい苺《いちご》の載った丸いショートケーキ、さらには庭のフリージアを活《い》けた青磁の花瓶もあります。中尉《ちゅうい》の家ではお茶をすることもなければ、食器といってもこんなに優美なものが出てくることもないので、それだけでもぼうっとしてしまいますのに、三姉妹が姦《かしま》しく話しながら、ポットを片手に紅茶を注いだりする様子もさながら動く絵のようです。

ふだんは自分のまわりに注意が行き過ぎるほどなのです。それがその日はお酒でも呑まされたように陶然としていました。オニがおりおり台所から姿を現し、険しい眼で食卓のうえを点検していることも、もう一人目立つほど太った割烹着《かっぽうぎ》姿の娘がいて、その娘が盆をもって忙しく食堂と応接間との間を行ったり来たりしていることも、ぼんやりと心の奥に影を落とすだけです。さらに一人、お洒落《しゃれ》をした若い女の人がいて、その人が応接間の向こうの部屋で別に小さな食卓を囲んだ子供たちの面倒を見ているようですが、それもぼんやりと心の奥に影を落とすだけです。

頭に血がのぼって夢うつつのお茶でしたが、思えばあのお茶が三姉妹を前に正真正銘の客として坐った唯一《ゆいいつ》のお茶となりました。

苺の載ったケーキを切り分けている長女の春絵さんが源次オジに向かっておっしゃいます。

——今日はね、四月の末に生まれたわたくしと、五月の初めに生まれたすぐ下の妹の、バースディ・パーティでございますのよ。だから、これはバースディ・ケーキのつもり。キャンドルはぬきでね……ホホ。

そして、ナツエちゃん、とケーキを分けたお皿を順ぐりに回すようにと次女の夏絵さんの注意を促したとたん、オジが春絵さんに尋ねました。

——軽井沢に山荘をおもちだと小石川で伺いましたが。

ええ、と春絵さんはきつい眼をよりいっそう見開くと、今度は弥生さんのご両親にその見開いた眼を向けてから応えられました。

——父がこちらの重光のオジサマから、戦前に土地を分けていただいたんでございますの。

その言葉が終わるか終わらないかのうちです。オジがまた尋ねました。

——ひょっとしてハルエさんでいらっしゃいますか？

食卓に坐《すわ》った皆が色めき立ちましたが、中でも一番愕《おどろ》いたのはわたしではなかったかと思います。三枝家のみなさま、と紹介されただけで、三姉妹の名前はそれまで出てこなかったのです。

源次オジは得意そうな顔で皆を眺め回しました。

実はハルエ、ナツエ、アキエという名の三人の才色兼備で評判の姉妹が軽井沢にいるという話を、昔、外国人の船客たちから噂《うわさ》で聞いたことがあるというのです。そして今、一人が「ナツエ」と呼ばれているのを聞き、ひょっとしたらその三姉妹かもしれないということで、四月が誕生日なら「ハルエ」ではないかと見当をつけたのだそうです。

——でもわたしはアキエじゃあなくて、フユエですわ。

愕きが治まらずに手がお留守になったままの次女の夏絵さんに代わり、三女の冬絵さんがケーキ皿を回しながらわざと口を尖《とが》らすようにして言いました。

——こりゃ失礼。

——いいえ、冬絵なんて妙な名でございますもん。

——いやいや、たいへんロマンチックなお名前ですよ。

オジは三人をもう一度順ぐりに眺めながら言います。

――一人ぐらい射止めて本国に連れて帰りたかったなどと言っていたかたもいらっしゃいましたよ。金髪のかたで。

――まあ、ペーターかしら？

次女の夏絵さんが片えくぼを見せ、首を傾《かし》げるようにしてお姉さんの春絵さんをご覧になります。

――そうねえ。金髪ならペーターかもしれないわ。

――それいつごろのお話？

――さあ。昭和十五年、いや十六年でしょうか。戦争が始まる寸前でした。

ああ、やっぱり、と花のような笑いが続きます。

評判どおりのみなさんでらっしゃいましょう、と弥生さんはオジにケーキを勧めながらにこにこと笑っていらっしゃいます。

――弥生お嬢さまと合わせて四人、こんなすさまじい美女ばかりがお揃《そろ》いになっちゃあ、そりゃ、もうたいへんだったでしょうなあ。

食卓での会話を聞いていたらしい三姉妹のお母様のバーバがいつのまにかそのあでやかな着物姿を応接間から現し、ねえ、春絵ちゃんあのアルバムをお見せしたら、とおっしゃいます。ああそうね、冬絵ちゃん、悪いけどアレもってきてちょうだい、と三女の冬絵さんがお姉さんたちに使われるのは昔からのことで、やがてぶあつい革表紙のアルバムが源次オジとわたしとの間に置かれました。三姉妹の軽井沢の青春の思い出というものがつまったアルバムで、のちにみなさんが若さを失うにつれ、こうして見るだけでは飽き足りなくなったのか、そこから何枚もの写真を剝《は》がし、軽井沢の山荘の応接間に額縁に入れて飾られるようになったものです。

あのときのわたしは、三姉妹の誰が誰やらまだ判《わか》らず、アルバムのページをめくるごとに次々と映画女優のように美しい女の人たちが、帽子をかぶったり、テニスのラケットをもったり、野原にスカートの裾《すそ》を広げて坐ったりして、入れ替わり立ち替わり、あるときは一人で、あるときは二人で、あるときは三人で、そしてあるときは数人で写っているのに魅入られたように眺めているだけでした。これは顔立ちがちがうのでわかる、弥生さんも始終ご一緒です。弥生さんのお兄様の典之さんもご一緒です。その典之さんが西洋人の男の人たちと楽器を演奏していらっしゃる写真も何枚かあります。

——さっきのお話のかた、このかたかしら？　ペーター・ヤンセンっておっしゃいますの。

そのうちの一人の男の人を指さして春絵さんが源次オジにお訊《き》きになります。

――ああ、そうですね。よくは覚えていませんが、そういえば、こんなお顔だったかもしれません。

十代の始めのころからこういう類《たぐ》いの人たちに触れてきた源次オジは、こんなお宅でこうしてアルバムを見せられたりしているのにも違和感を感じないようです。というより、自分に与えられた役割を演じるのに快感すら覚えているようで、いやはや、ほほう、と感嘆の声をしきりにあげています。

三姉妹はいつのまにか立ち上がってオジとわたしの肩越しにそのアルバムを覗《のぞ》きこんでいますが、オジの感嘆の声にあおられ、お互いの嬌声《きようせい》にもあおられ、すっかりご機嫌になり、声色も身ぶりも眼つきも、輪をかけて華やかに、また艶《なま》めかしくなっていくのが眼に見えます。オジに説明しようと前屈《まえかが》みになると、空気が動き、胸元から微《かす》かに白粉《おしろい》だか香水だかいい匂いが漂よってきたりもします。それでなおさら目眩《めまい》がするようでした。

今から思えばああいう人に慣れているオジよりもわたしの方がよほどのぼせてしまっていたようです。

オジが亡《な》くなってから、あるときふと思いました。

客船に乗った外国人から三姉妹のことを聞いたというあの日のオジの話が本当の話

である保証はどこにもありません。オジのことですから、三姉妹の一人が「ナツエ」と呼ばれているのを聞き、その瞬間にでっちあげた話だったとしても、ありえないことではないのです。今となっては真相を知りようもありませんが、唯一たしかなのは、オジ自身そのような話が三姉妹のうえにもちうる力を熟知していたということです。

　事実オジに対する三姉妹の態度は一変し、それまでは重光家の客であるというのでわたしたちのようなものにもお義理で社交的に接していらしていたにちがいないのが、気がついたときには三人の全身から嬌羞《きようしゆう》と狎《な》れ狎《な》れしさとが充《み》ちあふれ、オジのようなものの言葉でもこういうかたたちのうえに力をもちうるのかと、なんだか手品を見ているような気がしました。

——いやあ、もう、たいへんな眼の保養になりました。

　オジは最後にそう言って恭《うやうや》しくアルバムを閉じてから、三姉妹をぐるりと見回しました。

——それでどなたかにコレを使っていただけないかと思ってつれて来てるんですが、みなさまのうちのどなたかに雇っていただけるとしたら、こんな光栄なことはございません。

　源次オジが「コレ」といいながらわたしを指します。

食卓の回りの眼がわたしに集中し、長女の春絵さんが婉然《えんぜん》とほほえまれると、口を開きました。

――まあまあ、ご免あそばしませね、肝心の話が後回しになってしまって。すぐ下の妹の家でね、一人探していたんでございますのよ。

そう言って次女の夏絵さんに眼を遣《や》ります。

それは、それは、と源次オジが夏絵さんに向かっておじぎをしました。

――ハルエさんでいらっしゃいますね。

――いいえ、わたくしはナツエ。

――いや、こりゃどうも。

オジは頭を掻《か》く真似をします。

――よろしいんですのよ。いつもまちがえられますの。姉の方が強烈なもんでございましょう、ですから、みなさん、姉がナツエでわたくしがハルエだとお思いんなりますの。

そうおっしゃりながらお姉さんとそっくりに婉然とほほえまれるのも、おかしいのです。

戦後にやとった女中は二人続けてひとさまに言えないようなけしからぬ転職をし、

しばらく間を置いてようやく探し当てた次の女中も二年も経《た》たないうちにご用聞きの肉屋さんと結婚してしまい、今度こそなるべく長く居ついてくれる人がほしいということで、夏絵さんはわたしがまだ十七歳にしかならず、いかにも世慣れないのが気に入ったようでした。

——真面目《まじめ》そうな人ね。

そう言って大きな眼でしげしげとわたしの様子をご覧になりました。あとで考えれば夏絵さんにとっては、自分が使いやすいかどうかというより、自分の姑《しゅうとめ》である宇多川《たがわ》家のお祖母《ばあ》さまとうまくいくかどうかが一番の関心事だったのだと思います。また、長女の春絵さん、三女の冬絵さんもたいそう真剣にわたしの様子をご覧になっていたのは、これもあとで考えれば、みなさんにとって、夏、軽井沢での使い勝手がいいかどうかを吟味していらしたのだと思います。

夏絵ちゃん、お願いしたら？　という春絵さんの一言で決まったようで、夏絵さんが、ウチはそんなにたいへんじゃあないと思いますのよ、とわたしに向かっておっしゃいます。

——ここからね、二つ新宿寄りの駅に家がございますの。

何とはなしにこの家で働くのを想像していたわたしは少し愕きました。

――千歳船橋《ちとせふなばし》っていう駅！

突然嚙《か》んで捨てるような語調になったので、なおも愕きます。

――せまい家ですし、姑が頭痛もちなんですけど、子供はあそこにいる女の子が二人だけですから。

そうおっしゃりながら、今は応接間の隅に繰りだして絨毯《じゅうたん》の上で何やら遊んでいる子供たちの方を顔で示すのですが、どの二人なのだかわかりません。さきほどの雅之ちゃんをのぞいてあとはみな女の子で、ひい、ふう、みいと眼で数えて行くと四人います。みんな小学校の低学年ぐらいでしょうか、母親たちに似てたいそう美形ぞろいで、大きなリボンを髪に、雑誌の口絵でしか見ることもない洒落た服を着ています。やはりみんな似ているので、誰と誰が姉妹であってもおかしくないのです。

ご主人さまは今日は？　と、源次オジが夏絵さんに訊きました。

――主人は日曜日も始終大学ですの。

――大学？

そう鸚鵡《おうむ》返しに言ってから、訊き直します。

――大学の先生でいらっしゃいますか？

――ええ、医者ですの。研究が主なんですけど。

――ああ、お医者さまで。

オジはあとで、開業医じゃなくてよかった、男は家にいなければいないほど女中は楽だ、と言っていましたが、わたしは夏絵さんのご主人が大学の先生でもお医者さまでもあるというので、世の中にはずいぶんとえらい人もいるものだと思っただけでした。四人の小さな女の子たちのうち、二人が長女春絵さんの子供、二人が次女夏絵さんの子供で、一番末の冬絵さんが独身でいらしたのを知ったのはもっとあとからです。

基地のようなお給料はとても出せませんけれど、いやいや、それよりもちゃんとしつけて下さい、というようなやりとりがあったあと、それでは、どうぞよろしくお願いします、とオジとわたしがそろそろ引き揚げようとしたときです。

――ああ、ちょっとお待ち遊ばして。ねえ、あのひまわりのドレスどうかしら。

最後の言葉は春絵さんが夏絵さんに向かっておっしゃったせりふで、ああ、あれはいいわ、きっと似合うわ、と夏絵さんも応《こた》えられます。

フミさん？　たしかフミさんだったわねえ、ちょっとこちらに来て、と二人に言われてついて行けば、廊下を渡って、にわかづくりらしい離れに連れて行かれました。八畳ぐらいの板敷きの部屋に足を踏み入れると、三つのマネキンの胴体と二台の黒いミシン、いくつかの木の机と丸い座の椅子《いす》、それにおびただしい量の布地とが眼に入りました。

お二人して壁にかかっていた白地にひまわりを描いたコットンドレスをわたしにあてます。

――やっぱり、ぴったりよ。

――わたくしたちとちがって手足が長すぎるっていうこともないから、袖《そで》もぴったりだわ。

そのときは何が何やらわかりませんでしたが、これが春絵さんと夏絵さんが開いている「プリマヴェーラ」という洋裁学校兼洋服屋のアトリエだったのでした。ひまわりのドレスは商品なのだが最後に誰かがアイロンをあてるときに失敗して裾《すそ》の一部を少し茶色くこがしてしまったものだそうで、裾をもう少しつめて売りに出そうかどうか考慮中だったということです。

自分がこんなものを着ることがあろうとは想像もしなかった瀟洒《しょうしゃ》なドレスで、その後たびたび三姉妹の洋服が下がってくるようになるとは思いもよらず、これでこの先何年も着られるよそゆきが出来たと思って胸がふくらみました。

――強烈だったねえ。

帰りの小田急線で源次オジが額の汗をぬぐいながら言います。

たいそうハイカラな人たちでよかったのはもちろんのこと、なによりも若い綺麗《きれい》な奥さんでよかった、とオジは続けました。若い綺麗な奥さんと女の子のいる家で使われるのが女中にとっての一番の幸せだそうで、不細工な奥さんを抱える旦那《だんな》さんやにきびづらの男の子やらのいる家では、わるさをされる可能性が大だからだと言います。ああいう家なら嫁に行くまで安心だ、と一人で満足しています。突然に「嫁に行く」などという言葉が出てきてわたしは面食らいましたが、黙っていました。

それから二週間した次の月曜日の午後、基地をやめたわたしは一人で宇多川家に参りました。

小田急線を千歳船橋という駅で降り、線路の上にかかる陸橋を渡って駅前の小さな広場に出てみれば、成城学園前とは似ても似つかぬごみごみとした町並みでした。そこから夏絵さん——長年奥さまと呼んでいたのですが、お暇をいただいて年月が経つうちに夏絵さんになってしまったので夏絵さんと呼びますが、そこから夏絵さんが書いた地図を一方の手に、小さい風呂敷《ふろしき》包みをもう一方の手に、駅前の通りを線路に沿って歩きます。八百屋、魚屋、文房具屋などが並んだ落ち着きのない通りです。地図のとおりに右へ曲がると、貧弱な家がらんぐい歯のように出たり引っこんだりした通りになり、やがてとびとびに畠《はたけ》や野原も見えてきます。それが成城のように牧歌的なものには見えず、田舎の肥やしの匂《にお》いが思い起こされるだけで、それだけでも何《な》んだか心が沈んできますのに、ここいらだと思われるあたりに宇多川という表札を見出《みい》だしたときは、びっくりしました。

ここ二週間成城でのあの午後がちらちらと頭によみがえり、あのようなお宅に入るものとばかり思っていたのに、こちらはわたしのような者の眼にもごくあたりまえの家でしかありません。源次オジの借家よりは立派ですが、コンクリート・ブロックを重ねた門から申し訳程度の植えこみが続いているといった、どうということのない二階家です。掘立て小屋のような家に住んでいる人が多かった時代ですから、どうということのない二階家でも上等な方でしたし、それにあとから裏に二軒の家作があることもわかり、それなりに恵まれたお宅ではあったのですが、そのときは失望の方が強く、門の前で小さな風呂敷包みを胸に思わず立ち止まりました。大学の先生でもお医者さまでもあるといってもお金があるとは限らないのを知りました。

当時はまだ子供です。同じ女中になるのなら立派な家で働く方が体裁もよく、また女中としての仕事の重みもあれば、学ぶこともたくさんあるように思われます。重光家ともなるとあまりに格式が高く、だいたい典之《のりゆき》さんの死の匂いがいつも漂っているようでどこか怖い気がするのですが、三枝家《さえぐさ》のような華やかなお宅だったらどんなによかっただろう、なぜあのお家ではなかったのかと、自分のめぐりあわせを恨むような、果ては大人たちみんなによってたかって騙《だま》されたような思いまでしてきます。

玄関に出ていらしたお祖母さまにもびっくりしました。ハイカラなところなど薬にしたくともないお婆《ばあ》さんです。男もののような黒っぽい着物を着て、白髪混じりの髪をうしろでひっつめにし、おまけに顳顬《こめかみ》には膏薬《こうやく》さえ貼《は》ってあります。じろじろとわたしを検閲するように見て、愛想が口をついて出てくるということもなく、笑顔もありません。のちにこのお祖母さまが芸者あがりで、後妻として宇多川家に入ったと聞いたときは、自分の耳を疑ったほど、ひたすら地味な人でした。今から思えば、そういう過去があるので、なおさら地味にしていらしたのかもしれません。

今日は頭痛がひどくて面倒なので雨戸は一枚だけしか開けていませんがと、玄関脇《わき》にあるうす暗い三畳間へと案内されれば、北に面した部屋特有の冷え冷えとした空気が足下の畳から伝わり、その畳の真中に先に送り出したわたしの行李《こうり》がぽつりと紐《ひも》がかかったまま置いてあります。こっちが押入、これが箪笥《たんす》、中はから拭《ぶ》きしてあります、手洗いはこの先、と簡単な説明があったあと、お茶を入れましょうか、それとも荷ほどきを先にしますかと訊かれ、わずかな間でも一人になりたいので、荷ほどきを先にと応えました。そうしてお祖母さまが部屋を出られたあと、ぺたりと力がつきたように行李の前に坐《すわ》りました。湿り気を帯びた畳が肌にじかに触れてぶるっときます。この先のことを考えると、すぐ紐に手をかける気もしません。

と、甲高い子供の声がどこかから聞こえてきました。

――おばあちゃん！

――ハイハイ。

慌《あわ》てたスリッパの音が女中部屋の前を通って行きます。

お祖母さま以外誰もいないと思っていたのに子供がいたのかと、荷ほどきはさておいて急いで普段着に着替え、糊《のり》を利《き》かせた割烹着《かっぽうぎ》を身につけて女中部屋を出ました。

声のした方に行くと襖《ふすま》が開いており、お祖母さまの兵児帯《へこおび》を結んだ背中が見え、その向こうに蒲団《ふとん》が敷いてあって何やら小さいぺたんこなものが寝ています。ここもやはり半分しか雨戸が開けてありませんが、南を向いているせいで、陽の入るところと影になったところとの対照が烈《はげ》しく、奥の方は闇《やみ》に包まれています。蒲団はその闇の中に不気味に沈んでいました。

お祖母さまはわたしがきたのに気づかれて、よう子ちゃん、フミ子お姉さんですよ、こんにちはをおっしゃいと言われます。よう子ちゃんと呼ばれた女の子は蒲団から出した細い首をわたしの方に向けましたが、むっと黙っているだけです。こんにちは、とわたしから挨拶《あいさつ》すると、熱をもった眼でこちらをぎろぎろと見返します。思わずたじろぐような眼つきでした。

お祖母さまはお年寄りで鼻が利かなくなっていたのか、それともその日は頭痛がひどくて身体《からだ》を動かすのが難儀だったのか、風を入れていないらしく、熱のうんきやら汗やら厭《いや》な匂いが部屋にこもっています。女の子の縮れ毛が白い枕《まくら》カバーにへばりついているのも汚らしければ、女の子自身、色が黒くてざらざらした肌をしているうえに、白眼を剝《む》いてわたしを睨《にら》む眼には険があり、暗いもの、粗暴なものが丸出しです。先日三枝家で見た蝶々《ちょうちょ》のような女の子たちの中にこんな妙なのが入っていたとは、にわかには信じられません。よりによってこんな子がいる家だったとは……と、この家を見たときと同様肝を抜かれる思いで、二重に騙されたような気がします。子供の面倒を見るのには慣れていますが、生来の子供好きではありません。それが今度のことでは、あんな女の子たちがいるのなら、と少しは楽しみにしてきたぐらいだったのが、このざまです。

年寄りも女の子もそのままそこに置いて、身一つで飛び出してしまいたいと、愕《おどろ》きよりも怒りに近い思いが胸の中を駆け巡ります。蒲団や畳や襖がばらばらに浮いて眼の前を回るようです。それでも子供の面倒を見るのが習い性になっていたのでしょう。こみあげそうになる涙を抑え、胸の思いを抑え、窓を開け空気を入れ替え蒲団の形を整えるうちにいくらでもやることが見えてきて、ゴムの氷枕に氷を足したり、額の手拭《てぬぐ》いを絞り直したり、汗をかいた小さい身体を拭いて下着を替えたりと、いつのまにか自然に腰が動きます。枕元の丸盆のうえにのった水呑《みずのみ》やら体温計やら頓服《とんぷく》やらも整理します。お祖母さまは動き出したわたしをご覧になって少し安心なさったようで、枕元に坐ると、わたしにもののありかを教えながら、よう子ちゃんのおしゃべりのお相手をされます。

よう子ちゃんは熱に浮かされやすい質《たち》らしく、夢と現実との区別がつかないのか、お魚がたくさんいてね、りょうしさんが船にのってて、あみの中のお魚がぴかぴかと光ってね、と訳のわからないことをしゃべりやみません。

——ご苦労さま、ひとまずお茶でも飲みましょう。

しばらくしてお祖母さまがまだしゃべりたがるよう子ちゃんを置いて立ち上がりました。

台所でお茶を入れるのを手伝い、台所の隣りの板の間にある長椅子《ながいす》のうえに坐るともう四時を回っています。

そのとたんに、ぜえっ、ぜえっとものすごい咳《せき》が聞こえてきました。そのまま息がつまって死んでしまいそうな、凄《すさ》まじい声で、飛び上がらんばかりに愕きます。同時に、ああっと声をあげてお祖母《ばあ》さまが立ち上がり、その大げさなのにさらに愕きます。仕方なしにお祖母さまのあとを追って座敷に戻れば、お祖母さまは、ぜえっ、ぜえっと咳をしているよう子ちゃんの背中を神経を尖《とが》らせてさすっていらっしゃいます。あとで知ったのですが、よう子ちゃんは喘息《ぜんそく》もちで、風邪のあとに喘息が出るのをお祖母さまは怖《おそ》れていらしたのです。咳が治まったあともお祖母さまはしばらくそのまま坐っていらっしゃいました。よう子ちゃんは咳でなおさら赤くなった顔でぎろりと白眼を剝いて、お祖母さまとわたしの顔を交互に睨んでいます。何かしゃべりたいようですが、咳きこむといけないのでがまんしているようです。

——よう子ちゃん、ちょっとでいいから、寝てごらん。

お祖母さまがそうおっしゃるとよう子ちゃんは一応瞼《まぶた》を閉じますがまたすぐに開けてしまって白眼を剝きます。さあ、ちょっとだけでいいから、とお祖母さまがもう一度おっしゃってもまたすぐに開けてしまいます。同じことがさらに何回かくり返されたあと、お祖母さまは、つと左手で右の袂《たもと》を押さえ、右手をよう子ちゃんの顔の上に翳《かざ》すようにして、中指と親指でもって瞼を閉じられました。死んだ人間の瞼を閉じる動作と同じでわたしは気味悪くなりましたが、二人の間では幾度となくくり返された動作でしかないようです。お祖母さまはよう子ちゃんの瞼の上に二本の指をそうっと置いたまま、掻《か》き消えそうな声で、唄《うた》うというより、つぶやくように、ねーんねん、ころぉりーよぉぉぉ、おこぉろーりーよー、嬢やはぁぁぁ、よい子だ、ねんねーしなー、と口ずさまれました。短い子守唄なのか、お祖母さまはそこまでしかご存じないのか、低くゆっくりと同じところをくり返されるだけです。三度目が終わったところで手を外すと、よう子ちゃんはまた白目を剝きました。いつも子守唄は三回だけと決まっているのでしょうか、お祖母さまは、寝つきの悪い子をまえにした、困惑を通り過ぎた、諦《あきら》めの表情を露《あら》わに、さあ、と立ち上がられました。

二人して板の間に戻ってきたときは、入れたお茶はすっかり冷えていました。壁の時計は五時近くを指しています。夏絵さんの姿もなければ、女の子が二人いると聞いているのに、もう一人の方は影も形もありません。

——もう一人のお嬢さまは？

奥さまは？　と訊《き》くのはさしさわりがあるかもしれないととっさに思い、もう一人の女の子の行方を尋ねました。

——ああ……

お祖母さまは気のせいか少し不機嫌が増した声で、あそこで寝ているよう子ちゃんはまだ幼稚園だが、二つうえのお姉さんのゆう子ちゃんは成城学園の小学二年生で、いつもこれくらいの時間は奥さまの夏絵さんと一緒に成城にいるのだと言います。

そのときはそれ以上のことはわかりませんでしたが、その日だけでなく、これからいつも昼間はこのどこか冷たい感じのする頭痛もちのお年寄りと性格の悪そうな病弱な子供と一緒なのかと思うといよいよ暗澹《あんたん》としてきます。

やがてお祖母さまと二人で台所に立ちました。

すでに夕闇が家の中に忍びこみ、手元がうす暗いままにお米を研げば、ブリキの流しを打つ水の音もわびしく、まな板に規則正しく当たるお祖母さまの包丁の音もわびしく、またふと包丁をそこへ置かれたお祖母さまが座敷へとって返してよう子ちゃんを相手にぼそぼそと話される声も、がらんとした家の中にどうしようもなく陰気に響きます。田舎でみんなが出払ってしまった家で夕暮れを迎えたことは幾度もありますが、これほど寂しい、物悲しい思いをしたことはありませんでした。

そこへ夏絵さんがゆう子ちゃんを連れて帰っていらっしゃいました。

まあ、暗いじゃないのオ、とよく通る声が玄関に響き、最初の日にしくじらないよう割烹着で手を拭き拭き玄関に飛んで行くと、太陽のような夏絵さんの姿が上がりかまちを上がったところでした。そのうしろから赤いランドセルを背負ったゆう子ちゃんが首を出し、はにかんでわたしに挨拶をします。白い頰にある片えくぼからして夏絵さんにそっくりで、二人を見たとたん、成城での眩《まぶ》しい記憶が再び現実のものとしてよみがえりました。

夏絵さんが通るにつれて玄関、板の間、台所とパチパチと電灯が点《とも》り、その通る声といい派手な顔といい、家中の憂鬱《ゆううつ》を吹き飛ばしてなお余りあるような華をもってのご帰宅で、お互いにあまりウマが合わないであろうのが見てとれるお祖母さままでどこかほっとした顔をお見せになります。ママ、ママ、とよう子ちゃんも寝床から叫んでいます。はいはい、ちょっと待っててね、と夏絵さんは網の手提げの中から手品のようにさまざまな包みを出し、バーバが青山の「紀ノ国屋」で買って帰って下さったのよ、ほら、ミートローフ、クロワッサン、ブリオッシュ、ようやくこんなものまで出回るようになって、とデコラの食卓の上に広げますが、基地でも見たことがないものばかりでした。今日は早いお帰りのはずだから、と夏絵さんがおっしゃる通りじきにご主人も帰っていらして、やがてみんなでお夕食となります。げんきんなもので熱が下がったらしいよう子ちゃんも、寝間着の上にカーディガンを着せてもらって赤い頰を輝かせながら同席します。さきほどの凶々《まがまが》しい印象は消え、たんに縮れ毛のやせぎすの女の子です。わたしは別に食べるのだと思っていましたら、だって別に食べるような部屋もないじゃない、と夏絵さんが片えくぼを見せて笑って応《こた》えられ、一緒に食卓を囲むことになりました。

緊張してしまい色々訊かれても言葉少なに応えるだけでしたが、何かのことで、「お嬢さま」と言うと、ゆう子ちゃんとよう子ちゃんとでくすくすと上眼づかいに笑います。

――うちではゆう子ちゃんとよう子ちゃんでいいんだよ。

旦那《だんな》さまがそうわたしにおっしゃると、今度は二人の女の子に向かいます。

――これまで、どのお姉さんもゆう子ちゃんとよう子ちゃんて呼んでたしね。

うん、うん、と、こうして並んでいればどこかが似ている姉妹でうなずきます。そこへ夏絵さんがおっしゃいます。

――成城はあれで保守的なんですのよ。この間まで居た若い人が、麻里《まり》お嬢さまだか恵里《えり》お嬢さまだか、ちゃんとお嬢さまをつけなかったって、春絵ちゃんは怒ったりするの。

――もうそんな時代じゃあないよ。

そう旦那さまが恬淡《てんたん》と結論づけられました。度の強い眼鏡の奥のおだやかな眼つきと相まって、その恬淡とした調子が心にしみ入り、なんと言ったらいいのかわかりませんが、お金持ではなくとも精神は高いところにある旦那さまではないかという印象を受けました。何年ものちに聞いた話ですが、旦那さまが子供のころは、食事といえば、家にいた女中たちが台所の一段下がった底冷えする板のうえにじかに坐り、一言も口を利かずに並んで箱膳《はこぜん》で食事をしていたそうで、その寒い光景が眼に焼きつき、自分が大人になったらああいう光景は再現したくないとずっと思っていらしたそうです。

賑《にぎ》やかな食事が続くうちに、最初の衝撃も徐々にやわらぎ、こういう家にしばらく自分の身を置くのもそんなには悪くないのかもしれないという気がしてきました。

あとから考えれば、それなりに意固地なところがあるわたしが永々と女中を勤められたのも、この千歳船橋の宇多川家に入ったからであって、成城の三枝家に入ったら二年ももたなかったにちがいありません。大人数の三枝家では女中がこき使われるというのもありますが、こき使われるぐらいのことでしたら平気です。それよりも、宇多川家の中ではたんに華のある奥さまだというだけの夏絵さんも、実家に帰ると三枝家らしいところが出てくるのです。そして、この三枝家というのがわたしにとっては実際は少し距離をおいておつきあいするぐらい――一年に一、二ヶ月軽井沢でおつきあいするぐらいが、ちょうどいいお宅だったのです。たとえば些細《ささい》なことですが、宇多川家のゆう子ちゃんよう子ちゃんは「フミ子お姉さん」とよんでくれます。それが軽井沢では、三枝家の麻里ちゃん恵里ちゃんは大人と同じに「おフミさん」、あるいは「フミさん」とよんで平気です。食事も別です。子供たちから「フミ子お姉さん」などとよばれることも、みなさんと食事を一緒にすることも期待していませんでしたが、それでも一度それがあたりまえになってしまうと、その方が心が穏やかです。そんなこと一つとっても、宇多川家の方にご縁があったのはわたしの幸運でした。

もちろん当時はそこまでは思い至りません。夏絵さんやゆう子ちゃんを通じて成城の魅力がこの家全体を眼に見えない光で包んでいるようで、それに惹《ひ》かれて、期待はずれのところに身を置いたのも少し我慢しようかと、そんな風な気持でした。

休日は二週間に一度ということで、二週間目の日曜日、朝のうちに家を出て源次オジのところに挨拶に行きました。愕いたことに、「おやぶん」と呼んでいた女が手拭《てぬぐ》いを頭に細君気取りで家の中の掃除をしており、わたしの顔を見て、いらっしゃい、としゃがれ声を出します。縁側に出て煙草《たばこ》を燻《くゆ》らしながら新聞を読んでいた源次オジも照れた風もなく、おお、どうした、と宇多川家での様子を尋ねます。「小石川の旦那」のお宅や成城のあの二軒のお宅とは比べものにならない、どこにでもあるような家だと言うと少し意外だったようですが、お祖母さまに家事を一から教えてもらっているいると聞いて、それはいい、ついでにチャンとした口のきき方も教えてもらうといい、アイツみたいんなるともう嫁入口もないからね、と女の方を顎《あご》で指します。女は昼御飯をかいがいしく作ってくれ、悪い人ではなさそうです。卓袱台《ちゃぶだい》に向かった源次オジは、田町だか新橋だかで女に小料理屋をやらせようと思っており、手頃な場所が見つかり次第基地をやめるつもりだと言います。のんびりしていって夕食もここで食べて帰ったらいいというのを断わってオジの家をあとにし、勇気を出して中央線と山手線を乗り継いで一人で上野の駅に出ました。

二年ぶりの上野駅でした。

上野に来たといっても佐久《さく》が懐《なつ》かしいわけではなく、初めて東京の土を踏んだ記念の地なので、なんとなく来てみたのです。公園に出て西郷さんの足下に立てば、午後の光の中に、わたしと同じような、大都会にとけこめないまま焦燥感や心細さを澱《おり》のように漂わせた若い人たちの姿が眼に入り、その痩《や》せた寂しい姿にあちこちで散りぢりに就職をした級友の顔が知らず知らずのうちに重なります。メリヤス工場やゴム工場、ラーメン屋や蕎麦《そば》屋などで働いている筈《はず》で、工場の雑音、油染《じ》みだらけの厨房《ちゅうぼう》、他人と枕《まくら》を並べる煎餅蒲団《せんべいぶとん》などが同時に浮かびます。羨《うらや》ましいのは高校に上がって勉強を続けている級友――全体の半数もいませんでしたが、そういう人たちでした。

ふと、源次オジがあのままわたしを東京の高校にでもやってくれていたら、という思いが胸をよぎります。東京に出て初めて知ったオジの生活は私の眼には豊かに見え、そのオジの懐《ふところ》と情けとをあてにすれば、学費ぐらいなら出してもらえたのではないか、少なくとも貸してもらえたのではないか……その先どう人生が開けるのかはわかりませんが、少なくとも今よりは自分の力で立つことのできる人生が開けたのではないか、と思うのです。すでに中学を出てから三年目に入っています。しかもオジのところには女が転がりこんできています。今さらどうこうしようという気はないのですが、それでも、そのとき生まれて初めてほんとうの後悔というものを知ったように思います。東京に出てオジの生活を見たとたんに高校に通わせてくれと頼みこむだけの知恵のなかった自分の幼さが口惜《くや》しく、またオジ自身そう考えついてくれなかったという事実には、口惜しい以前に、胸がふたがります。

さんざん歩いたすえ、ぼんやりとベンチに坐《すわ》って午後の光に夕闇《ゆうやみ》がせまってくるのを全身で感じていました。

源次オジをすっかり頼りきっていた気持にすきま風が入るのが自分でもわかります。

オジがそう何から何まで承知しているわけでもないこと、やはり自分とちがって古い人間であること、だいたいオジ自身が教育を受けていないので、わたしのような娘が教育を受けたいと思っているなどとは考えもつかないのだということが、今となってはっきりと頭にのぼります。あれやこれやと思いつめますが、一途《いちず》に思いつめるというのではなく、年のわりに妙に分別臭く理詰めに考えていくものですから、もう自分の将来には大していいこともないであろうことが、酷《むご》いほどの現実味を伴って理解できるのです。

あの夕方が、高校に行けなかったことを泣いた唯一《ゆいいつ》のときでした。

一人で外で食事をとることなど初めてで、千歳船橋《ちとせふなばし》に戻り、駅前の小さな蕎麦屋の前を幾度も行きつ戻りつしてからようやく暖簾《のれん》をくぐって夕食を済ませました。

夜八時近くになって宇多川家に戻れば、私が帰るのを待って玄関の外の電灯がまだ点《つ》いています。ただいま、と小声で言って玄関を上がり、そっと板の間に入れば、夏絵さんが一応主婦らしくエプロンをかけ夕食のあとかたづけをしている最中で、例のよく通る声と太陽のような笑顔で迎えて下さり、床続きの子供部屋に座蒲団を敷いて何やら床に広げて遊んでいるゆう子ちゃんとよう子ちゃんも遊びの手を止め、お帰りなさい、との挨拶《あいさつ》がちゃんとあります。旦那さまは二階の書斎でお勉強、お祖母さまはお風呂《ふろ》だということでした。夏絵さんは立ってお皿を拭《ふ》きながら、あの日以来すっかり気に入っている源次オジのことを色々と尋ねて下さいます。やがてお風呂から出ていらしたお祖母さまも笑顔を見せられます。なんとも平和で、どういうわけか自分の居場所に戻ってきたという思いが突然身体《からだ》を満たし、上野公園で思いつめていたのが嘘《うそ》のようでした。

あの晩、宇多川家に身を落ち着けようという決心がついたのかもしれません。

四 DDT

千歳船橋《ちとせふなばし》で宇多川《うたがわ》家に入ってからのことは後回しにし、まずは、重光《しげみつ》家、三枝《さえぐさ》家、宇多川家がどのようなお宅で、どのようにお互いにかかわっていらしたのかというところからお話ししたいと思います。重光家も三枝家も宇多川家も、世に聞こえたお宅ではありません。またこの三つのお宅の過去の話があの太郎ちゃんに直接関係があるわけでもありません。でもわたしが少しづつこの三つのお宅の来《こ》し方在り方を理解していったということ――それはわたしのような者にとっては、どこかで哀《かな》しいことでも、辛《つら》いことでもあったのですが、とても大きな意味をもったことだったのです。

それがわたしにとっての教育だったからです。

この世にはいわゆる「恵まれた人」というものが存在するのは以前から知ってはいました。でもその知りかたは何の理解も伴わない知りかたでした。重光家、三枝家、そして宇多川家のかたたちを長年に亘《わた》ってまのあたりにし、なぜみなさんがああいうかたちなのか理解するようになって初めて、世の中のさまざまなこと――しまいには、自分がなぜこういう自分であるか、いや、もっとさかのぼって、祖父母がなぜあのような祖父母であり、母がなぜあのような母であったのか、また源次オジがなぜあのような源次オジであったのかなどをも、理解するようになっていったのです。持って生まれた性格や才能や運というものはありますが、それを越すもの、一回切りしかない人生のなかで、自分たちの力ではどうにもならないものの存在を知っていったのだと思います。

まずは成城の重光家と三枝家のご両家です。

この二つのご家族にかんして色々理解していったのは、ひとえに重光家の女中のオニの情熱によるものでした。

軽井沢の重光家の別荘には台所のさらに北側に、「サーバンツ・ホール」と英語で名づけられた、女中たちが食事をするための六畳ほどの板の間がありました。「サンデイ・ディナー」と、これも英語で名づけられた日曜日の大きな昼餐《ちゅうさん》のあと、重光家のオニと三枝家のチヅさんと宇多川家のわたしの三人の女中が、その日はそれで仕事から解放され、その「サーバンツ・ホール」に集まって自分たちで勝手にお茶を入れ、オニと私は編物を手に、チヅさんは週刊誌を手に、食卓を囲んでくつろぐのです。するとふだんはものをあまり言わないオニがチヅさんとわたしを相手に問わず語りに語り出すのでした。

オニは鹿児島の農家出身だということでした。弥生《やよい》さんのお母様が重光家にお嫁入りしたとき以来三十余年に亘《わた》って重光家に仕えてきたそうで、歌舞伎《かぶき》に出てくるお家大事の家老に十九世紀の西洋の小説に出てくる女中を足して二で割ったような、何とも奇妙な人でした。重光家がロンドンに赴任されたときに同行した唯一《ゆいいつ》の女中でもあったようです。もちろんオニ一人だけ三等船室のバンク・ベッドに寝ての「洋行」です。

最初の夏はオニの口をついて出る言葉の意味するところもよくわからず、オニが満足がいくようには興味をもてませんでした。それでもそばで傍若無人に太い足を組んで雑誌をパラパラめくるチヅさんよりはましな聞き手だったのでしょう。くる夏くる夏オニの話を聞くうちに、場所の名、会社の名、学校の名なども含めて、オニの言葉がだんだんと意味をなすようになり、意味をなすようになれば自ずから興味も深まり、じきにオニが満足ゆくほどの興味を覚えて聞くようになりました。

オニが飽くことなくくり返すもっとも重要な点は、ひとつ。重光家は三枝家とは格がちがう、ということです。生まれて初めてストッキングを穿《は》いて出たあの日、源次オジに連れられて最初に訪れた「小石川の旦那《だんな》」の家——安東家は、重光家と同格です。でも三枝家は同格ではありません。三枝家は「まともなお家」ではないのです。夏絵さんの嫁ぎ先である宇多川家ももちろん「まともなお家」ではありませんが、宇多川家は重光家と直接関係もなければ、重光家と肩を並べようという野心もないので、気にならなかったのでしょう。みなさん何から何まで重光家の真似《まね》をなさって……と、オニが蔭《かげ》でその僭越《せんえつ》を密《ひそ》かに嗤《わら》い、重光家の文化を引き継ごうというその情熱のみならず、そのもって生まれた華やぎやら才能やらまでどことなく忌々《いまいま》しく思っていたのは、春絵、夏絵、冬絵の、三枝三姉妹でした。

だいたい「まともなお家」とオニが言うのは、愕《おどろ》くほど限られた家でした。それは、先代や先々代が明治時代にすでに活躍し、大きな会社の創立にどこかで関わったり、洋行経験があったり、爵位《しゃくい》をもっていたりする家です。東京では昔大名屋敷や武家屋敷があったあたりに居を構え、同じような学校に子弟を送り、その結果、お互いの名を何となく知っている、知らなくともどこかで繋《つな》がっているという家でもあります。太平洋戦争を境いに多くを失ったというのも、東京の住まいやら近郊の別荘やらを米軍に接収されたというのも、どうやらその特徴です。

残りはぜんぶ「聞いたこともないお家」だったのです。

事実、もとは摂津《せっつ》藩の家老だったという重光家は、弥生さんのお祖父《じい》様が日本郵船や山陽鉄道の取締役を歴任し、弥生さんのお父様ご自身は帝大で経済を勉強したあと、オクスフォード大学に二年留学してから三菱商事に入り、戦前にロンドンで支店長を務めるまでに至ったというかたです。でももっと結構なのは弥生さんのお母様の方のお家だそうで、そちらがそもそも鹿児島出身のオニとの関係が深いのですが、もとは維新のときに功労があった薩摩《さつま》藩士であったということで、横浜正金銀行を始めとする様々な会社の創立に関わり、お祖父様の時代に男爵だか何だかの爵位を得て、以来子弟は学習院、麻布のご実家は貴族院議員、一族郎党は政治家や実業家ばかりという、話を聞くだけできらびやかなことこの上ないお家でした。

そのような重光家に比べて三枝家はふつうのお家――大きな会社の創立に関わった人も、洋行をした人も、爵位のある人も身近にはいない、オニいわくの、ふつうのお家でした。お父様のジージは新潟の造り酒屋の次男か三男で、東京高商を出たあと東京電気に就職なさったそうですが、商才があり、まだ二十半ばの若さでわずかな資金をやりくりして第一次世界大戦後の米相場の投機で儲《もう》け、大恐慌《きょうこう》も無事にくぐり抜けて化学肥料の相場でまた儲け、その儲けをもとに米袋か何かの会社を起こして恒産を増やしていったかただということです。器量自慢で知られたバーバの方のお家はもとは新潟の地主で、地縁がそのままご縁となってジージと結婚なさったそうで、すでに親の代から東京住まい、ご本人はキリスト教系の女学校を出たという都会的なかたでした。

——成り上がり者ですよ。

オニは三枝家を評して言いました。造り酒屋や地主などというのは、田舎では大したものなのです。それがオニにとっては成り上がり者なのです。旧華族などにとっては重光家も成り上がり者なのだろうとわたしが思い至るようになるのはまだまだ何年も先のことでした。

その重光家と三枝家が、それぞれ、息子や娘を成城の小学校に入学させるため、成城学園に引越してきたのです。

今や土地成金や芸能人といった人が住むギラギラとしたあの町からは想像もつかないことですが、昔の成城学園は、成城学園という学校を中心に、理想をもった人たち——日本の将来をもっといいものにしよう、そのために自然に親しめる環境で子供たちをのびのびと育て、その子供たちに新しい日本を創《つく》ってもらおうという、まことに結構な理想をもった人たちが、都心からわざわざ、水道もガスもない、蛙《かえる》が鳴き蛍が飛ぶ武蔵野《むさしの》の田舎へと集まってできた町だったそうです。もちろんそのようなことをしようというのは、精神的余裕だけでなく、経済的余裕もある人たちです。でも少なくとも成城学園という町づくりのその大もとには、理想というものが、あったことはあったのだそうです。

初めてあの駅前に立ったとき、なんとも言えない解放感を感じたのも、当時はまだその理想の残り香がわずかながらでも漂っていたのかもしれません。

大和郷《やまとむら》で「小石川の旦那」のそばにお住まいだった重光家は、昭和の始めに小田急線が開通したころから書生やら女中やらにつき添わせ、典之《のりゆき》さんと弥生さんのお二人を成城の小学校に通わせられたそうです。砧村《きぬた》へと移っていらしたのが、昭和五年。しばらく借家住まいをなさったあと、わたしが見たあの洋館をお建てになったのが、昭和六年。オニをつれてご一家でロンドンに赴任なさったのが昭和八年のことだといいます。せっかくお建てになった洋館は留守の間は引退した政治家の老夫婦にお貸しになったということでした。

そして重光家がロンドンに赴任なさったその翌年です。三女の冬絵さんが身体《からだ》が弱く成城の小学校に転校するよう勧められたのをきっかけに、三枝家が入れ違いのようにして代々木上原から越していらっしゃったのです。三枝家もしばらくは借家住まいをなさっていたそうですが、やはりご自分の家を建てようと土地をお求めになりました。それが偶然重光家のお隣りだったのでした。

その偶然からご両家のおつき合いが始まったわけです。

わたしが想像するに、重光家のお隣りに住むようになったあの三姉妹は、広い敷地に建つ洋館を見ながら暮らすうちに、今はロンドンにいらっしゃるという重光家に対するあこがれを膨らませていったのにちがいありません。異国の空の下に暮らすという一家はどんな毎日を送っているのだろう。兄妹《きょうだい》はいったいどんな人たちなのだろう。お嬢さんは自分たちと同い年ぐらいだと聞くが、日本に戻ってきたら、果たしてお友達になれるのかしらん……と、そんな思いのなかに二年、三年とすごしていらしたのにちがいありません。そうしてある日、とうとう重光家のかたたちが戻っていらしたのです。

それが昭和十二年（一九三七年）。昭和十二年といえば、思えば、わたしが生まれた年でもあります。

同じ年ごろの三姉妹にとって、弥生さんの身につけていらっしゃるもの持っていらっしゃるものすべてが、どんなにハイカラに見えたでしょう。お洒落《しゃれ》なお父様お母様も、どんなにモダンに見えたでしょう。良い意味でも悪い意味でも欲深い姉妹たちですからなおさらです。天気のいい午後、大勢の女中が立ち働く中を、重光家のかたたちがベランダでお茶を飲んだりするのも生垣を通して覗《のぞ》けます。夜、みなさんで音楽を奏《かな》でるのも聴こえてきます。もともと社会的地位のあるご一家がロンドンで箔《はく》をつけて戻ってこられたのですから、著名な文化人なども含め、成城のもっとも華やかな住人たちと交際があるのもわかります。

ご両親に似て上昇志向の強いあの三姉妹、ことに意志の強い長女の春絵さんが、どんなにお隣りとのおつきあいを望んだか、高等女学校で弥生さんがご自分と同じクラスに編入されてどんなに喜んだか、級友として友人として弥生さんの意を迎えようとどんなに熱心だったか、そして想像していたよりも弥生さんがはるかに積極的にご自分たち姉妹に親しもうとされるのを知って、どんなにお得意だったか——すべてが眼のまえに浮かぶようです。

日本に戻ってきた弥生さんは弥生さんで、たいへん心細い思いをしていらしたそうです。重光家がロンドンに発《た》たれた直後に成城学園内で何やら紛争があり、以前親しんでいた先生がたもお友達もほとんど学校から消えてしまっていたのです。そこへもってきて愛情深い質《たち》の人特有の引っこみ思案があり、かんたんにお友達ができようとは思えない。ところがお隣りに同い年ぐらいの三姉妹、それもその美貌《びぼう》と才気とで学校中で評判の三姉妹がいて、その三姉妹が手とり足とり日本での生活に慣れるのを手伝ってくれるのですから、突然空から女きょうだいが降ってきたようで、すっかり夢中におなりになったのです。

じきに三姉妹のお父様が重光家から軽井沢の土地を分けてもらいます。重光家とのおつき合いのなかで知らず知らずのうちに勢いづけられたのでしょうか。あたかもその当時の日本全体の流れにさからうように、三枝家のみなさんの西洋志向はいよいよ強まり、また臆《おく》せずにそれを表に出すようにもなり、それで軽井沢ではお隣りとほとんどそっくりの西洋館をお建てになったということらしいのです。あくまでも山荘で、さほど贅沢《ぜいたく》なものを建てられたわけではないそうですが、それでも軍需産業がさかんになり物資が不足し始め建築統制もある中でのことですので、持株の大半を手放したり袖《そで》の下を使ったりしての、ずいぶんと大変な工事だったという話です。

軽井沢を新たな拠点にして両家の結びつきはいよいよ濃密になっていきます。そして、そのなかで三姉妹をさらに重光家に惹《ひ》きつけ、両家のその後の結びつきにほとんど宿命的とも言える色合いを与えたのが、弥生さんのお兄さまの典之さんの存在にほかなりません。ロンドンから一足先に帰国されていた典之さんは、そのころはもう一高の理科に上がって寮生活を送っておられ、成城にいらっしゃることはまれですが、夏の軽井沢は別で、三姉妹と朝から晩までお隣り同士になったのです。

東京ではだんだんと軍国主義の色が濃くなっていくなかで自由な雰囲気が残っていた土地柄です。元来派手好きの三枝一家です。典之さんという存在をまえにまだ少女だった三姉妹はここぞとばかり匂《にお》い立ち、その匂い立つ三姉妹を中心に人の輪が広がっていきます。物々しい背景のかたが多いなかで、誰でも出入りのできる気楽さもさらなる賑《にぎ》わいを呼びます。クラリネットを吹く典之さんが国際色豊かなメンバーで室内楽をなさるというので、音楽もあれば、外国人との交流もあるのも魅力です。

次の夏も、また次の夏も、またまた次の夏も人の輪の中心となるうちに、三姉妹の上の二人は少女から若い女の人になり、若い男の人たちの憧憬《どうけい》の的となります。

三枝三姉妹にとっての人生の最高のときだったでしょう。

成城高等女学校を卒業したあと弥生さんは聖心の語学校に通われますが、春絵さんと夏絵さんは、もう有象無象《うぞうむぞう》と机を並べるのはタクサン！　ということで、それよりもいつか二人して洋裁でも習いにフランスに留学させてほしいと、ロンドンでお針子さんに混じって洋裁を勉強していらした弥生さんのお母様のもとで、熱心に洋裁の基礎や編物を習います。西洋人のお宅にいってフランス語を習ったりもします。オニから西洋料理の手ほどきも受けます。要するに職業訓練とも花嫁修業とも遊びともつかない毎日です。冬絵さんは冬絵さんでピアノ三昧《ざんまい》の毎日です。

そんななかで突然アメリカとの戦争が始まってしまったのでした。戦争が二年目、三年目に入り、玉砕のニュースばかりになるころには軽井沢といえどももう自由も何もありません。それでも戦争という現実を自分たちの遠くへ押しやって生きていこうとしているうち、ふいに全《すべ》てがお終《しま》いになります。

昭和十八年（一九四三年）の暮れ、典之さんに赤紙が着き、みなで呆然《ぼうぜん》としていると、なんと年が明けるともう訃報《ふほう》が届いたのです。幹部候補生としてではなく、一兵卒としての死でした。物理学者を夢見ておられ、戦争が終わったらケンブリッジに留学するつもりでいらしたということでもありました。

春絵さんが二十二歳、夏絵さんが二十一歳、冬絵さんが十八歳のときです。

——みなさん、いい気なもんでらっしゃいますよ。

オニに言わせると、三姉妹——一番下の冬絵さんも含めて、三姉妹おのおのが典之さんはご自分とこそ結婚するつもりでいらしたと信じていらっしゃったそうです。戦争に取られるのがわかっていて、それでもみな結婚したあの時代です。なぜ典之さんが結婚なさらないまま徴兵されていったかはみなさんの心に永遠の謎《なぞ》として残りました。そして永遠の謎として残ったゆえに、典之さんの影がそのあと一生三姉妹についてまわったのだと思います。

典之さんの死はみなさんの青春の死を意味しました。女のかたたちはみなさん眼が覚めたようにいっせいに結婚なさいます。時が容赦なく流れているという現実にふいに直面したのです。冬絵さんをのぞいてみなさん当時の基準で言えば適齢期を越そうとしています。そのうえ日本の若い男の人たちは恐ろしい勢いで死んでいっています。今結婚しなければもう一生結婚できないという焦《あせ》りがあったのにちがいありません。

弥生さんのお相手は「小石川の旦那」の三男である雅雄《まさお》さんです。典之さんが亡《な》くなったので養子に入ってもらいます。小さいころ大和郷で近所だったうえ、例の源次オジがパーサーをしていた船で欧州からの帰りが重光家とご一緒だったこともあって、気心がよく知れたかたです。東京の人間なのにわざわざ京都で美学とかいうものを専攻し、そのあとも大学に残って、陶芸家に弟子入りしたり、絵を描いたりとぶらぶらしていたところを乙種合格で徴兵され海軍に入り、甲板掃除をしている最中に倒れて熱を出し即日帰郷になったというかたでもあります。弥生さんに劣らずお優しく、どこか霞《かすみ》を食べて生きているようなところがあり、典之さん亡きあとの重光家の婿《むこ》養子として、頼りになるというよりも、違和感がないという意味で最適のかただったのでしょう。顔形が典之さんに似ていらっしゃるのも重光家のみなさんには慰めになったのだと思います。「まともなお家」のかただったので、オニも文句はなかったようです。

三枝家の長女の春絵さんもほぼ同時に養子をとりました。浩《ひろし》さんは横浜の綿花貿易の商家に生まれた六人兄弟の次男、三田の経済を出たあと三菱商事に就職し、重光家のお父様の紹介で三枝家に出入りするようになったかたです。当時はすらりとした長身に黒髪を撫《な》でつけた典型的なプレイボーイだったそうで、すぐ下の弟は非合法運動で逮捕されかけたこともあるそうですが、ご当人の方はそういうところはまったくなく、軽井沢の山荘にたまに顔を出すと、春絵さん相手に冗談を言ったりダンスのお相手を勧めたりと、春絵さんご自身、典之さんが亡くなられるまでは、浮いた気持でつきあっていたかただそうです。甲種合格で召集され、一度戻って来てまた召集されたのですが、運よく国内にいるうちに肋膜《ろくまく》にかかり、それで家に帰されて命が繋《つな》がりました。養子にするにはどこか軽過ぎると、ジージとバーバはあまり賛成なさらなかったそうですが、春絵さんが強硬に出ていらしたし、若い男の人たちは消えていっているしで、強く反対もなさらなかったそうです。絵だの文学だの音楽だの、そんなことを好んで話題にするみなさんのなかではいつも少し退屈そうな顔を見せられ、隙《すき》を見てはゴルフの棒を振っていらっしゃるという、一見ダンディな割にはみなさんとあまり波長の合わないかたでした。

次女の夏絵さんは三ヶ月遅れてお嫁入りなさいました。こちらは夏絵さんがぜひと望まれてのご縁で、お相手の宇多川家の旦那さまは吉祥寺《きちじょうじ》にある医院の跡継ぎで、一人息子、お名前を武朗《たけろう》さんとおっしゃって、典之さんの一高時代の同級生でした。追分の「油屋」に滞在しているときに軽井沢の山荘に招《よ》ばれ、夏絵さんを見たとたん、いわゆる一目惚《ぼ》れという言葉通りの恋をしたそうですが、それでも典之さんの訃報を聞くまでは自分に可能性があるとは思ってもみなかったという謙虚なかたです。篤学《とくがく》質朴な人特有ののぼせかたでもって夏絵さんにのぼせての結婚だったそうです。いつもお姉さんの春絵さんに押さえつけられていた夏絵さんにとっては、東京帝大を出ているうえに、典之さんの友人だったという人に望まれての結婚だということで、春絵さんを見返すようなところがどこかであったかもしれません。武朗さんはお眼が悪くて丙種合格で戦争にとられずに大学に残っていらっしゃり、当時は医局員をしながらお家の医院の方も定期的に手伝っていらしたということです。

弥生さんのご主人の雅雄さんは、重光家と三枝家ご両家にそのまま溶けこんでしまわれるかたです。春絵さんのご主人の浩さんは、どこか少しちぐはぐという程度です。でも宇多川家の旦那さまは、まったく別でした。上等な紅茶セットのなかに一つだけ素焼きの茶碗《ちゃわん》が紛れこんでいるようなものです。みなさん武朗さんがご一緒のときは少し困惑した顔を見せられましたが、ほんとうはご当人が一番困惑していらしたはずです。

幸い花嫁衣装には戦前からご両家とも用意してあった白のサテン地があったそうですが、花嫁道具などはもちろんなく、引越しもリヤカーでの引越だったということです。

三女の冬絵さんは一生結婚なさいませんでした。

夏絵さんの結婚式のあと空襲が激しくなり、じきに三枝三姉妹はお母様と軽井沢に疎開《そかい》します。軽井沢は気候が寒すぎて疎開先としては不向きなのに、ほかにも別荘をおもちの重光家も一緒に疎開していらっしゃいますので、結局ご両家そろって女のかたたちは軽井沢で敗戦を迎えることになります。そして、敗戦後、そろって軽井沢で一冬越すことにもなります。その結果、翌春、なんと弥生さん、春絵さん、夏絵さんの三人がほとんど同時に軽井沢で妊娠なさることになったのです。

軽井沢の食糧事情の方が東京よりまだましだというので、みなさん軽井沢でさらにもう一冬越して出産することに決められます。それから出産までの間がみなさん十八番《おはこ》の苦労話です。軽井沢に送っておいた着物が無事着いていたのが幸いして、筍生活《たけのこ》を送ることができたらしいのですが、それでも庭でキャベツやお芋を作ったり、小諸《こもろ》までお米の買出しに行ったり、冬の燃料を調達したりと、大きくなっていくお腹《なか》を抱えながらこのときだけはみなさんも当時の人たちの苦労を一応人並みに舐《な》められ、それで結束もますます堅くなったということでした。

三人の出産は昭和二十二年（一九四七年）の一月から三月にかけてです。血のつながりのない重光家の雅之《まさゆき》ちゃんが、春絵さんの長女の麻里《まり》ちゃん、夏絵さんの長女のゆう子ちゃんと、あたかもいとこ同士のような気持で育つようになったのは無理からぬことでした。三枝家の春絵さんと夏絵さんは東京に戻ってしばらくしてからそれぞれ次女の恵里《えり》ちゃんとよう子ちゃんとを産むことになります。でも重光家の弥生さんは、雅之ちゃん一人しかお子さんには恵まれませんでした。

戦後を境いにオニの話は愚痴に変わります。

重光家は多くをもっていらしただけに多くを失い、典之さんのこともあって、ご両親は結局は精神的に立ち直れなかったのです。しかもお父様は戦争中人に請《こ》われて情報局関係の仕事に移り、それが災いして公職追放の憂《う》き目《め》にもあい、それからは再就職も閑職につかれる程度です。そこへもってきて昔の栄華が忘れられずに妙な投機に手をお出しになり、わずかに残った財産さえ失ってしまわれます。弥生さんのご主人の雅雄さんがしばらくして東京美術学校——今の芸大で職を得られるまえは、基本的には売食《うりぐい》で生活するしかなく、わたしが一番初めに三枝家で見た金の縁取りに渋い青い模様のついた紅茶セットも、重光家がロンドンからもってお帰りになったのを手放そうとしていらしたのを見て、あまりに勿体《もったい》ない、と三枝家が買ったものだそうです。ほかにも三枝家に渡ったものはいくつもあり、そのようなこともあって、オニはいよいよ三枝家におもしろくない思いを抱くことになったようです。家の大部分を家具ごと進駐軍に接収されていたせいで、家具が残ったのが幸いでした。もちろん雅雄さんが職を得られたあとも、戦前の大学の先生とはわけがちがい、そこそこの収入にしかなりません。弥生さんは一人息子の雅之ちゃんを授業料の高い成城学園初等学校ではなく、できたばかりの明正小学校という区立の小学校に通わせていらっしゃいました。

ああだこうだと重光家の不幸を数え上げるうちに、オニには意外な弱気なせりふも出てきます。

——ほんとうはわたしがこうして居残っているのも、ご迷惑なのかもしれません……。

オニの愚痴を聞いているわたしは、それでも重光家に同情する気にはなりませんでした。同情する気にはならないのも仕方のないことです。現にこうして愚痴を聞いている軽井沢の洋館には戦前からの調度や美術品や食器が残っていますし、そもそも洋館も残っていれば土地も残っています。言うまでもなく、東京でも、あの洋館と、そして何よりもまず成城の土地そのものが残っています。事実、そうこうするうちに、成城からアメリカ人の姿が消え、入れ替わりに日本全土から人が東京、それも世田谷になだれこんでくる時代に入り、高級住宅地としての成城の土地の値は年々上がるようになりました。重光家は借地権の整理と借金の返済のため、千坪以上あった土地の大半を手放され、あの凝った造りの洋館も消えてしまいましたが、それで経済が立ち直ったものとみえ、残った二百五十坪ほどの土地に今度は娘婿《むすめむこ》の雅雄さんがモダンな家を建てられました。そのうちに雅雄さんが雑誌に記事を書いたりして副収入もあるようにもなり、老夫婦若夫婦共に仲がいいことも加わって、わたしが見る限りにおいて庶民の羨《うらや》むべき優雅な生活ぶりでした。

重光家に比べて三枝家の方はそうは失うものもありませんでした。のみならず、戦後は戦後でみなさん発展なさり、現金収入という点からいえば、お隣りよりは恵まれるようになったのです。ジージの会社も、一時は不況のあおりで破産寸前までいったそうですが、朝鮮戦争の好景気もあり、わたしが初めてみなさんにお目にかかったころはすでに立ち直っていました。また春絵さんが中心となって夏絵さんと二人で開いた「プリマヴェーラ」という洋裁学校も年を追うごとにドレス・メーカーとして成功し、こちらの方からの収入もあります。そのうえ、春絵さんの婿養子の浩さんが、たんにゴルフがうまかっただけじゃないのォ、と春絵さんご自身笑っていらっしゃいましたが、のちに商社マンとして予想もしなかった出世街道を歩まれることになります。冬絵さんは冬絵さんで戦中から戦後にかけて東京音楽学校でピアノを続けたあと、わたしが現われてしばらくするうちにドイツに一年間留学なさり、戻ってからは私立の音楽学校でピアノを教えられ、その傍らお家でもお弟子さんをとっていらっしゃいました。才気のあるかたたちの活気が漲《みなぎ》り、当時はまだ貧乏だった日本のなかで、お金が潤沢に巡るのが肌で感じられるお宅でした。お隣りの重光家が成城の土地の借地権を整理なさったのと同じころ、三枝家もやはり借地権を整理してもとは四百坪の土地を二百余坪残し、そこに家を新築なさいます。人数が多いこともあり、重光家よりも少し大きめの二階家でしたが、軽井沢同様似た感じのお家でした。

オニだけでなく、三枝三姉妹にとっても、重光家というのは永遠に心の中では格別のお家でありつづけたでしょう。でも同じような大きさのお家に住まわれるようになってからは、傍目には同じようなお宅にしか見えません。傍目には重光家も三枝家もたいそう恵まれたお宅でしかありませんでした。

——あたくしだけが貧乏くじを引いちゃったのよ。

夏絵さんはよくそうおっしゃっていました。

実際、戦後一番気の毒なことになったのは夏絵さんでした。少なくとも、夏絵さんのようなかたがそうお思いになるのも、無理はなかったのです。わたし自身千歳船橋《ちとせふなばし》にいながら、夏絵さんがなぜ宇多川《うたがわ》家に嫁がれたかが不思議でした。その不思議が少しずつ不思議でなくなったのは、みなさんの口から折々出る言葉の切れ端をつなぎ合わせてのことでした。

宇多川家はそもそも江戸時代から埼玉県で開業していた医者の家系だそうで、それを旦那《だんな》さまのお父様にあたる先代が分家し、大正末期に当時は無医村であった吉祥寺に開業されたということです。宇多川医院は繁盛《はんじょう》し、先代は開業医でありながら政治にも手を出され、芸者を囲い、お大尽然とした派手な生活をなさる一方、土地の農民につくし、戦争が始まってからは大黒柱がいない家からは何も受け取らずに治療なさるなど、新参者でありながら人望はたいへん厚かったそうです。ところがその息子である夏絵さんの旦那さまは人間を相手にするのが苦手な学究肌のかただったのです。ご自分は父親の医院を嗣《つ》ぐつもりも政治に手を出すつもりもないこと、できれば大学に残って研究を続けたいこと、ゆえに将来は今の父親のような暮らしは出来ないであろうことなど、夏絵さんに納得してもらっての結婚でした。ただ戦争が終われば医院からの援助が期待できるのが大前提としてあっての結婚でもありました。

結婚した夏絵さんが軽井沢に疎開なさった直後のことです。戦前は羽振りのよかったその先代がお風呂《ふろ》から上がられたとたんに心臓発作で倒れて意識不明になられたすえ、半月後になくなってしまったのです。すると愕《おど》いたことに借金取りが押し寄せてきました。旦那さまはご存じなかったのですが、先代は派手好みなうえ政治家という立場もあって、ご自分自身も借金があれば、またあちこちで人の借金にも判を押していらしたのです。旦那さまに医院を嗣ぐ気があれば話は別だったのかもしれませんが、旦那さまはご自分の研究を続けたい一心です。借金取りはそんな旦那さまが世の中を知らないのを好機と踏んだのにちがいなく、医院と家屋敷とを借金のかたに取り、あっという間に別の医者に売ってしまったのです。宇多川家に残されたのは、家の中の道具類、蔵の中の骨董《こっとう》、それに道を隔てた敷地に建つ三軒の家作だけだったということです。戦争が終われば若夫婦だけでそれなりの構えの別所帯をもたせてもらう約束だったのに、軽井沢でゆう子ちゃんのお産を済ませて戻ってきた夏絵さんを待っていたのは、店子《たなこ》が疎開したおかげで空いていたという、家作の狭い二階家での、お祖母《ばあ》さまとの同居生活でした。

こうなったら吉祥寺に残っている必要はなく、実家の近くに引越したい、そうしたら実家から有形無形の援助を得られるであろう。夏絵さんが当然そう言い出されます。旦那さまも夏絵さんに申し訳なくもあれば、人手に渡った医院を見るのが業腹でもあり、引越すのを承知されます。最初は成城で土地を探したということですが、吉祥寺の家作を手放し、道具類や骨董をすべて売り、三枝家のジージからの援助を受けても成城では土地が高くて建設費が出ず、それで千歳船橋に部屋数だけそろえた安普請《やすぶしん》の家をお建てになったそうです。

——千歳船橋っていう駅！

夏絵さんの嚙《か》んで捨てるような口調はこの背景があってのことでした。

あたしは騙《だま》されてお嫁入りしたようなものよ。医院が空襲にあったっていうんなら、まだがまんできるけど、借金のかたに取られてしまうなんて、大体あんな派手な暮らしを借金を抱えてまでしていたなんて、と宇多川家に対する文句はつきません。

生来、芯《しん》のしっかりしたかたではありません。もともと我慢がないうえに、望まれての結婚ですから、いよいよ我慢がありません。それなのに人よりも恵まれた人生を送ってあたりまえとする驕慢《きょうまん》だけはあります。しかも背後には夏絵さんのその驕慢をたきつける春絵さんというお姉さんの存在がありました。

春絵さんと夏絵さんとは異様ともいえるほど仲の良い姉妹でした。ご自分たちは特別だという思いのなかに育ったせいかもしれませんが、お二人の間には、庶民の間ではちょっと見られない、尋常を逸した近しさがあったのです。そのうえ、名前もまぎらわしければ年も一つしかちがわず、顔も姿も声も似ていらっしゃるのですから、小さいころからよく双子に間違えられたと聞いても納得がいきます。わたし自身最初にお目にかかったときもお二人が並ばれると何だかおかしいぐらいでした。

それでいてこのお二人ほど開きのあるかたたちもいません。性格も対照的ですが、何よりもまず能力がちがうのです。お姉さんの春絵さんの方が気も勝れば頭の出来具合も大分上等なのです。仲の良い姉妹といっても何かと競争しあうものなのにこのお二人の間には競争がほとんどなかったのも、あらゆる面で優劣がはっきりしており、競争ということが意味をなさなかったからにちがいありません。そして、当然といえば当然のことですが、春絵さんの方がそのことをより的確にご承知でいらしたのです。

思うに、小さいころから春絵さんは妹の夏絵さんを可愛《かわい》がるだけでなく、庇《かば》ってもいらしたでしょう。この先一生ご自分が夏絵さんの不足を補ってあげようとも思っていらしたでしょう。でも、それは裏を返せば、ご自分の方がより多くを人生から期待できるのを当然だとしていらしたということでもあったのです。

ところがなんと人生の重大事の結婚において、妹の夏絵さんの方が多くを手に入れてしまった——妹の夏絵さんの方が優れた相手とご一緒になってしまったのです。もちろん夏絵さんご当人も結婚当初はご自分の方がより望ましい相手とご一緒になったと思ってお得意でいらしたでしょう。でもそれは宇多川家の旦那さまの価値をほんとうにおわかりになってのことではありません。最初から宇多川家の旦那さまの価値をほんとうにおわかりになったのは、お姉さんの春絵さんの方で、以来春絵さんはご自分の結婚と引き比べ、夏絵さんの結婚にどこか釈然としない思いを抱えていらしたのだと思います。

わたしの想像ですが、春絵さんはすでにご自分の結婚式のまえには後悔していらしたのではないでしょうか。自分ほどの女と結婚しようとしているあの男は、いかに得難いものを得ようとしているのかも知らず、浅い心で自分を妻にしようとしている——そういう臍《ほぞ》を噬《か》むような思いがあったのにちがいありません。そしてその臍を噬むような思いの底には、典之《のりゆき》さんの突然の死によって若くして人生を投げてしまったおのれに対する自己嫌悪《けんお》も自己憐憫《れんびん》もあったのだと思います。生きて帰りさえしたら自分こそ典之さんが結婚した相手であろうという信念は、自分こそ一番優れていると思っていらっしゃる春絵さんにおいて一番強かったはずです。弥生《やよい》さんが嫁に出て、自分が重光《しげみつ》家に納まり、妹の夏絵さんが三枝《さえぐさ》家を継ぐ。そんな都合のいい夢を春絵さんが未来に描いていたとしても不思議はありません。ところがその夢は泡と消える。それだけではない。典之さんの訃報《ふほう》を受けたあと、ふと我に返れば、自分は自分の価値もわからない男のまえに自分を放り出してしまっている。それなのに自分より心の浅い妹は、洗練とはおよそほど遠いが、自分の夫より心の深いのが見てとれる男に愛されている。しかもどうやら妹は、唯一《ゆいいつ》自分には及ばない美質――まさにおのれを恃《たの》む気持が少ないという美質ゆえに、愛されているらしい。鋭い春絵さんですから、そこまで察した可能性は充分にあります。それは同時に、自分のような女はその男に疎《うと》まれているであろうという自覚にも繫《つな》がったはずです。妹の夏絵さんはご自分が器量好みで望まれたと信じていらっしゃり、それ以上は深く考えることもなく、無邪気です。でも春絵さんは妹の夏絵さんの結婚をまえに、心平らかではなかったでしょう。

もちろん、そこには、いつも子分のように引き連れていた妹をその洗練とはほど遠い男に取られてしまったという、お姉さんらしい嫉妬心《しっとしん》も加わったのだと思います。

そこへ宇多川家の没落があったのです。

――ほんとに夏絵ちゃんは貧乏くじ引いちゃったわね、宇多川医院は潰《つぶ》れちゃうし、武朗《たけろう》さんはそりゃあ社会的にはご立派でらっしゃるけど、稼ぎがないし……それにあんなお姑《しゅうとめ》さんを抱えなきゃならないし。ホントに可哀《かわい》そ。

戦後の大学のお医者さまでも臨床医なら余分な収入があるそうですが、宇多川家の旦那さまは基礎医学をなさり、研究一本の人生を歩んでいらっしゃるのでお給料以外一銭も入りません。しかも夏絵さんのお姑さんであるお祖母さまが、夏絵さんとはまったく肌の合わない、同じ日本人といってもまるで別の文化に住んでいるような人です。ホントに可哀そ、という春絵さんに、素直に妹に同情する気持がなかったわけではないでしょう。でも結婚直後に妹を襲ったこの不幸をバネに、妹を宇多川家から引き離し、自分の方に引き寄せてしまいたいという気持も少なからずあったのにちがいありません。

「プリマヴェーラ」という洋裁学校を春絵さんが始めるとき、夏絵さんを誘ったのは、そんな背景があってのことだったと思います。

あたしたちは贅沢《ぜいたく》に育ったのだから、娘たちもできるだけ贅沢に育てたい――この春絵さんの思いがそもそもの「プリマヴェーラ」の発端だということでした。そして戦後の貧しさのなかで何か自分たちでお金を稼げないかと考えたとき、戦争のせいで留学どころではなくなってしまった、洋裁というものを思いつかれたのでした。幸いミシンが二台あります。ジージが娘に甘いかたで、戦前、お隣りの重光夫人から熱心に洋裁を習う春絵さんと夏絵さんに、シンガーのミシンを一台づつ買っておやりになっていたのです。

「プリマヴェーラ」は予想外に当たりました。

日本の女の人みなが美しいもの、夢のあるもの、西洋の香のするものに餓《う》えに餓え、それでいてまだろくな既製品の洋服など手に入らないという時代です。洋裁教室を開いて大して時を経ずして小田急線の端の方からも生徒が通ってくるほどのたいへんな人気になったそうです。夏絵さんもゆう子ちゃんを成城学園の小学校に入学させてからは毎日手伝うようになります。しかもあの夏絵さんもこういうところは妙に才能のあるかたなのです。なにしろお二人で「ヴォーグ」のような西洋の雑誌を丸善で買ってくると、その写真を見るだけで大体型紙をとることができる。日本人の体形向きにそれをアレンジし直すのにも自然に勘所がわかっている。色彩感覚も優れている。しかもご本人たちが着るとまことにその服が映える。そのうちにじきに通ってくる生徒のうちの腕の立つのを何人か使って実際に洋服を作って売るようになり、わたしが初めてお目にかかったころは丁度駅前の洋品店に洋服を卸し始めたばかりのころでした。そしてそれがまた評判よく、のちには銀座や青山の高級店でも扱ってもらうところまでいったのです。

「プリマヴェーラ」は「貧乏くじを引いた」夏絵さんにとって最適のものでした。「プリマヴェーラ」からの収入は確実に家計を潤《うるお》し、事実宇多川家の生活は千歳船橋のあの二階家を端から見て想像するよりも大分豊かなものでした。でもそれだけではありません。「プリマヴェーラ」は夏絵さんが毎日のように婚家を空け、実家に入り浸る口実を与えたのです。

——あたくしが働かなくちゃ、とてもやっていけないもの。

毎日いそいそと成城へと出勤する夏絵さんの口癖ですが、それは真実の半分でしかありません。「プリマヴェーラ」があるおかげで、夏絵さんはお姑さんのお祖母さまと一緒にいる時間をぎりぎりまで短くし、実家に帰っている時間をぎりぎりまで伸ばすことができたのです。しかも夏絵さんのそのような日常に旦那さまも文句をおっしゃいません。ご自分のお給料が充分なものではないこと、それなのに大学ばかりにいらしてほとんど家にいらっしゃらないこととの引け目もあったでしょう。でもそれ以上に、夏絵さんが家にいらっしゃらない方がお祖母さまにとっても気楽なのを旦那さまご自身わかっていらしたからにちがいありません。

もちろん夏絵さんは実家にいる気楽さにどこまでも流されてしまいます。そういう夏絵さんの性癖をたしなめることもなく、増長させる方向にもっていっていたのが、春絵さんでした。それでいて夏絵さんの結婚が破綻《はたん》しないよう、夏絵さんを制御しているのも春絵さんだったのです。


そんな宇多川《うたがわ》家にわたしが入ってきたのです。

宇多川家での毎日は信じられないほど楽なものでした。まずは旦那さまが成城学園初等学校に通うゆう子ちゃんと一緒に家を出られて駅に向かいます。そのあとよう子ちゃんが近所の春光幼稚園に向かいます。それから一時間後ぐらいに夏絵さんが成城の三枝家に向かいます。幼稚園生のよう子ちゃんは午《ひる》ごろには帰ってきますが、初等学校二年生のゆう子ちゃんは夜になるまで戻ってきません。三枝家の麻里《まり》ちゃん恵里《えり》ちゃんと一緒に学校から三枝家に戻り、そこでみんなと宿題をし、ピアノをさらい、お夕食を済ましてから夏絵さんにつれられて千歳船橋に引きあげてくるからです。夏絵さんはお姉さんの春絵さんに厳しく言われるらしく、旦那さまが家で夕食を召し上がるのが最初からわかっている日は早めに帰っていらっしゃいますが、ふつうはお帰りは夜の八時半ぐらいです。

そんなわけで宇多川家は週日はお祖母さまとよう子ちゃんとわたしと三人だけです。アメリカ人の中尉《ちゅうい》さんの家とはまるで勝手がちがい、家事はお祖母さまに一から教えてもらわなくてはなりませんが、実際はそんなにやることはありません。夏絵さんが成城の三枝家に倣《なら》って何でもすぐにそろえられるらしく、宇多川家も最初の印象からは思いも寄らぬほど電化されたお宅で、電気冷蔵庫も電気洗濯機もあります。そこへもってきて年寄りと小さな女の子中心の生活です。食事を作るといっても量が知れていますし、ご用聞きも毎日くるので買物も楽です。どろんこになって遊ぶ男の子もいないので洗濯機を回す回数も少なくて済みます。広いお家でも、凝った造りのお家でもなければ、汚す人もいないので、掃除も手間がかかりません。だいたいお祖母さまはご自分の座敷で背を丸めて針仕事をしていらっしゃり、よう子ちゃんはその横でペタンとスカートを広げてかえる坐《ずわ》りに坐って遊んでいるだけなので、日中は一部屋しか使っていなかったのです。

宇多川家は東西に長く建っており、西半分が日本間で、南に面してお祖母さまの部屋、子供たちが寝る部屋、北に面して女中部屋、お手洗い、お風呂とあります。それに対して東半分は全部洋間で、みんなが「板の間」とよんでいる客間と食堂と台所を兼ねた今でいうＬＤＫ、それに敷居がないままに続く子供部屋というのが一階にあり、旦那さまの書斎とご夫婦の寝室が二階にあります。お客様がお見えになることもほとんどなく、独立した応接室というものもありません。子供部屋にアップライト・ピアノがあり、二階のご夫婦の寝室には中尉さんの家で見たようなダブルベッドと三面鏡がありますが、宇多川医院からの調度は、旦那さまの書斎に先代が使っていらした重たい木の本棚と書斎机、それにお祖母さまの八畳間に桐簞笥《きりだんす》、文机《ふづくえ》、鎌倉彫《かまくらぼり》の姿見などがあるだけです。それとあと宇多川家が最後まで手放さなかったという「家宝」の掛軸やら香炉やらが、お祖母さまのお部屋の床の間にわずかに残っていました。

さらに「六さん」という、裏にいるお爺《じい》さんが力仕事をしてくれます。もと吉祥寺《きちじょうじ》の宇多川医院で車夫をしていたというお爺さんで、この六さんがのちの太郎ちゃんの出現につながるのですが、最初に会ったころはずいぶんと助かる人がいてくれてありがたいと思っただけです。納屋《なや》の薪《まき》を割ったり、庭の雑草を抜いたり、棚を吊《つ》ったりしてくれるのです。

実際、お祖母さまの頭痛というのも、日によって痛むという軽度のものでしたから、お祖母さまだけで家を切り盛りなさるのに大して問題はなかったのです。ただ、お祖母さまご自身先代が亡《な》くなるまえは大概の家事は女中任せでいらしたかたで、夏絵さんがご実家に入り浸りながらそんなかたに家のことを万事やってもらうのは、お祖母さまに悪ければ聞こえも悪いということで、それで女中を雇っていらしたのだと思います。

加えて、夏休みの軽井沢のことがあったのにちがいありません。

夏休みというのは女中にとって一番忙しい時期でした。女中奉公を始めて大して時を経ずして子供たちが夏休みに入り、そのときにそれを初めて知りました。自分は東京に残って旦那《だんな》さまのお世話をするのだと思っていましたら、当然のことのようにこのわたしも荷物と一緒に軽井沢へと送り出されます。

軽井沢では人手が不可欠だったのです。

まずは古くて大きい山荘の大掃除があります。何軒もの山荘をかけもって管理をしている管理人というのが一応はいて、前もってざっと掃除をしておいてくれるのですが、とてもそんな程度の掃除では住む気になりません。なにしろ食器棚の奥までシケムシと呼ばれる、足が長く胴体がぷくっと膨らんだ気味の悪い虫の死骸《しがい》が入りこんでいます。家具とカーテンは黴《かび》だらけです。蒲団《ふとん》は一年分の霧を吸って指先で触れてもブルッと震えがくるほど湿っています。家が少し住めるようになると今度は広い庭の手入れがあります。こちらも前もって植木屋に入ってもらうのですが、毎年新たに色々手を入れるところが出てきます。荷ほどきもあります。大人数の食料の買出しもあれば、料理も、後片づけもあります。そのうえ、ふだん東京ではそれなりに仕事に追われている三枝三姉妹は、夏休みは娘時代の思い出の地で、ご主人たちぬきで「古き良き時代」を偲《しの》び、贅沢な時間を過ごそうと決心していらっしゃるらしいのです。朝食から上等な食器を惜しげもなく出し、花を飾り、レコードをかけ、もう人手がないのに、人手がたくさんあったときと同じように、ひたすら優雅に過ごそうとなさるのです。そのためにかえってみなさんも大忙しなのですからご丁寧なことです。

いったいにみなさんスポーツなどはお好きでなく、春絵さんのご主人の浩《ひろし》さんがいらっしゃる週末におつきあいでゴルフをする程度で、あとは家にいて勉強とも仕事とも遊びともつかないことをして時を過ごされます。春絵さんと夏絵さんは東京では読む時間のなかったファッション雑誌を広げ、西洋人てイヤんなっちゃうぐらいキレイねえ、などと言いながら英語やフランス語の辞書を引き引き写真の脇《わき》の説明を読んだりします。客間の隅に、ふだんはビロードのケープを被《かぶ》っているマネキンがあり、それを裸にして、布をあてたりもします。割合と頻繁に仕事のことで東京にお戻りにもなりますし、東京で仕事をあずかっている二十代後半の女の人が尋ねてきたりもします。この女の人がわたしが初めて成城にいったとき子供たちの面倒を見ていた人で、人手が足りないと仕事以外の用でもよく駆り出されるらしいのですが、三姉妹の生活がはたから見ているだけでも面白いので、本人は結構楽しんでいるようでした。

冬絵さんは応接間の隅にあるアップライト・ピアノで小さな音で練習をしますが、軽井沢の湿気でピアノがぼろぼろになっているらしく、「ひでぇ音だ」というのが口癖でした。スイス人のお宅にドイツ語を習いにいらっしゃったりもします。ジージがドイツ留学を約束なさっているのです。

もちろん二人のお姉さんからはこき使われます。

——芸大に行った人で、あたしほど家事をする人はいないわよ。

——そお？

——そうよ。音楽なんかする人たちって、みんな家じゃあ家族にかしづかれて、殿様みたいにえばってんのよ。

——そおお？

——そうよ。手がこんなにガサガサになっちゃって。

——そお……でも、若いうちの苦労は買ってでもしろって言うじゃない。

——もう若いうちに入んないわよ！

冬絵さんは一人だけ年が離れていましたし、戦後に大学をお出になったということもあって、お姉さん二人に対してはいつも距離のあるものの見方をしていました。一番現代的なかたです。長年のおつきあいの間に一番わたしと親しくなったのも冬絵さんでした。

当時はまだ現役で働いていらしたジージは不規則なご滞在です。精力的なかたで、軽井沢にいらっしゃるときも誰よりも早く起きてまずはご自分で朝のコーヒーの豆を挽《ひ》かれます。午前中は大体はベランダか庭にイーゼルを出し、例の黒々とした髪に斜めにベレー帽を被って絵をお描きになります。仕事熱心なだけでなく趣味が広く、釣り、登山、乗馬、園芸、写真と何でも手がけられますが、旧制中学にいらしたころは画家になるのが夢だったとかで、絵はことに熱心でいらっしゃいました。精力的なかた特有の気ぜわしさで、今までイーゼルのまえに立っていたと思うと、ベレー帽を被ったまままもう庭の手入れをなさっていたり、姿が見えないと思うと、どこかの川辺から水ぜりを摘んでお帰りになり、おい、フミさん、今晩これを茹《ゆ》でておくれ、などとおっしゃったりします。そんなジージに比べてバーバは朝も遅く、いつも綺麗《きれい》にしてはいらっしゃいますが、長椅子《ながいす》に横たわって小説をお読みになったりピアノをポロポロと奏《かな》でられたりお隣りとブリッジをなさったりする以外は、一日中これといった活動もありません。献立も三姉妹任せです。チヅさんをお供に夕食後本通りをぶらぶらと歩いて用もないお買物をなさるのが主な日課といえば日課でした。ジージに一番可《か》愛《わい》がられているのがジージに一番似ていらっしゃる長女の春絵さんです。バーバはそんな春絵さんを頼りにしてはいらっしゃいますが畏《おそ》れてもいらっしゃり、ご自分に似た次女の夏絵さんを相手にしていらっしゃるのが気楽なようでした。でも夏絵さんご自身はジージの血が半分入ったおかげでバーバよりははるかに活動的なかたでした。

お隣りの重光家も夏はずっと軽井沢です。

二軒の洋館の間には樹木が目隠しに植わっていましたが、みなさん敷地をなるべく広々と使いたいということで、その先には境界線を作っていません。それでもご両家はそれなりにいつも適当な距離を置いてつき合っていらしていて、お互いの笑い声などは聞こえますが、午前中には相手の庭の前を通ることもありません。午後になってから老夫婦はよくどちらかの家のベランダでブリッジをなさいます。もちろん子供たちは別で朝から一緒に庭で遊んでいます。東京とちがって戦争中も野菜畑に変えずに済んだというテニスコートがあり、抜いても抜いても草が茂ってどうしようもないのですが、そこでテニスの真似《まね》ごとをしたりもします。男の子は重光家の雅之《まさゆき》ちゃん一人なので、五人も子供がいるわりには静かです。

よう子ちゃんは成城にほとんど顔を出しませんし、年も一番下なので、子供たちの中ではみそっかすです。しかも東京ではいつもお祖母《ばあ》さまの横にぺたりとかえる坐りに坐っているせいでしょうか、運動神経もひときわ鈍いのです。そんなよう子ちゃんが転んで怪我《けが》をしてみなさんで慌《あわ》てたのもわたしにとって最初の軽井沢の夏でした。みんなに本気で相手にされないよう子ちゃんはいつも縫いぐるみの熊《くま》サンを片手にしていますが、ある日、雅之ちゃんにその熊サンを取り上げられ、夢中になってあとを追いかけると、頭を振り振り走るその格好がおかしいと言って雅之ちゃんはなおもからかって逃げ、そのうちによう子ちゃんが木の根っこに躓《つまず》いて石に頭を打ちつけてしまったのです。額の怪我は思いのほか深く、軽井沢病院で数針縫ってもらうはめになり、わたしと一緒に病院につき添った弥生《やよい》さんは、申し訳なさで卒倒しそうな顔をしていらっしゃいました。二、三日の安静を命じられたよう子ちゃんは病院から戻ったあと屋根裏の自分の寝室に追い上げられました。戦前は三部屋とも女中部屋だったという屋根裏ですが、今は西の端の部屋を除く二部屋は子供たちの寝室として使われ、真中の一番広い部屋が麻里ちゃんと恵里ちゃんの寝室、東の端の部屋がゆう子ちゃんとよう子ちゃんの寝室となっていたのです。よう子ちゃんはその東の端の部屋で、白い包帯を巻いた頭を枕《まくら》に載せ、不機嫌そうに天井を睨《にら》んでいるしかありませんでした。

雅之ちゃんが謝りに来たのは二日目の夕方です。

小さいスプーンでよう子ちゃんにお粥《かゆ》を食べさせているとふいに背中から男の子の声がしました。

——ヨーコチャン……

忍び足で階段を昇ってきたのでしょう。廊下の薄暗がりのなかに幼い少年特有の蜻《かげ》蛉《ろう》のように透明な影がありました。それまでは弥生さんに言われても行き渋っていたのを、ようやく決心したものとみえます。扉を一歩入った雅之ちゃんは、ゴメンナサイ、とそれだけ小声で謝るとすぐに身を翻《ひるがえ》し、今度はダダダッと男の子らしい音を立てて階段を降りていってしまいました。よう子ちゃんは幻でも見たような表情です。その雅之ちゃんは重光家の御曹司《おんぞうし》なので三枝三姉妹からも特別扱いを受けており、その雅之ちゃんが自分のようなみそっかすを訪ねてくるとは想像もしていなかったのかもしれません。薄暗がりのなかに影のように立っていた雅之ちゃんの不思議な透明感はわたしの記憶にものちのちまで残りました。何かの使者が空から音もなく舞いおりてきたようでした。

よう子ちゃんの額の怪我はしばらくするうちに白い痕《あと》をうっすらと残すだけになり

ました。

日曜日の昼はご両家がご一緒になさいます。それが、ふだんより遅めの午後一時から始まる、「サンデイ・ディナー」です。そのときは、料理をするのも重光家の台所を使い、食べるのも重光家のベランダか食堂で食べます。オニの総司令のもとに全員で動くからです。

重光家の奥様はロンドンで洋裁を習ってお帰りになりましたが、オニは西洋料理を習って帰ったのです。そして、戦前、花嫁修業の一環として弥生さんと三姉妹とでオニから料理を習おうと始まった習慣が、戦後は形を変え、この「サンデイ・ディナー」として定着したのだそうです。もう人手がないので凝ったお料理は作らないということですが、それでもわたしから見れば色々七面倒くさいことをして、それに、少なくても十数人分、場合によっては二十人分近くの食事の用意をするのですから大仕事です。三枝家の女中のチヅさんもわたしもオニの指揮のもとに働き、そのときだけはオニが以前女中頭をしていたときの姿が彷彿《ほうふつ》とされました。「サンデイ・ディナー」のあとは、ご両家とも夕食は残り物程度で済まされ、そういう夕食を「サパー」とよんで、これは女中の手をわずらわさずにみなさんで済まされます。わたしたち女中は二週間に一度の休日を夏休みの間は返上するかわりに、「サンデイ・ディナー」の後片づけが終わってから月曜日の昼まで自由でした。重光家の台所の奥の「サーバンツ・ホール」で、オニから色々話を聞くことになったのは、毎週のその昼餐《ちゅうさん》のあとでした。

ご近所のお客様をお招きすることもありますが、「いい人たちがどんどんといなくなって」ということで、一夏に二、三度だけのようでした。「あの人は雰囲気を壊さないから」、あるいは、「あの人は雰囲気を壊すから」という風に人を区別していました。

わたしは屋根裏の西の端の女中部屋でチヅさんと蒲団を並べて寝ます。子供たちが寝室として使っている真中と東の端の部屋は、戦前みなさまが下で使っていたという藁《わら》蒲団のベッドを入れ、あたかも洋間のようにして使っていますが、床は畳です。この山荘で屋根裏だけが三室とも日本間なのは、昔の女中たちは畳の上で寝起きする以外身体《からだ》に馴染《なじ》まなかったからなのでしょう。日本間といっても扉も西洋風なら天井も窓も壁も西洋風で、床だけに畳が敷いてあるという奇妙な部屋でした。

その奇妙な部屋で三枝家の女中のチヅさんと寝起きを共にするのですから、またたく間に彼女の生活の全貌《ぜんぼう》をつかむことになります。二人で半分こして使う古びた箪笥《たんす》と小さな机とがあり、わたしの側の机の上はさっぱりしたものですが、チヅさんの側の机の上には、丸い鏡の隣りに資生堂の化粧水、クリーム、口紅などが豪華に並んでいて、まずはそのお金づかいの荒さに愕《おどろ》きます。写真がいっぱい入った分厚い雑誌もあります。寝るまえに必ず誰だか男の人の写真を見て、グンナイ・ダーリンと言って口づけをしてから寝ます。背が低くて太いのがゴロンと横になっているとなんだかカバが寝ころんででもいるようで、それが口をすぼめて口づけなどをするのですから、見ている方が気恥ずかしいのです。けれどもチヅさんのその体形のおかげで、三人姉妹の洋服がわたしに下がってくることを思えば、有り難い体形ではありました。先輩として色々教えてくれますが、重光家や三枝家にかんしてはゴシップめいたことが多く、オニが六十にもなって「男を知らない」こと、春絵さんのご主人の浩さんに愛人がいるらしいことなど、チヅさんの口から聞きました。

宇多川家のお祖母《ばあ》さまと旦那《だんな》さまとは三枝家の山荘にはお泊まりになりませんでした。当時はまだ別棟もなく、ただでさえ混み合っていましたので、一番関係が遠いということで遠慮なさり、本通りにある「つるや」という旅館にお泊まりになるのです。お祖母さまは夏の大半は東京にお残りになり、軽井沢は十日ぐらいの滞在でしたでしょうか。旅館で朝御飯を済ませてから、ずいぶんと遠いのですが、山荘まで散歩がてらにいらして、大抵は午後の紅茶が終るころにお帰りになります。たまに夕食もご一緒になさって、そのときはタクシーを呼んでもらってお帰りになりますが、お泊まりになることはありません。大学の方がお忙しい旦那さまは、お祖母さまに少し遅れて着いて、お盆週間の数日「つるや」にお泊りになるだけでした。春絵さんが苦手らしく三枝家には一、二度顔を出されるだけです。

——あの人たちは、よくまああんなにしつこいものを食べられるね。なんだか外人さんたちみたいだね。

旅館までお供して戻ってくると、お祖母さまが重光家と三枝家の人たちを評して旦那さまにそんな風に報告なさいます。そして夕食はお二人でおそばか何かで済まされます。

——ああなんでもあっちのもんの方がいいっていうのも、妙だねえ。

お祖母さまはそうおっしゃってから、旦那さまにお訊《き》きになります。

——ほんとうに、何でもあっちのもんがいいのかね。

——まあ、医学も一般的には漢方よりも蘭学《らんがく》の方が効いたわけですからね、西洋の方がより科学的であったということは言えるでしょう。

旦那さまはこんなときでも生真面目《きまじめ》に応《こた》えられます。

旦那さまは各駅停車に乗って追分までいらっしゃったりもします。戦死してしまったお友達が幾人もあり、その思い出が追分にあるのだそうです。
——追分にぼくらも山荘を建てましょうか。
お祖母さまにそうおっしゃることもあります。
——勿体《もったい》ないよ。
——いや、安いですよ。あそこは来る人も学者なんかばかりですから。
——やっぱり勿体ないよ。

夏を軽井沢で過ごすことになったわたしは、夏を自分の生まれ故郷のそばで過ごすことになり、なんだか不思議な気がしました。軽井沢宿が沓掛《くつかけ》宿、追分宿と並んで中《なか》山道《せんどう》の三宿として栄えたのは江戸時代のことです。参勤交代が廃《すた》れてからはペンペン草が生えるほどさびれ、しかも年中寒いうえに火山灰で土が痩《や》せロクな作物もできず、疫病神《やくびょうがみ》にとりつかれたような土地だと佐久平の人間は思っていたのです。それがいつからか夏になると外国人が押し寄せてくるようになったのです。何事だろうと思っているると、そのうちに日本の人も押し寄せ、高級避暑地として知られるようになり、わたしたち地元の人間にとっては、自分とは関係のない人たちの集まる土地となったのです。

ところが今、そのような人たちの真ったただ中に自分がいるのでした。

軽井沢から望む浅間山は佐久平から望む浅間山と同じではありません。離山《はなれやま》という小さい饅頭《まんじゅう》のような山が手前に陣取って邪魔をし、浅間山はほとんど見えないのです。

それも不思議でした。

三枝《さえぐさ》三姉妹に仕える女中たちは夏はふつう忙しいので盆休み抜きで働き、代わりに春か秋に休みをとるのですが、わたしはあまりに故郷が眼と鼻の先にあるので、お盆週間のあと、ご主人たちが東京にお帰りになって一段落ついたときに、二泊三日のお暇をもらいました。進駐軍をやめたあとは仕送りしないでもいいと親に言われ給金は定期にして貯《た》めていましたが、三姉妹から夏の特別手当があったのを親に渡し、妹には下がってきた洋服のなかで似合いそうなのを渡しました。妹は「トランジスター・ガール」として、少し遠いのですが、家からバスで通える工場で働き始めていました。その妹と枕《まくら》を並べて寝ます。住みこみで働いているわけではないので、厭《いや》なことも少ないらしく、相変わらず幼いのに心配するよりもほっとしました。

軽井沢ではお盆が過ぎるともう秋風が立ちます。夏を惜しみ、軽井沢を惜しみながら、みなさん子供たちの小学校が始まる前日に、東京に引きあげられました。

また前と同じ生活が始まりました。

朝御飯の用意をしていると、プーッと間の抜けた喇叭《ラッパ》の音が朝の空気を破り、続いて、なっちゃんなまちゃんとっとっぷう、と豆腐屋の声が響きます。お祖母《ばあ》さまのお作りになる朝食は、ご飯におみおつけに納豆に焼魚と家庭科の教科書のように模範的な献立で、その朝食を済ませたあと、みなさんが順繰りにバタバタと家を出ます。夏絵さんだけは二階の寝室で三面鏡をまえに悠々と一時間ぐらいかけ、最後に口紅をぬりイヤリングをつけて一丁上がりとなってからの遅い出発です。しばらくするとイガグリ頭にねじり鉢巻の魚屋が桶《おけ》をかついでやって来ます。お祖母さまが台所にいらっしゃらないのを見てとると上がりかまちに腰を下ろし、ねえさん、サテンに行こうよォ、などと言ってからかったりもします。鉛筆を耳に挟んで白い前垂れを腰に巻いた肉屋もきます。魚屋のお兄さんに比べてどこかバタ臭い顔をしているのもおもしろいのです。洗濯屋もきます。押し売りもきます。お祖母さまは最初に思ったような冷たいかたではなく、押し売りがくると話を聞かれ、可哀想《かわいそう》に、と同情されて、ゴム紐《ひも》や絹糸をお買いになります。隣りの農家が肥桶《こえおけ》を担《かつ》いでくみ取りにきます。リヤカーを引く屑屋《くずや》と称するものが、納屋《なや》にあった壊れた自転車を盗もうとしたのを、お祖母さまと二人で追いかけていってとり返してきたこともあります。

掃除をしに二階に上がると、当時は関東平野の遠く向こうに富士山がうすく見えました。

やがて秋祭りの太鼓の音が響き、落ち葉を焚《た》き栗《くり》を拾ううちに冬がやって来ます。煙突を立てた屋台を曳《ひ》く焼芋屋のおじさんが、やーきいもぉ、いーしやきいもぉ、と声を嗄《か》らし、夜更《よふ》けにはラーメンのチャルメラがおいしそうに鳴ります。するともうクリスマスの季節です。宇多川《うたがわ》家も板の間の隅に小さなクリスマス・ツリーを飾り、豆電球を灯します。旦那《だんな》さまと夏絵さんが、お揃《そろ》いの赤いオーバーに身をくるんだゆう子ちゃんとよう子ちゃんをつれて、銀座に買物にお出かけになります。クリスマス・イヴにはゆう子ちゃんのピアノの伴奏でみなさんで「きよしこのよる」を歌い、当日はよう子ちゃんをつれてお祖母さまもわたしも昼過ぎに成城に向かいます。わたしは成城で開けるというプレゼントを道中両手にさげ、成城に着くと割烹着《かっぽうぎ》姿となって台所のお手伝いです。十二月生まれの冬絵さんの誕生会も兼ねたクリスマスは、お隣りの重光《しげみつ》家もオニを従えて参加なさり、夜になると宇多川家の旦那さまも顔を出されて、手間ひまかけて賑《にぎ》やかにお祝いします。その代わりにお正月は門松を飾ることもお節《せち》料理を作ることもなく、準備らしい準備もなく、まるで日本のお正月ではないようです。

わたしは暮れから国に帰りました。盆休みに帰ったときと比べてもいっそう家族との距離が開いたのを感じます。隣りで寝る妹はそれに気がつかないらしく、つまらないことを色々話しかけてくるのに、前とはちがった寂しさがありました。

二月の半ばには、重光家、三枝家、宇多川家の子供たちがほとんど一月、二月、三月生まれの早生まれなのと、弥生さんも三月生まれなのとで、また誕生会というのが開かれます。

そして入学の季節となりました。

意外だったのは、よう子ちゃんが成城学園初等学校に上がらずに、身体《からだ》が弱いのを理由に、地元にある桜丘小学校に通うようになったことです。よう子ちゃんは喘息《ぜんそく》もちなのに加えて、よく風邪を引いては熱を出し、身体が弱いことは弱いのですが、思うにそれを口実によう子ちゃんをお祖母さまの手元に置いておこうと夏絵さん——あるいはその背後で春絵さんが考えたのではないかと思います。夏絵さんが気兼ねをせずに今まで通りに成城に長居できるよう、お祖母さまのためによう子ちゃんが家に残されたということです。わたしの眼にも公平を欠く扱いに旦那さまも反対なさらないのは、もともと旦那さまは子供は公立の小学校でいいとお思いになっていらしたところに、その方がお祖母さまがお寂しくないのが明らかだったからにちがいありません。

よう子ちゃんはお姉さんのゆう子ちゃんと一緒に成城学園初等学校に通い、ゆう子ちゃんと同じに夜まで成城にいられるのを楽しみにしていたらしく、桜丘小学校に行くようにと言われたときはわあっと大声をあげて泣き出し、真赤になって泣くうちについに熱まで出しましたが、ネ、やっぱりそうやってすぐ熱を出すじゃない、と夏絵さんに言われてしぶしぶ納得しました。もちろんよう子ちゃんを地元の小学校にやった方が宇多川家にとって経済的にもはるかに楽だったのでしょう。

だいたいよう子ちゃんは、おばあちゃん子として、一段下に見られているところがありました。お姉さんのゆう子ちゃんは夏絵さんの最初の子です。しかもお祖母さまがいらっしゃらなかった軽井沢で生まれた子です。お祖母さまはゆう子ちゃんを可愛《かわ》いがるのを夏絵さんに遠慮なさり、その反動で千歳船橋《ちとせふなばし》で産婆《さんば》さんから直接受け取ったよう子ちゃんを可愛がられたらしいのです。もちろん祖母というものが優位に立っている家のおばあちゃん子なら話は別です。でも宇多川家のお祖母さまは、ともすれば一段下に見られてしかたのない立場にあり、そのようなお祖母さまのおばあちゃん子であるよう子ちゃんは、それにつられて、一段下に見られてしかたがなかったのです。

三姉妹が姦《かしま》しく話すときにたまに話題になるのでだんだんとわかってきたのですが、

宇多川家のお祖母さまは、先代が囲っていらした芸者で、旦那さまの実母にあたるかたがスペイン風邪で亡《な》くなったあと、後妻で入っていらしたのだそうです。もとは士族だったのが、両親が結核で若死にし、そのあと親戚《しんせき》をたらい回しにされるうちに誰かの借金のかたに芸者にとられてしまったということでした。そう聞いても、芸者をしていた昔を偲《しの》ばせるようなところはどこにもありません。また向島あたりで育ったとも聞きましたが、いわゆる下町風のところもありません。前にも言いましたとおり、ひたすら地味な、引きこもったかたでした。のちにそんなお祖母さまの芸者時代の面影を垣間見《かいまみ》たような気がしたことがありますが、それもたった一度のことでした。旦那さまは血の繋《つな》がらないお祖母さまをなるべく立ててはいらっしゃったものの、立ててもらわなくてはならない立場にあること自体、お祖母さまにとってはお気の毒なことでした。お祖母さまの押入の奥にはそれでも捨てかねられたのでしょうか、三味線が風呂敷《ふろしき》に包まれたまま埃《ほこり》を被《かぶ》っていました。

よう子ちゃんは、そのように一段下に見られていたお祖母さまのおばあちゃん子であったのに加えて、「平野家の顔」をしていなかったのです。

平野家というのは、代々何々小町と呼ばれる女のかたが続出したという、三枝三姉妹のバーバの実家のお名前です。春絵さんのところの麻里《まり》ちゃんと恵里《えり》ちゃん、そして夏絵さんのところのゆう子ちゃんと、四人の女の子のうちの三人は、「平野家の顔」をしているのです。ところがよう子ちゃんだけが別でした。縮れ毛で色が黒くて丸顔です。旦那さまに似ているということもなく、どういうわけか誰にも似ていません。それが「平野家の顔」をしているのがこの世の一番の幸せだと思っていらっしゃるかたたちの中に入っているのですから、その意味でも当然一段下に見られます。実際、雅之《まさゆき》ちゃんを追いかけて転んで額に怪我《けが》をしたとき、よう子ちゃんでよかったと、みなさんがほっと胸を撫《な》で下ろされたのが手に取るようにわかりました。それをひどいと思う以前に、わたし自身その瞬間そう思ったのですから、無理もないことです。それに三姉妹ご自身が三人で育っていらっしゃるので、麻里ちゃん、恵里ちゃん、ゆう子ちゃんと女の子が三人そろえばそれで充分で、四人目のよう子ちゃんは余計者だとしか思えなかったのかもしれません。

わたしも最初の印象が悪かったせいもあって、よう子ちゃんは好きになれませんでした。それでももしお姉さんのゆう子ちゃんのように成城学園の小学校に通わせてもらえていたら、華やかなみなさんと一緒にいられるのです。それがくる日もくる日もこうして一人だけ年寄りと女中のそばに置かれているのです。夜、夏絵さんがゆう子ちゃんをつれて帰っていらっしゃるときに顔を輝かす様子や、日曜日の朝、旦那さまもご一緒のときのはしゃいだ様子などを見ると、さすがに可哀想になります。小学校に上がったのを機会によう子ちゃんも土曜日の午後は成城で冬絵さんにピアノを教えてもらうようになり、そのおかげで少なくとも週に半日は成城で過ごせるようになったのは、よう子ちゃんのためには喜ぶべきことでした。その日は学校から帰ってくるとよそ行きに着替えて楽譜鞄《かばん》をもち、少し不安そうな面もちで出発します。そして夜になると夏絵さんとゆう子ちゃんのうしろにくっついて、今度は嬉《うれ》しそうに戻ってきます。

蚊帳《かや》を吊《つ》る季節になると再びすぐに軽井沢行きとなり、軽井沢から帰ってくると、秋が来て、冬が来て、新学期が始まってというくり返しがまたもう一度あります。宇多川家に大きな変化はありません。わたしの方はお祖母《ばあ》さまから和裁を習ってゆかたぐらいは縫えるようになります。夏絵さんが教えて下さる編物も上達します。もともと手仕事が好きなのです。東京の言葉も大分楽に出てくるようになります。でも何よりも有り難かったのは、お三時のあと夕食の支度にとりかかる前、一時間ほど読書するのが公然と許されるようになったことです。女中部屋の桑簞笥《くわだんす》の上にいつも読みかけの本が置いてあったり、夜遅くまで本を読みすぎて赤い眼をして起きてきたりするのに気がついたお祖母さまが、おまえは本が好きなんだね、ここじゃあそんなにすることもないんだから、読んだらいいじゃないか、とおっしゃって下さったのです。それを聞いた旦那《だんな》さまも、家の中にある本は自由に読むようにとの仰《おお》せです。当時はこのようなお宅がいかに珍しいかを充分に理解していたわけではありませんが、それでも心からありがたいと思いました。本を読むのは相変わらず好きで、二週間に一度の休みを、図書館で受験生に交じって本を読んで過ごすことがよくあります。気恥ずかしいよりも、後ろめたい思いがするのも情けないことですが、みなわたしと同い年ぐらいなので誰も女中が混じっているとは気がつかないのが救いでした。

さらにまたもう一度軽井沢行きがあり、秋風が立つようになったころです。昔宇多川医院の車夫をしていたという六さんが、改まった顔を勝手口に現しました。

それが太郎ちゃんがこの家に出現する前触れでした。

昭和三十一年（一九五六年）のことです。たしか重光家と三枝家が成城の土地を整理なさった年で、あの重光家の洋館が消えた年でもあります。また冬絵さんが秋からドイツに留学なさった年でもありました。

わたしは最初は宇多川家と六さんとの関係がわからず、裏庭の井戸を共用しているお爺《じい》さんで、宇多川家をふくむ近所の家の雑用を小遣い稼ぎに手伝っている人だと思っていました。やたらと腰の低いお爺さんだとも思っていました。そのお爺さんが、もとは宇多川家の車夫であったこと、お爺さんの小さな住まいとその隣りにある同じ造りの家とが二軒とも宇多川家の家作であることなどを知ったのは、しばらくしてからです。

お祖母《ばあ》さまの話によると、吉祥寺《きちじょうじ》の宇多川医院が人手に渡ったとき一番困ったのはこの六さんの身の振り方だったそうです。六さんはまだ少年だったころに口減らしに宇多川医院に預けられ、以来ずっと宇多川家に仕えて、帰るところがなかったのです。最初は走り使いをしていたのが、青年になってからは先代が往診に出かけられるときの車夫となり、そして車が人力にとって代わり、車夫という仕事がなくなったあとは男衆として残り、餅《もち》をついたり薪《まき》を割ったり垣根を修理したりと家の用事を手伝い、その見返りに医院の敷地内の小屋に置いてもらっていたそうです。車夫をしていたころ、下働きの女中と一度は所帯をもったものの、子供もできないままその女は姿を消してしまったといいます。もう歳《とし》をとって引き取り手のないこの六さんを今さら見放すにしのびず、宇多川家は結局は六さんを引き取ったまま千歳船橋に引越してくることになったのでした。

忠義者、とみな口をそろえて言います。「坊主《ぼうず》なんか金儲《もう》けばかり考えていて、僕はきらいだね」とおっしゃる旦那さまに代わってまめまめしく宇多川家の墓参りに行き、墓掃除をし、お線香をあげて帰ってきたりします。忠義者であるだけでなく、端で見ていて気の毒になるほどのお人好しでもありました。

旦那さまは千歳船橋の百三十坪の敷地のうちの四、五十坪に二軒の家作をお建てになりました。そして、一軒に六さんを住まわせ、もう一軒はふつうに貸し、その家賃の上がりでもって、お祖母さまが遠慮なく使えるお小遣いを確保なさったのでした。妾上《めかけあ》がりだと言っても三十年近くもの間ご大家の奥様でいらしたお祖母さまですし、血の繋《つな》がらない分余計に気を使われたのでしょう。月初めにもう一軒の家作に住む共稼ぎの中年夫婦の妻が封筒を手に台所を訪ね、その封筒をお祖母さまがご自分の桐簞《きり》笥に大事そうにしまわれるのを見てわかりました。お祖母さまはその中から六さんに食《く》い扶持《ぶち》を渡して残りをご自分のお小遣いとしていらしたようです。三枝三姉妹そろってお金にかんしては感心におおらかなたちで、夏絵さんもその取り決めに別段文句はなかったようです。それに六さんは一応男手として役に立ちますし、またいずれにせよ年寄り相手の話なので、六さんが死んでお祖母さまも亡くなれば、二軒の家作はそのまま夏絵さんたちの収入になるということもあります。

その六さんがある日、お祖母さまにお話があると、改まった顔を勝手口に現したのです。

ここまでよくしていただいてこれ以上お願いできる身ではないが、実は自分には満州から引き揚げてきた甥《おい》がいる。若くして死んだ弟の息子で、覚えていらっしゃるかどうかわからないが、満州に渡るまえに一度先代さまのお世話になったことがあり、自分にとっては今唯一《ゆいいつ》残っている身寄りである。終戦後日本に帰りそこね、二、三年前に再開された引き揚げ船でようやく帰ってきて、最初はどこかの引き揚げ者優先の集合住宅に住んでいたそうだが、仕事が見つからず、今は下関にある妻の実家で漁業を手伝いながら小さくなって暮らしている。その甥が自分を捜し当て、宇多川家のご好意でこうして一軒家に住んでいると知って、家族ごと一緒に住まわせてもらえないかと言ってきているのである。満州に渡る前は東京で旋盤工をしていたこともあり、東京にさえ出てこられればなんとか職を見つけられると言っている。もちろん職がみつかり次第それ相応の家賃はお支払いするとも言っている。

その晩お祖母さまの相談を受けた旦那さまは、結局は六さんの願いを聞き入れることにされました。六さんは七十歳ぐらいでした。死んだらすぐあとにふつうの所帯持を入れられます。でも死ぬまえに患《わずら》ったとしたら誰かが面倒を見なくてはなりません。

もし甥夫婦が同居していれば少なくとも六さんが死ぬまでの面倒は見るでしょう。しかも甥は三十代だというのですから、ずっと仕事が見つからないということもないはずです。

旦那さまが念を押されます。

――仕事が見つかったら、ほんとうに家賃を払うんでしょうね。

――それは向こうからそういう約束で、って言ってきているらしいよ。いくら宇多川家だって、そんな縁もゆかりもない家族の面倒までみることはないからねえ。

――まあ、どんな人たちだかわからないから、こちらが不都合だと思ったら大人しく出ていくという、そういう文章を一札入れておいてもらいましょう。

もしその甥夫婦が家賃を払うようになれば悪い話ではありませんでした。

暮れも近づいたころ、六さんの甥夫婦一家が移ってきました。宇多川家と二軒の貸家は板塀で仕切られていますが、奥の井戸には両側から自由に行き来ができるよう、板塀は井戸の手前で切れています。ですから宇多川家の裏庭に出ていると、場所によっては六さんの家の縁側と玄関が丸見えだったのです。

その日偶然裏庭で落葉を掃いていたわたしは、思わず竹箒《たけぼうき》を握りしめました。

まるで乞食《こじき》の集団が移りこんできたようでした。

昭和三十一年と言えば戦争が終わってから十年以上たっています。「もはや『戦後』ではない」という言葉が巷《ちまた》で流行《はや》った年で、まさに戦後のすさまじい日々のことは実感としても遠くなりつつありました。それなのにまたあの日々が六さんの家の玄関のまえにだけ亡霊のように蘇《よみがえ》りました。

六さんの甥もそのおかみさんも大きな風呂敷包みを両手に持ち、肩から何やら縄でくくった汚い荷物を斜めにぶらさげています。まだ三十代と聞いているのに、もう五十は越したように見えました。子供は三人の男の子ですが、やはり肩から紐《ひも》でくくった汚い荷物をぶらさげています。上の二人が中学生ぐらい、下のはもっと小さく、三人とも栄養不足で髪の毛が赤茶がかっています。そして一番下の子だけが、あたかも自分はこの家族の一員ではないとでも言いたげに、少し離れた場所に立っています。みんなぎろぎろと怖いほど餓《う》えた眼をしていましたが、その下の子の眼は餓えたのを通り越して、ガラス玉のように無表情でした。

それが太郎ちゃんでした。

日曜日の朝、宇多川《うたがわ》家の旦那《だんな》さまにご挨拶《あいさつ》をと、その甥が六さんにつれられて勝手口にやってきました。見れば井戸端のあたりでおかみさんと上の二人の子供がじろじろと宇多川家の方をのぞきこむようにしています。あのお人好しの六さんがあんな凄《すさ》まじいものを背負いこむようになったと思うと、人ごとながら暗澹《あんたん》としてきます。六さんが住んでいるのは、所帯持ち用に建てられた貸家で、四畳半二間に板敷きの二畳の台所と手洗いとがつき、一応一軒家の体裁が整った家です。当時としては老人一人には贅沢《ぜいたく》過ぎる家ですが、五人家族が一挙に増えて平気だという家ではありません。わたし自身ここでは三畳一間を自分のものとして寝起するようになり、心も体も贅沢になってしまっていて、みんなで折り重なって寝る暮らしなど想像するだけで息がつまりそうです。そのうえ全員が寝られるだけ蒲団《ふとん》があるのかどうかもわかりません。荷物が届いたかどうかも判然としないのです。しばらくして、どうも寝具もないらしいのがわかり、お祖母さまが仕方なしにまずは一式だけでもあればと、縫い目のほころびを繕って、古い蒲団を下げられます。朝は霜が下り、夕暮れは木枯らしが吹いてわくら葉が足下に舞い、いよいよ寒くなる季節でした。

　六さんの甥は思いのほか早くに職を得ました。十代のころに旋盤工をしていたので、腕はにぶっていても基本的な動きは身体《からだ》が覚えていたのが幸いし、年が明けてしばらくするうちに甲州街道にある町工場に勤められるようになったのです。相場よりは大分低めですが、家賃を納めるようにもなり、それはお祖母《ばあ》さまはご自分のお小遣いとはせず、宇多川家の家計の方に回していらっしゃいました。やがて甥の妻も昼間は近所の町工場で働き始めました。妻の方は食器を造る町工場でしたが、工場とは名ばかりで、農家の内職程度の規模のものです。買物にいく途中に見ると、鶏がコーッ、コッコッコッコと遠慮なく走り回る庭の中央にむしろを敷き、女たちが大声でしゃべりながら厚手のどんぶりを積み重ね、縄でしばる姿がありました。夫婦二人で稼ぐようになってもお祖母さまが六さんにお金を渡し続けていらっしゃったのは、六さんが好意で夫婦を呼んだのに、逆にやっかい者扱いをされるようになっては気の毒だとお考えになってのことだと思います。

六さんの姓は東《あずま》で、甥は東さんと呼ばれました。おかみさんは常さんです。一番下の男の子にわたしの注意が行くようになったのはじきでした。

おかみさんの常さんは性根のよくない女でした。もとから性根がよくなかったところに、異国での敗戦、抑留、引き揚げ、とふつうの人間の何層倍もの苦労が重なり、心がいよいよ貧しくなったのでしょう。古い布やら鍋《なべ》やらの賜り物がある宇多川家の人間に対してはほとんど口を利《き》かずしきりに頭を下げるだけでしたが、実際は大人しい女ではありませんでした。それは台所や裏庭で仕事をすることの多いわたしにはすぐわかりました。とにかく声が大きかったのです。その大きい声で笑っていることもありましたが、だいたいは子供を怒鳴りつけていました。そして、一番下の男の子を怒鳴るときは、言葉使いといい語気といい耳を塞《ふさ》ぎたくなるほどの毒がありました。

タローと呼ばれている下の子は、たしかに家族の中で一人だけ浮き立っていました。上の二人の子がしまりのない顔をしているのに、子供らしくない浅黒い整った顔をしています。手足も細くて長くて、動きもすばしこいのです。よく見れば一番見よい子なのですが、お下がりのそのまたお下がりを着ているのでしょう。とりわけみすぼらしい恰好《かっこう》をしていれば、風呂《ふろ》屋につれていってもらえる回数も少ないらしく、えりすじや髪の毛の汚れも際立《きわだ》っています。しかも一番小さいのに一人だけ次から次へと用事を言いつけられています。

お兄さんたちの虐《いじ》めにもすごいものがありました。声変わりしている最中の男の子の怒号の聞き苦しさは格別ですが、その怒号のうえに殴る蹴《け》るの乱暴を働く音が聞こえてきます。もう一軒の貸家に住む共働きの中年夫婦は子供もおらずにいつもひっそりとしているので、東家の物音がいっそう野卑に裏庭に響きます。たまに六さんがとめに入る声も聞こえます。虐めるのは東さんがいない間に限られ、東さんが仕事から帰ると大体は静かになります。

継子《ままこ》かもしれない、とぼんやり考えました。

その太郎ちゃんがよう子ちゃんと同じ桜丘小学校の二年生に編入され、クラスも一緒だったのです。よう子ちゃんはあそこまで汚らしい子が自分の家の裏にいるだけで恥ずかしいらしく、通学の途中で偶然一緒になるのもいやがりました。

ある日学校から帰ってくると玄関で運動靴を乱暴にぬぎすて、ランドセルを背負ったまま、フミ子お姉さん、エンガチョ切って、早く切って、と親指と人差し指で輪を右手と左手とそれぞれに作り、それを知恵の輪のように絡《から》ませたのを眼の前に差し出します。

——なあに。

——なにしろ切って。

——どうするの？

——片手でこうして切ってくれればいいの。

そう言うなり右手の輪を外すと空手のような手つきで真中を切る真似《まね》をしてから、またご丁寧に両手の輪を絡ませます。

——東くんをさわっちゃった子がいて、あわててほかの子をさわったんだけど、こんどはその子に、あたしがさわられちゃったの。だから誰かがエンガチョ切ってくれなきゃあ、あたしはエンガチョのまんま。

わたしはそんな妙な遊びをしたことがありませんが、言われるままに空手のような手つきをして見せると、ああよかった、とよう子ちゃんは大げさに安堵《あんど》して、ランドセルを下ろしました。

あの男の子が学校でも虐められている様が眼に浮かびます。

わたしは可哀想《かわいそう》には思いましたが、いつでも青い鼻汁を二本垂らし、そばに寄るのもはばかられるほど汚らしいうえに、例のガラス玉のような眼つきをしているので、話しかけようという気がおきないのです。

ある朝、配達された牛乳瓶を中に入れようと勝手口を開けると、また寝ションベンをしくさって、という悲鳴とも叱責《しっせき》ともつかない声が聞こえ、派手に打擲《ちょうちゃく》する音も聞こえてきます。男の子は虐めぬかれて神経症になっていたのか、よくおねしょをするらしいのです。それからは気をつけて見ていると、常さんの怒号が聞こえる朝は必ず薄べったい座蒲団が一枚、灰色に汚れた綿がはみ出したのが、縁側に干してあります。いつまでたっても座蒲団が干してあるだけで、蒲団が干してあったことはありません。一人だけ別に薄べったい座蒲団を並べて台所の板の上で寝かされているのを知ったのは、大分あとのことでした。

太郎ちゃんが東さんの妹の子供だということ、しかも、どうもふつうの日本人ではないらしいということを聞いたのは、お祖母《ばあ》さまがいらっしゃらない隙《すき》を狙《ねら》って、サテンに行こうよォと声をかける、例の魚屋からです。ある日、その魚屋が、お祖母さまが座敷から出ていらっしゃりそうもないのを見て取ると、どっちりと勝手口のかまちに腰を下ろし、突然淫靡《いんび》な笑みを浮かべて低い声で話し始めたのでした。宇多川家は近所づきあいもなく暮らしており、わたしも近所の人とは挨拶をする程度でしかなかったので、どこか物語りめいた太郎ちゃんの出生の秘密を知ったのは、あの一帯では最後の方だったのかもしれません。

東さんの妹というのは、東さんが結婚して満州に渡ったときに一緒に満州に渡り、日本料理屋か何かで働いていたそうですが、戦争が終わった直後、漢民族でも満州族でもない、どこかの山奥からきた山賊の大将にさらわれてしまったのだそうです。噂《うわさ》によると、どうやら妻と子供とを日本兵に殺された腹いせにさらわれたらしいのです。ところがその山賊の大将はじきに病気で死んでしまい、どうやって探し当てたのか、そのあと妹は一人の年老いた中国人に連れられて東さんのもとに戻ってきて、男の子を産み落とすと産後の肥立ちが悪いままに死んでしまったといいます。

——それが、えれえ別嬪《べっぴん》だったけど、気ちげえだったんだって。

――気ちがい？

――そうよ。その妹がよ。

小さいころから神懸かりになるところがあり、呪《のろ》いをかけられた猫が死んでしまったりするのを見て周囲から恐れられていた妹だそうです。その妹がいまわの際《きわ》に白目を剝《む》いて指でまっすぐに天をさし、この赤ん坊を東さんが自分たち夫婦の子として大人になるまで育てなければ一家全員を呪い殺すと脅かし、そこでプツンと息が絶えたといいます。

どこまでが常さんの作り話なのかはわかりませんが、たしかなのは、その妹の子である太郎ちゃんを、東さん夫婦がはるばる日本まで連れて帰ってきたという事実です。たぶん常さんは道中何度も置き去りにしようとして、その度に東さんの猛烈な反対に遭ったのにちがいありません。この話を聞いてからあの子につらくあたる常さんにも同情する気持が生まれました。自分の二人の子供に加えてさらに乳飲み子を抱えて移動する悲惨――一すくいの水、一かけらの食物ごとに一家の生命がかかっているというのに、もう一人に分け与えねばならない無念――うっちゃってしまいたい、いや、殺してしまいたいと思って当然で、その怨念《おんねん》が末長くあとを引いたとしても致しかたがないことでした。

宇多川家の人たちがその話を知ったのは、さらに数週間たったある日曜日の朝です。日曜日は旦那《だんな》さまが少なくとも朝のうちはのんびりとしていらっしゃるので、夏絵さんが殊勝らしくエプロンを締め、西洋風の朝食を作ります。二週間に一度は休日のわたしもそれをいただいてから外に出ます。アルミのパーコレーターからコーヒーの香りが家中に漂い、夏絵さんが天火でパンケーキを焼いたり、フライパンでフレンチ・トーストを焼いたりする匂《にお》いがそれに加わります。旦那さまが子供たちのためにルンペン・ストーブという簡易ストーブの上でチョコレートを溶かしたりもなさいます。お祖母さまも日曜日の朝だけはパン食を召し上がります。

その朝も旦那さまはお子さんサービスでもって溶かしたチョコレートでパンケーキの上にアルファベットをお書きになり、Ｙｕｋｏと書いたのをゆう子ちゃんに、次にＹｏｋｏと書いたのをよう子ちゃんにお渡しになります。

――東くんてほんとうは一年上なんだって。

よう子ちゃんがそれを嬉《うれ》しそうに受け取りながら言いました。

引き揚げて戻ってきたときのごたごたで小学校を始めるのが一年遅れたらしいということです。のちに知りましたが、戸籍上は一九四七年五月五日生となっているのですが、実際はもう少し前に生まれているらしく、すると雅之《まさゆき》ちゃん、麻里ちゃん、ゆう子ちゃんと同じ学年だという可能性もあります。

——それなのにね、ひらがなもちゃんと読めないのよ。もうじき三年生なのに。指についたチョコレートを舐《な》めながら、馬鹿《ばか》にしきった声を出しています。

——しょうがないから山中先生が読むでしょう。そうしたら、そのあとぼそぼそと真似するだけなの。あんなん読めないの、キューピーだけだわ。

よう子、と夏絵さんがすぐにたしなめられました。キューピーというのは脳を患《わずら》った、知恵遅れの子の渾名《あだな》らしいのです。

知恵遅れかね、と旦那様が独り言のようにおっしゃると、あの兄弟のなかじゃあ一番利発そうな顔をしてますけどね、とお祖母さまが応《こた》えられ、それでわたしは初めてお祖母さまもちゃんと太郎ちゃんに気がついていらしたのを知りました。

するとよう子ちゃんが言ったのです。

——東くんは日本人じゃないんだって。だから日本語が読めないんだって。

——日本人じゃない？

旦那さまがすぐに訊《き》き返されました。

——うん、ちがうんだって。中国人なんだって。

——じゃ、あの細君、中国人なのかねえ。

——ううん。あのうちじゃ、東くんだけが日本人じゃないんだって。

わたしはそのとき会話に加わり、魚屋もそう言っていたこと、一番下の男の子は大陸で死んだ東さんの妹が中国人との間に作った子だという噂が近所に流れていることを告げました。

——あたしのクラスにも中国人が一人いるわ。コーさんていうの。高いっていう字。お金持でコックさんが家にいるんだって。

ゆう子ちゃんが言うと、そういう中国人は別ですよ、と夏絵さんが応えられました。わたしが旦那さまに直接話しかけることはふつうはないのですが、そのときわたしは訊きました。

——中国に中国人じゃあない人がいるんでしょうか。

——ああ、いるらしいよ。

旦那さまが眼鏡をのせた顔をわたしの方に向けられます。

——なにしろ広い国だろう。我々がふつう考える中国人てのとはちがう人たちもいるんだ。台湾にもいるだろう。

——その父親っていうのが、どうもふつうの中国人ではないらしいっていう話でした。

——なるほど。

旦那さまはうなずかれたあと、一人で納得しておっしゃいます。

——世の中、色々あるもんだね。

夏絵さんが少し口を尖《とが》らせるようにして、東さん、最初から自分の子供じゃないのも一人居るってわたしたちに言ったらいいのに、とおっしゃり、お祖母さまはお祖母さまで、太郎ちゃんの顔を思い浮かべていらっしゃるようで、そういえばどうもどこか日本人とちがうねえ、などと一人ごちられます。

——どんな子ですの？

成城との往復にお忙しい夏絵さんは東さん一家のことをまだ把握していないようです。お祖母さまが何と応えたものかとわたしの方をご覧になるので、わたしが一応言葉足らずですが説明します。すると夏絵さんがうなずきました。

——ああ、あの子ね。見たことあるわ。そう、やたらキッタナイけど、なかなか整った顔の子がいるなって、思ってましたわ。なるほど、あの子なの。あの子が中国人の子なの。

まあ、中国人の子だって何だっていいじゃないか、と旦那さまがおっしゃり、よう子ちゃんの方を向きました。

——今度みんながそんなことを言ったら、日本人じゃなくたっていい……いや、日本人なんかじゃないほうがよっぽどいいって、そう言いなさい。

——アナタ、アナタ。またすぐにそんな極端なことをおっしゃって。

——だって、あんな馬鹿な戦争をしかけるんだからね、日本人てのは。

そこでこの話は打ち切られました。


そうしてまた日曜日の朝食になりました。またコーヒーの香りが漂う中で、よう子ちゃんが旦那《だんな》さまに訊きます。

——ママハハってなあに。

するとお姉さんのゆう子ちゃんが応えました。

——ああ、あたし知ってる。ほんとのお母さんじゃないんで、子供をいじめるの。

——ほんとうのお母さんじゃなくったって、子供をいじめるとは限らないさ。とってもいい継母だってたくさんいるんだよ。

旦那さまがわざと平静を装《よそお》っておっしゃいます。

ゆう子ちゃんもよう子ちゃんも、お祖母《ばあ》さまが旦那さまの実の母親ではないことはなんとなく知っているのですが、子供なのでそれが継母にあたるのに気がつかないらしいのです。

って。

――でも東《あずま》くんが家でいじめられるのは、東くんのお母さんがママハハだからなんだ

――誰がそんなことを言うのかね。

――クラスの子。

――漫画の読みすぎじゃないか。

――でもほんとにいじめられてるみたいなの。

旦那さまを独り占めしてお話しできるので、よう子ちゃんは少し亢奮《こうふん》しています。お母さんの夏絵さんの愛情がお姉さんのゆう子ちゃんの方にいっているのに関しては諦《あきら》めの境地にありますが、お父さんの愛情ぐらいはもう少し貰《もら》おうとがんばっているのです。

――お兄さんたちは遊んでんのに、東くんは遊ばせてもらえないの。いつもお手伝いさせられてんの。

――だってまだ小さいんだろう。

――うん。でもあたしよりひとつ上よ。

人差し指を一本立てて人生の重大事のように言います。

――あんなんで役に立つんだろうか。

旦那さまはわたしの方をご覧になりました。わたしも太郎ちゃんが遊んでいるのをほとんど見かけることがないこと、その代わり鍋《なべ》を片手に豆腐を買いにやらされたり、井戸ばたで洗濯をさせられていたりする姿はよく見かけることを申し上げます。

——まあ、考えれば、昔はずいぶんと小さい子供でも子守をさせられたりしたからね。

旦那さまはその辺で会話をおやめになりたいようですが、よう子ちゃんは続けます。

——それに、よくぶたれているらしいの。

少し頬を赤くさせてお祖母さまの方をちらと見たのは、子供の自分がそんなことを知っていたこと自体がお祖母さまに悪いと思ったのかもしれません。

旦那さまは露骨にいやな顔をなさいました。

——ふうん。東さんはなんにも言わないんだろうか。

——おじさんのいないときなのよ。おじさんのいないときに、おばさんやお兄さんたちがぶつの。

よう子ちゃんはわたしが想像していたよりも裏で起こっていることを把握しているようです。

——六さんはどうしてんだろう。

旦那さまはわたしの方を向いてお尋ねになりました。

六さんはもとから気が弱いうえに最近よく具合が悪くて寝こんでしまっては常さんの世話になることが多いので、それであまり口も出せないらしいと応えました。

——しょうがないねえ。

あの男の子のことはわたしも日が経《た》つにつれ心が慣れるということがなく、いよいよ気にかかります。

井戸から一尺ほど離れたところに大きな切り株があるのですが、どこに隠してあるのか、身長と同じぐらいある細い棒切れを片手に出てきて、それでもってその切り株に思い切り振り下ろす姿を見かけることがあります。両手が利《き》くらしく、右と左と始終持ち替えて振り下ろします。子供なので、棒切れを振っているというよりも棒切れに振り回されているようにしか見えませんが、本人は想像の中で色々な人に復讐《ふくしゅう》しているのにちがいありません。表情というものがまったくないのが不気味です。常さんもお兄さんたちもまだいない時間です。もちろん宇多川家の人間には見られているはずがないと思っているのです。夕食時でもないし、電気もついていないので、わたしが台所に立っているのに気がつかないのでしょう。運悪くやってきた猫に棒切れを振り上げたりもします。そしてそうやって棒を振り回すのにも厭《あ》きると、切り株の上にしゃがんで、うなだれて両足を抱えたりもします。でもそれも長い間ではありません。

常さんが町工場から帰るまでに済ますべき用を言いつけられているらしく、じきに洗濯板と洗濯物が入った盥《たらい》を抱えて出てきたりします。

七歳ぐらいのとき下関で家出をしたことがあるそうですが、三日後に自分から戻ってきたということで、その話は常さんが町工場の女連にあざ嗤《わら》いながら話したのがめぐりめぐってまた魚屋に届いたものでした。

旦那さまがよう子ちゃんに訊きます。

——学校には行ってるんだろう。

——うん。汚いからって、男の子たちがこないだ白墨の粉をかけてね、DDTだっていうの。

旦那さまは子供の悪戯《いたずら》がおかしかったらしく思わず笑われましたが、笑いを引っこめたあとにおっしゃいました。

——いづれにせよ、よう子ちゃんはその子をみんなと一緒にいじめちゃだめだよ。みんながいじめていたら、止めに入るぐらいじゃなきゃいけない。

よう子ちゃんが三年生になるとまたクラスが一緒でした。それでよう子ちゃんも決心したようでした。

桜がちょうど全部散ったころです。

よう子ちゃんが頭をふりふり赤いランドセルを鳴らして学校から帰ってくると、お祖母《ばあ》さまの座敷に飛びこんできて報告しました。

——今日ね、放課後にまたみんなして東くんのことからかってたの。しつこいの。それで、日本人なんかじゃない方がよほどいいって、パパが言ってたって、そう言ったの。

——おやおや。

お祖母さまは少し困惑した顔をされて、よう子ちゃんをご覧になりました。

——そしたら、みんなびっくりして大人しくなったの。

——そう、いい子だったね、よかったね。

よう子ちゃんはいわゆる内弁慶で、外に出ると緊張して急に大人しくなり、学校でもリーダー格であるとは考えられません。級長などに選ばれることもありません。でもこのあたりでは大きい家に住んでいますし、旦那さまがお偉い先生であることはクラスのみんなも何となく知っているでしょうし、それにお姉さんのゆう子ちゃんといとこの麻里ちゃん恵里ちゃんから次々と下がってくるお古のおかげで、いつも一際《ひときわ》目立って上等な格好をしています。そういうことがすべて重なって一目置かれており、それでそんなことを言うこともできるのですが、ご当人はすっかり自分の勇気に満足し、早く旦那《だんな》さまに報告したいと、その日はお祖母さまの座敷で遊んでいてもそわそわと落ち着きません。

するとタ方珍しく旦那さまが不意に早めにお帰りになりました。わっ、パパだっ、と玄関に飛んでいったよう子ちゃんは、旦那さまが靴をお脱ぎになるのも待てずに、一人ではにかんで、両手を後ろで組み身体《からだ》をくねらせながら報告します。

——そいつはえらかったね。

旦那さまのお応《こた》えは、それだけでした。板の間にお入りになるなり、夏絵さんがいらっしゃらないのを見てとって、ママは今日もまた遅いの？　とお尋ねになります。

——うん。

よう子ちゃんは上眼遣いにうなずくと、旦那さまが瞬間的に不機嫌におなりになるのを、息をひそめるようにして窺《うかが》っています。旦那さまはそれ以上は何もおっしゃらずに、暗い階段をご自分の書斎へと上がっていかれました。

あのころから旦那さまの心は以前に比べて夏絵さんから離れていったのではないでしょうか。夏絵さんご自身の心が千歳船橋《ちとせふなばし》になく、成城にあるのですから無理もありませんん。家のなかも千歳船橋の家は殺風景なままほったらかしてあります。夏絵さんいわくは、お祖母さまに対する遠慮でご自分の趣味を押しつけるのはやめようとしてのことだそうですが、たとえそういう意図が初めはあったとしても、いつのまにかひたすら興味がなくなってしまったのだと思います。三姉妹のなかでも際立つ夏絵さんの艶《あで》やかさに眩惑《げんわく》され、その無邪気を愛し、結婚を是非と望まれた旦那さまも、年が経つうちに、夏絵さんの無邪気というものがたんに頼みにできないお人柄でしかないという事実に、だんだんとお気づきにならざるをえなかったのでしょう。端から見るとなんとなくお寂しそうでした。

旦那さまの突然のお帰りで台所は大忙しです。

よう子ちゃんは立ち働くお祖母さまの腰にまとわりついてまた自慢話をくり返そうとし、お祖母さまは旦那さまとのいきさつはご存じないのですが、よう子ちゃんが誉めてほしいのはわかるので、いい子だね、よかったね、と台所の手を休めずにくり返されます。よう子ちゃんはそれで少しは慰められるようでした。

夏絵さんはいつもの通り夜八時半過ぎに帰っていらっしゃり、旦那さまの不機嫌な顔をまえに、ご自分の方から文句をおっしゃいます。

――だって電話を下さったらいいじゃないですか。電話も下さらないで、急に帰っていらしたって。

旦那さまが成城に電話をかけるのに抵抗がおありになるのを知っておっしゃっているのです。千歳船橋に電話が引けていれば、こちらにお電話をいただいて、わたしから成城に連絡できるのですが、引っ越した当時から申しこんでいると聞きましたが、千歳船橋にはまだ電話が引けていませんでした。

子供なりにお返しというものがちゃんとあるのを知ったのは、それから数日後、よう子ちゃんが学校から帰ってくるなりぴょんぴょんと跳ねるようにしてお祖母さまの座敷に報告しにいったときです。

——体育の時間のリレーのときね、東くんが替わりに走ってくれたの。それであたしたちのチームが勝っちゃった。東くんて、足が早いの。

足ののろいよう子ちゃんが運動会のかけっこで辛うじてビリにならずに済むのは、背の順序からいつも同時に駆けるキューピーが、かけっこの意味がわからず、悠長に足を運ぶからだったのです。かけっこでのろいのは仕方がないとして、リレー——フィールドのなかを直線に走って折り返し戻ってくるだけの簡単なものらしいのですが、それでもリレーはリレーで、一人がのろければチーム全体に迷惑がかかり、その日の体育の時間も鬱々《うつうつ》としていたらしいのです。すると一度走って列の後ろに戻った太郎ちゃんがそれを見てとったのでしょう。しゃがんで順番を待つよう子ちゃんの肩をそっとこづき、よう子ちゃんが汚い子に突然さわられて眼を丸くすると、自分の鼻先を指し、かわりにオレが走ってやるよ、と言ったということなのでした。同じチームの子供たちは気がついたのですが、自分たちの得になることなので、にやにや笑いながら黙っていたそうです。

――山中先生、気がつかなかった。なにしろ勝っちゃった。

針仕事をしていらっしゃるお祖母さまの背中におぶさるようにして言います。

――あたし、それで鉛筆を二本あげたの。まだ長くって、ほとんど消しゴムを使っていないヤツ。

――鉛筆を？

お祖母さまは少し愕《おどろ》かれたらしく、老眼鏡をずらしてよう子ちゃんを振り返られました。

襖《ふすま》を開けて隣りの子供部屋でアイロンをかけていたわたしも顔を上げました。

――うん。ほんとはまえからあげたかったの。

――鉛筆も、もってないのかい？

――もっていたり、いなかったりすんの。

よう子ちゃんは言い足しました。

らしいの。

——東くん、よく、ノートももってないの。なんでもすぐにお兄さんにとられちゃうらしいの。

げんまいパンのホーヤホヤァ！

その日、そういって自転車の荷台に菓子パンの箱を積んだパン屋が回ってきたときです。その声を聞いたとたんに、お祖母さまとわたしとが同時にふと思いついたのにちがいありません。わたしがアイロンの手をとめて顔を上げるのと、お祖母さまが丸くなっていた背中を起こされるのと一緒でした。

揚げパンか何かを余分に買って隣りのその男の子にあげたらいいとお祖母さまの方からおっしゃいます。わたしはがま口を手に下駄《げた》をつっかけて砂利道に飛び出しました。

問題はどうやってあの子に手渡すかです。

そのころ常さんはすでに町工場をやめて日中も家にいたのです。町工場では何十も束ねた食器をオート三輪の上に載せたり下ろしたりの作業があり、それですぐに腰を悪くしてしまったそうで、新学期から長男が中学を出て働き始めたのを境いに自分は外で働くのをやめ、家でできる内職に転じたのです。六さんが寝こむことが多くなったのも理由にあげていたようです。

わたしは常さんとはかかわりたくないので、太郎ちゃんがお使いか何かで庭に出てくるのを待とうと裏の納屋《なや》の整理などをして様子を窺っていましたが、なかなか出てきません。よう子ちゃんがたまに勝手口を開けて、まだあ？　と訊《き》いたりもします。夕方になって台所に立ち夕食の支度を始めてもまだ太郎ちゃんは出てきません。今日は出てこないのかと半ば諦《あきら》めていると六時近くになってようやく、買物籠《かご》を下げて玄関を出る姿がありました。

二軒の貸家は縁側も玄関も南を向いているので、宇多川家の北向きの窓から気をつけて見ていれば、彼らの出入りが板塀越しに大体は把握できるのです。

――ちょっと！

勝手口を開けて飛び出しました。太郎ちゃんは足をとめ、一瞬不審そうな表情を浮かべ、次の瞬間には用心深い表情になって突然現れたわたしを見ました。わたしは外に出て井戸端に近づいてから言いました。

――こっちへいらっしゃい！

井戸端に立って揚げパンをくるんだ茶色い包みを見せ、手招きします。

――あんたがタロちゃんでしょう。

夕闇《ゆうやみ》の中に別の表情が生まれるのが見えました。顎《あご》が微《かす》かに上にあがり、唇がつれて、人を小馬鹿《こばか》にした表情です。

——ほら、これ、揚げパン。

わたしは揚げパンを差し出しました。

——こちらのお祖母さまが、あんたにって。

太郎ちゃんが身動きしないので、勇気づけるように言います。

——ここで食べてしまっていいのよ。

今となればよくわかるのですが、あの日は、太郎ちゃんが最後まで揚げパンに手を出さなかったのに納得がゆきませんでした。

お八つなどというものが与えられているはずもなく、生唾《なまつば》が口のなかにこみあげてきているのがわかるのに、太郎ちゃんは金縛りにあったように動きません。人に手渡されるのに抵抗があるのかと、わたしの方から井戸の先にそろそろと進み、猛獣の餌《えさ》か何かのように例の切り株の上にそっと置いてみましたが、それでも動きません。わたしと油の染《し》みた茶色い包みを、今は無表情になった眼で交互に睨《にら》むだけでした。そしてふいに身をかわすと、買物籠を大きく振るようにして消えていってしまいました。

蝙蝠《こうもり》が夕闇に向けて飛んでいったようでした。

お使いから戻ってきたら取るかもしれないと思い、揚げパンは切り株に置いたまま台所に戻り、お祖母さまにそう報告すると、そう、とおっしゃいました。そしてそれから五分ぐらいしてまな板から顔を上げられると、可哀想《かわいそう》な子だね、と加えられました。

その夜は雨になりました。寝るまえに窓から漏れる台所の光を頼りに、傘を半開きにしてそっと板塀づたいに見にいきますと、まだ切り株の上には茶色いものが残っています。

雨が屋根を打つ音を聞きながら、夢のなかで一晩中揚げパンの茶色い包みに追いかけられました。女中部屋は北に面していますので、なおさら気になったのかもしれません。揚げパンの茶色い包みが退くと、今度は誇り高い猛獣のように身構えた痩《や》せ細った姿が眼のまえに寒く立ちはだかります。ガラス玉のような眼も浮かびます。あの小さい子があのような人生を生きているという事実が雨音のなかで脈絡なく胸を圧《お》しました。

春の雨は朝までやみませんでした。

太郎ちゃんはまたおねしょをしたものと見え、牛乳瓶を取ろうとして勝手口を開けると、寝しょんべんしくさって！　という、常さんのいつもの罵声《ばせい》が聞こえてきます。東さんがもう家を出たあとらしく、派手な音がするのはお兄さんたちの殴る蹴《け》るの乱暴もあるようです。台所に戻って窓から板塀の向こうをのぞくと、敷居から縁側にまたがって、また薄べったい座蒲団《ざぶとん》が干してあります。

油染みのついた茶色い包みは雨に濡《ぬ》れて汚らしく半分溶けていました。

その夏、軽井沢から帰ってからすぐです。

当時はもう自宅で着物を洗い張りをする人も減ってきていましたが、お祖母《ばあ》さまは季節の変わり目には、天気の良い日を選んで、普段着の銘仙ぐらいはまだご自分で井戸端で洗い、伸子《しんし》針を打ち、裏地や裾回《すそまわ》しは糊《のり》に浸して貼《は》り板に貼って、昔ながらの作業をくり返されます。ふだんは庭に出るといっても南側の庭にしか出ないよう子ちゃんも、そういう日は学校から帰ってくるとランドセルを置くなり裏庭に出てきて、おしゃべりをしながら役にも立たないお手伝いをしようとします。

あとから考えれば太郎ちゃんはしばらくそんなよう子ちゃんの様子を窺っていたのでしょう。

音もなく井戸端に現れたのです。

お祖母さまはその姿に気づかれると、自然に手招きをなさいました。よう子ちゃんはというと、咄嗟《とっさ》にお祖母さまのうしろに回り、お祖母さまのたすきでからげた袂《たもと》の下から丸い顔を出しています。

隣りのあの子が素直にくるはずがないとわたしが思っていると、太郎ちゃんはあっというまにお祖母さまのまえに立っていました。

お祖母さまは優しい声でおっしゃいました。

——おまえが太郎ちゃんだね。

太郎ちゃんはお祖母さまの顔にはちらと視線を走らせただけで、袂の下から顔を出したよう子ちゃんの眼を捉《とら》えると、ふいに左手のこぶしを差し出してパッと開きました。

その瞬間秋の透き通った陽射《ひざ》しのもとに色とりどりのものが光りました。

手の平のうえに白い石が三つ載っていたのです。角が取れて丸くなった小さな白い石で、それぞれに緑や青や黄の色が美しく流れています。よう子ちゃんはその三つの小石を不思議そうな顔をして見ていますが、太郎ちゃんの方は、子供にもそんなものがあるのを初めて知りましたが、全身から捨て身の気合いを発し、それに自分自身が押されるかのようにして、開いた手の平をよう子ちゃんの胸元につきつけています。

この三つの小石を拾うのがこの子の夏休みのすべてであったことが、力をこめて反り返った五本の指にそのまま現れていました。

その瞬間、憐《あわ》れみとも、蔑《さげす》みとも、感動ともつかないものが喉元《のどもと》までこみあげてきました。

お祖母さまも太郎ちゃんの様子に愕かれたようで、二人の子供を見比べています。そのとき常さんの尖《とが》った声が聞こえてきました。

——タローッ！

秋の高い空のもとに大人という存在のいやらしさが響きわたる声です。

——タローッ！

二声目があり、あたかもその声に促されるように、よう子ちゃんが機械的に手を伸ばして小石を受け取りました。

——どこいったんだい、またズルけやがって。

常さんのそのせりふを耳にして、お祖母さまは太郎ちゃんを常さんからしばらく解放してあげることを思いつかれたのでしょう。腰をかがめて太郎ちゃんの顔を覗《のぞ》きこみながらおっしゃいます。

——この子から聞いたんだけど、おまえはこの子より大きいんだってね。

太郎ちゃんはよう子ちゃんが小石を受け取ったのでよほど嬉《うれ》しかったのでしょうか、うつろになった眼つきで、お祖母さまの声が聞こえないようです。

――この子より大きいんだったら、おまえは、もう、お手伝いができるでしょう。

太郎ちゃんはまだ反応しません。するとよう子ちゃんが口を開きました。あたかも自分の言葉なら太郎ちゃんの耳に入っていくのを最初から知っていたかのようでした。

――あのね、おばあちゃんがね、東くんは、大きいんだから、もうお手伝いができるでしょうって。

太郎ちゃんは我に返ってお祖母さまを見ると、前にも見せた用心深い表情でうなずきました。

太郎ちゃんを借りる断りを常さんに言いにいくのは当然わたしの役目となります。なにしろ東さん一家が越してきてからは、お祖母さまはいやがって、六さんの家には一度も顔を出されていないのです。わたしだって常さんと話すのも、あの暮らしを眼にするのもやりきれないので、いくのは気が進みません。縁側に近づくと硝子《ガラス》戸が開け放たれ、ただでさえ狭い四畳半が尋常ではない散らかりかたをしているのが眼に入ります。畳のうえで、小さな山になったり、ひっくり返ったりしているのが内職の道具であること、最近太郎ちゃんがあまり庭に出てこないのは、この内職を手伝わされているからだということが咄嗟に推測されます。うす汚れた割烹着《かっぽうぎ》姿の常さんは縁側ににじり出てきて、わたしの言うことに、へえ、とも、はあ、ともつかない返事をするだけで、女中相手と侮《あなど》ってか少し横柄《おうへい》な対応で、腹の中で何を考えているかはわかりません。

するとへさんの弱々しい声が聞こえてきます。

――ああ、どうぞ、どうぞ太郎を使って下さい。

襖がぴたりと閉まっていて、その向こうの四畳半に寝ているようでした。

その日は実際には太郎ちゃんに手伝ってもらいたいような仕事はなく、風邪を引きやすいよう子ちゃんをこれ以上外に出しておくのも心配で、段取りとしてはそろそろ片づけて家に入り、お八つにでもしようかというところでした。お祖母さまも最初に声を掛けられたのは、台所でお菓子でも与えればいいというぐらいの軽い気持だったのにちがいありません。それが常さんの声を聞き、二人の子供たちの様子を眼にし、しばらくは東家から引き離して二人で遊ばせてあげようと思い直されたのでしょう。

ことがだんだんと大がかりになったのは、座敷に通すには、太郎ちゃんがあまりに汚らしかったからです。

台所に上がった太郎ちゃんを上から下までご覧になっていたお祖母さまは、少し困ったような顔をされ、虱《しらみ》がうつるといけないねえ、とため息をつかれます。それでお祖母さまとよう子ちゃんには先に座敷にいってもらい、昨夜のお風呂《ふろ》の湯が残っているのを幸い、わたしが太郎ちゃんの髪の毛を洗うことになったのです。ところがお風呂場へつれていって洗い始めるとどこもかしこも汚いので切りがないのです。ついに怖い顔をして服を脱がせて全身をごしごしとこすり、ついでその襤褸《ぼろ》布のような服も盥《たらい》に投げ入れました。そして、お姉さんのゆう子ちゃんには悪いと思いましたが、また洗っておけばいいと、ゆう子ちゃんの薄いブルーのネルのパジャマを着せてお祖母さまの座敷に連れていきました。

太郎ちゃんは女の子のパジャマだということがわからなかったらしく、そういやがりもしません。

あのとき太郎ちゃんがゆう子ちゃんのパジャマを着ていたのがよかったのかもしれません。石鹼《せっけん》のいい匂《にお》いがしたのもよかったのかもしれません。そのうえごしごしこすった肌がかすかに赤みを帯び、少し伸び加減の黒髪が艶《つや》やかに光って額にかかり、なんとも愛らしいのもよかったのでしょう。顔立ちの整った子だとは思っていましたが、こんなに可愛《かわい》い子――女の子のような可愛い子だとはわたしも思いもよりませんでした。

その可愛い太郎ちゃんが敷居に立ち、切れ長の眼を開いて、お祖母さまの隣りで針箱の整理をしているよう子ちゃんの姿を探し出し、真剣な眼差《まなざ》しで射止めます。

よう子ちゃんはすっかり清潔になってゆう子ちゃんのパジャマを着て立っている太郎ちゃんを見るとびっくりし、次の瞬間にはスカートのうえのものを取り落として立ち上がると、跳ねるようにして近づいてきました。よかった、きれいになって、と襟のあたりに顔をもってきて、ああ、いい匂い、と鼻孔を膨らませて嗅《か》ぎます。太郎ちゃんも鼻孔を膨らませてそおっとよう子ちゃんの匂いを嗅いでいるようでした。よう子ちゃんは体温が高いせいか首のあたりからいつもミルクのような甘い匂いがするので、それを嗅いでいたのかもしれません。この先この二人の子供たちがどうなるかなどということはわたしも考えず、ただこの小さな男の子の胸のうちを思いやって、ほっとしたものとみえます。全身から力が抜けていくのを感じました。思えばあんなに熱心に洗ってあげたのも、この子の胸のうちを思いやってのことだったのにちがいありません。頭一つ背の低いよう子ちゃんの縮れ毛が太郎ちゃんの顎をくすぐり、太郎ちゃんは嬉しさをこらえきれずに、かえって怒ったような顔をしています。

その午後はわたしは本を読むのを諦《あきら》めました。

すっかり遅くなりましたが、みなにお八つを出し、自分も食べたあと、何だか洗濯機を使うのも遠慮で太郎ちゃんの服を手で洗濯しました。座敷に戻ると太郎ちゃんとよう子ちゃんとがお祖母さまの文机《ふづくえ》のまえに並んで学校の教科書を広げているのが見えます。先ほどの小石が文机の端の方にちゃんと三つ載っています。よう子ちゃんは得意げに宿題か何かを説明しています。桜丘小学校が分校して今や二人とも笹原小学校という小学校に移っていましたが、そこでもクラスが一緒だったのです。隣りの座敷でわたしが太郎ちゃんの下着や服をアイロンで乾かしている間もよう子ちゃんが何やら亢奮《こうふん》しておしゃべりしているのが聞こえます。ほころびを縫っているあいだもその声はやみません。やがて板の間の続きにある子供部屋に一緒に行ったらしく、遠くからもまたその声が聞こえてきます。太郎ちゃんの声は耳を澄ましてもそんなに聞こえてきませんでした。

よう子ちゃんの熱に浮かされたようなおしゃべりがずっと続き、それが太郎ちゃんが、至福と煉獄《れんごく》の間を生涯さまようことになる関係に引きこまれていく始まりでした。

（下巻に続く）

三浦しをん著
秘密の花園
それぞれに「秘めごと」を抱える三人の女子高生。「私」が求めたことは――痛みを知ってなお輝く強靭な魂を描く、記念碑的青春小説。

三浦しをん著
私が語りはじめた彼は
大学教授・村川融をめぐる女、男、妻、娘、息子……それぞれの「私」は彼に何を求めたのか。人間関係の危うさをあぶり出す、連作長編。

三浦しをん著
夢のような幸福
物語の萌芽にも似て脳内妄想はふくらむばかり。読書漫画映画旅行家族趣味嗜好――濃厚風味の日常エッセイは、癖になる味わいです。

三浦しをん著
乙女なげやり
日常生活でも妄想世界はいつもハイテンション。どんな悩みも爽快に忘れられる「人生相談」も収録！　脱力の痛快ヘタレエッセイ。

三浦しをん著
風が強く吹いている
目指せ、箱根駅伝。風を感じながら、たすき繋いで、走り抜け！「速く」ではなく「強く」――純度100パーセントの疾走青春小説。

三浦しをん著
桃色トワイライト
乙女でニヒルな妄想に爆笑、脱力系ポリシーに共感。捨てきれない情けなさの中にこそ愛おしさを見出す、大人気エッセイシリーズ！

本《ほん》格《かく》小《しよう》説《せつ》（上）

新潮文庫　み－28－3

平成十七年十二月一日発行
令和三年二月十五日七刷

著者　水《みず》村《むら》美《み》苗《なえ》

発行者　佐藤隆信

発行所　株式会社新潮社
郵便番号　一六二－八七一一
東京都新宿区矢来町七一
電話　編集部（〇三）三二六六－五四四〇
読者係（〇三）三二六六－五一一一
http://www.shinchosha.co.jp

価格はカバーに表示してあります。

乱丁・落丁本は、ご面倒ですが小社読者係宛ご送付ください。送料小社負担にてお取替えいたします。

印刷・大日本印刷株式会社　製本・加藤製本株式会社

ISBN978-4-10-133813-2 C0193